U0049224

二〇一〇年至二〇一九年，十八歲到二十七歲末。
對於這十年來的一切，希望，我已不再感到丟臉。

目次

第一章

毋需怪罪一株稚嫩的幼芽不懂得收斂力氣，因為她正面對的，是截至當下所認為的「今生僅一次的破土」——儘管她不明白並非破土即可開啟生命——她竭盡自己，是忠於無以違抗的本能。

(二〇一〇至二〇一四)

▲二〇一〇年・九月二日

我北上了。

越來越覺得面對一些悲傷與歡樂時，心變得啞口無言。會不會是因為聚集了太多濃稠的記憶，太多疤痕、往事，還有太不堪回首、不堪追究的過程脈絡，所以才省略了清晰。

有些東西看得清楚，反而就模糊了吧？
出發前，我翻開紅色的小本子看到了一些字，懂了而今我們想追溯的情感和思緒，一旦錯過，就不能詳細了。

我或許偷偷地泛了淚光，由來是我看見了捷運裡一個小小男孩順手把脫下的外套塞到父親手裡的舉止。我或許偷偷地想起了Ｍ，還有這些年來我身上背負著的冷血。

我失去的一些溫熱，其實不過如此罷了。那又如何呢。我不願意攜帶放大鏡過生活，我也不願意再去思考那些窮極無聊的比對。可能誰會對著我的瘡口嗤之以鼻、不以為然，我還是照樣自我治癒。因為傷口或大或小、或深或淺，都是無法忽略且無法苟且安之的痛。我與人群各自凝望自己軀殼底下的色素沉澱，確認背後久遠的故事歷程，什麼都無須多說。靜靜地，看著它們集結成塊，等待它們逐日褪去。

這樣的啓程相較於以往，是否大同小異？我一邊想著未來，一邊神遊去了腦海裡的風景。樹葉與樹葉層層交疊，光從中間的孔洞射入。

我笑了。
再怎麼狹窄的細縫也容得下光。
再怎麼顛簸的旅途也得以擁有希望。

Ｍ，祝明天的妳生日快樂。祝無數個明天的我，可以無憂無慮，掌握確切的該去的方向。

▲二〇一〇年・九月十一日

給我的摯友Ｋ：

尋尋覓覓，尋尋覓覓。假想的夢裡，我們在愛琴海上揚起風帆，試圖探望屬於自己的一個標的；現實裡的我們相互對望，以眼神吹起曖昧之哨音，遞送淺顯提示，希望闢開一條新路於對岸立下旗杆。來來回回，反反覆覆，像一場永遠不會停止的輪迴：我們宣示領土後

停留，停留後再輸掉所有占據的權利，接著送去舊有風景，並爲了忘懷這些吹過的風、摘過的星、聞過的花、聽過的雨，而急於奔向另一塊大陸擱淺。

K，我知道妳說的不是愛琴海，是愛情海。是愛情這一面海使我們盲目地航行，我們驕縱、放肆、撒野；我們脆弱、徬徨、無助，我們在這些旅途當中丟失自我、墜落至意想不到的谷底深淵，但同時卻獲致自以爲的最大的幸福。K，這些歷程是我們最想面對但也最承受不住的，因爲好與壞總是一併共生，妳過去有多麼快樂，現在就有多麼心傷。好希望在這面海上，妳能靠著傷口學到更多未知的道理；妳能因爲欣賞到這面海的遼闊，而同時開放了心胸。

活在回憶裡的K，妳記得「用新一段愉悅彌蓋舊疤」的說法吧？也許妳的那一盞燈火還沒被妳望見，但是它確實在遠方燃燒著。我們都要知道，是迷途的愚昧讓彼此得到理性的睿智。如果沒有暗黑的慌迷，也不會有如今的妳。這些事物逐日累積、拼湊成我們，它們推促、鞭笞，都是爲了往後讓妳我變成更美好的人。

要記得這世上所有的花，都是美麗的花。妳就是其中的一朵。懂得在妳頂上澆灌的人此刻仍在彼端，妳等著他，他期待著妳。尋尋覓覓，尋尋覓覓。漫長的煎熬爲的是印證即將來臨的欣喜。我想這些空窗時日，就把生命交付給天上聚生而落降的雨水，讓它呵護我們短暫乾枯的色澤，相信即使如此，也能擁有活潑的香氣吧。

▲二○一○年・九月二十六日

「勇敢，不是不恐懼。是心懷恐懼，卻仍勇往直前。」

從記憶裡翻出這行學測前聽見的字句，把它丟給偶爾湧出的困惑，消退它們逐漸擴大的侵襲。是啊，如果把害怕面對的事認定成是做不好的事，或許我們就無法再創造出更多可能了吧……？

然而我仍舊如此。

"It's a long long journey…"
總是在最悲觀的時候，看見路的末端。彷彿幾十年的光陰瞬間就會被走到懸崖。明知道不會那麼快就結束、不會那麼快就下定論，但礙於視界狹隘，我們還是禁不住地猜測，也許再多眨幾次眼睛，一切的景觀便不復有變化。Long long journey啊……如我一般的還沒步上軌道的人，以及步上軌道卻心處徬徨的人，難道皆已在此刻失去了馳行的機會？而那些恣意悠遊的人，難道他們就眞的確切掌握了永遠不偏的方向？

更多的恐懼似乎象徵著蛻變的開始，過程中累積的斷斷續續的悲觀，能否直達恆久的明朗？我不知道。我們是握不住答案的凡人，僅能明白當下這一秒的全部。過去與未來，全屬於消逝及不可觸的一塊。生命沒有保證吧，我至此又更感迷茫，但是這樣的迷茫，也許是免不得的歷程。

當我們問：「該怎麼做？」方式總在思索如何下手的時候，悄悄攀上我們的身軀，注入在心底了。縱然沒察覺，撐過去的時間會給予最好的證明。沒有人絕對懦弱，沒有人絕對強悍，把生活或紮實或頹廢地過下去，只要不停歇腳步，有一份於前方等待堅守的信仰在，就已是最大、最大的勇敢了。

▲二○一○年‧十月二十一日

最近又下起了大雨。
我們住在霧裡。
好奇時間的走動扒了彼此多少層皮，為什麼難過的人被迫不能再難過，為什麼心傷的人一定得復原呢。不斷地卸下再卸下，在自訂或期許的期限內，我們被逼著要以新生的樣貌出現。路如果都有終點，我們終究得投向快樂的懷抱吧。

「快樂快樂快樂」
「正向正向正向」
「積極積極積極」

淚水多一滴都不值得。
就這樣，深夜桌燈下，我也不是非得要想起你來。
但我順勢地想著你。
沒有刻意躲避，也沒有刻意地要陷入某種早已不復存在的漩渦中。我只是就這樣地想著你。

想著失去與獲得，一個人或是兩個人。
不特別開心，也沒有特別的痛楚。平平淡淡。

我又想著，在安慰別人的時候，是不是都忘記了之前無法被安慰的自己。
我想著，說永遠比做容易。
我想著，講給別人聽永遠比講給自己聽要來得簡單。

我想著，要一個脆弱的人一夜堅強起來是不是過於殘忍。

我想著，要一個落淚的人馬上拭乾眼淚後微笑是不是在欺騙彼此。

也許吧，我們都忽略淚水的價值。多流一點可能更接近自由。
所以朋友們，能哭的時候就哭吧。

畢竟現在的我已經擠不出也不想再擠任何一滴眼淚了。

▲二〇一〇年‧十月二十三日

昨天的我做了一個夢。

所有的人群聚集在一個地方，像是約好了要去哪裡。
我安靜不說話，也不想說話。

默默地，我從擁擠的人群中逃出，提著自己的行李，偷偷
溜進一個小房間。
我窩在那裡，靜聽外面的聲音；我包裹著棉被，小心翼翼
地調整呼吸，滴下眼淚。

直到外頭的聲音消失，車子的引擎發動了——心中緊接而
來的是一種解脫感，但解脫中又摻雜了無助。

◇

也許那正是我最近需要的，恰小的世界。
我不想要附和任何一段言語，也不想要走進誰的懷抱。

有的時候我只是想純粹地過著。
不愁表情的呈現、行動的表達，我的慵懶保護我的自在。
就算它挑戰了我易失的安全感，就算不相識的美感無法存在於每時每刻。

L，越廣大越寂寞。
愛有時需要的是深度而不是廣度。我想我因此更加明白。

▲二〇一〇年‧十一月十六日

真理與一些受用的智慧，我無所適從。

M，有的時候我並不習慣承載太多的悲傷。有的時候，悲傷並不是「多」，而是龐大、沉重。沉重的悲傷，一個就夠了。一個就讓我們措手不及、無法應對、無法逃脫。人，最後輸的，總會是自己。

我好想念妳的教訓和激勵，以及妳的一句「沒關係」。

妳知不知道，有的時候我不需要太多的支持。有的時候，重要的支持，一個就夠了。

我想擁有妳那份真真實實的愛。我想要摸得到、聽得到、看得到的愛。

只有妳明白我擔心什麼、害怕什麼、追求什麼、渴望什麼。

只有妳明白我為什麼犯錯、為什麼墮落，又或我為什麼積極、為什麼而認真奮發。

只有妳能給我最切身的陪伴。

然而我僅得持續地依附想像，拼裝著、湊合著。那些日子或多或少在我耳邊晃過所留下的聲音。然後藉此描摹妳的影子。

當身邊的人拿起電話撥出，只為了消磨滿腔的愛時——M，我真想撥給妳。

我一定會撥給妳的。

我需要，好多好多好多好多好多的勇氣。

我想要勇敢，我想要變強。我想要自己成為一個真正獨立的個體。

我不願讓妳的離開，變成我對生活失控的禍因。

▲二〇一〇年‧十二月七日

沒有辦法去跟每個人解釋我是怎麼樣的一個人。或許關於這些定義、這些結論，我都無從解釋起。我不可能完全歸類在某個屬性，而世界上的每一個誰也皆無例外。因此遇到了或好或壞的事件，我漸漸懶得再開口。可能比起開口，有更多的方式去化解、去迎接，而我只是恰好因為懶惰，轉向了相對適合的一條路。

我慢慢學會了一些以前學不會的事：不喜歡就是不喜歡，討厭就是討厭，不苟同就是不苟同。只要有任何一絲一毫不妥的感知出現，我想那就是一個值得參考的徵兆；用不著繼續等待，也無須再擔心此刻的定論會於往後遭到推翻。被推翻又如何？也是未來的事了。現在的眼和心各自接收到的是什麼樣的訊息，我必須相信自己。

「讓懂的人懂，讓不懂的人不懂；讓世界是世界，我甘心是我的繭。」
簡媜的句子久經時日依然不會失去它的道理。

莫大的空間中，我們偶爾獨居、偶爾群居，我們習慣孤寂但又愛好喧鬧。世界是並行的，人也是雙軌的；該怎麼自處、互處，有的時候只是時機問題。你若知曉要在何時選擇安靜、要在何時親近人群；你若明白要在何時放下私利、要在何時為己著想——也許，你會過得更快樂。

把愛你的人好好地愛一遍，因為是他們在茫茫人海中選擇了你。
把你愛的人好好地愛一遍，因為是你好不容易認定了他們的存在。
其餘的，就算有裂痕、淚水，就算生了火又起了煙，何妨呢。他們產生的痛，對你而言只是輕扎的一根針。他們的意義之於你的生命來說，實在太輕了。不用瞭解的，就放任它空白吧。不用說明的，也一同交給沉默應對。

偽裝，是為了保護你的從容。

▲二〇一〇年・十二月九日

該怎麼去形容這樣子美麗的恐懼？本質應該是美好的，但是我卻無法接受。或許有東西正在萌芽，然而我卻不希望它繼續成長。

真開心能遇見妳，好希望可以成為最好、最好的朋友。

▲二〇一〇年・十二月十八日

十二月十七日，去看了電影《陪妳到最後》。
從頭到尾以淚洗面，哭得好慘呢。

原來傷不是消失，只是被隱形。今天有人告訴我，觀影過程中，她僅止於鼻酸而無法掉淚，心裡感受到的是恐懼大過於悲傷。那我呢？

我只是再一次感受妳的感受。然後知道妳有多痛、多難熬、多孤寂、多麼地徬徨無助。然後再知道，那時的我們懂了多少（多麼少），現在的我們又多懂了什麼。然後，然後，關於妳留下我們過自己的人生，關於妳解除了囚禁、掙脫了束縛、拆鬆了綑綁，關於很久以前的所有——我是既遺憾又如此慶幸。

自始至終我只是一個偶爾念舊的人。偶爾。我選擇的偶爾。

我不能記得太多,我也不能想得太多。而妳只是因此模糊了,失焦到剛好的程度。

但原諒我總習慣性地一直將這份「偶爾」重複。彷彿所有紙張都對我突來的情緒厭了、煩了、倦了。儘管到頭來,我還是什麼都不害怕地記下。就如我不怕別人問起,不怕別人懷疑。因為我假裝著我仍擁有,因為我還能笑。因為我覺得讓太多不必要的膿水外流,使人生厭。

哈哈。

最近的我,嘗試著在最低落的時候放任背脊徹底發冷。讓冷感一路傳送到我的中樞神經,冰凍所有正向思考的可能。一次顫抖伴隨著一次酥麻,我想像腦中有團黑色煙霧越來越濃、越來越重,然後用力地把靈魂鑽進去。鑽進去了嗎?希望出來又是另一個宇宙。因為否極泰來。因為哭到最後、最底限,就只能笑了。因為不想壓抑、不要壓抑、無法壓抑,所以才可以衝破出口。死亡換來新生。

我也許就逐漸能摸到日光了。

▲二〇一〇年‧十二月二十日

如果逃得了就好了。
如果當我大喊著「我想逃」的時候,我的心也一樣想逃就好了。

如果我能心口相一,我就不會像這樣子分崩離析地去待在妳的身邊。我就不會一邊猜測自己的感覺,一邊恐懼自己跨過某個地界,然後進化成一種我壓根都沒想過會成為的人。深陷如此旋轉之中,我盲目地像失去姓名的嬰孩;每到夜黑時分,慢慢研磨的情感似乎只能堆積在不曾記起的夢中,唯有這樣才可以消除每一寸逐日生長的特別。

W,該怎麼辦才好呢。好想讓妳瞭解更多更多的我,然而又好想裏緊著全部的祕密不對妳訴說。好想瞭解更多更多的妳,但是又害怕我會因此而越發不懂知足。有的時候想著妳就覺得又快樂又痛苦,因為這樣子的想只能是狂想,這樣子的喜歡只能被我形容為瘋癲。是妳顛覆了所有我原本框架好的邏輯,是妳潑了一盆新的色彩在我的世界;是妳讓我迷途,是妳讓我深感徬徨無助。W,妳是美酒,因為我不諳如何拿捏它的嗆、它的澀、它的烈,起初的慢啜便因此導向往後的成癮,我雖醉得開心但亦無法再捨棄妳的氣味。壓抑到最後,我知道我是學不乖了。我願意用一些時日去稀釋這荒唐的愛慕。我願意在獨自一人之際,透徹所有心思漫遊、纏繞的歷程,看清楚妳我的臉。

W，昨晚我想起了光良的〈第一次〉，聽來甜蜜動人的歌詞套用在為妳成立的假設上，竟會變得如此令人作嘔。所以我才深感寂寞。比我想像中來得更加寂寞，流的眼淚也還要多上更多。然而相較於拋棄一切關於妳的感知，承受這類莫名其妙的失落才無法傷害我。我心裡明白，短時間內我是回不去了。默默地就好，也許一個月、也許半年，我知道在某個未來，我會折返到原來的我並尋回根本的名字，笑著對妳形容當時我的瘋狂。

也許屆時妳會說，觀看我之於妳的這已逝的暗戀，像是觀看一朵花的演化。
一生盛開一次就好了。

▲二〇一一年·十月九日

我想我慢慢會懂得，有些歌一定要向著對的人唱，才會流下眼淚。
也甚至必須唱出聲，不能讓字字句句因在喉間撞成一塊──以為它們將因此碎裂、流散──等及最後才明白愚蠢的忍耐僅會逼得自己窒息。

夏天遠了。
看著幾年前留下的文字，走在文字之上一步一腳印地踩過你模糊的面貌，一邊驚覺我已然忘記太多關於你的畫面，一邊撿拾這些記憶，擦一擦灰塵、望一望，再丟棄。然後瀏覽完了才發現，腳底生繭了。踩過你的臉、你的眉眼，也踩過你的好、你的離開，事到如今我終於把無奈與未知待解的謎局都一概踏平，不再想知道答案了。

因為走得越久越遠，越知道自己不過只是太晚明白釋放靈魂的方式。當年的我像是持有一首歌，卻唱不出來；以為默默在心底哼著，你就會曉得。而你似乎也只是悄悄地在自己的譜上寫曲，寫完之後遞給我了，卻不教我怎麼開口吟它。於是我才開始當上逃兵追你，用盡一切的力量追你，以為你永遠都會在相隔一個指尖便可觸碰到的位置等我，更以為全天下的戀人都與我們類似，最最靠近也就只是這樣罷了。

我一個人笑，一個人哭。
演一場獨角戲學習什麼叫做知足；用一顆詩心牽起柏拉圖的手，每日浸泡在腐爛的情緒裡面，言說愛卻從不碰觸愛。
你看好了，這就是我左手曾握有的灰色玫瑰，就是你。一握，就忘了它香了多久，香得令我過敏、令我感冒、令我抗拒……

◇

所以你能想像嗎？對比現在，我已經無法衡量更巨大的幸福是什麼了。今天下午坐在冷氣房裡聽課，喝一口水、吃一包藥，動動筆抄下幾行英文，忽然望見手機正閃著新簡訊的提示燈，當下老師閒話聊開了惹得全班哄堂大笑，我也抖抖雙肩跟著呵笑了幾聲……那個瞬間我真不確定該怎樣形容，但一顆心卻很清楚：這就是幸福了。

今日我不再是孤獨的詩人，也不會唱著一個人的情歌。

再沒有人比我更懂，給予出去的愛著實擁有生命是多麼珍貴的事。它活著，有回應，有聲音；我凝望的是一個人的一雙眼而不是一隻影子的焦黑輪廓。嘿，放心吧，此刻與我共同哼唱一首歌的人啊，我發誓會在妳面前笑得開懷、哭得發慌，挑一首歌大聲地唱給妳聽，一個拍子都不漏不少。而今想起前些時日令我們煎熬的夜晚，心中充滿了平靜的溫熱。感謝妳在一陣風浪之後仍願意回頭看望，願意在同一片荊棘中和我溫柔善待彼此的痛楚及傷口。有些深刻會在混亂之後清晰，歷經不愉快才更知道快樂的原因。也好險現在什麼都不痛了，甚至冒著被妳嘲笑的風險說著再也寫不出字來了。因為美麗的文字總是腐朽啊，因為腐朽總來自於寂寞。

因為我暫時想不起該如何對著流星許願，因為我已然存在於願望之中了。

▲二○一一年‧十月十四日

時間恍如一張紙。

偶爾選擇從側面看它的薄，偶爾選擇攤開它的坦腹，看它的廣。是發閒或是慌忙，大概就歸因於這樣的視線變換吧。而生活之於我、我之於生活，眼神著落處的更迭，始終沒有一定的節奏；或「乖」或「壞」，使不上全力去成為一個怎麼樣的人，又如何呢。我是一壺裝不滿的水，一半空氣一半重量，或許才搖晃得出我要的聲響吧。

始終記得高中時讀到凌性傑書中的一段話：「那些年一直高唱著『我要跑在最前面，才能看到不一樣的天』，後來我才知道，即使跑在最前面，看到的還是一樣的天。」

能不能就讓我偶爾欣羨別人，偶爾慶幸自己是自己；偶爾沒有勇氣，偶爾放膽去外闖一番。堅強與軟弱並生，幹勁十足和頹靡玩喪一同碾壓著生命，日子不就是這樣子過下去的嗎？每天回頭一望，帶有一點點的後悔，或許才更有活著的感覺呢。

▲二〇一一年‧十一月十六日

有的時候，自己對著自己說：「加油喔。」是沒有用的。
有的時候，靠自己使力地擦掉雙頰上的淚，它只會止不住地流。
有的時候，就是該承認自己脆弱。有的時候，力量就是要別人給，才收得到。

我就是一個這麼脆弱的人。
我就是一個，在很黑很黑的房間裡，因為莫名的恐懼和不安而丟失睡眠時，需要仰靠腦海中想像的一張臉，默念他的名字數遍，才能入眠的人。

小時候如此，長大亦然。我一直相信都是因為愛夠巨大，才能像這樣把「想像」轉為具體、著實的存在。而這般簡單的喜歡和依賴，我總稱它為「魔力」。

人怎麼能失去這種魔力？
人怎麼能不需要這種魔力？

不用那麼強悍的。你應當承認你是個弱到骨子裡的人。
一個人安安靜靜地沉默不會比較好過。總會有那麼一些跌傷的路段，需要一個誰陪在你身旁，你才願意繼續走。

我的魔力，你不會知道現在我有多麼需要你。

▲二〇一一年‧十一月二十一日

原來是這樣的。

看多了、聽多了、感受多了，你便漸漸開始學會判斷，這世界究竟是生成什麼樣子。你會在過去的許多當下以為：「啊，就是這樣吧。」你會嘗試思考甚至拿筆記下，也會懷抱深沉的厭世感，與人交換心歷之轉折。你一邊感慨路走得曲折蜿蜒，一邊又慶幸你擁有某方面的堅強——即使你仍認為這樣不算足夠，但你願意相信，自己已在成長路上。

接著多年過去，同樣的情緒、同樣的認知，都將被不斷顛覆，乃致成就「現下的你」。你可能因此感到完整，卻在下一個階段，再次地發現原來你又變得不再完整。

你因此明白了人的心不會永遠飽滿，但你可以把握那些使你生命獲致充沛養分而備感欣喜的時刻。你曉得，在愛裡談論永恆，即處處充斥缺陷。

所以就不再談了。你決定用一些新的態度去延續愛人的方式，時間也因而消耗得更有價值。你開始捨棄無謂的崇拜，然後願意等身、等視角地看待彼此，以兩個人的平凡去建築一個雙方共有的特別。

「這就對了，這樣很好。」你總這般鼓勵自己，反覆練習如何在對方面前弄得渾身汙泥，卻仍能自在地露出憨笑。因為你終於相信人的自信有如遠播的香氣，一傳就是廣闊千里。你也知道，那會使你變得更為美麗。

就是這樣子了。

等到你開始察覺，過去的自己總陷進錯誤泥沼中而無法站起身時，你會更加感謝現在，願意以赤裸面貌站在他的面前，映入他的眼。你得到了最深切的提醒：一路走來，你看多了、聽多了、感受多了，卻從不曾想，為什麼這個世界會被你形容成那般不堪？為什麼你總把醜陋的矛頭指向自己的不足？為什麼你全然漠視了那些能引以為傲的美好？你該走出來了。

因為你遇到了一個會對著你說：「我就是喜歡你現在這個樣子。」的人。

你別無所求。

你願意花些時日，更加勇敢地透明。

▲二○一二年・一月二十四日

一、

小年夜返家，家門外的公園拆了。

想起了前陣子在臺北收到老友的簡訊，裡頭語氣滿是雀躍。「欸欸欸，我跟妳說喔！小港變繁榮了啦！不只新開了摩斯喔，還有……」看了不免會心一笑。像我這種非得要經過半個世紀才返回初長土地的人，任何改變在我眼裡看來，應該都是最顯著、最難以忽略的吧。

而今家門外的公園拆了，外圍立起高高的鐵棚，要從隙縫中才能窺見裡頭的模樣——陳舊的溜滑梯、單槓，還有一地荒蕪的沙，連四周的紅磚步道也全不見了。乍見之際，心裡問號層層冒出：「什麼時候的事啊？我怎麼不知道……」但這樣的問號也僅是一瞬，因為我「理應」不知不曉啊。

雖然早已太多年沒進到公園裡頭玩耍，長假返來時也不像周遭鄰居一般，慣於飯後繞著公園外圍散步，但這座小小的堡壘，也是累積了我從小到大的諸多記憶，形同一個不可取代

的存在與標的。「爾後這裡會變得怎樣呢？」望著鐵棚矗立，我已不敢再想下去。是否哪天當我夜歸時，已經無法順著公園外的紅磚道走回家門？是否我會開始格外在乎那些昔日不曾注意面容的，待在樹蔭底下、講著方言的流浪老人？

公園是真的拆了，以一種記憶中熟悉的樣貌消失，停在那裡。那麼未來又將如何重現呢？我不禁開始想念一些再也見不到的人。

二、

昨天出門前，隔著螢幕看到了一張照片——你也有了新的穩定交心的人了。拖曳著滑鼠，即使最終沒有點下那個「讚」字，心裡頭也已是欣喜祝福。現在回想起關於我們的回憶，還真覺得可愛。既模糊又稱不上是愛的一段。

搭上公車，腦袋還在想著那張照片。邊想邊藏不住笑意，內心偷偷認定，也許正是在這樣的近鄉時刻，才會對此特有感觸吧——畢竟是發生在這片土地上的日子與故事啊，畢竟，那時的我們甚至稱不上年輕，而是年幼了。

你好呀，我們真的都長大了呢。當年瘦矮的身軀、小小的手掌，現在皆已蛻變。只是好奇，若今日你和我再度面對愛，仍會是害臊嗎？仍將小心翼翼嗎？仍心懷那種「我已純熟懂事」的孤傲卻不自知嗎？不曉得你變得如何，但屬於我們孩提時期的「不牽手、不擁抱、不親吻」的喜歡，其實也足夠放在心裡一輩子了。

我一直望著車窗外，體會那種毫無顧慮、不懂是非，所以也不論對錯的單純美好。喜歡一個人是多麼幸福的事，至今我甚至記不起來有否為你掉過任何一次眼淚，或許一次都沒有。思緒走至此處，就想問問你，是不是也發現了年紀的增長迫使我們學會計較、學會怨懟；而在懂得如何做複雜的思考之後，便漸漸地持有自己的一套理論、說詞，開始帶著它們東奔西跑，不自覺地養成了在與他人相處時拿來炫耀，口角衝突時拚命以之捍己的壞習慣？我笑了。

就這樣，乘著車，耳邊伴隨引擎噪音及手機的歌單曲目，你我的回憶也快被我當成乾糧咬光了。咬掉最後一口前，腦海裡是彼此不算完美的結束。但不要緊的。因為我知道，自始至終誰也沒對誰說謊。愛時說愛，別時說別。千萬不要像那些分開後狂言著「你騙我、你怎麼如此待我」的人哪，我願意去相信在一起時的每一句話——你也是嗎？

希望我們現有的、未來的每一段仍是要好聚好散，不相恨也不遺憾喔。

▲二〇一二年・二月二日

每當心臟的表層被刮出一點破痕，我總不敢再看它的內裡。

也正是因為這樣，我總丟失解決問題的能力。別人說我甘願、我心寬，但誰知道我最痛恨自己輸在妥協這一關。我為何又聾又瞎？因為我不是一個一流血就哭的人，因為我向來最相信時間，因為我最依賴不聽不問不看就不傷的真理。

可是就算我再怎麼努力地不聽不看不問，也好像躲不掉那些壓根不願曉聞的事。

「妳不是她，也不用是她。」腦海裡浮現朋友說的這句話，感覺被甩了幾個耳光。自私的心一定是世界上最昂貴的毒品吧？上癮了難以除戒，還得賠上幾百米長的光陰消磨一張美麗的臉——從期待被愛的緋紅雙頰，變成害怕被傷的婆娑淚眼。明明更多時候傷人的不是對方，而是在鏡裡兀自毀容的我自己。

我到底還能多醜呢？
要等到何時，才有智慧理解：雖然妳作為我的風箏，我們天邊地上相互引領，卻仍無法避開所有往妳身上撲去的風？我雖瞧它隱形，雙手依舊感及震盪……這樣的我，還稱得上心寬、稱得上理智嗎？何況我不僅賠上了面容更賠上了脾氣，何況我又是個在脆弱之際無法溫柔到底的人。

▲二〇一二年・三月二十四日

0311－0319
衝動的意念是一尾蛇，準備啄下那一口毒液時，速度之快讓你無法反應、無法疼痛、無法傷心。

數不清有多少次在公車上面無表情地流下眼淚，也看不到思緒究竟走到了哪個地帶、哪個邊界。只曉得盡頭茫茫。勇氣為什麼不夠呢？答案總是因為不捨。為什麼不捨？因為被傷得不夠重。所以人是自虐的動物吧，看著自己流血，以為可以再流更多的血；接著遮蓋心眼、裝聾作啞，耍無賴似地在故事終結前來場最後的搏鬥——耐心是唯一的利器，而砲火休止的指標，就是一句：「淡了。」

我成功盼到了這一句。
背後的火燒起來了，我成為一尾蛇，奮力一口，斷了。一切如此平靜，像穿上薄衣散步於細雪輕飄的夜晚：一點凍傷，一點無感，一點冰冷，一點微量。

0320－0321

大聲講話、大聲地笑，生活的樣貌突然變得深刻了起來；每一秒的呼吸都顯得用力，每一句中的每一字，都費心地去說。再多一點、再多一點，再多一點我好像就能笑到流淚。這種眼淚最不浪費了吧。這種時候總想著，對啊，也許我還有你們。也許我還有很多、很多事可以做，也許我不是那麼軟弱。

也許我再多照顧自己一點、多逼自己一點，就可以隨時隨地把出走的心神拉回自己腦袋。也許我就可以推翻以前所猜想的現在：行屍走肉與一灘爛泥。

結果又無用了。我還是一個不折不扣的，無法狠心、無法堅定的傢伙。
P說：「妳不是為了求回報才付出，妳有幾分就是幾分。」
P又說，既然無法保證別人的心，就保證自己的心吧。別人騙我們是他的錯，只要我們不虧對自己就好。

雖然聽來好像一個傻子理論，卻足以令我順服了。

0322－0323

人總對自己不夠好，總不甚愛自己。
禮拜五下午，在科技大樓站的丹堤內邂逅了一位天使。

「對我而言創作就是生活，就是記錄。人的一生只有一次二十歲……」天使的眼睛在發光，聲音又輕又柔，卻萬分堅定。
不知怎地，當下我覺得既羞愧又羨慕。而早在採訪開始前，為了打發無聊的等待時間，我拿出行事曆和筆嘗試寫下一點什麼，立刻心生難過。我突然意識到自己即將做一件「對的事」、「感興趣的事」——而這竟然是我上大學以來第一次這麼覺得。

能不悲哀嗎？
人生啊，也許當下的想法永遠都不準確，也許未來真的充滿變數，但是關於喜歡的事、喜歡的人，我們都對自己太過吝嗇了。這瞬間我憶及P的理論，忽然懂了。我寧可自己是個傻子，也要繼續這樣追逐下去。我緊跟著誰、緊捉著什麼都無謂，我願意愚昧地當個無所顧忌的人；哪怕我膽小，我也要勇於站出去讓別人看見我的膽小……。

是的，一生只有一次二十歲。
採訪結束後，有點想哭，有點需要一個擁抱。

▲二〇一二年・四月四日

沒聽過完整故事，就發表評論的人；以及沒能以身作則卻向著別人說道理的人，到底懷著什麼心呢？

不要戳著我的傷口說你一切都瞭解。

▲二〇一二年・七月三日

昨天去看了海。

在人們眼中，海好像能包容一切。憂鬱的時候該看海；不憂鬱的時候，也該看海。我蹲坐在南方黑沙灘上的原木，靜望著一片一片恰似雪白糖衣的浪花，遞進式覆蓋在深褐色的溼壤，一層比一層更薄，直到化開不見。向晚時分，身上的汗水乾了，滿鼻的鹹味，大自然的香。

我安靜，而人們的笑、海浪的吵，交織成一襲緊密但柔軟的網，將我捕捉，嵌入在該時該刻、漸黑鬱藍混雜著昏黃微光的海地交界，行無邊無由的思考。

為什麼海浪無口，發出的聲響卻可以匹敵人類的嘻笑聲？為什麼海浪無手，卻往往能給予我們一掌清脆、喚人清醒的耳光？

又為什麼，一個消失的人總是能超越其他事物的存在感；為什麼，在被那些深刻的實話咬傷之後，我們仍不改自憐地耽溺在叩問無解的輪迴中，久久不甘願出走？我們是否都習慣了，讓一些無形的、新生的悲傷，掩蓋實質擁有的美好？

關於幸福，把不把握、放不放縱的問題，太難了。你不知道何時該繼續努力，何時則該，放棄。是放棄或者是聰明，教誰評斷？

你可以怪罪他怎麼對你不好，卻不能怪罪他不再愛你。
愛即愛，不愛即不愛。

「我身後有一把傘，可是我從不撐起。」

有些東西該收起來了吧，最後一把最特別的傘，你把他挪放到比祕密更祕密的角落，但往後還有好長的雨季呢。

就讓我陪你一路淋下去吧。

▲二〇一二年・七月六日

一個人在北車把黃昏踩成了夜晚。

聽著歌漫步，繞了一圈和平公園；走過幾條大路、街巷，也逛了幾間書局——才發現，人的記憶都是有意圖的。是我們潛意識地循著心的指引，重溫那些永遠無法計算走過多少次的路——這些路皆成了記憶之載體——冥冥中踩踏舊時的腳印，想著過去的某一天同樣身處此地，是笑是哭，是碎步的小跑抑或輕盈的跳躍，又或者是栓上沉重情感的步伐，移動之間盡是嘆息……。

思及此，便覺得自己深深地愛上了那些道路，以及看似死寂的建築物：一棟大樓、一座石椅，甚至是一間曾經走進去買了罐啤酒換得幾滴淚的便利商店。它們活現於往事和現刻並存的時空中，好似個不畏容顏枯老的守衛，永遠佇立在那裡。而這種魔幻的穿越感，會使我刻意地站在某一處，端望著前方的街景畫面，開始對照腦中印象，檢查眼下這一幅「複製畫」哪裡有誤——就算僅是一棵樹、一面招牌，對我來說皆是難以忽略的物件。最後等一切都掃描完畢了，我便會開啓更深層的遙想之旅：「嗯，那時候，我就是在這裡……」自顧自重播著某段熟爛的老故事，即便新的情節發展未完，現在仍懸宕於待續的未知中。

再後來呢？其實不過又把這幅複製畫留放那裡，繼續生活罷了。但儘管如此，我總有一廂情願的錯覺，好像它們永遠都在等著自己回去，行一番徹底的檢視。又有時，我甚至會想：當年，它們是否料到如今的變化？與我初次相遇之際，它們會否相信我將和身邊的誰共度一輩子？也許等到日子久了、老了，我會希望它們永遠不要改變，永遠都是青春記憶中，那般有點哀戚、有點美好的樣子。

「是菸就好／就可以打起火點著／燒掉一點點自己／菸的自己我的自己我們多麼／相親相愛你是不懂／我也／不需要你懂了」

——葉青

嘿，坦白說我是不願燒去自己、燒去那些記憶，也還奢求著有誰來懂我呢。

▲二〇一二年・十月八日

「世上最殘酷的／恐怕是時間／困住人／一切卻還向前」

——〈禮物〉，劉力揚

一個人的時候，腳步很快，一晃眼，就走過了捷運站後的四個街口。然而兩個人的時候，四個街口的距離都顯得太短。

人總是好愛選擇性記憶。說不捨，是因為歡笑的一切蓋過爭吵的畫面；談別離，則是把那段時日全部的苦痛加諸於無辜淨白的感情。到底可不可以不偏不頗地，將兩個人之間的故事完整地收錄呢？人在愛裡，好像很難公平。

所以就讓我自私地用我的方式，繼續在有妳的世界裡生活吧。我一定會很知足、很小心，只要可以一輩子這樣子好好的，我想珍惜每個能對自己所在乎的人溫柔的機會，因為我的溫柔只給值得的人啊。儘管妳一邊看著我施予溫柔，一邊手拿濾網，把踰越的部分都放生。

好不快樂。無論如何，至少我在回家路上了。

▲二〇一二年・十一月一日

那天妳問：「要隔多久呢？」要隔多久，才可以把兩人之間的事當成一個美好的過去，妳笑當年的我有多愚蠢，而我拼命數落妳有多任性；一陣鬧嚷嚷的喧嘩後，縱使不提，我們也完全懂得彼此溫柔的地方。

我們還是可以一起吹風看海、外出遊玩；我們仍舊能夠一同擠進拍立得的框框內，企圖把歡樂的時刻定格成永恆；我們或許，依然享受躺在彼此身邊的自在，長談一部電影、一些城市、一身身淡進淡出的人影——或者是，那卷共譜的青春。

我們甚至可以擁抱，且不會在擁抱之後，貪圖、等待下一次的倚偎。我們沒有慾望，但確信仍深深地喜歡著對方。

有什麼困難呢？我似乎都離這些不遠了。歷經長途跋涉，終於來到這處接近海闊天空的地方。我習慣收斂、習慣吞嚥，也習慣安靜地想妳。然而，我卻似乎未能習慣，哪天看著別人將妳的手牽起。

這才發現，原來祝福，才是最崇高的放下。

▲二〇一二年・十一月十一日

日子永遠都那麼快，快得年輕的我們比誰都還害怕老去。害怕我們會不再因為一次吻而緊張，不再想得那麼少、那麼衝動、那麼無謂。

不知所措的美，過了才真正知道。
知道，年輕之所以值得紀念，是因為所有的錯終會被原諒；所有的莽撞和傷，都將成為慶幸。

▲二〇一二年‧十一月二十三日

我們女孩，花開一半的年紀，其實也多多少少遇過或散漫、或不辭辛勞又鍥而不捨的蜂群，前來探蜜。我們總是仰首，以最美的姿態和香氣，企盼著一次值得貢獻己出的機會。

我們女孩，總能在某個瞬間知道，該準備好溫柔並打包全部的自己，拾著心、握持勇氣，即刻地吐出一句一字的養分和滋潤——接著開始深怕自己給得不夠，甚至，給得不對。但可惜了我們女孩啊，往往在交流幾抹微笑以後，就僅得數算他們振翅的頻率、稱不上停駐的匆促，然後靜靜感受飛離的速度。

「現在的我，還不夠配妳的好。」他這樣對妳說。

時機一定是個玄妙的詞吧，給了人們資格許願，卻忘了附上實踐的權利。真希望他能明白，等待邁向成熟、使自己更趨飽滿，並能全心地守護一個人的歷程是多麼殘酷，因為生命的發展終是平行，你們一併地移動，就一併地錯過。

儘管他想用新的自己完整本有的妳，但其實，你們都不會再是你們了。

▲二〇一二年‧十二月八日

前幾天跟Y聊到，我們都共同歷經了一個簡單可愛、帶點憨厚老實的溫情年代。

我們說那個時候的網路還不是太發達，沒有寬頻光纖，只靠撥接；我們說那個時候yahoo即時通才剛推出，大家幾乎都仍藉著e-mail寫信，甚至是仰賴綠色郵筒、經郵差家戶遞送，才將字字句句的心情送到對方手裡；我們說，那個時候少女們都流行拿OKWAP的手機，沒有所謂的「智慧」、Facebook、LINE，只有粉紅色的青春，和一封封用鍵盤緩緩刻出來的簡訊，字數上限七十字。

Y用「不習於講電話」來形容自己，而我恰好一直都是個偏愛文字勝過言語的人。談起國

小的朋友，Y說只有一位在畢業後仍保持聯絡，維繫的方式就是寫信。Y每每提筆寫信給她，都長達滿滿的六頁紙張，好像話永遠說不完似的，「一直寫、一直寫……」話至此處，Y的表情配上模擬書寫的動作，我完全可以理解她在訴說什麼。

其實我不是一個太會講話的人，或者更準確地說，我不擅長使用正經又不失輕鬆的口吻講真心話，一講身體就僵麻，一講就好像赤裸裸地站在對方面前，毫無遮掩。但我還是有真心的。我還是會在遞送溫情給人或接收來自他者的愛時，胸膛內感受到滾燙的熱流——特別是白紙黑字，特別是那些足以用「封」作為量詞，能夠一體成形、不斷章斷篇的媒介，更容易讓我覺得深刻。

書寫，真的是好溫柔的一件事。
一年的末尾，無論是以e-mail、簡訊或信箋，不妨暫時捨掉一行一行即時傳送、無法獨立成體的科技訊息，關上嘴巴，給自己一個釋放摯情的機會吧。如此也好讓你的一顆真心，能在別人的生命裡，被收藏紀念。

▲二〇一二年‧十二月十四日

六點半醒來，起了個大早，有些話不知道該跟誰說。也許是心虛、也許是懺悔；也許是莫名地氣憤，不曉得在為誰打抱不平。但說不定我曉得？只是礙於潛意識的逃避，心頭深處僅傳來陣陣微涼的壓抑與不安。

如果單靠著尋覓和思考，就能夠替人之所以會非議人、愛非議人，抑或喜於談論所謂八卦的原因理出正解，那事情就容易且純白多了。但我們卻不能。我們似乎總在某些時刻放任自己置身事外，活像個聖人聖女；卻又不自覺在暗黑模糊的地帶，讓自己踏了進去，無法排除。那些話語始終是沒有意義的，可是茶餘飯後之際，有多少話需要意義呢？你與我通常都難逃做個低俗、暫且拋開他人感受的自私者吧。你與我，常掛在嘴邊跟牢記在心的自制和理性，也不過爾爾罷了。

現下我想起過去某段日子的自己，覺得有點傷心。好險告別了當初，我能夠在接近懸崖時緊急煞住，縱使也或多或少不小心地崩裂了腳邊的石子，但至少還不算墜落。

就像此刻一樣，我給自己時針繞兩圈的路徑，去贖罪並由衷地致歉。就像此刻一樣，我清楚明白，多半的唾液都丟失了解決問題的能力，因為我們不願賦予，因為我們懶得耗用半點心思，也因此只能苟且描述情節，妄作評論。而真正試圖解開結的人，不會使言語成為一種浪費；真正厭惡某個人的人，早就不在乎他是誰了。

▲二○一二年‧十二月十八日

人，總是口是心非，卻又無法口是心非到最後一刻。似乎爲了遮蔽愛的所有扮演，到頭來終得徒勞無功。

▲二○一二年‧十二月二十日

葵葵，說來說去，我們其實沒有分開，也沒有變。從頭到尾，我們還是很不相同的人，各走各的路——當面對消沉的夕陽或深遠的鬱海時，妳會簡單地笑喊「好美喔！」也不多作形容，而我卻可能默默地鼻酸並暗湧了幾行字句，準備寫下一篇日記；就像面對床上的棉被抑或桌上的紙屑、講義時，妳會恨不得統統將它們整齊歸位，而我卻恣意地任其範圍擴張再擴張；就像，妳總難體驗夜半思考的愁緒，因爲妳的臉一旦爬上枕山，就會安沉地睡去；而我卻常常是個失敗的漁夫，垂釣不到濃厚睡意，孤獨苦等一整個深更……。

葵葵，還記得上一次的末日嗎？原本什麼都不說的我，在山上做了一場醉夢，掀開一直不敢承認的事實。我笑得又憨又傻，妳半聽半懂，有意無意地裝作讀不通一首詩的局外人，甚至連背後的賞析也不急著向我索取。於是那天之後，我繼續大膽地寫詩，每一首詩都得配上酒精；每一罐酒，都得搭上清晨五點的微光和溼了又乾的臉頰。

葵葵，不曉得妳知不知道，信仰末日的人也連帶地信仰著永恆，就像愛好悲劇的人其實更渴望幸福。我想感謝當年站在南極大陸的妳，看見了於北極海中猶疑漂流的我，並且願意在這個小小作家詩心大發的時候，沒有看不起她心中的這一朵玫瑰。即便兩年以來，撲朔迷離的抽象仍使我偏愛，而務實簡潔的特質依舊是妳崇尚又具備的，我們還是克服了迥異，一起離開冰天雪地，聚會在同一片天空下生活，累積了好多笑聲和淚水。

葵葵，有的時候我會覺得妳是對的：變的不是我們，是感受。如今我也不責怪妳單用一個簡單的理由就將我的詩作撕毀，因爲現在的我又能重新寫出另一篇散文。這次不是轟轟烈烈的愛戀詩，而是樸實內斂、充滿溫暖的抒情文——主角沒變，仍然是我們。總有一天，我會拿著拼黏好的、泛些黃光的陳舊詩篇，以及這一疊厚厚的記憶稿紙，佐以幾十年的感謝和懷念，送給妳。

上一次末日後，我們是情人。
那麼這一次的末日雖做不成情人，來生就當姊妹吧。

◎註：當年網路傳言二○一二年十二月二十一日是世界末日，故在「末日」前一天寫下這一篇，其實有點像溫暖的遺言。而文中提及的「上一次末日」所指日期同樣也是來自網路

傳言的二〇一一年五月十一日。

▲二〇一三年‧一月十九日

兜了一圈三十天，我回來了。

在二〇一二年末再度被下了警語：「欸，這裡水深勿近，你再跨一步，我只好沒收整個池子了。」像被略帶嚴肅語氣訓斥的小孩，我只能不停允諾不會再犯、保證將來必定如何作為，卻沒想過自己的意志究竟能否持續。勒戒中的毒癮者最害怕的其實不是自己無法再吸食毒品，而是畏懼在出了牢之後，這世上已尋不到毒源所在。

所以我們不是害怕遠離，而是害怕永遠失去。能怎麼辦呢，有的時候誠實竟是沒有用的。你有勇氣懷抱崎嶇，就要有勇氣不怕別人談論你的固執和難以溝通。至少我承認了，至少，我願意把一些可能沒有成果的練習，慢慢地放在時間的軌道上，緩步前移。

這麼久了，我還是一直在這條路上，即使你早已反向啟程。

▲二〇一三年‧一月二十九日

一個人流浪是必須的，太久沒有一個人，是危險的。再親密的人，也都只屬於舞臺下，不屬於你。儘管你覺得他的存在已等同呼吸，那樣極致自然；儘管你視他為你生活的一部分、你的皮膚，但在他面前，你難逃場場表演的宿命。你必須演，無論如何，只是或大或小、或隆重或隨興的差別而已。

我可以在你面前放鬆、不假克制地哭上好幾次，然而那也僅限於不是為你而哭的時候。哭或不哭，說或不說，到底是自私抑或諒解，沒有人清楚；而誰，又可以驕傲地保證，自己的忍耐純粹得不含一絲委屈？

也許祕密和距離所築起的，是最渾然天成、不可攻破的牢罩了。使得最終，誰都沒有住進誰心裡；也沒有誰，可以真正地一個人生活。

▲二〇一三年‧五月十三日

四月初，整整一年沒剪的頭髮，喀擦剪了一大截，但還是沒多少人發現。不打緊，至少自己心裡明白。

五月初，頭髮捲了。

髮絲真的是個奇妙的東西。或者應該說，渺小人類之於整個記憶的洪流，每一處被浸過的部位，都得沾上一點不同氣味的水，附會意義。而這條記憶的洪流可是每分每秒都在變的啊，你非但留不住，當下也不一定能記得完整的模樣；它之所以沖到你身上又逝去的目的，只是為了給予現下這一刻的你，一個可供未來辨認的印記。

所以彎著的髮尾、淡褐的髮色，都可以是我十八歲的印記。所以，那天妳問我：「我想要變回以前的髮型，妳覺得好嗎？」我也只能心頭一笑，覺得「啊，原來我們彼此都那麼想回到過去」──原來，時光真的不會倒流，但是總可以靠著某些憑依輔助，潛意識地催眠自己，真成功地把整個世界打包，帶回了故事開始之前。彷彿一切都不曾發生，我們還是兩朵各自獨占一方的花，相互欣賞、偶爾對望，卻始終沒有翻過底下土壤，扎根到對面的國度裡安居。

確實，世界並沒有被我打包。我凝望鏡子裡捲髮的自己，仍會憶起從直髮之後開始拉近距離的我們：靠近、貼近、合成一體，然後再漸離。整整兩年的光景統統附在那頂上長而毛躁的直髮，斷裂分岔的髮尾有若越走越崎嶇的故事末段，最終被我以整理之名義，一刀斷去。只是頭髮斷了，記憶沒斷，我再清楚不過。現在即使梳起一頭捲髮、紮成一束翹馬尾，朋友看見時說：「妳這樣好像大一時候的妳喔！」我仍舊知道，我有的只是空殼。一個困在半途上的空殼。

但也是因為走過這段變化，才更加確信你我企圖保有的永遠都是那些，可以從中得到力量的時期。我們想走的方向，其實只是回家。縱然後來的我們，常常僅能抱著自己溼漉漉的身體，憑空揣想尚未浸入這一攤水之前的時光──如何過著乾燥而純淨的生活，不覺寂寞、不覺有錯，不覺得如果少了彼此，就會天崩。

▲二○一三年・八月二十日

回高雄的第三天適逢颱風，但為了赴約，還是毫不猶豫地出門了。搭到好久沒搭的12號公車，它宛如一個定期會面的朋友，每過一段日子，我們又會聚首。

這一號車，是在高雄捷運尚未蓋好前，帶我走出住家範圍的媒介。從我家到市區，車程至少半小時到一個鐘頭，我總

在這段時間聽歌、跟朋友談天，或是自己一個人思考許多未解的事，八、九年來未曾變過。即使高中後捷運落成，它依然是我感情深厚的伙伴，送我出發、接我回家。

以前的12號公車甚至沒有時刻表，評估全靠經驗：扣除乘車時間後，我約莫都抓提早一小時左右出門，只為等車。也因此我的手機裡，總有很多張公車站前的照片；不同時光的，同一個逐變的場景。也因此我似乎習慣了緩慢，覺得等車沒什麼，覺得錯過了這班捷運又怎樣；我不愛奔跑於捷運站內，僅為了去追上一班快要闔上門的列車。

一個人的時候，我總是這樣，慢。而這好像即是在小港出生、成長所帶給我的影響。雖然住臺北三年了，多少受到一些衝擊和洗禮，但有些東西我仍固執地持有著——我喜歡等待、發呆、聽歌，觀察站牌前或車窗外的人；我看望建築物、感受橋的上坡及下滑，又常常不自覺地盯向路上的樹和等著綠燈待衝的騎士；我經過公園、學校、雜貨鋪、飲料店，視線總停留在肩扛瓦斯的伯伯或賣菜的阿嬤身上，偷窺他們的汗水、久曬的黝黑皮膚，然後覺得生命辛苦，人與人之間果真沒辦法真正替彼此改變什麼。

當然，我也關心背著書包、正在暑期輔導的學生，就好比我時時刻刻在乎我的青春。我還不經意地瞥見一站接一站上車的人們，其穿著打扮或是言行舉止，逐站而異。也許這就是社會？也許這就是人生。我每天都從一個原礦滿載的地方，前往一處處被磨出質地、形狀、色澤的所在。這其中並沒有必然的好與壞，因為我們全是以己面貌度日的靈魂，我們有的，都是一條命。

就這樣，四、五十分鐘的路程，突然令我慶幸自己生在一方純淨的原野。我有空間開發，亦能留住文化，我是一個扎扎實實有根的人。

隔著車窗，我拍下一張照片，快門按下之際，市區大樓還沒映入眼簾。我默想，如我一般出生在此的人啊，也許難免憧憬城市與文明，但仍舊會愛著這個靈魂生根的地方——如此純樸、認真、充滿回憶。

▲二〇一三年・八月二十三日

一、

天上的人會看著在世的人，但是天上的人管得了在世的人嗎？在世的人，又真的需要受天上的人所羈絆？天邊地面之間，無實徒虛，剩下的都是猜來猜去的遊戲而已。

你相信如此，那就是如此。
然而難的是，如何相信。

二、
茫茫路途中，我又想起高中時有個朋友說的：「你要相信，一切都是上天最好的安排。」

我沒有信仰、沒有迷信，只想說好吧，就當我處在安排之中，就當我還沒看到最後的因與果。就當這個過程裡頭，無論歡喜或憂，都是假的。

在路上了吧。慢慢地，再給我幾年的時間，我一定不再如此徬徨困擾。
因為我受夠了。

三、
「妳只要過得快樂，她就高興了。」

高中時，N 也跟我說過一樣的話，那時聽完便做了一個決定，現在看來是錯的，但也不後悔了。而今隔個幾年又聽到不同的人講出同一句話，我竟開始膽怯、懷疑——「我能夠自由的範疇到底有多大？」

不聽、不想、不問，我只是簡簡單單地想跟所愛的人在一起而已。然而這樣純粹的抉擇卻與某些人的善碰撞，成了惡。學會感恩、導正、依歸，對我而言還是矛盾的難題。

四、
現在回去讀那篇文章，彷彿被賞了個巴掌。我寫下一些真實，但是不容許見光。這就是一個盒子，總有一天我勢必要打開它。

五、
我很好，我也喜歡現在的生活——只是仍卸不下逃兵的身分。認清這個事實以後，突然覺得荒謬，不過也接受了。

直直地逃下去，一定會有讓我生存的地方吧。
不是夾心、不是牢籠，不是位居淺灰地帶的受迫者，更不是懸崖邊的無措失足的野馬。

六、
聽說「如果不是快樂，那代表還沒到最後。」

所以我學習放心、學習寬心，學習只在乎明天將發生的事情。
慢慢地一關過一關，怎麼也可以慢到令人恐慌。

七、
如果寫完就會遺忘，那就好了。
這輩子還要發生什麼，我儘管寫下去了。
否則我也沒有其他出口，不是嗎？

▲二〇一三年‧九月二日

有一陣子沒有輾轉難眠了，只是現在遇到睡不著的時候，倒也不怎麼恐慌，畢竟頻率沒之前高了。
無名小站即將關閉，整個併入隨意窩底下。前幾天突然想到必須進行浩大的備份工程，所以去逛了左手的無名。為此我們在網路上聊了一下。

「來看我的無名喔？」
「對啊欸我要把你寫給我的一起備份！」、「密碼我還記得欸 我超強」
「哈哈一定要喔 去吧」

這是三段最重要的對話。
其實我不在乎無名關不關，我只在乎，我們要懂得把一些東西留下，無論那是不是美好的收尾。學會好好地告別、整理，證明我們珍惜自己的一部分。

嘿，左手，你說你變了很多，但也說不上來；那我但願，你的變化是變得坦誠一些。我們看著十四、五歲時彼此寫的文字——神祕兮兮、拐彎抹角；愛好談寂寞、論孤獨——現在讀來似乎沒一句懂。事實上那時應該過得挺幸福的吧，人總愛在安逸裡挖愁，尤在年少之際。

左手，我突然哼唱起這首歌：戴佩妮的〈怎樣〉。這是後來我們重逢之際，聽到發爛乃至接近無法再復原的一首曲子。是的，它在我心中再也沒辦法純粹是一首歌了。想起無名，想起你幾乎占了那裡的一半，就發現我也變了不少。相對於青少時期，我已經能盡量有話直說、有問題直講了。但不可否認一切都還不夠，我向在「成為更好的人」的路上啊，我也還在學習，你呢？一直沒耳聞你有否遇到值得好好相待的人，我也好久沒祝福你了，連生日也是。那現在就祝你遇見一顆真心吧，雖然已經不會是我了。

「無名小站」對我而言是裝著一堆名字的寶庫。裡面住了好多人，但令我最難捱又最難解的

是你，我的左手。有人說，長越大會越保護自己，但我希望自己別成為那樣的人。過去的我們都太封閉了，幾乎沒有什麼實體交集的戀情，恐怕外人無法相信這究竟能帶來怎樣的深刻，只有我們明白吧。近千個日子裡寫下這麼多的文字，足夠記一輩子了，不是嗎？

我不再問當年的惑，也不再問當年你的難解。在這個告別無名的時刻去回憶它，我認為就是在讓「過去」過去。現在的我，只記得彼此認真的相處與用心的回應，也許羞澀、尷尬，但絕對真誠。這會是青春最到位的寫照。

祝福你喔，我的刻骨銘心。畢業典禮時，你曾許下的「十年約定」——我二十五歲的時候、你二十七歲的時候，要再見上一面，為了把禮物交給我——我其實都快忘了。但不管約定是真或假，你欠我的不是一份禮物，而是一句再見。說了再見，才會再見。

Both of us will be fine.
Both of us will find the one who treats each other with a whole true heart.

▲二〇一三年・九月十四日

提起時沒膽提起，卸下時又卸不掉的，叫做曾為情人的朋友。在分手的河界上，最先看到對方背影的人，始終是個弱者。即使關係變了也一樣。

但此時此刻我誰都不想怨，我只怨存在於人心裡面的感性因子，那麼複雜、那麼難解、那麼多變、那麼反反覆覆又矛盾衝突。

為何我們不能在丟掉形式之後，也丟掉習慣？
如果習慣那麼礙眼又那麼麻煩。

為何在丟掉所有關於愛的一切之後，卻還殘存著「特別」，囑咐彼此遵守保管？
我的「責任」到底是為誰？為你、為我，或是單純為了一個不願它發生的可惜？

說來說去，我們都很自私。
你借我的，我不想還得一乾二淨；我給你的，要了也要不回來。

活該。

▲二〇一三年・十月九日

曾以爲每個人的成長歷程中，至少都會當個幾年的遊子；以爲離家是注定、說再見是習慣。到後來才發現不過是自己狹隘了整個世界，誤把歸屬的族群普及到了全部的社會。我想我只是太年輕。「年輕」作爲一種催化，使我們理所當然地單飛、理所當然地取捨、理所當然地先爲自己想。因爲還年輕，因爲還未老，因爲路太長了，必須先甩開後方拉住的手，切勿怠慢了自己腳步。

今年九月初，跟朋友約好了東部小旅行，爲求一起出發，故早先一日南下。傍晚，我孤身站在紗門前，向著自家的曬衣陽臺呆望了好久。一長桿的，幾乎可以默背樣式的男裝，純粹而寂寞地掛在那兒，像在對我訴說什麼。我恍若收到了一綑既厚且髒的劇本，不敢翻開來看。我成爲躲在螢光幕後低頭啜泣又推卸責任的表演者，在這部沒有觀眾的電影裡，看似從容、實則逃避地脫戲而淡出——以爲能就此卸責，卻不小心默默牽引著劇情走向，那麼任性、那麼無敵，那麼特別到無可救藥。

我究竟是誰呢？我只不過是一個自以爲熟稔一切離合之事，然卻不敢戀家的人罷了。活在異鄉的孤獨，比不上被留在原處的靜啞之痛。我所能做的似乎就是像這一刻一樣，杵在這裡，靜默看著一具具藏在風乾中蒼老的靈魂，安然吊掛。祈禱它們願意等候我的抱歉，等候我在某個難以預知的未來，將其一把收起，收進我的生活裡。

▲二○一三年‧十月十一日

專心寫一些字給一個人，會讓我們複習其中的回憶：有喜有傷、有付出與愧對、有感謝和抱歉。但儘管回憶那麼多、情節那麼足，印象那麼鮮明乃至素材都齊全了——百感交集之下，我們還是無法將那些事寫得完整。

不是寫不出，而是自然地留了一些力氣，省得寫了。
因爲對於曾經占有又復逝去的時間，絮實的細節不是我們在乎的。那些最深刻的事就好似個淺缽，精美卻難以承載過多的形容，惆悵地極其無用，僅單用一句話填充，就會滿出淚來。

▲二○一三年‧十月十五日

極少搭乘北捷紅線，淡水之遙，沒有特別目的，是不會去的。

然而不得不承認，這一線沿途所經的窗景最為明媚：整段列車行於高架的軌道上，我是傲視群生的老鷹，曝晒在相隔一層玻璃的金光底下，臉龐微熱，打探著一切生息之動靜。齊飛的雁鳥、成排的綠樹、古典的建築、低矮的平房，透明且快地放映；我總企圖揣摩它們無聲的絮語，但還來不及瞭解，就錯過了。錯過之後，迎來的是一整片的廣闊。

我手提蛋糕，準備去探望一位勇敢的女孩。早晨十點十分，走出捷運站、撥通了電話，女孩的父親代替她，親切地告訴我住處所在。我順著指引，緩步於日輪滾壓的柏油路面；蔚藍的天、高溫的風，像一首自由的草原歌謠，送我到一個接一個更小的巷口，輕推著我踏上緩坡，逐漸遠離商業氣味，朝人情走去。這裡沒有公司行號、沒有超市、沒有繁榮的戳記，只有一整道乾淨、相連的電線桿，它們俯瞰著我以及偶爾擦肩而過、相視而笑的老人——我想起家。

女孩的父親來接我上樓，邊走邊不斷地表達感謝。一進門，招呼、彎腰脫鞋之際，我瞥見女孩燦爛如昔的笑容，一時覺得什麼也沒變。直至走到她身旁、並肩坐下之後，才發現她失去了一整頭的長髮——心頭頓時一震，卻也同時更欲釋放溫柔：我輕鬆地開啟話匣子，與她笑談近日的難關，我的、她的，好像什麼事都能夠那麼嚴重到毫無所謂；我笑、她笑，一個半鐘頭的時針滑行彷彿僅盪過了欣喜而無悲傷，我們以言語療癒，補上了中間流失的一年。

女孩的父親一度拉了座沙發椅，在我們面前坐下。他用講故事的口吻（聽來像主角不在場似的），對我輕描淡寫女孩前陣子受傷的經過，幾句話就帶到了現在。接著父親站起來輕撫女孩的頭，那一處開過刀、凹陷下去、髮絲稀疏的位置，溫柔地笑說：「她很好。」語畢，女孩隨之笑了起來，那些笑聲裡，是難得的勇敢。

我坐在他們旁邊，耳入他們句句的感謝，覺得承擔不起。要說謝謝的人，應當是我。「在這種時候，能恢復得那麼順利，家人也是很重要的力量！」我對著父親說，縱使他始終沒有正面接受這一份「功勞」，僅是不斷誇獎女孩：「她真的不錯。」我依舊得說。我把手輕輕地搭在女孩肩上，偷偷看著聽見父親誇獎而笑容滿溢的她，內心充滿了不捨和溫暖。曾經，我期許自己能多付出、多給予，但到頭來，我們很少成為別人的天使？反倒是相對於自身的所有他者，都得以是教育我、

感動我、改變我的人。

女孩，謝謝妳。
謝謝妳讓我想起家。謝謝妳在北方的水岸，令我返往到南邊之港。今天的我雖沒看見真正的海，卻著實體會到比汪洋更大、更深的包容。

▲二○一三年・十月十七日

對你而言，一盒便當、一個小空間裡的獨人晚餐，會讓你想起什麼？
我說，那會令我想起我的韌性與任性。

矛盾的內心往往帶來更濃稠的深刻：偏愛人群卻又喜好孤獨，是高中外宿生活的寫照。而今在異鄉面對自己的大學生涯，之於朋友的小小抱怨：「今天我一個人吃飯，沒朋友，好寂寞喔。」我都會心一笑答道：「有什麼好寂寞的？」

有什麼好寂寞的，你只是自己在跟心中的「家」相處而已。一匙白飯配一張懷念的臉、半顆滷蛋讓你霎時歸返原鄉小路的攤位；而一口青菜，使你溫習父母責中有愛的叮嚀。究竟有什麼好寂寞的？即使有的時候想哭，也不會煎熬到將你溺斃。恐於出海的水手，總有一天無懼波瀾及洶湧，甚至在迴盪之中尋見平靜。

我們隨時都可以任性地「回家」，端看你如何定義「家」。
當然，繼續倔強地待在獨自生活的天地，也完全無妨。最好做一條扯不壞的橡皮，強韌有餘，又能溫柔彈返原形。

▲二○一三年・十月二十二日

當空間只剩下聲音的時候，偶爾感覺貼近，偶爾感覺遙遠：貼近到你望得見他的表情、摸得透他的心思；遙遠到需要等上幾個年頭，你才會恍然大悟，原來那時的他，在告訴你什麼。

前幾天跟父親通電話，他殷切又藏不住彆扭的關心，使他像個置入固定程式的機器，重複著相同的提問：「最近還好吧？」、「學校有事嗎？」、「我交代你的『健康』功課，有沒有好好做？」、「營養食品有在吃吧？剩幾包了？」而我也一如往常，像個制式化的接線員，給予雷同的答案。

「沒事。」

「有。」

「好。」

熟知，這一輪習慣性的對話結束之後，我們竟陷入一陣沉默。時間靜止了幾秒，父親才接著問：「妳沒有什麼話要對我說嗎？」我瞬間心波震盪，像捲起了水上風暴，覺得全身被記憶裡的某塊碎片打著了。「哦⋯⋯」我僵了，隨口提了一個「學習室內設計」的話題——壓根不很認真，只是近日單純的一個念頭——父親便開始嚴肅地接下去回應，通話因而又延續了幾分鐘。聽他滔滔不絕地講，講到最後還問我：「你很急嗎？」我真不知道自己是什麼心情。

「沒有急啦。只是說一下而已。」

只是說一下而已。

掛了電話之後，我才猛然記起方才打中我的，那塊記憶碎片的模樣：母親也曾經跟我說過一模一樣的話，在只有聲音的時候——「妳沒有什麼話要對媽媽說嗎？」那似乎是她離世前一、兩週的事，我正在書桌前寫作業，她人在醫院撥電話給我。

愚蠢的是，當下我只回了句：「沒有哇，今天學校沒什麼事情耶。」還心有困惑。

完全不曉得那時的母親，可能只是想聽聽我的聲音而已。

▲二〇一三年・十月二十四日

「其實我覺得，獨立的女生真的會很怕別人對他好。我回想過去幫助過我的男生，他們人真的很好，可是那並不是愛。那到底是什麼？我永遠都不知道那是什麼。」

親愛的，貼心的照顧是溫暖的表達，但過度、普及的關切，則什麼都不是。

只是一場無聊的遊戲。

他們扮演敦厚的漁夫，忠心只為一流溪水耗磨；實則掌握大海、撒下大網，準備捕撈各道分支中匯聚的不同魚隻。「心中之最」不是他們在乎的，只要色澤鮮豔、活躍討喜、引人耳

目,什麼樣的魚,上鉤了都能美味。

我說他們不在乎愛情的唯一性和獨特性,我說他們讓自己的溫柔顯得廉價又殘忍。我說他們,不知道專一的可貴、侮辱了崇高的博愛,這樣的人,絕對學不會善待與負責。

▲二○一三年・十月二十七日

這是一封女孩寫給女孩的回信。

◇

「當妳想到我,會用什麼形容詞來形容我呢?」
親愛的Y,我會說妳是一隻海鷗。一隻不同凡俗的,造反的海鷗。

如果候鳥的遷徙是為了避冬,那麼妳的遷徙,就是為了不停地向寒飛近。雖然妳總一見穹頂灑下的金光就開懷大笑、看到蔚藍汪海便想擁抱,但卻常不自覺地逼迫自己,不可待在暖和適居的國度裡,安然過日。妳無法久留一地,因為野心、因為企盼、因為那些妳建構的尚未抵達的眼界,讓妳的羽翼時時難以休息。

可是妳知道嗎?Y,遷徙對候鳥而言,是生命裡最高風險的行為。看著妳這般樂此不疲地四處遷徙,彷彿不相信世界的形狀,不相信路程終究會有飛完的一天;你認為高要更高、遠要更遠,妳的飛行似乎不只是單純的自我鞭笞,而是懼怕止歇。對妳來說,振翅儼如呼吸一般重要(且致命),少揮動豐羽一秒,便等同死屍泡在裝滿陳水的木桶裡,朽得發臭……親愛的妳啊,有時我不禁想問:「不累嗎?」

妳大可飛得更高、飛得更遠,飛往布滿荊棘的地方,嘗試流血抑或嘗試凍傷,可是我但願妳能飛得再緩慢一些。身為海的女兒、風的族人,飛行縱然是命、是注定,但也別忘了,欣賞那日夜轉換下天海相連的風景、染橘滲紅的晚霞與不斷變換姿態的自然萬物,亦是妳天賦的特權。試想,若是在疾速的翱翔之中,妳能望得見這些嗎?一定會被狂風刺得睜不開眼、劍雨斜擊得身軀倦痛了吧?Y,有時妳必須明白:越快就越看不清楚,越急就越到不了遠方。

而或許,等到妳真的懂得緩慢一些的時候,也將不那麼寂寞了。
Y,對此妳可能會不以為然,給我一個輕笑──但,請觀望整片天空吧,看看海面上的鷗是如何盤旋飛移:成排、成人字、成封閉的一團,無論哪一種,皆是群體共伴。惹人愛的妳啊,在我的眼中,總有那麼一些時刻,是安靜脫離的鳥,默默快上我們一步,或者悄悄

斷了一拍，自耽自溺。妳選擇性地在妳低落的時候、固執的時候、假飾的時候，或脫或離；只是往往，脫僅脫去了一半距離，離也只離了螯米長的厚度。為什麼呢？Y，因為我們是永遠無法活在一切之外的。妳要向著妳的心，不要背棄妳胸懷的祕密；少忍一點、多說一些，那樣的妳，將會理解並擁有更多的愛。

◇

親愛的Y，該怎麼形容妳呢？
像妳這樣一隻既美麗又叛逆的海鷗，我只能告訴妳這些了。

希望妳在這幾行真誠寫下的文字迷宮裡，撿拾妳所要、堅持妳所信、留下妳所愛——然後，變得更好。

▲二〇一三年‧十月二十八日

夏末於韓國買的手鍊，今天不見了。毫無覺察，等到發現的時候，它已不在手上。
我是真心喜歡這條鍊子的，也很難得才尋到這樣一個適合自己的款式——一顆顆如糖的繽紛小珠串在一起，各種顏色，像是滿桌可餐的少女甜點，或者一場不甘覺醒的夢遊。

我這麼愛它，縱然它曾驚險地斷裂過一次又修復回來，細看而言不太牢固，我仍日日戴著它出門，不論風險。如今，它再次崩開於一個我不知道的地方，也許散了一地、也許分為兩半，我再找不回了。而比起上回損壞時的驚慌失措、生氣著急，今天的我站在有著秋風吹拂的正午烈陽下，竟只是望望空了的手腕、想想彩鍊的模樣，心就不揪了。那一瞬間，有股莫名的靈犀，牽引我發覺它與愛情是多麼相似：

「認真的我們，都是勤於修補的人。斷了一次，還要接合；裂了兩次，仍要拼回；壞了無數次，只要能救、只要依然包覆在視簾裡面，說什麼都要完好如初。

但到頭來，我們變成疤痕的盲者，若是還愛，就拼命延長壽限。配戴的時候，當它永遠是那個第一眼的它，不差不移、不倦不疲。最後非要它無告而別，才甘願同意：就這麼讓它去吧。

為何釋然得如此之快呢？因為有好多事，老早就猜到了。只是沒膽逼迫自己，扛起一半的責任。」

▲二〇一三年‧十月二十八日

「你的背包／背到現在還沒爛／卻成為我身體另一半」

舊歌新聽。這首〈你的背包〉陪我晃過了今年炎夏，隨著時間流動、長假告終，如今終也觸碰到了秋季孱弱的尾巴。從一開始的「斷不去的情結」，到後來的「還不淨的債」，時至近日，我聽這首歌，才逐漸地把歌詞裡的「背包」，聽成了「紀念」。

不曉得你們都是用什麼方法擺脫愛戀裡的傷心？十七歲時，「刪除」是我遺忘某些人事物的最快途徑。我氣一個人，就默默刪光他的簡訊；氣一個虧欠，就默默刪掉心中委屈；氣一些難解，就默默刪清所有疑慮——因而相愛之際，我很幸福；相疑時分，我裝聾賣瞎；最終相別的那一刻，我忘了該怎麼哭。畢竟，都刪得完完整整了。

真的完整了嗎？都刪光了嗎？
過了一些年，我才又明白，世上有費盡心思和氣力，都無法刪砍徹底的東西。

於是我選擇念舊、只能念舊、也變得念舊。該丟的東西沒有勇氣丟；該還的物品，也不認為那應該歸還給誰。該說再見的，我總還貪求多一會兒跟它們相處的時光，打賭既然流盡了血，刺有多深都無感。訊息、卡片、照片、禮物——大至一整袋精緻的盒裝貴禮，小至一枚發鏽到斑駁的飾品，統統留著。有些比起物體更像是我的肌膚，天天黏在身上，離都離不開、剝也剝不掉——同時也清楚，不剝會痛，剝了更痛。

就這樣過了好一段日子，奇妙地，我竟開始有種感覺：「幸虧都痛過了。痛完，就好了。」對應前陣子在書店信手翻閱的一本書，內容寫道：「嘿，傷心的人，試著振作吧！別讓自己待在那個充滿他氣味的房間裡，鼓起勇氣，把跟他有關的物品都掃除乾淨吧！你會發現，世界將變得不一樣。」我就笑了。真的不一樣了嗎？你清除的，到底是你心裡的世界，還是一個虛構的世界？你是藉由實物變換來強壓心境，或者靠心境去刷洗觀看實物的角度？

有時候我們都錯了，也狠下太多不必要的心。
這一首歌，讓我想起很多樣自己保存下的，關乎愛的紀念品。瞧看它們是如此無辜、如此無罪，根本沒有任何責任該永遠承擔雙方銘刻的一切意義。縱使活在其中的人已然葬於心海、故事走至終局，可是它仍在，且應在。

它必須在那裡告訴你、提醒你：「你好幸運。因為你是一個曾經愛過、曾經瘋過、曾經認真感知生命本能的，有血肉靈魂的人。」

▲二〇一三年・十月二十九日

那天坐在開往公館的公車上，我如往常一樣神遊窗外，整個人幾乎都快跟隨雲朵飄遠。突然間，一個停靠、一個開門、一個跌撞，有位老婆婆貌似太急促，在上車時把自己摔著了。她一邊喃喃自嘲，一邊按揉她的膝蓋，緩步到我的身旁坐下。

「哈哈，太急了。」她對著我說。眼尾笑成好幾條紋路，略黑的臉上分布著一點一點的褐斑，彷彿正親身透過一張皺軟的皮膚，為我解密年歲積累的溫柔。我望著她，像是在看一朵生於鬆垮土地上，竭力綻放的花。

笑一笑，我主動把手移到她的膝蓋上，開始按揉。圓圈式的，柔中帶點力道，讓我想起小時候幫母親搥背的日子。

「謝謝、謝謝。」老婆婆似乎發現我揉得有些久了，便輕輕地將我的手挪開。
「還會痛嗎？」我問。
「不會了，好多了。謝謝妳哦。」她又笑咪咪地看著我。
「不用客氣啊，應該的。」說完，我又撇過頭望向窗外，繼續一個人的心神探遊。待及公車行駛過了幾站，老婆婆要下車時，又拍拍我的肩，點頭道謝。

我忽然很想念母親。
也憶起，高中的時候，我曾站立在高雄行駛的公車內，手拉握把，視線凝聚於眼前博愛座上的老奶奶。她樸素的穿著、蒼亮的銀髮；她手腕上配戴的碧綠色玉環、手背上突起的筋與血管，以及同樣爬滿皺紋的臉——都令我開始幻想母親年老的樣子。若是五十歲、六十歲甚至七十歲之後的母親，會有怎樣的面貌和姿態呢？頭髮白了會染嗎？髮型會變得怎樣？行走將變得緩慢嗎？穿著依舊是保有一貫的氣質格調，還是逐漸變得不在意打扮？說話的語氣呢？日常仍會坐在她的書桌前，安靜地閱讀書籍嗎？她所書寫的字，會否維持整齊脫俗又似輕盈飛舞的筆觸？

我猜想了近千萬遍，怎樣都找不到事實兌現。

果然，我還是沒有變吧。
果然像高中時那樣，覺得有機會看著父母變老，是一份難得、奢侈的幸福。

▲二○一三年・十一月一日

初期的喜歡，如晨早窗邊投射進來的微光，輕柔且溫暖地撫摸著枕上雙頰。面對那亮黃的、向你展開的光扇，你半睜著眼，似乎醒著，又不確定是否仍徘徊夢途。你還不用負太多的責任、承太多的擔子，因為你什麼也都尚未說透；就像半睡半醒間的那般慵懶無謂，不用

太在乎什麼是眞實、什麼是玩笑，只憂慮自己會一不小心跌了跤，溺在時光流水裡，浪擲了一長段心力與青春，卻不能對未來那位等待著你招手的誰，說聲：「抱歉，我遲到了。」

嘿，給我生命地圖中，那個仍隱姓埋名的詩者──此時此刻，我同每一位在愛與不愛之間揣摩的人一樣，管不著緣分的深淺，只求自己別輕易努力，更別輕易說謊。在我們共居的世界裡，你可以繼續於我的眸間寫詩，而我是個花三力力氣閱覽的讀者，偶蹲在你看不到的角落，遙猜你的寓意。寓意之海的深與廣，內層藏不藏有我，不是我決定的；但我已然現居此處，樂做一條不會掉淚的魚。是的，我不會哭，只是時而難掩失望，如果把我喚醒的你又再偷偷地將我哄睡……。

如果必須這樣，也沒有關係的。
在千萬人、千萬年的輪迴裡，能睜眼尋見一身眞心欲貼近的靈魂，儘管還遠遠地看、慢慢地想，距離甚以光年計算，我還是可以領受到，因爲心有托付，而帶來的獨自的幸福。故事或許短暫、不實又荒唐，但我就眞的只是，只是單純地因爲珍惜這份眞誠的喜歡──而去期盼、感受和對待，而已。

▲二〇一三年‧十一月三日

〈Hey Jude〉這首經典中的經典，當然不是第一次聽。但因爲《中國好聲音》，讓我聽到了私心最愛的翻唱版本，也讓我自發性地搜尋歌曲背後的故事。

"Take a sad song and make it better."
"Don't carry the world upon your shoulders."

暗自選了兩句最喜歡的歌詞，嵌在此處，送給一位十分親密的朋友。她於前陣子捎來消息，說父親突發重病，最長可能只剩兩、三個月的時間。我很想陪伴她，但也清楚得很──這種時刻，根本沒有誰可以眞正地陪伴誰。

這禮拜，我自行整理無名到word建檔，過程急促，因此只是不斷地複製、貼上，沒有多加細讀那些文字。然而，就怪在有些記述稠濁如瀝青，僅需一個指尖碰著，便深陷進去，凝固得牢牢死死。你們也有過這樣的經驗嗎？望著一串陳舊的文字，不用太多提醒，就會自動將剩下的記憶、情節放映完畢，得到新一次的重擊──並感到意外：「原來，我當初亦是頂著如此黑暗的世界，熬過來的。」

逆境就像座越步而去，便自動倒垮的吊橋。走時辛苦，走過就忘。果然啊，我們很容易小看自己的堅強勇敢，忽略從前也曾擁有那麼強大的能耐去承受。隨著日子拉長，使人心力交瘁的仇恨及狼狽瓦解佚失，才懂真正痛苦的都是過程，是過程催化了時間感知、迫人喪失耐性，恨不得趕快照到未來的朗光。

但生命必須五味雜陳，才算得上一張收錄完整的合輯。無法避免地，一定有些遭遇是悲傷極致、難以唱完的歌。我們能做的便是練習，練習放寬心去唱，唱到沙啞、唱到傷喉、唱到癱軟了身，總有唱完的一天。

不用多說，妳一定、一定會好好的。

▲二〇一三年・十一月五日

「不會！我真的不會想要復合，因爲有很多事情我受夠了。」

「妳說的是妳受夠了，這是理智上的判斷，跟愛沒有關係。那是兩件事，妳自己心裡也明白啊。」

◇

是分開的事啊，理智和愛。
昨晚聽到這句話的瞬間，什麼都懂了。這一年半來，白過。

我想起上學期某個嚎啕大哭的傍晚，一個人躺臥在租屋處的床上，傳了封簡訊給朋友：「妳覺得我是不是要去認識新的人，才可以走出去？雖然這不是我的作風，但是分開都快一年了……我真不想淪爲那種『必須依靠新戀情，才能和舊愛完全說再見』的人。爲什麼不能一個人療傷？我太軟弱了。」

幾分鐘後，她傳來答覆：「當然要走出去啊！我們都沒那麼幸運，可以被上帝一把抓起、配對，既然如此，就要在廣大的人海裡游！妳一直不游，要怎麼對得起一直往妳游去的人呢？」

但親愛的朋友，我依舊故我地矜持到了現在啊。我還是一樣，照著自己的方式，不靠新的彌蓋舊的、不仰賴任何人趁虛而入的陪伴、不願汲汲營營地找尋下一個庇蔭處。我是如此尊崇每一次真誠的喜歡，那背後應當沒有任何目的和動機，只可歸因於偶然；我耐心地等

待，不乏寂寞叫囂，寧可自己信仰緣分一輩子，也不要投機地創造一些刻意的邂逅。若要拿一顆神聖而認真的心獻作遺忘過去的祭品，我無法不愧。

終於，抱著這樣的信念，我跟跟蹌蹌走過一年半，天真地相信自己做到了——不想念、不計較、不在乎，把鬆開的那隻手以另一種方式牽起，無怨無尤；甚至，近日更睽違多時地萌發了對新一人的喜歡，內心深感解脫——為何偏在此時，上天卻讓我聽見「妳心裡還有他」這番諷刺至極、一針揭瘡的評判。為什麼？

「一個人的心裡，能夠同時住著兩個人嗎？」
公車上的冷氣吹得我四肢起雞皮疙瘩。站在事實之前，我如一尾蜷縮無膽的蛇，狀似勇猛，實則無毒、不敢使壞。這個遲來的自我叩問，像一巴掌搧過我的腦袋。

原來人心是個要有多深、就有多深的抽屜，沒開到最後，誰也不曉得那裡，究竟還躲了誰。

▲二〇一三年・十一月六日

傍晚五點五十三分。
我一個人坐在山上教室門外的石椅，還不到下課，寬廊上沒有人聲。褐黃的光穿透裸窗，從我的背後傾斜流下，灘溼了一塊我與椅角的剪影。這樣安靜的色調，褐與墨，如一張牛皮紙載滿行行黑字，聽不見但看得到，亦能懂得。

本以為是黃昏，但撇過頭一看，其實僅是一盞兩層樓高的路燈。路燈在建築之外，隔著泥牆，陪我坐在這裡等人。陪我坐在這裡，浮浮沉沉。閉上雙眼，我讓自己回溯到好多個只有我與路燈共處的片刻：站在醫院大樓外獨享的便當、外宿下課後走過的夜路、補習完既喧鬧又寂寞的車站、苦等接駁車的捷運站出口、二二八公園的祕密凌晨、躲在展覽館後方偷哭時高放的煙火……。

從一個城市搬到另一個城市，路燈好似一直都在。不管南方北方，燈下的記憶，全可以被我打包拾起，成為往後光暈下啃食的乾糧。這是多麼值得感恩的事啊，有了這些，我才有話好說；有了光與影與土地，這三個相連相伴的共體，我才得以任性地保證，無論浪旅蔓延到天涯何方，那些城鎮、街道、巷弄的祕事，皆可被我守著，只有自己知道。

▲二〇一三年・十一月九日

她傳來父親逝世的簡訊，短短的。
短短的，只有三句話，要我們別擔心。短短的，從發現到離開，不及三週的時間。

我不得不更加感悟，孱弱的生命是煞不住的快車。它失控駛離，留下的烏煙和溫度讓人雙眼朦朧、心產錯覺；我們都成爲不捨抽離騙局的瞞謊者，身心剖半，這一邊走向以後的人生，另一邊則死在回憶裡。蔓草橫長，幾年後也許能笑，但想起了仍會大慟、小創或微疼吧，即使已然釋懷並能侃侃而談，也無法將全部推付出去，以爲跟自己沒了關係。

太快的告別，就算要稱作幸運，也是帶著傷而成就的幸運。又或者將之認定爲解脫，亦排除不了遺憾殘留的痕跡。「乖，妳要高興，至少他不用歷經長期戰鬥的折磨，就自由了。」我打好一串字，終究沒發送出去。

樂懷無憂地談別離，對誰而言都太難了。

▲二〇一三年・十一月十一日

苦尋依託的蝶，在爭豔的茫海裡，很不容易才能認證一株花的獨一無二。那認證，總得小心翼翼、精思熟慮，才不會弄糊了將來一幢夢幻地園的基礎。所以我們常告訴自己要等待、要試探；要清醒，要確定。不見曙光，就不多彈一條心弦；不經曖昧，便不透露半點實言。相互保留、若即若離，練就隱匿、包裹和故縱的技能，口是心非好似成了必備的浪漫。

短促的青春中，這些儀式宛若半個世紀那麼久長。眞想問：曾何幾時，有勇氣的人開始被認做輸家？曾幾何時，我們怕的只是白忙一場，所以硬堵住了嘴，自顧自地假裝灑脫？

「愛情中是免不了某些浪費的。」
不要等到有回報的可能時，你才覺得付出有價值；更別等到情網織了一半，才願意大方辨認出它的形狀——打從一開始，你就知道是爲誰而織了。

說喜歡，不是爲了得到，而是爲了表達。
我相信，做個有勇氣訴說，又能優雅退場的人，才是幸福的。溫柔地被拒絕、溫柔地拒絕人，溫柔地對待自己的心情，不要想如果。

▲二〇一三年・十一月十四日

戀愛是一種交換的過程。稱謂、習慣、情緒、祕密、身體，我們交出一部分的自己，又試圖從另一個人身上把自己換回。

換不回的時候，也沒什麼好哀傷的。有一天回憶會淡到你再記不得。好比那些親暱的叫喚、相處的模式，你將怎樣也無法想像、無法揣摩、無法真實地重現及複製——面對已逝的曾經將你捧在掌心的他，當時是如何誠懇地親吻、自發地依賴，全想不起來了。

「而我不再覺得失去是捨不得／有時候只願意聽你／唱完一首歌／在所有人事已非的景色裡／我最喜歡你」

——〈喜歡〉，張懸

好遠了，許多事都漸失了目的。有些自己珍藏的愛，不嫌短暫、不留罪怪，慢慢地聽完一次不用重播，好像也夠了。

▲二○一三年・十一月十六日

今天才深刻地體會到，不能不愛高雄的原因。

早上十點，我踏出家門，騎樓下的車位空了，隔著五公尺不到的距離，一眼就望見對面家戶的動靜：抽著菸的伯伯、坐在家門前彎腰搓洗衣物的主婦、正準備發動機車的年輕人……。

鎖上門，我往左走。走過拆了低矮圍牆的公園、走過混雜著聊天聲與鍋鏟聲的早餐店、走過歇息的夜市和一長排的水果攤——然後，看見了好大、好寬、好乾淨的一條大馬路。那時天空沒有雲，輕柔的水藍色緩緩暈開，伸出雙臂擁抱著我，力度恰好，不深不重。我試著調整呼吸，配上一步比一步更緩更慢的節奏，遊走到了馬路的對岸。「歡迎光臨！」進了便利商店，發現店員的臉孔換了，但每一個仍都比我活潑開朗；隨意挑了麵包和飲料結帳後，我走到外用區的圓桌，拉開鐵椅坐下。

我一邊咀嚼早餐，一邊咀嚼著這個城市向我輕喚的早安。那是一句很誠懇、很實在、不摻有一絲制式

的問候;如一壺特有的、無咖啡因的溫茶,嗅一嗅便提神、小啜一口就彿若受盡鼓舞。「怎能不愛這裡?」坐看眼前這條與自己貼近的大馬路,空曠的路上極少車影流動,甚至整個視線偶爾只有一臺機車、一輛公車駛過,內心不禁領受到前所未有的平靜。

我就這樣一個人呆望著馬路,好幾分鐘。微風吹過,不冷;陽光照著,不悶。一盆盆無名的綠色小草堆放在我的腳邊,餘光內隔壁桌的人似乎在笑談一場合作,還有兩個外籍婦人正撥打公共電話,說著我聽不懂的語言……也許那一刻,世界是有聲音的,但是我所接觸到的空氣中,瀰漫著舒放的沉默。

如果整座臺灣是一本詩冊,高雄一定是我最愛的那一首,樸質的極短篇。

▲二○一三年・十一月十六日

黃昏下逛傳統市場,人潮與攤販,全都籠罩在霧氣之中。整區汐止,像是座幽靜的山城,空氣溼冷了。

遠方的區公所大樓、運動公園裡奔跑或行走的人們、高架鐵軌上漸慢靠停的莒光號……好多景物,看得半清半楚,如隔紗凝望。

「默默地把一個人放在手心,大概就是這種感覺吧。」我站在老舊白色天橋下,眼前的紅燈正要轉為亮綠。付出不欲人知,是一件雖困難但甘願,又偶爾忍不住委屈的事。

美麗的總是模糊啊。我們住在霧裡,把十字路口,站成了死巷。

▲二○一三年・十一月二十二日

有些歌,你會害怕聽到。因為它代表某段日子的情節,甚至代表一個人。也許晃眼,你覺得歌有些舊了,記憶也是;然一旦推到感官門前,又忽使你汗毛直豎。

你完整地看見了時間與沒變的事。

◎註:本篇所指歌曲為田馥甄的〈寂寞寂寞就好〉。

▲二○一三年・十一月二十三日

快要十一月底了。在臉書上翻出這一年來的照片,發現人變得過瘦也真的是這段期間才發

生的事。

頭髮剪了、捲了，髮色沒再染成近似黑的深褐色，我覺得自己又變成另一個人。看著舊照片，總有「裡頭的人不是我」的錯覺。一年，可以改變很多事，步調之緩，像一場無從警覺的慢性自殺；每一年，都是殘害與復原並生的過程，可惜身在其中，往往失去比對歷史的能力，只好重蹈覆轍。

「世上最殘酷的恐怕是時間」——在一年過後，我還是會想起劉力揚的〈禮物〉，不自覺地哼唱。跟隨歌一起，我不斷地在臺北這座城市，接受一樣的場景、變調的故事。這裡是一座圍城，我扎根其中，磨練、成長、受傷和變得更強（或根本沒有），一直以來沒選擇逃開的原因，是因為自己終究有該做的事，先完成了才有話好說。而今快畢業了，有時候我很喜歡這裡，有時候也難免想回高雄。曾有一段時間，南下真的是我處理一些情緒的方法（縱使並非回家），畢竟，我屬於那裡。

雜亂的廢話一堆，也不知道在說些什麼。但是能在這個自設的小視窗內，寫下一些不假修飾的胡言亂語，我覺得很幸福也很感謝。雖然這一年來不懂事地把自己搞出病來，但這也是我的一部分啊，我應當可以控制它；唯獨就是太懶散了，面對生活和心境，我一向如此。寫到這裡，突然還是想說一句：我相信命運，也相信緣分。大多時候我不是氣別人對我不公，而是氣自己沒能挺住。順應與任其擺布是不同的，我們應該適時地抓住周圍的美好，儘管難免害怕依賴成癮。

所以沒關係的，有浮木，也是緣分所賜。今晚以後，我會抓著浮木，陪我度過最關鍵的路，不會再躲了。都快二十二歲了，「照顧自己」這類重要的事卻完全擱置，還有誰能對我負責呢？自己多努力一點吧。

好懷念吃藥以前的日子。

▲二〇一三年・十一月二十六日

坐了一趟高鐵，南下拜訪。

從外觀上看，那是一棟復古的歐式建築。瓦紅的磚牆被暗灰的水泥切割成格狀，整齊分明地層層排列，堆砌出三層樓高的屋房。大白天，燈火卻是通明的，每一層樓的窗口都透出溫暖的金黃；一樓鑲有雕花的貴氣大門，更是獨享兩盞華美的燭光。而房子的主人翁呢？他笑盈盈地坐在門前的椅子上，伴隨身後兩位僕人，看似已準備好迎接我們的到來。

雙手推開沉重的柵門，我們踏進了一地莊園。這裡瀰漫著古老的氣息，端莊、穩重，卻又充滿自然的閒適。建築四周被綠地包圍著，往左邊走，會先經過一區劃分而開的花圃，粉的、白的、紅的、紫的，各自互不爭艷而顯得安靜淑美。再走過去則有魚池，魚池邊鋪繞一圈大大小小的石塊，與一把撐開的乳白色陽傘對望——傘下的座位配上徐風，應當會是夏日午後最好的去處。

再步入屋內，時代氛圍忽地轉換：最初映入眼簾的，是看上去柔軟的褐色皮沙發，與一臺螢幕又薄又寬大的電視機。我們坐了下來，在大理石質材的方桌前，笑談彼此的故事。這時細看主人翁，氣色極好，容光煥發到超越他的年紀；他一邊主動為我們倒茶，一邊表達感謝，客氣地說真是辛苦我們了，大老遠地撥出一個下午的空檔來陪陪他。

「我一個人啊，好久了。」主人翁為我們倒完茶後，自顧自地喝酒。雖然沒說盡他的人生，但眼神裡藏匿的迷濛，以及表情、神態、笑的方式，似乎也不用再解釋什麼。應該就是孤獨吧。

我們上了樓，他大方地向我們展現臥房樣貌：一個淺褐色的衣櫥擺在牆角，旁邊有齊全的影音設備、兩座音響；再轉過來則是一張乾淨的單人床、簡單的書桌，桌上擺了臺運作中的電腦。「對電腦還不太熟悉咧，活到這把年紀了，終於可以學學年輕人在用的東西。」他不好意思地說。

房間裡有冷氣，但他比較習慣吹風扇。主人翁語重心長地對我們說，吃了這麼多苦啊，好像都習慣囉，現在突然有了僕人、司機，還住那麼好，是多賺來的福氣啦。「日子，有時還是照自己的方式過，較實在。」我們意會這一段話，頻然點頭，不過卻也希望他能用下半輩子的光陰，好好補足之前遺失掉的輕鬆快樂。

後來，我們一同在二樓延伸出去的陽臺上，靜望已暗的黃昏。想問問，對於主人翁而言，「黃昏」是什麼呢？看著從他瞳孔映射出的光景，總覺得那是最後一幕了。「今天先這樣吧，三樓是個祕密，就不帶你們上去啦。」最後，主人翁把我們送到柵門外，沒說再見，便頭也不回地緩步進房。

半個眨眼，我恍如看見他就這麼消失了。

「喔！太美了吧！」我在主人翁的靈堂前，大大誇讚了一番，這幢專用來火燒的紙靈屋。然後我抱了抱他的女兒。

心裡默想：「可以別再擔心了喔，你留下來的美好，我們會永遠替你看顧著。順風、好走，千千萬萬啊，要幸福。」

▲二〇一三年・十二月一日

「妳聽過『小確幸』吧？代表著微小但確實的幸福。」
「聽過啊！」
「那妳有沒有想過，生活中那些瑣碎的難過，該叫什麼？我想妳應該有很多這樣的經驗吧，看到一些明明很小的事物，卻覺得悲傷。」

嗯……小難過？小失落？小落寞？小惆悵？甚至是……小傷痛？思考將近兩週，我不覺得它應該有名字。

過去很多個夜晚，我在充滿蒸氣的浴室內，一邊替自己澆淋溫燙的水，一邊試圖替這種碎到不行、無以確切描摹的感受命名。我先是想到了如針的芒刺，再又想到初冬的零雪；它們都擁有易於忽略、卻引起自己莫大知覺的特質。但想著想著，我更覺得，我不該把如是的「瑣碎」真的定義成「瑣碎」。

它一點也不小。

於是我膽妄地把問題遞給了整季的秋天去回答。這些生活中偶爾的難過，大概很像在看一片紅楓時的感受吧？這些難過，也許就如這風情萬種的季節，你於中發現、探索、體會，但留不住它最後的消逝。是啊，為了一些看似無謂的事而感傷，總也摻雜了一點愛莫能助的距離感。都在掙扎，都束手無策。面對這些掀起心浪的小流石，確實正如蕭瑟的秋，全是正在發生的事。

▲二〇一三年・十二月二日

茫到一個境界，言語和文字都成了無以解譯的垃圾。慌到被逼著不斷地逃亡，窮得只剩下眼神。
我們到底愛不愛對方，有時候連自己都說不清楚。

▲二〇一三年・十二月三日

好久沒拿起色鉛筆了，自從脫離年少以後。

這些天，我利用累積的片刻閒餘，靜靜地畫完一朵假想的花，卻不知道要送給誰。但在畫的過程中，那悠然自得、既放鬆又專注的感覺，不禁令我想起童年、想起家。原來我一直都是那個坐在書桌前，不為什麼、只為喜歡，就可以自在地靠著繪筆度過整個下午的小女孩。

原來，時間帶不走的，就是小時候獨享的快樂。長大了，仍舊有效。

▲二〇一三年‧十二月八日

選一塊較少人坐臥的區域歇下，草地是斜鋪的溫床，微溼但不透滲，和舒涼的天氣相仿，恰好地親膚。這是剛入夜的秋紅谷。

城市的夜簾少有星星配飾，不過尚存各種顏色的燈光；這種時候，才特別覺得，自己是地面上的人，踏踏實實地活著。陸上的風景，絕對不會遜於天際，因為我們都在這裡。

在這裡，才有機會等到一個，與你相連相契的人出現。你發光的時候，他也正亮著；你消失的時候，他即了無意義。你們總是對望，沒有誰，會先離誰而去。

▲二〇一三年‧十二月九日

從車站外的一條小徑，踩著黃昏回家。耳邊不斷震來籃框彈晃的聲音，我抬頭一看，一顆球不斷地送上、碰撞、消失落地、再送上，反反覆覆，還未投進任何一分。

一剎那，忽然覺得青春是不是就等於這樣的過程？
雖不知道將得到什麼，仍持續不顧一切地，把自己送出去了。

▲二〇一三年‧十二月十日

前幾天，因為太久沒坐國光客運，一下子忘了它設站的點獨立於轉運站之外，故折返走了重複的路，繞了又繞。

包括我，路上皆是疾走的行人。偶爾經過步道上設置的低矮平臺、橫椅，還會看見成雙成對的人們，坐聊彼此共有的世界。我常常像這樣子看待這座城市，用一雙眼睛去看這地方的喧鬧、促擁與歡騰。即使耳邊常常只容得下歌曲播送的空間，我依舊覺得，透過視線，我讀到了某些既飽和又破碎的聲響。

遠方晃來了一位老奶奶。她步履極緩，雙眸被皺紋夾得緊緊的，身形嬌小。我同樣也把自己的速度放慢，看著她像個郵差似地，一站接過一站，對每個路人遞出口香糖。無人收信。

老奶奶在人群中略過了我，我超越了她；視線遷移，我把頭轉向後方，好讓我能一直凝望她遭拒的背影。多麼無罪的拒絕啊，多麼正當的委婉應笑、揮手、離去，無關一點責任。

一個念頭，我把耳機摘了下來，往回走。
我叫住奶奶，跟她說：

「阿嬤，你佇遮賣口香糖喔？一條偌濟錢？」
「嘿啊嘿啊，二十。」
「按呢喔，阿嬤，我佮你講，我買五條，你予我一條就好。我一個人吃沒遐爾多。」然後我掏出了一百塊，放到奶奶手裡。
「毋好、毋好，我有錢找予你。」奶奶笑了，也急了，開始翻開她腰間的零錢包找硬幣。
「免啦，阿嬤，我講真的啦，我很想欲買五條，啊毋過我一個人……」
「我攏知影，我攏知……」奶奶一臉堅持，直到我不停把百元鈔壓進她的手裡，握起來，她才放下手，跟我說謝謝。

人群持續流動，我頓時感到茫然。風吹著，透進我的心，變得更加冷肅。
「一百元的意義是什麼？」
瞬間，有好多個陌生的人影浮出記憶之看板，我覺得他們是這個社會中，最最發光的「黑影」──是的，應當如「影」隨形，被人人惦記。

當我們擁有文明的苦悶，別忘了這是痛苦，也是幸福。

▲二〇一三年‧十二月十二日

吃藥進入第六個月。

有人說，半年聽起來會比六個月還要長；又有人說，半個月好似勝過兩週更叫人撐得住。我想，關於時間的用語是如何敏感地刺傷生活，「醫院」絕對得以作為尋獲解答的最佳處所。

從七月開始，每隔三個星期就回診一次。而今不再對自己患病的事實感到萬千恐懼，我的視線便逐漸從自身轉向了四周冰冷的大環境。

要說冰冷，其實也是有溫度的。只是這種溫度，就像輻射一般：透明，存在人與人之間，

又或者人與命之間;你看不見,但清楚它是暖熱的,同時也伴隨著傷害。笑聲、耳語;照顧、協助;關愛、體諒,這些元素,醫院並不缺乏,甚至比其他地方有著更多、更濃、更深的寫照及證明——可是,卻沒有「時間」。

一段他們需要,且接受的時間。一段,他們能夠做主的時間。
想拖延的如意拖延;想盡早的,迅捷擺脫。這樣的自由,在如是布置得安安當當、人群適居的旅莊中,即使有飯吃、有床睡、有人陪,更有屋瓦遮雨、被褥抵寒——沒了,也徒稱監牢。而以牢為家的人,到底是囚還是人?

還記得看診室外,以略大音量向護理師說明幼女之病況的母親,記得她堅定地握著女兒的手的模樣,也記得女兒呆直卻純潔的眼神。

還記得一對老夫婦在醫院內設的便利商店裡用餐,記得老爺爺坐在輪椅上,雙手動不得了。記得老奶奶一口接一口,慢慢地把微波食品送進他微張的嘴,最後還問上一句:「老歲仔,食飽矣未?」更記得好幾位晒在正午太陽下,被親屬或看護推行、環繞醫院周圍的患者。記得從他們體內連接而出的點滴管,記得手背上的貼布,也記得偶爾看到的,因為使不上力而歪斜癱軟的頸脖。

我觀看這一切。醫院的自動門開了又關,關了又開。有多少生命流進流出。凝視得越久,越覺得門之後像一道深不見盡頭的軌路,關設在地底下見不著光。被送進去的人,方向與速度,都不是自己的。

我好想念母親。

▲二〇一三年·十二月十四日

有些舊祕密,你永遠都記得自己把它們藏在哪裡。

翻出來的時候,總會發生意想不到的事。你回溯往事中的自己與許多人的關係,訝異怎麼曾經跟誰走得那樣近,嘲笑以前想表達或想隱瞞的事都用拙了方法,甚至鄙視著如今看來根本不足說嘴的煩惱。

然後,再把攤開的紙條,按原樣一步一步地摺了

回去。

慶幸那個過去的你，一路傻著憨著闖著，才換得了現在。

「不陪我回家，我就自己回家囉。」

想起國三暑輔放學前，我丟出的簡訊。以及後來一個人一邊傻笑著，一邊漫步回家的下午。

沒有人陪我、沒有人允諾、沒有人回應，但是我並不覺得有什麼不好。

相較於現在什麼都需要談清楚、怕出錯的年紀，我覺得年少時期的理論，就是沒有理論；

年少時期的勇敢，就是一椿椿丟臉但認真的事。

我們可愛在，理直氣壯地相信：「沒有為什麼」。

▲二〇一三年・十二月二十一日

你是否相信，這個世界上，會有另一個和你長得極為相像的陌生人？

你是否覺得，在你總是把人認錯的時候，就代表著你正想念一個許久未見、甚至再也見不了的誰？

大一之際，我曾在喧鬧的臺北街頭上，看見母親。稀疏但不厚重的齊瀏海彎在她的眉上，直順的黑髮於尾梢輕輕捲起，落在鎖骨位置。一副圓框眼鏡，儀態氣質、穿著簡單典雅；表情正經，卻不迫人遠避。不笑的時候，她就是一朵聖嚴的白蓮；笑的時候，又立刻轉換為一株活潑可愛的日日春。那正是她獨有的莊嚴的溫柔。

短短幾秒鐘的震懾，她與我擦肩而過。而我竟在時間的狹縫中，端詳了一切細節。

好安慰。就算，我知道那並不是母親。

前天看到一個好友的臉書動態：

「昨天晚上夢到你
一回家發現你還在　但是只有我看得到你
你跟我說了好多話

又經過一些事情之後　你又死掉一次
不見了

起床好難過

原來人會死兩次
第二次更令人傷痛欲絕

第一次　是你走了
第二次　就像心裡確認你再也不會回來了」

看完，想起我也有過同樣的經驗。在夢裡，什麼事都不算數：人死了可以復活，人啞了可以說話，人病了卻又無痛無傷。夢的劇本，是荒謬和真實的綜合，攪和得無知無覺，被騙得心甘情願。等至醒來，彷彿又走跨一世紀，剛剛發生的，早就不存在了。所以難免會想，為什麼逃不過夢到或遇到呢。既然如此傷絕不忍的話，寧可一次截斷，也不要頻頻重溫舊日──難道這些都是世間的善意？讓自己摯愛的鬼魂，不停地死而復生、生而復死；讓自己去觸摸幻影，感受到真，隨即又自賞耳光地恍悟，悵然失落。

這種帶點痛、由片刻錯覺所鑄造的幸福，沒有經歷死別的人是不會懂的。我和母親的相遇啊，無論是於路邊錯認，或在睡夢中親暱地談吐擁懷，都該心存感謝。不管碰到的當下會帶來多大的衝擊，以及多真實、不可置否的她的不在場證明，我仍然矛盾地愛著、期待著，那自由穿梭的靈魂，將如何以各種形式提醒我，她從未離開。

▲二○一三年・十二月二十六日

一個節日有多歡愉，就有多寂寞。

很多朋友會跟我嚷嚷著聖誕節的繽紛夢幻。可能吧，縱使我們生在不下雪的國度，但臺北冬季的溼冷加上燈綴閃爍的街道，金的、銀的、藍的、紅的、綠的，走過去，就仿若橫跨更高北緯，生在那裡。

但不曉得是出自年紀增長的緣故抑或如何，我並沒有在聖誕氛圍中讀見浪漫情懷；相對地，我意識到「慶祝」一事似乎成了必須，這時若剛好撞上日常公務，就得開始怨天尤人。大餐、聖誕樹、酒、夜裡笙歌──每個人要的或許不盡相同，但本質上都只是需要陪伴吧。

因為是「特別的一天」？

文化無形中規定了我們過日子的方式。然而有時候我只想把這些天的聚餐，當作是聚餐；這些天眼見的美景和路上依偎的人群，當作是社會一角的熱鬧及溫情。這樣，就好了。因為對於那些想「慶祝」卻沒得「慶祝」的人，對於那些無論日子多特別都得堅守崗位的工作者，對於那些無家無房、餐風露宿的街友，以及對於那些為了家計拾荒、賣報的老嫗而言，

種種以文明紀念古老傳說的「神聖節慶」，都僅僅是生命中的一天。沒有什麼分別。

今年的聖誕夜，我待在家思考以上種種，覺得這才是我們應該正視的事。我們太常跟著「大眾」的腳步歡愉，忘了「少數人」所不自知的寂寞。是的，他們根本沒餘裕覺察寂寞，而或許，我們也根本不是大眾。

我們只是一群，境況安逸無憂，故抓緊機會醉生夢死的人罷了。

▲二〇一三年・十二月三十一日

我從哪裡來，最終就會永遠離不開那裡。我「屬於」什麼，是既定的、鐵打的，無從變換，更別提後悔。對我而言，原生的一切，是最幸運也最不公的宿命。

「不要用一個遺憾，去造成另一個遺憾。」前幾晚，許久不見的老友不改以往口氣地跟我說道。但其實也無須她再次提醒，我靠著這五、六年來的光陰推磨，已逐漸體認到當年她想告訴我的事情。只是今天細想，發覺填補這些裂洞的成本未免太昂貴了。

是時間啊。不論是誰要彌補誰、誰學習著要原諒誰，花費的都是無價的蹉跎和等待。但我還能等多久呢？我的進步，又可以換得多少人的體諒？厚重的光陰逝去，我望著身邊的人不停地向最親愛的人說出他有多愛他們，然後回頭告訴自己，總有一天我也能的。

我也能的。雖然在這漫長的消耗裡，我明白越是親愛的人，只要經歷過一次斷裂，就越難放寬心重新去愛。時間啊，是必然的賠償，是同血同緣同個屋簷下所釀成的，最荒唐的代價。

▲二〇一四年・一月一日

在貓空上度過了「1314」。

和朋友小酌後，夜半蹦跳在山上的小路，路窄窄的，偶爾邊緣還沒有任何護欄。站在那兒望去，灰黑與光點分布的景色，以及藏在山巒和蓊樹之間的建築物，遠近難分，輪廓也只剩下肉眼能辨出。我們的瞳孔，真的是最好的留影機。

纜車搖搖晃晃，機械摩擦的聲響與耳鳴共伴，我們降移至動物園站。站的周圍氣氛熱鬧、人潮不過於壅塞，是一場舒適恰好的慶典。我伸伸懶腰，忍不住喊了一聲：「一生一世啊。」朋友笑答：「也是不用相信那些東西，但這次『一生一世』能跟你們一起過，我覺得挺好的。」

是啊，各種諧音和附會，總加劇了我們對單純事物的想像。前幾天在公車上想著，「歲末」的特別到底是什麼呢？我們的年、月、週、日，無一不落在社會制度的框架裡，還有什麼是「真的」呢？

無所謂。也許這就是可愛的地方。有些微小的幸福就來自於種種不得證明、不用證明的傳說。當我們相信，我們便會從中得到力量。

二○一四，一起尋找願意相信的事吧。新年快樂。

◎註：當年，因為是二○一三年跨二○一四年，諧音「一三一四、一生一世」，所以顯得尤其特別。

▲二○一四年・一月三日

小時候，腳踏車是我極其重要的伙伴。每次出門，必定以它代步。那些年踩著車輪，靠著摩擦力的推動和方向之轉控，一步一踏、一左一右地往前移行時，彷彿已默默暗示我人生的哲理。

來到臺北以後，市府推行「U-Bike」，瞬間在這座鮮少有單車形影的城市掀起風潮：人們在熙熙攘攘的大馬路邊、在川流不止的紅磚道上、在有徐風吹拂的河堤旁，騎著，就是騎著，儼如尋找一片淨土的拓發者，從荒謬的都市中感受日光暖照、夜間空氣之流動，釐清所有意義皆存在於過程。而每逢我望見如是景象，高雄家鄉的一切、童年假日的玩耍嬉鬧和單純快樂，便顯得更加地深刻鮮明。臺北的單車之娛，再如何也比不上南方老家，比不上心裡那塊陳舊到發光的幼年記憶。

我所騎過的小港的路，是大的、闊的、幽靜的。小港的路不像文明砌築的建設，它具有連結的力量，互通著熟識的情誼與社區的親密。記得國小時，最喜歡的週末活動就是兩、三個好友一同騎著腳踏車遊晃——學校、泡沫紅茶店、文具行、社教館；偶爾逗留同學家、吃碗黑糖冰、租個漫畫——騎來騎去，那些街弄、小巷，在反覆繞往無數次的過程中，已經逐漸替自己把人、車、路的意象相疊而起。明明都是遊晃在某圈被劃限住的版圖啊，明明再怎麼騎都還是那些地方，心仍是無比飽滿的。似乎未成熟前的我們都是如此？永不嫌

少，比起現在更懂得「擁有」是什麼。

結群騎腳踏車（對，比起「單車」，我更喜歡講「腳踏車」）的歲月，形而上象徵著與朋友共伴於成長的慢軌。我們看似行車柏油路上，實則穿越了時空，載著自己抵達了某個遠方。年過二十二，仍忘不了那樣的感覺。同時也更加體悟，童年是座獨立的國度，跟家的屋房一起，立基在一處只有你清楚的範圍內。一旦離開，就是告別。往後即使遇見曾經相識、乍看等同的東西，也無法取代裡面原始的一切。之於我，「腳踏車」正是這麼一回事。

▲二〇一四年・一月三日

絕大多數的事情都不會落在極端點上。包括關係。
於乎我們的課題，就是處理上萬件複雜難解的個案：模糊的、曖昧的、無頭緒的、失去邏輯的……人們之所以蘊藏宿命般的悲觀意識，是因為遇到了無法痛快的狀況，怕痛，或者怕快，故只能被迫待在中間地帶，慢損慢耗。

這樣的掙扎和浪費，於友誼中常見、愛情裡難免；至於親情時，則最最無奈，待宰任殺。

▲二〇一四年・一月六日

對一個地方習慣後，常忘記自己是個離開的人，也忘記身為訪客的角色。
但之所以忘記這些，好像不能只歸因於時間，更要含括進我們新認識的人，以及受到的幫助和照顧。是這一張張臉孔、這一雙雙手，讓我們不會僅有唯一的家。

▲二〇一四年・一月九日

那些你心繫的，才是你的日夜。
陽光與月映，不過是大自然安默的操控。生活隨之起迄，為什麼就稱作規律？當我們實際去愛一件事、一個夢、一顆心，被愛的標的才算得上左右我們一天始末的潛伏依據：帶動覺曉，靜撫酣眠。

早安，晚安。

▲二〇一四年・一月十六日

沉默的暗戀，沒有光、沒有群眾，只有自己。每一晚妳會想著，那循著網際網路遞來的零星問候，背後到底有沒有其他涵義？甚至有的時候他什麼也沒說，僅貼上一首歌，妳聽著聽著，不小心就荒唐痴夢地把自己放進了 MV 裡。當然，他絕對比原先的主角更好看，表現得也更自然，唯獨妳像個暫時入鏡的臨演，綁手綁腳、笨拙又緊張，生澀地處理這一份虛構的交手。

是的，虛構而已。但即便如此，妳仍溺洄這灘不清不淨的渾水，好一段時日。每當別人問起：「妳喜歡他吧？」妳不敢大方承認。「應該吧」、「我也不知道」、「其實可能不算……」各種答案都有，就是沒有一項肯定。妳和他演的，就像一場沒有人陪伴的對手戲，根本難以對稿下去。儘管他偶爾會邀妳出遊，妳也偶爾會寫張卡片給他，兩人之間存在的終非一條鮮明能辨的連結。說吧，此刻妳是否感覺自己正站在懸崖邊？模糊的分界是妳劃開的，卻又同時思寐著幸福的想像。人果然一碰著愛，就擅於卑微，也容易自以為。「對號入座」的那個座位，真的很難單用一種情緒（或身分）入座，是嗎？

直到那天，妳跟我說：「他交女朋友了。我真是蠢斃了。」這場戲才告終。

然而我只想回答妳——若蠢就算了，能再多蠢呢。妳在無人知曉的黑洞中去愛一個人，已經是多麼辛苦的事：前進、後退、試探、保留，要不說破又維護得自自然然，甚至連切斷都須切得無關緊要。最後一刻了，妳還希望自己走得瀟灑、不掉任何眼淚、胸口不感到疼痛……這才是傻吧？

那些為人熟悉的書中或歌裡，常有這麼一段詞句：「沒有擁有就沒有失去。」
現在妳看看，這是多麼可笑的謊話。

▲二〇一四年・一月十九日

海不是無盡的，只是看似。跟實際的自由一樣。

成長、學習、自立、生存，從一個由基因碰撞、細胞分裂而模塑出的胚體，到一軀獨具思考技能、懷有成熟心智的性靈——時間飛過，當我們都逐漸明朗地以為，自己終有了原創無二的形狀時，總又禁不住地存疑：「是嗎？」

如果你我都來自一個「家」，一個確確實實賦予我們生命和記憶的家，那麼有的時候，矛盾的拉扯勢必會捎來寫實且直白的訊息：「過去、現在、未來，綻放、延展、變化，或好或壞或徬徨，不論是哪種樣子，都不全然是自己所定。」

我們各自活著。
我們卻都不是一個人。

▲二○一四年‧一月二十日

總還是要為了那些支持你的人，繼續走下去的。初衷的力量在於，你每回頭一次，就會發現什麼才是最重要的事。

▲二○一四年‧一月二十三日

越年輕，越要學會說再見。

二十出頭，身邊的人都還是竄動不滯的飛行者；無論距離長短，都仍呈現向未落定的狀態。這時我們打的仗，不是為生存、為名利、為家計，更不是為了恆長久持的什麼，我們只是在「活」。

趁著還懵傻、不諳人世之際，盡力地相信「生命的答案」是自己現下所想的那樣。那樣理想、平衡、公正，又親切可及。

因此我的朋友啊，雖然有時我會質疑出走的目的，但坦誠而言，那本該沒有目的。我知道，對這個年紀的你我來說，做一件「不需要目的」的事情，是專利、是特權，更是聰明和幸運。所以，當我一個接一個地聽你們向我道來：「我要走了哦。」我只想說──去吧。

去看看世界吧。
無論你心裡懷想的是怎樣的念頭；無論半年、一年甚至更久；無論你最後想念的是寶貴的所得抑或悵然的所失……我唯一盼望的是，這一段段彼此串連的夢奇地之旅，能讓你想起臺灣的一些美好。

這樣就夠了。我想這也許即是最深遠流長的目的。
有家可回的人，才是最幸福的人。

▲二○一四年‧一月二十四日

考高中前，母親親手用西卡紙摺了一個粽子給我。紅色的，喜氣的顏色。讓人聯想到慶典的布條、盈笑的緋頰、飽滿的氣血、抖擻的歡呼聲……以及那人與人之間用盡力氣、抱得

有些疼的相擁。紅色啊，有溫度的顏色。

母親當年把這個小紙粽放到我的手裡，笑著說：「包粽，包中。」
我看看它，再看看母親，知道她是相信我的。不管結果如何，最重要的是，她相信我正在做的每一件事。該負責的時候，要自己負責。

後來發生了什麼，有些忘了。只記得母親遞給我粽子時的神情，跟考完試後一樣。

當年離開考場之際，上了車，她什麼也沒問，僅溫柔地說：「待會想吃什麼呀？」
核對完答案時，她竟不驚不喜，只平淡、真誠地慢道：「女兒，妳做到了！」

我才曉得，一切都跟結果沒有關係。

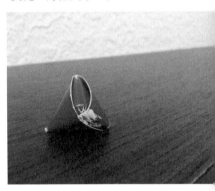

往後每逢大考，我總會想起這段往事。那是我唯一的紙粽，就如我是她唯一的女兒。
而今即將迎來「不再遭受大考綑綁」的人生階段，想起母親、想起過去，更加銘刻於心的是：成績不會決定我們成為怎樣的人，但是學會感激和互信，將使彼此在出闖社會的路上，走得較遠、較長。

▲二○一四年・一月二十五日

一條長軌就這樣從北延展至南。下車的時候，有些恍惚。
如果，列車開著開著所到達的地方，不僅是家，也能是你們的心裡，那就更好了。

否則「回家」，哪這麼難呢？

▲二○一四年・一月二十七日

兩個六歲的妹妹告訴我，她們是很好很好的朋友。

「姐姐，我每天都找她玩、找她玩、找她玩喔！」她抱緊她，整個人撲貼了上去，抱到她差點站不穩，小小的身軀歪歪斜斜，退了幾步，笑綻了幼稚園上方的天空，透明乾淨的顏色。

「是哦，你們是很要好的朋友哦。」我彎下腰，看著她們說。
「對啊！我們還喜——歡——同、同一個男生喔。」

「什麼？同一個？爲什麼可以同一個？」
「哈、哈哈哈哈、呵呵呵……因爲他太帥啦！」

眼前，兩對渾圓的瞳孔直盯著我瞧，搶著回答、異口同聲，一個比一個跳得還高，深怕我看不清楚她們的臉。幼稚園裡鬧轟轟的，我的身邊還圍繞著一群同她們一般，矮小、純潔、未懂你爭我奪的孩子，蹦蹦跳跳、旋轉舞蹈。

我怎能如此世俗愚昧。

◇

抬頭望向天空──「什麼是最純粹的喜歡呢？」
是不是跟雲朵一樣，在藍天的懷抱裡頭找尋自己的一個位置，安穩地躺了下來，不搶、不擠、不喧，只希望藍天能夠在空曠寂寞之際，感受到一絲我所提供的柔軟。

就算啊，那個我，也只是萬分之一而已。

▲二○一四年・一月二十八日

年前收拾，收與拾。

當我用溼布，把裹著一層厚灰的舊物，擦到返去它原本的光澤時，過去的時光好像也瞬間回來了。撿回一點、丟掉一些，彷彿又能對得起以前和現在的每一件事。

原來收拾不是爲了乾淨，乾淨亦不等於遺忘。正視與記得，反而是整理的過程中，最大最深、最難完成的目的。

▲二○一四年・一月二十九日

大人的世界裡，小孩的煩惱不是煩惱。大人的對話中，小孩的祕密只是遊戲。大人的定義內，小孩的傷心皆爲自找自擾、軟弱無用。

請別用那樣的眼神和話語，瞧不起下一代正在承受的一切。我由衷希望，時代變遷所帶來的不同痛苦，能不以舊日標準斷定衡量。請別恥笑、不屑、罔顧；請不要忽視任何一個正在包裹祕密、兩方爲難、自虐武裝的少年。

我想讓你們知道——年輕人寫的詩，不是每一首都無病呻吟；年輕人嘆的氣，不是每一口都毫無意義。你們也許身經風雨，我們則囚困陳年荒漠；你們也許潦倒一生，我們則被文明壓迫。各懷各的人生，各懷各的悲歡。沒有誰輸誰贏，全都是活過與捱過。

請關懷，請體諒，請眞心平等地去愛你們的孩子。就像當年在那窮苦的世代，你們仍如此盡力地愛自己一樣。

▲二〇一四年・一月三十日

這週一和親戚們吃飯，離開餐廳時，阿嬤緊抓我的手，鬼鬼祟祟、小聲地在我耳邊說：「愛會記得轉來看阿嬤，阿嬤、阿嬤有物件欲予妳。」說完，瞧她老人家自個兒賊賊笑了起來。

幾天後，除夕了。我幾乎忘記這件事情。
大夥兒吃完年夜飯，阿嬤彎著駝背的身軀，趁人不注意，以緩慢又笨重的腳步朝廚房走去。移動之前還一臉愼重，偷偷輕拍我的肩膀喚著：「妹仔，妹仔，過來。」她小心翼翼遞給我一袋東西，然後一隻粗短的食指不時比在嘴上，雖沒噓出聲，但頻率之高已讓人曉得——這個祕密之於她有多麼尊貴，無價能及。

打開袋子。
一個橘色的小圓盒，有道裂痕，旋轉開來後是兩只年代已不可考的戒指；收納於圓盒旁的，則是兩圈色澤光亮的金手環——上頭刻有細緻紋理，扳開與扣合的巧勁仍如新品一般。

「這个吼，妳母仔當年結婚時，阿嬤去銀樓拍予她的，今仔日送予妳。」她指著手環說。
「媽媽……？」
「伊喔，當年無欲收，也眞正是一个善良的人。有夠老實，感覺家己袂當收，所以阿嬤就先幫伊保管。阿嬤這馬人老矣，留這欲創啥？所以還予妹仔。」

「妹仔，愛收予好！敢知影？」

聲音捲進耳膜裡，一瞬間，腦中閃過好多不堪回首的畫面。許久以前的，包括分裂、疏離、冷戰、演戲……兩個家庭，甚至是多個家庭所合併起來的這一個「家」——若說「過年」，要過去的到底是什麼呢？

我搖著兩只金手環，讓它們碰撞在一起，鏗鏘鏗鏘地響。二十多年前，阿嬤做給母親的，母親長年以來雖沒機會親手給我，現在東西也到了我的手裡。

一手青春，一手傳承；一手歸還，一手和解。
真正會年年綿延下去的，原來是繞了一圈仍相連一脈的血緣。我們如果平凡，可以不要原諒；但至少，要懂得放下與前行。

是吧？
媽，新年快樂。

▲二〇一四年・二月七日

學會騎機車後，回家的路不知是變得簡單或複雜。人體跟隨機身移動的速度再怎麼快，月亮還是在那兒，家還是在那兒。夜海下的高雄，風和柏油路上的落葉混成一團，吹聚在一圈又一圈馳行而過的胎輪旁，散得也極快。

市區、小港，小港、市區。
我從容自在地往返兩個地帶，中間的接軌仿若已經隱形。熟悉感帶領著我們忘掉一些事實上毫無意義的分類，「你往哪裡去」其實並不重要，重要的是，你記不記得自己「從何處而來」。

今晚回到家時，快八點了。父親幫我留了飯，先行上樓。我獨自站在空蕩的廚房，打開電鍋，突然在意起白飯的厚度：大略二十多張書頁紙疊起來那般地薄，飯匙一刮壓下去，連感受米粒軟硬的時間都微乎其微。

「原來這就是兩個人的分量啊。」一個瞬間，我心裡這麼想。

順著想下去，不免又好奇，父親在洗米的時候，心中的念頭是什麼呢？把洗好的白米鋪平在小小的內鍋中、放入電鍋時，會不會頓時忘了自己在煮給誰吃？而背對那張好幾年來無人使用的餐桌時，會否替它感到可惜？

「我從這裡來，但這裡住著誰？」原來亦是重要的問題。忽然間，腦袋不敢轉了。不敢揣摩當自己不在高雄時，父親一個人騎車買飯的心情。

八點多了，自己在客廳夾菜配飯，細嚼慢嚥一個鐘頭。很想問，我們終其一生，到底需要

多少人的陪伴，才算真的得到陪伴。

▲二〇一四年・二月十三日

回臺北的第二天，雨還是不停地下。伴著雨聲入睡，聽見雨聲醒來。想到回南部的三個禮拜內就只有兩天飄雨，心裡更加覺得，也許比起高雄，這裡並沒有比較適合我。

看診吃藥進入第七個月，才頭一次跟醫生說了長年以來心裡堆積的感受。忘了自己說了多久，只記得最後醫生用溫柔、委婉的方式，打斷我這次的掏心掏肺，留到下次再說——我才意識到不小心耽誤了下個病人的時間，直說抱歉。

「還好啦，難得妳說了那麼多，下次再告訴我更詳細的，好嗎？」回家後，腦海還盤旋著醫生的回應與專注看我的神情。這些日子，他的存在令我由衷地感謝。感謝世界上還有好多溫暖的人，不僅確切履行著溫暖的職業，也有溫暖的個性、溫暖的責任心，完成身上所肩負的，溫暖的天命。

◎註：在此感謝我的主治醫師葉宇記，謝謝他陪伴我走過這一長段路。雖然現在尚未走完，也不知道會否有走完的一天，但能遇到他，永遠都是我的幸運。

▲二〇一四年・二月十三日

離開高雄的那天，記得雲層間有光。我身穿厚外套，但天氣已經回歸到舒服溫和的狀態，沒有雨。

父親一如往常地載我到捷運站。車裡，他手操方向盤，嘴巴叨絮著萬年一致的生活經。而我的心裡，關乎昨夜的疙瘩猶在。

前一晚，沒預警地，他把我叫去談了些心裡話。包含這十年來的糾葛、心境，以及他如何度過等等，父親儼然一張狠狠皺過又攤開的紙，軟爛的、滿布痕路的，顯現於我的面前。開頭才沒幾句，我就哭了。有些話題甚至是近十年間不曾提出來討論過的——彼此都知、但從無互相安撫的傷痛——原來這麼久了。

想著這些，我坐在後座，本已腫脹的眼又潤溼了。反觀父親卻很自然，沒事發生一般，重複他的叨念。短短的路程中，為了不被發現鼻酸，我盡可能小心、無聲地呼吸，安靜聽他說話：「妳再想想看爸爸昨天講的，妳去思考它對我的意義……」然後放空。

十年了，我眼前的這個人雖變了不少，但仍舊保留了他最該戒掉的部分——他的心裡，還是有恨的。而之於我，時光背後所暗指的象徵和啓示，如果不能向善的話，其實一點都不重要。父親不懂這一點。

他所理解的「家人」，跟我理解的背道而馳。或者應該說，他夢想的「重生」，並不藉由放掉過去來完成。歷史對他而言，是已經釘下去的鐵鉚。因此當我眞誠地說著「我只想過好現在的生活」時，他只能失望。誰知道我並非故意要讓他失望的。

一個人到底能背負多少人的期許，且做到人人滿意。我眞的很想問。
愛和背叛是不是一體的兩面，所以才總搞得某些抉擇不能自主。我眞的很想問。

上一代的事，順著血脈也一同往下流去，圖個還債。這是家庭的悲哀。
更悲哀的（抑或根本分不清是悲哀還是幸福的），是無論你走到哪裡，都永遠欺騙不了自己：我姓什麼、我是哪裡人、我自何處而來。

▲二〇一四年・二月十六日

讓我最感煎熬的時刻，是明知道你不開心，卻使不上力。你粉飾、忍耐、假冒成一個無所謂的人，但總堵不了漏風的破口吹來眞實的訊息。

「沒關係」像一句被放在括號裡的話，無用的附註，自動地隱形。有大半的時間，是我們理性上承認這句話，同時背地裡委屈受氣，恨己不成鋼。

▲二〇一四年・二月十九日

覺得不再自由的時候，就逃到一個沒有人認識我們的地方——大膽地牽起手、搭起肩，罔顧旁人眼光、緊緊擁對方入懷，做一對受得陽光眷賴的愛侶吧。

如此，才不會讓那灼燙的熱情滅在祕密的黑布底下，死得那麼委屈難言。

▲二〇一四年・二月二十二日

哪個地方將是我的歸處？如果我注定要做一個浪人。
如果旅行和漂流皆是組成我未來的元素，那積極地尋求安定，會不會反而阻擋我「活著」？

如果我沒有活著，那麼一定是另一個人在活了。

每天每天都在思索，每天每天都在抉擇及改變。

每夜每夜，都在造反或妥協。

▲二〇一四年・二月二十二日

考場的氣氛像抽乾氧氣的量杯，把點燃的線香放入，會隨即熄滅。環顧學校四周，想起教育制度下的你我，一晃就是十六年之久。如果問我於中獲得了什麼得以長存、永恆的東西，一時之間還真想不起來。也許好壞參半、利弊共生，也許這全部都將融進身心裡，難察難覺。

鐘響，送朋友進教室後，我一個人朝側門方向走去。透亮的晨曦像均勻散落的金箔，裝飾這一個肅靜的早晨。廣場上的人幾乎都不見了，只看到零星幾對父母，雙手交叉在胸前，漫走校園。

他們在想些什麼？是期許、鼓勵，還是壓迫、鞭笞？是陪伴或者推促？是旁觀抑或主導？想來想去，始終得不到一個明確的答案，我就已經遠離他們的視線了——但那些孩子呢？

昨天聽見報考了九間研究所的朋友說：「每天都好怕最後會一無所有。」我便很想替每一個真心努力的人許願。

我許的願望，是願你們知曉：無論如何，你都不是失去的那個人。在你付出的同時，已然有收穫悄悄地送到你身上；也許是思維，也許是習慣，也許是意志……這些抽象的禮物，比起一張學憑，更能伴你一生。

▲二〇一四年・二月二十三日

那段日子，妳缺席了每一個應該有妳在的時刻。從最簡單的隨興遊走，到須事前規劃的遠行，妳成為了我弄丟的隨身行囊，裡頭裝著重要物品，卻難以申辦遺失。

將近五百多天的時光，每一天都在抹煞妳的存在；每一天，也害怕就此忘了妳。希望有妳的記憶不要如以往尖銳清晰，又希望妳別過於模糊——所以偶爾，我會一個人出門，去我們逛過的夜市，買我們發掘的巷弄美食，搭我們常坐的公車。一個人，在熟悉的場景裡，練就一番假想妳身影的功夫，默想曾經我們說過的話、起過的爭執、擁抱後的和解，以及許多沒有道理卻被允許的眼淚。

有好多事不講理，可是都成眞了。就像我愛妳一樣，那麼違和卻又順理成章。我覺得想念這檔事亦是如此，不該有的，統統都顯著地渲染我孤獨的人生——也許五年，也許十年，我都還記得那些沒人賦予特別意義的地方，然後獨自在那兒，品嘗已經回不去的妳和我。

輕輕地把妳想一想，彷彿妳也在。

◎註：本篇寫於《藍色是最溫暖的顏色》映後。這是對我來說很重要的一部電影，有一部分的情感與我的眞實經驗重疊。

▲二〇一四年・三月一日

我還記得，是妳帶我第一次看見成群的螢火蟲，如何在伸手難見五指的暗夜裡發光。是妳在我面前，小心翼翼地用雙手，騰出空間、包拱那些小小的生命，許願。

那是幾年前的事了。出發當天，我們漏掉接駁車的班次，花了不少計程車費，直直開往東勢山上。正值花季，愛花的妳像個導遊，引領我瀏覽附近景色；待夜幕垂降後，再拉我一同跟隨賞螢隊伍，開拓尋找光芒的路途。過程裡，我們幾乎沒有對話，狹窄且陡的山徑成了一首迂迴難解的詩，晦澀得不爲人征服。身於其中的我們也是這樣，非得要把彼此逼到只容得下兩人的祕道，才肯放心地透露些什麼。

「想要坦誠，又害怕被瞭解。」是我那陣子最眞的寫照。或許已經喜歡過女生的妳不懂，或許不曾愛上同性的他們也不懂，或許連我自己都不懂——要如何去承受第一次承受的難過，要如何去壓抑可能崩壞原有價值觀的芽苗，以及，要如何處理這樣陌生的自己，把一顆心義無反顧地拋擲出去，跟以前愛上任一個人時一樣。自然應對，沒有分別。

「請給我一場轟轟烈烈的戀愛，請把我們帶到對的地方。」嘿，事隔多年，我要告訴妳，這就是當時我對螢火蟲許下的願望。願望算是實現了吧，也進而教育我關乎「轟轟烈烈」的定義：如柴火爆竹般的嚎哭大怒；見不得天光的牽手、擁抱、親吻；鬼祟的曖昧，強力的溫柔；密封卻依舊未能保鮮的悸動……。

回首完後，終於可以體會：我與妳之間，每一個愛人與愛人之間，沒有永遠，只有當下。那年所謂的「對的地方」，指向的也許就是「無論愛誰，都將走過的一條路」——從勇氣到勇敢，從烈火交加到細水長流。

▲二〇一四年・三月八日

翻閱照片的時候，偶爾會有種錯覺：只有在高雄經歷的一切才是真的。在那裡開懷地笑、忍讓地哭，各種憋受與爆發，難以假飾更難以掩滅。每個人都確切地存在我的生命裡，不是過客、不是短暫的假期，也非殘斷的故事。我們是一起花了許多時間，才走到這裡各奔東西的，最後也一定會再聚首，誰教那兒是家。

誰教我討厭臺北的連夜悽雨。

所以我不能擁有太多，終究都要還的。在臺北發生的事，也將在臺北結束。說來也都是我荒謬，早知道我們是多麼地不同，卻還是沒辦法釋然接受妳我之間，那原生而不可抗的相異。幾年了？妳對我而言仍舊遙遠，是我用盡力氣也抓不著的一顆星；即使我們曾經如此靠近，現在的我已經感受不到妳所謂的真心話了。對不起，我其實很幼稚，其實沒辦法一個人生活。我羨慕那些就算孤獨也能活得快樂的人，我欽佩那些遭受小小的冷漠也可自行吸收、不傷不痛的人。

對不起。我是這樣挑剔、軟弱又無理。可是這段日子我也受傷了。我想我非常需要一些不切實際的東西，然而妳是一個實際的人，總把我喚醒、打破我布置好的局……我僅不過是渴望聽到一些話而已，現在妳不想給，也給不了了。我知道妳始終不做哄騙的事，就算那是我脆弱之際藉以賴存的溫暖。真的。敷衍的也好。妳怎麼連敷衍都不想了。我真的覺得好冷，好冷。

▲二〇一四年・三月九日

終於比較能夠接受悲劇的收尾，也較願意去相信這樣的結果其實並不悲涼。只是一串事實的其一而已，剛好不怎麼討喜罷了。我們都各自擁有更急迫的使命，在這個年紀，我之於你人生中所有事情的順位，已經不在前面。

▲二〇一四年・三月十六日

正午未至，信義區的人煙還算稀少。空氣遼闊，路好似特別為誰敞開似地，走起來比平常寬廣。

走著走著，視線中尚未出現表演者，也沒見到街道上有觀眾聚集——吉他清脆的弦聲已經撥弄我的耳膜。那樂音如一圈又一圈充滿力量的泡泡，映著晨光折射的彩暈，飄飛、旋轉、乘風，然後溫而帶勁地破掉。我緩步顧盼，終於找到歌聲的起點，開始更加專注地凝聽其嗓音，與脫口而出的詞藻背後所藏匿的故事……

"If I had to live my life without you near me
The days would all be empty
The nights would seem so long

With you I see forever oh so clearly
I might have been in love before
But it never felt this strong

Our dreams are young and we both know
They'll take us where we want to go
Hold me now, touch me now
I don't want to live without you... "

都是柔軟又艱鉅的，美和傷共存的絮語；都是經個人演繹後，變相的嘶吼啊。望著他有點寂寞的身影，聽著他有點寂寞的嗓音，在這一瞬間，我覺得能夠如此一般，於鮮少路人的街上身背一把吉他忘我地歌唱，是令人羨慕的寂寞。或者，更是必須的寂寞。

因為唯有把自己丟進這裡頭，你才能記得現下這一刻，正在創造一個專屬於你的世界。你是國王，不論統治、不談民生、不接受賄賂的支持。你一個人，寂寞得很好。

◎註：雖然事隔多年，已經翻找不到紀錄了，但印象中記得，當初發布這篇文於粉專頁面上後，意外地收到了該表演者的朋友傳來的訊息（我有拍攝一張人影很小的照片，他認了出來）。覺得世界真小，真好。文中引用的歌詞（即表演者演唱的歌曲）為〈Nothing's gonna change my Love for You〉，原唱是 George Benson。

▲二〇一四年・四月五日

早晨剛醒，還賴在床上的時候，就接到父親的電話。他說拜好了，有準備水果和春捲，也燒了金紙。我一邊應答：「好，知道了。」一邊在心裡描摹起場景──市場裡賣春捲的攤販，只有父親一人的頂樓，牆上母親的遺像，爐子裡的火，不怎麼滿盛的方桌，按照習俗最後須灑出去的杯水。噢，記得那個春捲攤總需要排好長一段隊伍，之前都是我去買，今年不然了。

對不起啊，今年清明沒回去看妳。
但其實哪天要看都行的，反正妳一直在那兒，動也不動。

▲二〇一四年・四月十二日

愛是無止盡的破壞和修補，怎可能不辛苦。
有時候更會納悶，如果當初沒遇見，哪來這些日子的壓抑、忍耐、爭吵、委屈，哪來數不盡的抱歉和原諒。

可是如果沒有這些、沒有你，我想我也許會過得比較安穩，但也一定一定，會很寂寞。

▲二〇一四年・四月十五日

過期的一切總叫人懊悔
願你們都別輸給
喜　新　厭　舊

▲二〇一四年・四月二十二日

想起某張朋友拍下的照片——果實纍纍攀吊在圍籬邊頂，如引人注目的血色串珠閃閃發光——是在一個失眠的清晨五點鐘。幽暗狹小、不及五坪的租屋處，像一雙巨大厚掌若捉若放地挑撥我的交感神經，隨時都可能在下一秒把自己壓碎。我醒在影子裡面。

天應該快亮了，時間漸漸來到六點。廁所的門虛掩，只留一條縫隙，空氣得以流通的限度。而我還在黑暗之中，想像黎明的樣子、春夏的樣子，以及那張照片：生命的樣子。

天似乎已經亮了？身體沉臥一灘烏墨裡頭，視線的對角漸有微光滲入，但還不足罩籠整座眸湖。我的心神悠悠地飄盪在灰黑交錯的空間，有些恍惚；但我的雙眼並沒有闔上，仍直直地觀望、焦慮地思考。

「外面的世界和裡面的世界，到底哪一個才是此刻真實的臺灣？」

你對我說，日復一日，太陽總會升起，生活還是得過；你對我說，你喜歡安靜祥和的果園，寧靜中富有活力，可以教育孩子們誕生的意義；你還說你更愛好陽光滿溢、綠樹遍植的土地，總受顧於人情和互助，以及一張張無求回報的笑臉。你信誓旦旦地講，你好愛臺灣。

臺灣是這樣地美好、快樂、知足、充滿關懷。善良的種子在這兒一顆顆地播下，孩子們乖巧地上學，勞動者刻骨又耐勞；你安心地守法、繳稅，成為一位「良民」，政府也依法行事、捍衛家國以致消弭戰爭，完成了「好的統理」。

你說，這是個難得和平的年代。

我看著你，站在「良民」的崗位上，拚命一生，笑得既滿足且得意：「好好地、乖乖地，記得付出就會有收穫啊。皇天不負苦心人，總有一天，我們都能賺大錢，過好的生活。」

良民啊，良民。我是多麼敬畏你的堅定。

因為現在的我已經無法辨認，什麼樣的生活才是「好的生活」？什麼樣的人才夠格被稱作「良民」？什麼樣的環境才真正符合「和平」？

外面的天正亮著，可是有一群人同我一般，還徘徊在昨夜失敗的睡眠裡不得安穩。我們的眼前仍是黑的，我們的視線向侷限在遺落的一隅。儘管那也許不被你們在乎，卻是對整個臺灣來說，最隱密、最難捱的傷口。

與其說你不願意看到臺灣崩壞的樣子，我更相信你是選擇性地只看見臺灣美好的樣子。

對我而言，美好的畫面所暗示的傷痛更發人深省。春天、夏季，果實結滿了，你摘下一顆以感受季節遞嬗的喜悅；我摘下一顆，覺得這是誠實的大自然送給近來的臺灣，最具隱喻的慰問禮。

花依舊美艷，果依舊甘甜。

土地沒有變，但有一部分的人，已經再也回不去了。

◎註：本篇寫於電影《白米炸彈客》映後。感謝電影中的一句臺詞：「我不在乎，我不在乎。我在乎的是理念的實現與否。」提供給這篇文字莫大的靈感。

▲二〇一四年・四月二十四日

如果這社會的現實
已經逼得如條窄巷
我要怎樣對你訴說
站在巷口的我
還痴痴地懷有渺小而偉大的夢

▲二〇一四年・四月二十九日

親愛的，對不起了。我是一個這麼常犯錯的人，卻還害怕著改變。像我這樣習慣用同一種

失敗的模式去處理相同問題的人，生活變得難堪也是意料中的事。要怪誰呢？

我既不能怪罪現在的妳，也來不及責難那時候的自己。什麼都錯開了，事件和結果漸行漸遠，無法理所當然地扣在一起。於是，當我願意鼓起勇氣正視妳的時候，妳早已成為過去的疤，陳舊的、緬懷的、後悔的，找不到原因，也無從追究起。

這道疤，留著不會褪色，翻掀又引痛楚。
妳啊，會不會是我一輩子的兩難。

▲二○一四年・五月一日

我難過的是，這世界上大多數的人，在悲劇發生時，仍不清楚真正的凶手是誰。
把仇恨放在錯的地方，沒有比這更可怕的事。

▲二○一四年・五月三日

今天的我，恰好撞見蝴蝶起舞的時刻。

天空很藍，彷彿對我的呼喚有所應允；一隻靜中帶躍的七彩生命，已準備好抱接一次次巨大的投奔。

多美麗的瞬間呢。蝴蝶飛走之後，我看著松菸植生牆上那活靈活現的各種姿態，發現想像的美好。這個當下，我距離守則如此遙遠，僅相信我所相信的一切。包括那些愛我的人，及不愛我的世界。

▲二○一四年・五月十日

相隔多久了呢？坐著私家轎車北上或南下，而非藉以大眾交通工具。
我想了想，至少超過十多個年頭了吧。

記得那是個尚未懂事、還能撒嬌和任性的年紀；對於溫暖和愛盡是予取予求，不擔心有耗竭的一天。記憶投影中，父親（理所當然地）擔當長途駕駛，母親則坐在副駕駛座；兩人偶爾聊著一些我們聽不懂的內容，偶爾轉頭對後座的哥哥和我問說「餓不餓？」、「要不要上廁所？」或者輕聲預告：「○○休息站要到了喔。」

我最喜歡在車上播自己愛聽的歌。出發前，我總是會從家中櫃子拿出裝有數十片CD的收

納盒，每一張都整齊地夾放在透明套內；待及車引擎發動、空調打開，我便開始嚷嚷起要聽哪一首，擠身向前、操控前座面板。我喜歡把音樂調得略為大聲，好繞滿整個車廂，使人全然沉浸於當下的空間和時刻——感覺一臺車就是一個家，我們四人同步移動，且安心無懼地交出方向，因為深知，彼此欲達的目的地都是相同的。

這種契合感雖然難以透過文字準確形容，但這麼多年過去了，我心底仍有刻骨的懷念。懷念四個胎輪帶動的方廂，懷念這暗喻著某種連繫的容裝體，懷念裡頭各種聲音、口氣、話題、表情、姿態……懷念在車上睡著的自己會被人無聲抱起、不遭驚動，醒來後只依稀記得路上微小的晃盪，記得我在回家的路上。

十多個年頭到底像什麼？有時腳步一停下來，總認為那不過是一回眨眼。今天再度啟程，搭乘的車內已經沒有父親、母親和哥哥，但我依然在回家。

大雨下遍了沿途西岸，我在視線朦朧的高速公路上，看見模糊的前方無限延展；偶爾出現於兩側的護柵，遮住途經城市的寫態及縮影——兩者互乘的效果，更令我感覺這個當下的自己正身處雲端之上，開往天堂。

「天堂」。那個告訴我們為何而來，又為何而歸的地方。

▲二〇一四年·五月十七日

親愛的宸宸，有一些幸福，你要在漸失的過程中，才能意識到。這是一件滿現實、難過，卻也普遍被接受的事，因為我們走在直線上，方向未明卻又真實存在，所以後悔和遺憾都成了必經，沒需要頑固對抗。你只要記得，我們贏不了時間，我們將永遠晚一拍領會光陰埋藏的暗示。

那天，是我和你的初次見面。真實的你遠比照片中看起來小隻，使得太久沒接觸嬰兒的我，在在體會到生命巨大的神奇。「怎麼會這麼小呢？」我一邊在心裡問著，一邊把玩你的小手，細看你的手指、指甲，還有尚未深刻的掌紋。你好輕，輕到不可思議，我幾乎不需耗費什麼力氣便可以將你抱起。醒著的時候，你的雙眼透露著對萬物的好奇，哪邊有聲響，你就靈敏地朝那兒望去；想睡的時候，你只要媽媽抱，我側看你軟軟的眼皮垂下，直到安心地依附在她的肩膀上，感覺那個狀態的你，毫不擔心任何事。無比自由，又無比勇敢。

親愛的宸宸，未滿周歲的你，可能還不知道「勇敢」是什麼。然而那天見到你之後，竟讓我領悟了關於這兩個字最簡單的意義：「不在乎、不知道，所以便不害怕。」你想哭就哭、想笑就笑，原因到底是什麼，也許你下一秒就忘了。你可能生一場病、被爸爸媽媽唸了幾句，睡一覺起來，突然又像沒事發生了。或者，正因爲你剛來到這個世界，許多事於你而言尚未產生意義，其實也就不曉得該怕些什麼。

這樣多好？

宸宸，有的時候，我們這些大人啊，就是知道得太多了。對我們來說，「遺忘」反倒是需要學習的難事。好比不顧一切地爲活而活，好比把傷痛和災難都當作「從沒發生過」。宸宸啊，你期待長大嗎？唯恐長大後，你就會開始懷念小時候高尚的無知了。

◎註：「宸宸」是朋友的外甥。當時他剛出生不久，我跟朋友趁著南下之際一起去看看他。本篇寫於那天之後。謝謝宸宸，謝謝杏姐。

▲二〇一四年・五月二十八日

我想，遲早有天，我會到極限的。假使真的到極限，無論我有多深的喜歡，我也無法說服自己繼續這樣下去。我或許是幼稚的、無聊的、煩人的，但這些都無所謂。真正難過的，是我不再適合妳了。

▲二〇一四年・五月二十八日

最近起得很早，天還沒亮，腦子就醒了。漸層的日光緩慢地攀上窗櫺，再延鋪至壁牆、房門——日復一日，地球在轉。

誰死了都一樣。

前天是「北捷喋血案」後，第一次搭捷運。一個人。
板南線上，我站在車廂內，眼角一直注意到有個身穿筆挺白襯衫、黑色西裝褲，手抱一疊文件的年輕人。他不停地望向手錶，似乎正趕著面試。而藉著餘光持續觀察，我忽然覺得那只手錶也跟他同等年輕。恰恰好、不太純熟，亦稱不上是稚嫩的錶款——如二十出頭一般，想跑得快、想超越、想力展新銳氣息，但終究得先跟著社會脈動，一步一腳印地前進。

滴答，答。滴答，答。

到站了。年輕人剛好跟我同時下車，然而他的步伐甚快，邊走邊翻閱文件，迅速踏上了電扶梯，離我的視線越來越遠。我默默走在距離漸漸拉長的後方，靜望他的背影，心想：「原來就是這樣啊。一個準備好要去衝刺的青年，一個美好並身懷抱負的生命，一個家庭的新肩擔，一個有人愛著以及（或許）正在愛人的男子。」

原來那天，就是這樣啊。

那麼，唯恐我得丟出一項提問：這樣動人的影子假使靜止了，會如壞棄的手錶比照處理嗎？會那麼容易地就被修復完整、更替汰換、重置如新嗎？

我停下腳步，凝望這座建於地下的公共空間。人群來來往往，加劇了孤獨的膠著，沉重至無可比擬。文明都市引發的殘忍，也許要比原始社會來得更甚冷酷。記載時間的錶鐘，和記載人情意念的軀體，意義上越來越接近了。素質低落的媒體僅關心話題熱度，隨之起舞亦隨之漠然，漫不經心地送走一具具遭炒作後又被淡忘的屍身；眾人的耳目也同步受到科技暗引，不自覺地去關切或不再關切某件自始至終皆待人深省的議題。是的，活在這樣的現代，記載時間的錶鐘和記載人情意念的軀體，真的，意義上越來越接近了。

某個錶鐘的時針壞了，大世界的時間仍舊持續在走。
某軀寄魂的身體亡了，大世界的血肉溫情依然四處竄流、生生不息、不為抵減。

「全是不等人的。」
因為我們被教育了，要記得幸福的重要、拋下痛苦的過去；因為我們擅於自我安慰、自我激勵、自我撇清。此刻腦中浮現「日子還是得過」這句話，忽覺自己也是平庸的人類，逃不過上天立定的潛規則，無論怎樣質疑、抵抗，僅能墨守而不究。我的背脊一陣發冷。

法網恢恢，疏而不漏？未來的你我，真的有足夠智慧去架構完美的司法制度嗎？除了「法網」以外，在社會織起的另一襲保護網中，有沒有人發現更大的破洞？有沒有人知道，該耗用多少時間、多少心力去將之填滿？

沒有。再如何聳動的社會案件，最終似乎都被視作書架上的一本故事書——閱畢時湧現心得、沸沸揚揚；多年飛逝後，平淡如水，純為一段簡單帶過的傳說。

▲二〇一四年·六月二日

歡歡自殺了。

在節目上看到她，總覺得她藝名中的「歡」字會讓我聯想到「鬱鬱寡歡」。其實對她也沒有太多瞭解，單純記得是美美的一個人，散發著憂鬱、沉靜的氣息。而事情就這樣發生了。感到意外、難過的同時，似乎又不是那麼意外。只想跟她二十歲的女兒說聲加油喔，媽媽絕不是自私的，是因爲她生病了。「要勇敢、堅強地活下去」並非對每個人都起得了作用。希望妳能體諒、原諒，然後盡力照顧好自己。

「二十年後，我會不會也戲劇性地離開世界？」
好吧。其實這才是我剛剛腦袋裡在思考的問題。
希望我能身心健康地爲了理想走下去，以活人的身分，讓大家記得我是誰。

◎註：本文所指的「歡歡」爲藝人于佳卉，二〇一四年六月一日於租屋處燒炭自殺。

▲二〇一四年·六月六日

明天，不管你有多複雜的心情，記得結束以後，一定要快樂。

◎註：「明天」，即同年的六月七日，是我的大學畢業典禮。

▲二〇一四年·六月十日

在臺下，我慢慢地把學士帽上的穗，由右撥至左邊。接著聽見「禮成」二字，像一把審判的槌子，沉沉敲定這四年的句點；又像一雙溫柔、充滿信任的手，鬆開緊繫身軀的最後一條繩，半推半放地要我朝外奔跑。

世界從此刻開始變大。

再沒有人能決定，我們的人生究竟是對或是錯。我們並肩鳴槍起步，儘管在勇敢踏出去的瞬間，會不時回頭望望這個無憂無慮、不懂現實負擔的自己；儘管在軌道的前段，會遇見各式各樣的顛簸難行、起起伏伏，進而受傷、絕望、懷疑甚至初衷崩塌；儘管我們知道，一如去而不返的所有珍貴事物，這些闖蕩初期的滿腔熱血、理直氣壯，都可能極端地於往後被消磨殆盡……我們仍舊出發了。

「假裝過剛強／換來滿身的傷／也感受過絕望／卻享用一道光
如果每個向晚／只是期待晚餐／多麼無趣啊／至少那時／我是這麼想

經過一些時光／自然學會勉強／開始迷失方向／開始感到失望
突然有天向晚／想起了夢想／才領悟了／快樂是指南」

——〈向晚的迷途指南〉，棉花糖

前天買了第一雙面試穿的高跟鞋，自個兒在租屋處走了幾步，還不甚有自信。
我笑了笑。覺得「迷途」，就是青春自始至終的落腳處。
十年、二十年過後，我想我仍然會相信：「當年的我們在哪，哪裡就是青春。」

◎註：棉花糖〈向晚的迷途指南〉是當屆的畢業歌。二〇二一年，謝謝「棉花糖2.0」回歸歌壇，他們的音樂陪伴了我一部分的大學時光，極具意義。

▲二〇一四年‧六月十七日

一場夢後醒來，才知道你是最重要的那一個。

▲二〇一四年‧七月一日

搬離學校後，乘坐一班許久沒搭的公車。剛上車時，天氣是好的，不悶、有點風，像一首短而富有精神的小品詩，你讀得出溫柔，也讀得出力道。

我在車上，沿途複習那些曾為我日常片段的街景：成排的路樹、寬而廣的陸橋；陳舊的屋房、雜亂的招牌；些許斑駁的高中外牆，等車或行走的人們……還有那些不停飛掠過我視角的車輛。忽然間，當車身駛過某個路段，窗面沾上雨絲了。

司機對著麥克風說：「乘客們有沒有帶傘？要開始下大雨了，越開過去，雨只會越大喔，沒得躲雨喔。」
滿車的乘客，整片的寂靜。

我朝司機的方向望去，一會兒又返回原本的視線位置。看著窗外漸欲滂沱的雨勢，我沒有帶傘——想必亦有人與我相同——禁不住地於心中默問：「也許我們都沒想過要下車？也許根本就沒有停車鈴？」

也許這就是人生，這就是夢想？
當有人拍拍你的肩，給予溫柔忠告：「嘿！那是個會下雨的地方。」你即使身無防備，卻依舊要抵達。

▲二〇一四年‧七月十二日

有如悶鍋的午後，我躲在涼爽的高鐵車廂內，聽著高中時期愛聽的歌。熟悉的曲子、慣性的方向，霎時讓我以為自己真搭上了時光機，只需要短暫的一趟穿越，就能回到十七歲。

我利用一個半鐘頭的車程空檔，複習這些年來自己許下的每份承諾。繼而發現，承諾是如此不可信。好比現在的我是怎樣的人、在做怎樣的事；好比現在的我住在哪裡，又患了何種料想不到的病。我的煩惱、歡憂，以及曾擔心或放心過的事物，似乎全都離軌了。十七歲的我到二十二歲的我，是真實地經歷了種種的食言與意外，不全然苦澀，亦不全然美好。

人生如隧道，有趣又無常。進入黑暗的當下是一回事，等車身探了頭、淋了光（或者沒有光），又成了另一回事。甚至有可能，我們盡其一生都在隧道裡度過；離開隧道的那一秒正是結尾，結尾才見得了真章。

▲二〇一四年‧七月十六日

不聽、不想、不見、不問，事情和人便輕易地失去了溫度。這當中沒有什麼應該或不該，只是我們本來就很脆弱。

脆弱得依賴那些靠近自己的資源，脆弱得將心事就近擱淺，也不仔細分辨、思慮，眼前投向的究竟為何岸。太遙遠的那些，或不可抗地存有距離的那一群，全都被自動放棄。「不是我願意的」，你說；「不是我能控制的」，你哭。我知道，我真的知道。但還是希望，有天我們能變得更勇敢一點，明白此刻的港灣不是港灣，而是個買下自己所有暫存寂寞的過繼站。

過了，就過了。
真正愛你的和真正你愛的，即使盪過一輪，仍會留在原地。所以如果，我是說如果，未來你有機會再次將心神撿回，務必要記得感激——他們還在那裡，等你。

▲二〇一四年‧七月十七日

明明是家鄉，卻變得像個訪客一樣。連天空，也覺得不只是天空了。

▲二〇一四年‧七月十七日

你相不相信，有的人，會寄居在你的身體裡，一輩子。

▲二〇一四年・七月二十一日

我們靠得很近，但各自早都有了需要照顧的人。
相遇得太晚，有些時間就得慢慢浪費，直到一乾二淨，直到全盤收回。
我們才能，正眼看彼此一遍。

▲二〇一四年・七月二十七日

已經收不回了。
不是我任性，是這樣的相遇相待，太任性。我好似被一把抓起，放到一個絕對會遍體鱗傷的位置，等著結痂脫落至痛癢無關。

▲二〇一四年・七月二十七日

前幾天聽了約莫半年以上沒聽的歌：林宥嘉〈傻子〉。還是不由得在公車上溼了眼眶。然而這次並不是因為難過，而是徹底地瞭解和釋懷，原來一塊不成鋼的鐵，打久了仍舊是鐵。經過一番折騰，我是真的真的好起來了，告訴自己：「我這輩子就會是這樣的鐵。」一方面雖覺得唉呀真不好，另一方面卻又慶幸，自己是這樣的人。

我們花用了一生的時間，不停地呵護、妥協、原諒每一個我們認真去愛的人。一位接一位，卻不曾想過在這當中留下餘裕，舔一舔身上傷疤，釐清無力的來源──「自己」永遠是刪去法裡面，最先淘汰掉的選項。漸而天平失衡，我們也沒有想拿滿分，只冀望站在及格邊緣，努力不往黑暗處墜。

我們都太用力了，用力到疼了。如此狀態下，「愛自己」似乎是永遠學不會的事；聽到爛的箴言「好聚好散」，又有多少人能做到。我們不過就是陷在愛裡，不明所以、不追根亦不究柢，寧可承受的一群人。因而一番道理講到最後，也不知道該說些什麼了。就這樣吧。就做自己吧。做一個爛爛軟軟的自己，做一個瘋狂到被旁人訕笑的自己，做一個你自己覺得似乎不很好，但又完全對得起自己真心的，誠實的自己。

我一直是最不會阻止人的那一個。如果還能飛，就算流著血飛，也要飛完最後一段還能稱之為愛、尚存一絲情感的路程。即使帶著痛，攜手遊覽的天涯風光也將因著彼此照映的心，而永遠美麗。

不會難堪的。只要還有愛，分開都還算太早呢。

▲二〇一四年・八月一日

感受來得比思考更快，當你還未意識到正在傷心的時候，左胸口早已隱隱作痛了。少了妳的日子會是多麼無聊呢？我不敢想像。但也僅能默默地把自己安頓於不斷變化的環境中，適應、調整，說服與被說服。

昨晚，朋友在電話另一端問道：「妳會覺得可惜嗎？」我一副泰然自若、沒有所謂地回答：「可不可惜，就看妳心裡有沒有鬼了啊，怎麼問我？」

好氣又好笑的是，有沒有鬼，通常都不證自明了。要自欺欺人也好，故作鎮定也罷，遇到一場困局，唯一能做的似乎就是把雙方的慾望降至最小。因為沒有慾望，就沒有傷害了。但我又同時想問：先退一步自我保護的人啊，到底是天真還是聰明呢。

▲二〇一四年・八月二日

一位朋友的戀情即將進入遠距離模式，今天來找我談心。她告訴我，其實七夕就是一段遠距離的故事。我聽她說完，才發現自己是一個多麼不配過七夕的人。因為儘管捱過了距離、時間，捱過了模糊又煎熬的等待，我都不認為自己能是成功的織女。兩人約定好的事情彼此說了算，但到了真正履行時又是另一回事。論這點，古老的七夕之於我，僅作不可信的浪漫。

恰好碰上感冒，我昏沉沉地躺在床上一整天，伴隨不規律的長咳短咳，一輪太陽的時間，轉眼就被病症啃噬光了——七夕結束，今天跟普通的日子一樣，沒什麼好慶祝，卻又什麼都值得慶祝。因為「我們沒發生什麼事」，也「慶幸我們沒發生什麼事」——雖然未有資格以愛回應某個身邊的人，但能在彼此見得到的地方活著，已是幸運。

但是我不過七夕。約不約定、幸不幸運，好像也變得沒那麼重要了。

▲二〇一四年・八月四日

什麼都還沒有得到以前，自有一種寬廣的幸福。看你牽牽別人的手、吻別人的唇，也無所謂。我們會一直停在主旋律的前一小節，而這就是前奏之所以孤獨的原因。

▲二〇一四年・八月六日

很難的路，慢慢走總會走到。
不管目的地是人是事還是物，就怕你，輸在一顆
真心，太軟弱。

▲二○一四年・八月七日

原來把一個人當作全世界，不是件幸福的事。
無條件的跟隨、相連，看似偉大，但也可惜了些。
壯烈的付出固然美麗，然而若沒有回應，遲早會
枯萎──就算不在今生應驗應驗，下輩子也會因
此磨淡了緣。

我一直這樣相信。別人默默欠你的、你默默欠給
別人的，老天都在計算之中。雖然尋不著道理、
憑據、邏輯，但老天的事，誰又奈何。

▲二○一四年・八月十一日

午後，一個人逛完街，坐在信義區的路邊，把妳傳來的語音訊息，聽了一遍又一遍。
人群不斷從身邊經過，我卻只感受到妳。然後，慢慢地微笑了。
妳不屬於我，我能有的也不多。可是知足了。

▲二○一四年・八月十一日

沒有人有義務去為另一個誰停下腳步。所以當妳站在夢想和使命之前，我理當比它們卑微。
我知道，也支持。甚至覺得這樣的定位，讓我在在肯定，我是真的真的很愛妳。

「我們不能決定在這世界上會否受到傷害，但我們可以選擇讓誰傷害自己。」
獻給正要出征，卻沒有公開掉任何一滴淚的人。希望，我們都不後悔這鐵打的決定。

▲二○一四年・八月十七日

只要跟妳在一起，時光彷彿就一直停在早上九點──什麼都剛要開始而已。第一道陽光、
第一口牛奶、第一句招呼。妳啊，是一場必須的儀式，是一種味道與進程，嚐過千百次卻
怎樣都不膩。

▲二〇一四年‧八月二十日

畢業後，少有機會再搭乘文湖線。那一天搭，已經是相隔一、兩個月的事了。過去四年最熟悉的棕色旅途，帶我往返學校與汐止、朋友與情人、快樂與不快樂、眞實與僞裝，我在站跟站的中間，眞的留下許多故事——只是被迫藏了起來，沒跟什麼人提起罷了。我啊，曾擁有一段交纏銘刻、匿跡如霧的時光。

我曾經懦弱、任性，也曾經一展包容和寵溺；我曾經愛人比被愛多，也曾經被保護得完好卻又付出不了。雖然現在說來都是不近又不遠的事，但總覺得已經能夠過去了。所以那一夜，我特地於回汐止的路上，繞到展覽館捷運站後方的廣場——那個收容我四年淚水的地方——一個人盤腿坐下。

晚風好聽，整齊矗立著的路燈瀰漫淡淡的老舊味。我凝望周遭景色，以及偶爾經過的居民、小狗，突然很想唱歌：

「這一路走來不算久，
對無止盡的宇宙來說；

這一路你給的沉默，
我知道這樣的情多重；

這一路走過的風雨，
比起甜美也不算太多；

這一路蒐集的日落，
你知道這樣的愛多濃。」

什麼叫做事過境遷？什麼又是雲淡風輕？其實雲早是淡的、風也沒有傷人的重量，但人就是自顧自地被關牢了。受虐、相虐、肆虐，到頭來要回首探看，才知道一切都是我甘心。

唱完歌，憶起那四年躲在這裡偷哭的自己，覺得她十分可愛：身上沒帶衛生紙亦沒有手帕，就是直落落地掉下眼淚、再徒手擦去。待及什麼都哭乾了以後，她會站起身，說服自己接受一次次的道歉，重複著原諒與被原諒……。

思路至此，天上忽然綻開煙火。我抬頭望向夜空，冥冥中感覺是老天正回應著我的遙想。煙火甚美，爆破、粉碎的美，似乎也替我炸醒了十九歲的優柔寡斷和欲言又止。

「痛苦會過去，美會留下。」所有人生的片段皆會彷若煙火，痛快地結束吧。我由衷慶幸，這一句耳熟能詳的話永遠都是未來式──必定先痛，而後留下美；代表我們才有機會去受傷、絕望，繼而體會緩慢復原的辛勞及美好。

◎註：本篇中段引用的歌詞節錄自青峰寫給鳳飛飛的歌〈好好愛你〉。當年，這首歌來不及交給鳳飛飛正式錄音演唱──鳳姐不幸抱病逝世──故我只聽過蘇打綠的 live 版本。我曾多次在私人社群表達之於這首歌的喜愛，無論詞或曲，都深刻地烙燙我的心臟。「是的，我曾是那樣愛人的。往後也將如此。」每每聽這首歌，我總會這麼想。

▲二○一四年・八月二十三日

瀏覽一張張舊相片，總悲喜交織；還有更多的，是不能被分類的情緒。
我們感到困惑、自責、不可置信。荒謬的今昔變化，鬧得過去的時光像極了一場替身出演的電影。

「一輩子」真的太久了。
當我們真誠地放它脫口、成為一份諾言時，根本欠缺丈量的能力。「關係鏈」這回事，在大多數的情況下，原來都只是想像而已。

▲二○一四年・八月二十六日

為什麼辛苦生下來的寶貝，卻好像不是寶貝？
為什麼要不斷地放任情緒衝冠，口無遮攔地吐出惡言、威嚇、嚇阻，再以「愛」之名包裝？這到底可以獲得什麼成就？

「真的很想掐死你！」
「你把我手機玩到剩60%了，我待會先揍你一頓！」

早晨，行進的區間車裡，我的後方傳來一陣又一陣毫不壓抑的聲音，高分貝、高頻率。在在讓我覺得，這注定的父母子女一場，不知是喜還是禍。

▲二○一四年・九月三日

「暫別」是場任性難耐的事件，它不讓人在一起，也不乾乾脆脆的截斷。
它只是在不停地、重複地進行拷問：「你還愛不愛？」

▲二〇一四年・九月五日

就感知而言，時間在兩種情況下流動得特別快：漫無目的，蹉跎地野放日子；分身乏術，緊抱著陀螺旋轉再旋轉。前者太空、後者太滿，但獲得的「失去」卻是一樣的──等量的光陰。

這麼一想，就覺得沒有寫日記的必要了。盡可能地描摹、鉅細靡遺，有時也只是贅述；「解釋」本身就是極其麻煩的事，更甭談過程中有多耗神了。既然寫多寫少，記得的都是同一段傷歡，各持的顏色也將在某天自然褪去，何必靠紙墨強留？

反正，多話的人得到的反饋未必越多；多話的人，不一定能最被了解。
我們都是海底下的石頭，只有在誰竭力突圍、潛進自己水域之際，方才得到被評論的資格。那些膚淺的言語及對待，我們都別管。唯要記得，珍惜看見你真正樣子的人。是他們在模糊、擾亂的波動中，正視著你的心眼，並讀出與他人不一樣的東西。

▲二〇一四年・九月六日

如果真的看懂了花謝花開，那麼過去中不可思議的痛、摸不清的人、杳無道理的相欠，似乎就能瞬間清晰了。不要過度地去感受，不要過度地寵壞情緒。答案自會在對的時間、對的角落，以各種形式讓你發現。

▲二〇一四年・九月九日

一、
寧願因為誠摯的相信而受騙，也不要先懷揣測心態地去猜每一顆心欲排的戲碼。無法戰勝世界是正常的，無法對付所有人也是正常的。所以別擔太多的心眼、別想太多的戰術，因為人心本就該受得起這些傷與教訓，而且傷完了還要繼續溫柔下去。

二、
老毛病，很久沒犯的老毛病，好險一下就止住了。「我也許不能取代你，但你同樣地也無法取代我。」這樣一想，很多盲點都通了。沒有錯或對的人

生，只有錯或對的位置。但願我可以慢慢地找到我的存在。

三、

忙碌到全身榨乾的九月，好像要進入一個顛峰期了。雖然自己的責任總想要自己扛，但情況並非如此純粹。現實使然，想灑脫的時候沒得灑脫，還會拖周邊的人下水——因此得重新看待了。原來這終究不是「一個人」的事，我在為自己負責的同時，也連帶向別人給出了承諾。在這樣的場域，沒有「我不守信」，只有「我們不守信」。謝謝給我機會檢討的人，我不會忘。

▲二〇一四年・九月十三日

凌晨三點，夜唱的行程臨時變卦。天黑黑的，周遭放眼望去都沒什麼人，我們離開好樂迪之後也不知道該去哪。空蕩蕩的街道滿是熄燈的店家，路邊也沒有椅子，只能不斷地遊走在大馬路上。

但妳一點兒也沒有生氣。如往常般，笑咪咪的臉。妳沒有覺得累、覺得腳痠，更沒有感到煩躁。我們就這樣漫無目的地走著，三更半夜，柏油路、街燈、幽深的騎樓，一邊走，一邊自然地聊著天……妳大概不知道，從發現不能唱歌而離開好樂迪的那一刻起，我的心裡在想什麼。我在想：「怎麼辦，該去哪裡。怎麼辦，會不會浪費妳的計程車錢。怎麼辦，都是我不好，居然沒預設備案。怎麼辦，妳會不會累、會不會煩。怎麼辦，時間好尷尬，妳也回不了家。怎麼辦，這個特地挪出來的凌晨是不是浪費掉了……。」

但親愛的，以上我所擔心的，一件也沒發生。
甚至之後的四個多小時，都快樂地過去了。
謝謝妳。

▲二〇一四年・九月十四日

遇到了想珍惜的人，就會不自主地搬出大沙漏，每一天都是分離的倒數。
藉此才發現，前進與後退、增加與減少，都只是一個說法的兩面。在人生這條線上，屬於我們的線段空間就是這麼多，無法左推、右推甚至拓展。也因此，你的每一寸、每一毫，我在擁有的同時，也連帶地在失去。

▲二〇一四年・九月十六日

不是沒有心，只是需要提醒。

不是不聰明，只是還沒受過教訓。

再纖細敏感也無法知道所有的事。
所以災禍、傷痛、意外、衝突，對人生這碗湯而言，是必須要溶進的佐料。它讓我們的神經更加緊密地連結、更加彈性地延展，它讓我們知道——「順遂美好」其實有另一種憨愚的悲哀。

▲二〇一四年・九月十八日

很久沒有陷進這種低潮。今天傍晚，這種好久不見的自我厭惡一湧而上，搞得我僅能呆愣地瀏覽網路，沒辦法做半點正事。我想起大二某陣子一直在宿舍偷哭的日子——沒來由地，我會坐在座位上開始流淚，盡力不發出聲音，但身體止不住顫抖。那時室友發現了，還貼心地爲了不打擾我，而選擇在她就寢後默默地傳封簡訊，問我還好嗎。就在同個空間內。

我一直相信我有破壞的因子，不管是破壞什麼，我似乎很容易毀壞一切。好吧，也許沒那麼嚴重？但我確實習慣去衝撞本來已經定型的道理，所以我很少會說：「這是司空見慣、天經地義的事。」諸如此類的話。我不想讓大家覺得：「沒什麼，社會本來就是這樣。」因爲其實可以不用這樣的。但我們總是懶惰又喜好安逸，沒有人擅長且願意破壞。

我的破壞來自於我的固執和好強。而不管是固執抑或好強，我都是選擇性地去做——我是一個隨便的人，但同時我也可以是個錙銖必較的人。我追求和樂，但我也易怒、情緒化、口無遮攔；我認同僞裝的必要性，卻憎恨那些從頭到腳僞裝到死的人。就這樣，我的生活充滿懷疑，強度升到最高點時，儼然就是兩個分裂的自己在對峙：到底要變，還是不要變？到底怎樣是對，怎樣又是錯？

天曉得對於我認爲正確的事，要我認錯有多麼難。我從來都不想將別人的邏輯放到自己身上。難怪，我偶爾會感到孤獨。

這時若能有個擁抱，該會有多好。
不過也算了。過了。慶幸在一番沉澱之後，發現我依舊十分幸福。看著這些小事、小挫折、小失落，再對比那些困境中仍意志凜然的人，我優柔情懷下的煩惱似乎顯得好笑。我知道我還不夠堅強，距離目標，我還有很長的路得走。

▲二〇一四年・九月二十六日

混亂的九月，終於只剩下最後幾天了。在一團爆炸的工作量之外，還有另一件更重要、迫

切的事正緩慢進行，我幾乎無法不分心。但無論將被怎樣批評，這樣的分心是值得珍惜的。即使我知道社會不會諒解也不會理睬。畢竟屬於「溫柔」的那一部分，與誰何干呢？無關利益、金錢、話術，只憑一顆真心來往，就能夠馬上獲得理解嗎？

不會。
不會。
不會。

挖掘一個人的內在之前，其外在展露的行為總已說了一半。很少人願意花時間去深剖，也很少人喜歡聽辯駁的話語。現實是沒有耐性的，包括活在現實裡的人。因此你若拿真心去交換，回來時它可能已支離破碎。所有的希望都成為奢望。

謝謝討厭我的人與不信任我的人。因為你們，讓我一方面感到受傷的同時，也一方面提醒自己，要像個百敗不折的戰士，再多的誤解都無法擊潰我。想哭的時候忍一下，我就能踏過了。「一起加油吧。」我對著病態的身心與藥袋說。

誰都不准小看我。

▲二〇一四年‧十月五日

原本說好要一起加班的禮拜天，我睡過頭了，妳就索性叫我繼續睡，傍晚才碰面。前一天只睡四十分鐘，今日卻工作了十一個小時，妳的臉就是寫著「很累」二字。但可愛如妳，明明睏了卻還是非常專心地聽我講話，明明我講的是沉重的話題，妳卻感到有趣。我看著妳的兩顆大眼睛，知道妳是真心在聽的，也真心有聽懂。

親愛的，很抱歉我是一個複雜的人，動輒就把事情導向多層面的視角解讀，明明人生是可以很簡單的，有時候。原諒我總不自覺地跟妳分享那些迂迴又固執的想法，雖然這個特點似乎是妳很愛的一部分，但我不曉得會不會因此影響妳看待世界的方式。我希望兩個人在一起，除了在對方身上留下一點影子之外，仍要保有自己的樣子。

噢，倒數十天就要遠距了。短時間內好想把全部都給妳，但妳知道這是急不得的。這段日子，喜歡聽妳談著自己過去的所有大小事，也喜歡妳聽我說話時的表情。好開心我們越來越瞭解彼此了。「互相、互相。」雙向的來往才有繼續下去的意義。我愛著妳愛我的此時此刻，就如妳愛著我愛妳的這個當下一般——感受到「交出去的心有對等的回應」，是多麼珍貴的事。

▲二○一四年・十月六日

本是昨夜凌晨想寫下的心情，過了一天後，好像也淡了。然而就跟所有繁瑣、零碎、針扎般的痛感一樣，雖然內心跨過去了，它還是在那裡。對，只是跨過。接著不斷向前走，離它越來越遠，覺得失焦、模糊，以為它就此消失——直至往後再被突如其來的事件戳中，提醒：「噢，原來我是這樣的。原來這就是我忽略的哀傷。」重複幾遍，日子繼續過。生命就是這樣老去的吧。

「我越想越不對勁，是誰教妳這個觀念的？」
「我覺得妳好像眼裡都沒有親人喔？好像一直都當作一個人過活一樣？」
「如果媽媽還在，妳會是這種個性嗎？」

我不知道自己是什麼討人厭的個性，我只知道我不想、也無法依靠你們一輩子。在我最最無助的幾個時刻，重大的、屈指可數的，你們有誰在我身邊陪我度過？要不就是看不起我，要不就是覺得我為何不會「自己搞定」。請問，十多年來我在這種環境下長大，要如何意識到我有一個「家」可以長久待著？很困難，我也知道近乎無法做到，但我很努力了。儘管你們也不在乎我的努力和改變。如今我想一個人住，吃自己的、花自己的，有什麼錯？

拜託，請不要對我說教。關於家庭倫理，我比任何人都明白。
但我的遭遇並不屬於那個範圍。

▲二○一四年・十月七日

這麼多年來，即使有過幾次真切的幸福，也是到昨晚才第一次領悟到：「滿溢的情緒是沒有淚水的。」喜極不會泣、悲極不會嚎啕。相對地，反而是噤聲的無語。

已經找不到話可以說明了。
我有多快樂，以致我有多不捨。

▲二○一四年・十月八日

加班的夜晚，信義區人來人往，我孤自坐在成堆的攝影器材邊，以接近地面的視角看望這繁華的夜都。月亮在遙遙的黑空中閃著灰茫茫的光，雲層底下的人好像都有不得由己的難堪。我們奮力，以為能從某個籠罩內逃出，事實上卻囚困在另一個更大的籠罩之中：世界。

好困惑。

若要順利長大成人，是不是都只能在沮喪過後、自棄之前，不斷地安慰自己：「沒關係的，再出發吧。」

▲二〇一四年・十月九日

一條不知道是趨向成熟又或毀滅的路。
可不可以讓喜歡是眞的喜歡，讓討厭是眞的討厭。讓所有的聚合與別離，都要從內至外，眞眞實實地發生。

▲二〇一四年・十月十二日

昨天結束行程後就好想見妳，原本已經買好了到臺北的回程票，但當車子短暫停靠在妳住的城市時，趁著「車門即將關閉……」的警示聲響完之前，我行李一拿，就走出去了。

晚上十一點二十分，我一個人蹲坐在月臺上，替方才自動關機的手機充電，直到高鐵關站。末班車已經過了，可是我的心情怎樣也過不去——「好想見妳。」一顆心被這四個字填得滿滿的。我緩緩步出站，靠著微弱電量的手機聯繫上妳，跟妳說了自己荒謬的行徑。妳口氣盡是訝異但沒有生氣，立刻叫我待在原地等等，會馬上出發。我說好。掛了電話，環顧四周黑漆漆一片，陌生的郊外、寥寥無幾的路燈，我其實眞的不確定自己在做什麼，迷迷茫茫。但見到妳的那一刻，以及立即送上來的緊緊的擁抱，我好像又活過來了。

謝謝妳半夜出來載我，謝謝妳又陪了我一天一夜。我記得隔日的淡水夜晚，涼風舒適得讓人杳無雜念；昏黃的咖啡廳燈光、低矮的大樹、浪花拍打上岸的聲音……我彷彿走進

了妳的大學生活，有所感觸地淺嘗這一切。是張愛玲說的吧——「沒有早一步，也沒有晚一步……」，現在想到這一句，恍悟遇見妳是多麼剛好的事。我雖然沒能參與妳的過去，但正是那些我遺漏的時間與人們，為我送來了這麼好的妳。緣分只會在對的時機發生。

▲二○一四年・十月十五日

秋天捎來晚風，在臺地上顯得尤其地涼。車站月臺邊，一長排串連的區間車進站了，耳朵滿是軌道及車輪相互摩擦的隆隆聲響，規則又快速，接而漸緩，停站。我們在票口處外相擁。

一開始妳有些用力，後來則是自然地用雙手輕輕環抱著我。如同以往的每一次，我因為種種缺乏把握（能矜持住不顯露悲傷）、又想明確去珍惜的複雜心情而閉上雙眼，藉此阻隔紛擾和諸多太遙遠的想像，純粹地只感受那一刻。也許是聚精會神了，使我在一個乍看簡單的擁抱裡，深深意識到彼此即將面對的是場多麼漫長的別離；也意識到前所未有的欲言又止。

有些話，真的說不出口。
如果說出口，說出這些私心的想望，就是明知故犯了。
我知道自己沒有那麼偉大。我們每一個人都沒有。

人生要摘的星太多了，專一地過活簡直是不可能的事。把重心定焦在某個點上，久了也會置換其他。更迭、移動、推翻、重建，有許多心願必須經歷時間的瓜分、浪費及犧牲，才可實踐。而你我都必然為了愛，成為誰某個時期的試驗。以親身作為教材，去讓對方（同時也可能是自己）明白，「*學會分心在美好的事物上*」，比專一要來得重要太多。一顆心分著用並不會變少，而是該變得更加知足聰慧。我們學著把心分散出去，證明人的真摯與投入，在質不在量。

▲二○一四年・十月十六日

十月中旬的臺北，入夜就像入冬。覺得冷的時候，不禁想起幾次雨中逆風騎車的狂囂感——雨水狠狠地摑在臉上，我們一前一後，幾乎睜不開眼；途經或靜或吵、或幽暗或通明的路段，沿路哼唱著乍現腦海的歌。殘斷的詞句不成理地彼此接湊，張大的口有時還會喝進雨水，一切，都自由到無法無天。

一起淋溼的日子，美好得失去形容。
我反披著妳的外套，妳在停紅燈的十多秒間吻我。

理直氣壯地篤信：年輕時的聚少離多，帶來的只會有更牢不可分的信念。

▲二〇一四年・十月十八日

見了一位朋友，覺得人生匆忙，青春更如白駒過隙。雖然人人都說「要把握青春」，但仔細思考，完全把握住的青春，也許根本不是青春。

我們勢必會狠狠地被自己的信仰拋棄，料錯、反悔，甚至多年後再走一遭回頭路，看二手的風景，比對自己的成長和變化，重新來過。我們也可能為了療傷、逃避，而情緒化地扔擲一段時間出去——給一個不確定的人事地，然後戰戰兢兢地待在其中，體驗催眠的幸福、短暫的快樂、若隱若現的成就感，並自許某一天傷疤會不見。

最後最後，再回到原點。
懷著些微詫異，再一次落入那張仍保有我們模印的溫床，聞著最熟悉的味道，承認最懂自己的，還是一剛開始心裡就知道的那一個。從來沒離開過。

這樣的過程是浪費嗎？是蹉跎或徒勞嗎？不是的。

青春實在需要太多冤枉、衝突、剝離與擦肩而過的極短篇了。但換個角度思考，我們之所以會於中途不顧一切地往外闖，繞繞外面的世界，選數條困難的路去走，還不是為了覓得一處真正適合自己的窩？有過比對、有過相較，更知道自己要的是什麼——就算那最終的答案已是你昔日再熟悉不過的舊人，你們也都不一樣了。彼此錯過的時間，必定存在它的意義。

寫給兜了一圈後，又再度相遇的妳和你。與其做一位試圖征服未知的先知，不如賴在彼此曾熟悉的那座堡壘，當一隻無憂睡去的貓吧。祝，好夢好眠。

▲二〇一四年・十月二十日

一、
像一顆晨露，持續撐在搖搖晃晃的葉緣邊，忍著性子，滿了、重了才肯離開。
我呢，對於每件新鮮又同時藏有挑戰和刻苦的事，都想抱持這樣的態度。

二、
是敵是友，怎樣都分不清。明明是相似世界的人啊。
時而會想，如果我們不在這裡相遇，如果我們認識於其他場合，是否就不用演那麼多場戲

了？大家都沒有錯，是環境幹的。

三、

也許會有人認為，真正的喜歡哪需要努力，那是自然下去的事；但我卻要說，不——「只有愛是不夠的。」是的，這是兩年前學姐跟我說過的話，當時我不願相信的，現在也信了啊。

▲二〇一四年・十月二十四日

「但是看妳在人前歡笑時，背後應該也有一些心酸，只是這些心酸不一定每個人都瞭解，也不一定願意瞭解。」

溫柔有很多種方式，真心與否也不是單純的二元選擇。走在一條道路上，遇見各個層次的善惡利害、歡憂喜悲，被關心或被傷害，慢慢地總會抓到訣竅。

只是免不了在變得世故以前，努力地掙扎抵抗。因為信仰，也因為愧對，那些照顧了自己純潔心志的童年及青少時光，怎忍心就這樣拋棄？所以我沮喪，所以我辯證；接著說服和重整，這段漸而世故的過程，已是難逃的鞭策。若有幸在此遇見半途出現的貴人——也許全然也許半調，但願意花時間在自己身上的過客，我統統心懷感謝。

▲二〇一四年・十月二十五日

妳在比地平線更遠的地方，和我過不一樣的季節。
「忍耐、忍耐」，如所有經歷過的人所說的一般——忍一下，妳就回來了。

可這一下，不曉得該有多久。
漫漫光陰，消瘦耗弱。連秒針的移動，都變得如此易覺明顯。

▲二〇一四年・十月三十日

來來去去，人生的每個新階段都像層篩網：把真心待你的那一群留下來，共同認識下一步未知的生活，長大、成熟、年邁、衰老。

越到後頭，越是欣慰——當年吃糖打鬧的時候，總沒看錯人。

▲二〇一四年・十一月三日

這麼多次分別，幾乎毫無一次，我有目送著妳離開。反倒都是在輕鬆而覺無憾的吻別後，不假思索地轉身走，從沒想過要回頭。

半個月過去了。才恍悟原來是我，一直認爲離情依依也不會得到更好的安慰。站在恐懼及不確定之前，我早已把溢乎於辭的情緒交給了讓我專心一致的妳。不敢再多想，不敢再衡量。此刻我平平淡淡地等待，就是爲了重新遇見，妳從遠方歸來時的驚濤與駭浪。

▲二〇一四年・十一月四日

在沒有妳的城市裡，穿妳的襯衫，想像妳一直都在。

▲二〇一四年・十一月六日

親人和家人，兩回事。

▲二〇一四年・十一月八日

欺騙也好、愚弄也罷，病懨懨的時候，只想聽好聽的話。
「能不能和我一起生活。」

▲二〇一四年・十一月十日

再親、再貼、再溫柔的包圍，也無法賦予所有祕密見光的能力。某種程度上，我們的呼喊皆是充耳不聞；某種程度上，感同身受僅可當作一份暫時的參考。

因爲你的眼淚只有你自己知道。
好不公平，世界這樣大，爲何我們都無家可歸。

▲二〇一四年・十一月十日

我還記得，極光莫名枯萎的那一個傍晚，我看見它孱弱地癱瘓在陽臺的鐵欄上，沒有呼吸。莖梗不再挺拔、紅色的葉緣不再亮麗鮮明，它像一個緩慢步向死亡的少女，含著禁忌的祕密死去。

隔天，我竟再也沒望見它。有人趁我不在的時候，將它的屍身打包丟棄，扔在一個我不曉得的地方。當時真是鼻酸，責怪自己怎麼沒好好送它一程？那是妳送給我的最後一個禮物。

它就這般驟逝在我的生活裡，連同收關它的一切記憶，都那麼順其自然地不再被提起。可是，曾經親愛的，這並不在我的計畫範疇內啊。我從沒打算要扼殺一個不懂犯錯的生命——何況，它懷胎過愛情；何況，它只是純粹地誕生、不由得己地被買下，接著從一個人的手中送往另一個人的手中，懵懵懂懂地，聽這兩人約好要一同照顧自己。

更或許它就信了。莫名被賦予意義、莫名被作成信物；莫名接收愛，又莫名接收恨……我們怎麼能自私地替它做主？我們有什麼資格嗎？其實說來也沒什麼好罣礙。只是剛好，剛好今天看見妳在網路上販賣了我過去的真心，才更清楚我們是不同的人。妳選擇售出，我選擇留存。因為我永遠不會懂得，要如何精準地衡量這些品項的價值。

因為比起一張張實用的鈔票，我更想要在打開某箱盒子時，腦袋浮現出妳的臉。妳送過的每一樣東西，就像我現在寫給妳的字一樣，每一行、每一句，統統都禁止販賣。

◎註：本篇所指的「極光」，是指「極光粗肋草」，為適合養在室內的植栽。有酒紅色的葉緣。

▲二○一四年・十一月十一日

今晚大概是近期以來第一次開懷地笑。感受到這點的同時，更覺得自己未免太糟糕了。「什麼才是最重要的？」由於身體產生了新的發作症狀，不得已提早回醫院一趟看診的我，腦袋開始思考這個問題。那個瞬間，我直覺閃過的答案，竟然是和妳一起生活。

可能我是真的疲倦了。
社會這座大染缸，每個人都自顧不暇。好似只有我，就只有我，在自顧不暇的時候，還硬是勉強自己多為人付出。結果呢？我以為的「幫忙」，到頭來只是一場利益交換。我以為天經地義的事，擺在眼前，卻不照想像發生。我以為的朋友，原來還真的不是朋友。那麼我究竟為何辛苦？是不是即使賠上了命，也不會有人替自己哭。

又往上加一顆藥的十一月，希望平安度過。

▲二○一四年・十一月十一日

「我還有我自己。」

越複誦，越感到失去的一句勉勵。勉強的自勵。

▲二〇一四年・十一月十三日

我們試圖保持樂觀，卻又敵不過悲觀的潛意識。有些東西、有些人，是你活盡一生都切不斷的羈絆，若要抵抗、扭轉，只會換來兩敗俱傷的心神。尤其那種從血脈衍生而出的包袱，簡直等同皮膚，即使剝落後再長回去，也永遠不會是完好如初的一塊。過程還得見骨、還得疼痛，還得在最後留下一世紀不褪逝的疤。

▲二〇一四年・十一月十四日

空曠的丘陵餘脈上，老舊的街庄中盡是陳年砌好的矮房。高度參差不齊，在天空的下巴邊緣，留下歲月齒狀的痕路。這裡是爸媽的老家。

「來，每人手拿一炷香，三拜佛祖。」我在煙花彌漫的空間內，看見大家隱忍淚水的臉龐，和顫抖的嘴角。「該不該哭呢？」當下我如此想著。一代送走一代，為什麼人總要為了自然的生離死別，感到痛苦呢？而此刻，這份區隔我與在場諸多親戚的困惑感，是不是也證明了所有的眼淚都是自私的？

七年前，我送走媽媽。
七年後，換爸爸送走阿孃。

不知怎麼地，我意識到一場戰爭的結束。誰生時強悍、誰生時卑微，到頭來終究白灰一罈。傍晚五點多了，抬頭一望，鳥群從電線處飛散而開，徒留荒涼。確實吧，每個在世時群聚而活的生命，最終都將成為一只殘燭，輸給某一陣風。

▲二〇一四年・十一月十五日

生來為死，死而後生。
這條路上，沒有真正的結局。

▲二〇一四年・十一月十六日

我不是寬量，也沒有比誰堅忍。
當時願意放手讓妳前往很遠的地方，只是因為相信，妳會再回來。

▲二〇一四年・十一月十九日

極其痛苦之際，才曉得被酒灌茫的自在──沒有思緒就是最好的思緒。

不用想千萬個爲什麼。
不用管誰眞心，誰又敷衍應事。
不用怪罪這個城市的人，怎麼活久了便開始懶惰。
更不用憤慨，爲何他們總理直氣壯地把懶惰當成禮貌的一種。

省去力氣嘲笑。嘲笑他們僅會苟且度日，厭倦正向的衝突。

▲二〇一四年・十一月二十日

一個人在板橋站退了南下的高鐵票，霎時不知去向。人來人往，這麼多持具溫度的呼吸中，有哪些是眞正關心我的？失去方向，原來也有原因。

孩子，出了社會之後，爲人著想──就是受傷的開始。

▲二〇一四年・十一月二十日

每個人的心裡都有個塡不滿的黑洞。
屬於你的，就是你的。一生也泯除不了。
一生的解釋，也無法讓他人明白：這究竟有多深。

▲二〇一四年・十一月二十一日

「相信溫柔可以對抗所有的暴力。」有多少人死在這樣的信仰之下。
甚至死後還帶著熱血亡魂，繼續折磨屍身。一次復一次，直到換得誰的清醒。

何苦。

▲二〇一四年・十一月二十二日

燒庫錢。

傍晚四時許，空曠的野地升起撲天炊煙，橘紅的大火和雲邊的晚霞開始鬥豔，各自都有故事想說。

可惜燒得太快。黑色的冥紙殘骸一下子飛了出來，大塊的、來不及裂散的，完整而踡縮地降落在我的腳旁；不到一分鐘後，其他灰白的燃屑也順著風的方向，飄撒在我們身上。空氣悶熱、滿布塵沙，逼得人難以呼吸。我瞇著眼，在模糊的視線中忽覺這一團團橫吹的灰燼，像極了亡魂不捨的擁抱。

如此死寂的段落，只有道士不斷複誦著彌陀經的聲音。一長段時間，我的心神難免陷入呆滯與疲倦——直到大姑響亮的一句：「阿母啊，來領庫錢、住大厝喔！恁就要拿走欸！其他人不准拿，那是乎阮阿母的！」才又把我叫了回來。

一瞬間，同為人兒女，我的眼淚慢慢地落了下來。

▲二〇一四年・十一月二十三日

北上高鐵／車號0218／16:30開車

你和這世界上的另一個陌生人共乘同一班車的機率是多少？
他能夠與你掏心、帶給你啓發的機率又是多少？

「我肺腺癌第四期了，化療三十幾次。但妳一定不相信，從兩年前我被宣判生病後，到現在，我一次都沒有感到沮喪和哭過。」我想我好一陣子都不會忘記，眼前這位六十四歲的阿姨，

她的面孔。整整一個半小時的車程，她開懷大笑的次數，遠比我這個剛出社會、尚有好長一段人生在未來等著的年輕人，多上數倍。

是的，我們不能決定誕生於何處。但至少，我們能選擇離去的方式，與離去的心情——要喜或悲，要拖泥帶水或乾乾脆脆。

▲二○一四年‧十一月二十三日

星期一至五工作，偶爾聚餐成了生活中的小確幸。曾經還是稚嫩學生的我們，現在終也相互著揶揄誰是大忙人、要大牌，難以出席以致讓喬了好久的飯局流了團。而那些順利成局的聚會呢？不知為何，弄得越來越像是隆重的同學會了。

某個晚上我翻出舊照，發現彼此一起走過的舊日子真美得令人想哭。群組內喊一聲就出動的午餐隊伍、吵吵鬧鬧的宿舍、數不盡的八卦和聽說、雲淡風輕的彆扭及眼淚；下著滂礡大雨的操場、潮溼的山間教室、無數趟聊著天而不覺得疲累的上坡路……那是學子才能擁有的世界啊，一顆顆興奮、衝動、易感的心，湊組了單純無害的四年時光。每一句流言，過了才知道幼稚；每一種不服輸，今日才明白是傲慢的固執。

但面對這一切故事，笑一笑就過了，哭一哭也忘了。再看照片的時候，只想得起一張張逐漸淡出生活的臉孔，曾是如此熟識。風景好美、笑聲猶存，又如何呢。現實的針筒強行注射，為你我進行無聲的催眠，接受那一段段發生過的回憶不過是待逝的組成：「毋需哀傷、毋需念舊，人生免不了時間自然的演化，也逃不過所有意料中或意料外的變動。」而後想哭。因為失去了一些什麼，卻無能駁回。

已逝的美好的人們，徒留照片，看了好像更傷心而已。
我們，終於都學會失聯了。

▲二○一四年‧十一月二十四日

怨天總怨得過早了。
不公平，就是這世上最長遠的公平。

▲二○一四年‧十一月二十六日

看見一對情人在捷運站擁抱。我空著肚子，手提大大小小的行囊和紙袋，搖搖晃晃從他們身邊走過。這一擦肩，才知道我並不屬於任何人。

好寂寞，當我想起妳的時候。

▲二〇一四年・十一月二十七日

總是把別人的事看得比自己還重，提醒別人要勇敢、要反抗、要吭聲，但若換作自己時，卻得先啞上一陣子。為什麼當我們面對社會的惡劣，會拼了命地保護一個陌生人呢？這種無畏受傷、突然激起的堅強，是不是就只為了替誰爭一口氣──但不包括自己？

你也是這樣的人嗎？珍惜如是個性吧。
正直的傻子，已經剩沒幾個甘願的了。

▲二〇一四年・十一月二十九日

雖然不知道我們以後會變成什麼模樣，亦不確定歲月將如何在彼此臉上刻下越加明顯的紋路──但妳依舊是最美的。

我們在變老的路上持續相愛。這一件事該會有多麼真切浪漫。

▲二〇一四年・十一月三十日

你若感覺不自由，是因為還有理想尚未實現。

▲二〇一四年・十一月三十日

人生總可惜得沒完沒了。

曲終人散後，還得緬懷個數年，才甘心讓失去變成一種獲得；才願意理解並接受，當初之所以分開，不是因為忽略了他的好，而是明白他骨子裡的壞。

這個過程，似乎得花上好一陣子的迷惘呢。誰叫我們，那麼喜歡假設。

▲二〇一四年・十二月二日

債是可還的；宿命是，想還卻無從還起的。

只能哭。

▲二〇一四年‧十二月二日

我也很想知道天堂在哪裡。
我也曾無數次猜過、夢過、許願過。

只是長大後，才發現「天堂」不過是美好的代名詞，用來意會及形容：「任何抵達不了的地方，都是天堂。」

▲二〇一四年‧十二月七日

二十歲的我不想遙猜三十歲的自己會不會後悔；三十歲的我也不想責怪二十歲時做了哪些荒唐的決定。只要是義無反顧換來的冤枉，我都覺得美好。

▲二〇一四年‧十二月七日

很多事就像砌磚一樣費工費時，甚至砌的還是別人的屋房。汗珠從眉梢一路滑到鎖骨，來不及擦去就已被烈日煮乾。為誰辛苦為誰忙？我們手拿薄薄的紙鈔，告訴孩子：「今生今世，大部分的忙碌都是沒有意義的。不等的交換、徒勞的工夫，有時我們會以為，生來注定是場浪費。但孩子啊，願你別因此習得計較。因為艱苦人，總會有被人發現的一日。」

▲二〇一四年‧十二月七日

愛一個已經愛別人的人，就跟文明一樣，破壞與進展已密不可分。

◎註：本篇隨筆後來被我轉為詩句，收錄於第二本詩集《結痂》。

▲二〇一四年‧十二月十五日

最美的戀人：同時相愛，又同時擁有生活。

▲二〇一四年‧十二月十六日

希望下次想起妳的時候，是什麼感覺也沒有。沒有遺憾、沒有可惜，也沒有多餘的怨恨。妳像一枚生鏽的壁飾，曾經討人欣賞，然現已過時。對，就只是過時而已。並非不好，而

是對我的時空來說，不再恰宜了。

▲二〇一四年・十二月二十一日

不可逆時，最清楚。

▲二〇一四年・十二月二十三日

傷心到只有自己能處理的時候，我們都成了無家可歸的人。

▲二〇一四年・十二月二十六日

晚上十一點四十四分，我突然掉回小時候的冥想空間裡，默哀著人心之間的距離永遠無法消弭。因為靈魂交換不了，因為魚根本不知道海鳥的盼望。

「只能近似，不能吻合。」所以導致了許多結構性的傷悲。例如他非得穿上西裝，她只可披上白紗。那些口口聲聲說著「體會」、「諒解」、「明白」的人，濫用慈悲之話語，以為就此替上帝救贖了無知的罪人。忘了這一切根本不需要教化。我們的渴求，是天生的指定，是不可也毋須矯正的本能；凡俗的世間有愛，且不經由神的允准，人人自有故事好走。

只可惜我說的「人人」當中，藏了些跨舞臺的導演——他們穿梭、壟斷、自以為洞悉兩邊次元；他們跋扈地改拍情節，還以為收得俐落完美。

▲二〇一四年・十二月二十八日

大部分的持續性低潮，都是沒有原因的。愛裡找愛、包圍中聊聊寂寞，這些人之常情就像一顆先天的腫瘤，卡在心房某一角，不定期影響呼吸。我們總是擁有那麼多，卻又彷彿一無所有。

▲二〇一四年・十二月三十日

下車鈴像失效了一樣。

日子翻飛，停也停不下來，就來到年底。笑到累了、累到哭了、哭到麻了、麻了又好了。每件事情、每寸光陰都對我們的乞求充耳不聞，一直線蠻橫地逝去，卻也成為最準確的良藥。是的，比起寡斷，我們都將被迫以薄情治癒最深沉的傷痛。因為沒有人能按下時間的

暫緩鍵；沒有人，能阻止自己與記憶越來越遠。

▲二〇一四年・十二月三十日

去年那一首歌
在電視上播著、在音響中唱著
在凌晨四點的酒杯裡
泡著

怎麼晃眼這一首歌
就從我們
變成我的

▲二〇一四年・十二月三十一日

人事已非在所難免，多虧了時間無情，我們才能滾塵邁步、說說再見。

第二章

「突然就老了
你也不知道為什麼
過程一瞬即是尾聲
嬰兒車旁
早掘好了墳」

——〈二十三後〉，收錄於《結痂》p.46

生命給了她很多驚喜，其中，每次經歷皆如初次那樣意外的「至大的傷害」，便是代表性的一例。她總是不知道自己會壞掉，直到她真的壞掉。

（二〇一五）

▲二〇一五年・一月三日

能吃藥治心病的日子也不錯，偶爾我會這麼想。因爲過不了的關，靠著神奇的小藥丸就過去了；睡一睡之後又是什麼事都沒發生過，繼續「正常」生活。

多好。
如果我們能夠藉此少掉一點痛苦的時間，多好。
如果可以不費吹灰之力，讓狀況得到即刻、有效的紓解，多好。

但即使如此——親愛的你們，我還是希望，別和我一樣。
因爲這條路，踏上了就幾乎無法回頭。

▲二〇一五年・一月三日

一月三日，天氣晴朗，然覺得自己對生活已失去了熱情，沒有什麼値得開心的事。也許更準確地說，是可畏的成長迫使我們變得貪得無厭、難以伺候。以前只要有一塊小小的、放在掌心的糖得以吃，就開心了；現在則需要一頓豪奢饗宴來餵飽又深又黑的渴望。

想要的東西越來越多，因而對現況越是不滿。知道填滿一個缺口總得花上時間，但連這段時間都不想等了。

畢業前「一起考試、一起崩潰」的那種陪伴感，現在也不復存在。朋友像兩彎分離的月亮，各自尋找自己的恆星。我們都變得孤獨了，甚至這種孤獨不是見個面、吃個飯就能解決的——或者，這是解決不了的。因爲我的圈子裡，沒有人同我走類似的路。你和他、他和她，不是從法、從商、從公教，就是航空業、電子業。大家在市場的雜燴拼盤上湊得一口飯吃，生活似乎就足了。

剩我一個人寫字。儘管一路上得到許多來自他人的加油、支持、鼓勵，這些「旁觀者」給予的東西，卻遠遠比不上一個和我做同件事的人，心中的一份理解。

這般過久了，就會想問：「這座城市怎麼那麼不溫暖？」我漸漸開始討厭高度進化的味道，討厭專業的說法、討厭精神緊繃的會議。這座城市的元素，有太多不溫暖的因子。如果說，這裡眞的只講求效率、速度——因爲「無情」才能讓一切運轉得簡單方便——那麼實在有些不適合我了。二十出頭，才明白臺北不是小時候想像的那樣美麗，畢業後的生活也並非眞的自由。反倒是另一種更窄困的牢籠。

自由、自由。現在的我只覺得，這幾個月難熬的時光裡，大概只有寫字之際，最貼近我心靈安靜的模樣。

▲二〇一五年・一月五日

分開以後，我常常在高樓大廈圍成的迷宮裡哼起歌來。喉嚨啞啞的，但不曾哽咽；就像妳最愛的那種天色，想哭又乏匱眼淚的灰。

我是知道的，因爲舊往我們都沒有交付出沉重的諾言，所以現在才一派輕鬆，好似別來無恙。但我也必須向妳誠實，像這般失去出口的梗塞感，尤其痛苦。如同不能降雨的雲、不能開綻的花，和一首不能譜曲的詞，統統都是胎死腹中的心事。斷在半途，傷憾成雙。

▲二〇一五年・一月五日

總是
忍了那麼多
吞下又嚥下
還搞不懂

口是心非並沒有比較好過

▲二〇一五年・一月七日

並非不愛就沒事了。
知己、戀人、陌生人，再回到朋友。
花一年愛上一個人，也許花三年才不愛。然後還得再花個十年，重新認識他。

▲二〇一五年・一月八日

再回想時
已經找不到形容詞
去形容你，以及
任一篇有你的日子

你的專心是消失了
我也什麼都不是了

可美好留存、刻痕猶晰

我們沒有感覺
卻不會忘記彼此的名字

▲二○一五年・一月十日

逃亡不是最好的方式，卻是某些情況下，唯一的方式。

▲二○一五年・一月十日

「像一株失根的蒲公英，飄忽不定就是我的宿命。」今晚一個人在餐桌前，我這麼想。然而我本是不相信宿命的，總覺得這個詞彙帶有某種恨意，而人生不該要有那麼多的怨懟——會怨懟，只是因爲結局未到，我們仍在半路上吃苦。

但今天，我是信了。我認爲的種種美好的溫暖，眞的只是剛好而已。我受騙，因爲幾次小小的幸福感，忘記了自己始終擺脫不掉的包袱與孤寂。我是沒人要的。困在這個世界之中，我注定是要一個人生活的。在所有的想法、感受以及遭受霸凌後的委屈都不能達成清楚的溝通時，有誰可以（且願意）瞭解我做事的動機？沒有。我身邊的每一個親人，都只是在爲他們自己好而已。

「妳媽怎麼會生你們這兩個不正常的出來」
「妳的思想異於常人」
「妳在社會上是不正常的那一群」
「妳沒腦袋」
「妳瘋了」
「妳在做錯誤的事」
「我不知道妳在想什麼」

究竟是什麼原因，可以讓你們說出這些話，接著又若無其事地像沒發生事情一樣？爲了躲避，我成天臥床，告訴自己：「沒什麼大不了的。」對，我是不正常。對，我是異類。這些事實我早就知道了，可是我努力地讓它們不至於傷我太深。此刻我的眼淚已經凝固在腦袋後方，慢慢地習得抗壓。「快要自由了，快要自由了。」心中盡是安撫的咒語。我眞寧可出去過得拮据，也不要在這裡行屍走肉。我已經不想再忍耐了，我已經受夠了。爲什麼要害我生病。爲什麼不相信我的病因有一部分源自你們。爲什麼要一個病人去遷就一個霸凌者。爲什麼十多年來一直叫我順從、退讓、應付——多久了，還不夠嗎？

我已經不想要善良。我就是你們口中「偏差的小孩」，無所謂，我都不在乎了。我只希望能自力生活，把自己照顧好。然後有人愛我、有人願意給我一個家，陪我一起承擔些什麼，就好了。我真的好寂寞。

◎註：二〇一五年一月十一日，對我而言是個重要的日子。我又逃出去了，因為一些不可抗的原因——或者說，當初沒有人願意理解的原因。我曾解釋過自己為何出走，但他們的回應是：「沒那麼嚴重。」也許他們並不知道，那時的我只要待在本來的住處，聽到某些特定聲音（包括誰的腳步聲），就會感到嘔心、想吐，全身不適。那對我而言是一場接近崩潰的長期騷擾，確實帶給我心理與生理上的影響。本篇日記寫於逃亡的前一晚。

▲二〇一五年・一月十一日

你一定要斷去所有金援，在外流浪一次，才可以明白付出、得到、使用、取捨的道理。每份收穫要心安理得，每份割棄要會傷會痛——唯有如此，方知珍惜。

▲二〇一五年・一月十四日

一世紀有多長，要離開一個人之後才會知道。無須假以日曆，告訴自己時間真的流去；也不用等到信紙黃了、飾品鏽了、衣服褪色甚或味道淡了，才可獲悉歲月輾壓的軌跡——何況大多時候，我們會將一切保存得嶄新如初，看似什麼也沒更動。

但只要你一個轉身，便全部舊了。
舊了的東西，一天或十年，意義皆落在同個過去，沒有分期。

▲二〇一五年・一月十六日

夜好深了，終於離開公司，獨自晃在人煙稀少的街道上，找到自己的落腳處。
開門、上樓、再開門。見床就倒。

赤道之下的妳已經睡了。我們是兩顆錯過的星星，在夢的宇宙，妳總早我一步，所以每天，都要想妳好幾次。想妳笑起時彎彎的眼、粗黑的眉。想妳唇上的痣。想妳短而乾淨的指甲，想妳溫溫的手掌。想妳不斷往後撥起瀏海的樣子。想妳軟軟圓圓的臉蛋，靠近時還聞得到獨有的香氣。

好想妳，在十二點輾過換日線之際；在晨光未臨、轟鬧待炒的分刻，好想妳。每一寸的想

念都令我承受超載的幸福。因爲打從心底相信，妳一定也是這樣在想我。

▲二〇一五年‧一月十八日

充滿眼淚和嚎哭的週末，腦子裡的齒輪跟著疲憊的身心一起生鏽停滯，不想修繕，也沒得修繕。一個人在鬧區的租屋處安靜地望向黑暗的壁面，無窗的空間、伸手不見五指的深沉，睡了又醒、醒了又睡，暫忘自己是誰。

「不要哭。」記得電話那頭的聲貌，有些堅定又有些無力。果然不一會兒的時間，我們都哭起來了。生命是場彼此安慰的旅程，沒有誰永遠扮演固定的角色；有時勇敢、有時輕脆如石墨，一切無關年齡或歷練，人就是極其貪圖愛的感情動物。也因此有幸得到瞭解是多麼奢侈的福氣？如果說當我們願意坦露時都剛好有人傾聽，眞別無所求了。一生當中到底能有幾位好伴，能讓我們鬆懈眼眶中緊栓的淚水。生活好辛苦，逞強也是被迫養就的壞習慣。

兩天就這麼過去了。低潮時期的末尾總收得潦草，新的日子不斷到來，連應對的空檔都沒有。這段二十來歲的時光也許就要如是度過嗎。像夢一樣，哭哭笑笑、難辨眞假；或者不帶情緒地，晃眼又醒了。

然後每隔一段時間，就會寫下和這篇雷同的喃喃自語。近乎沒有意義與脈絡的，純粹用來記錄我心中紊亂又空洞的各種質疑。也許，寫來不爲什麼，只爲了以後能自嘲一番吧。

▲二〇一五年‧一月十九日

我們互道再見，彼此祝福。
有一個新對象重新去愛，各自銘記錯
誤、勿再故犯，是多幸運的修煉。
把以前傷人的爪收回來，把學得的防
護罩打開。用舊的成果，換新的收穫。

▲二〇一五年‧一月二十日

挨了一點冤枉
看清一個人
好過一輩子錯把包容當善良

▲二〇一五年‧一月二十二日

「不是你親手點燃的／那就不能叫做火焰
不是你親手摸過的／那就不能叫做寶石

你呀你／終於出現了／我們只是打了個照面
這顆心就稀巴爛／整個世界就整個崩潰」

「不是你親手所殺的／活下去就毫無意義

你呀你／終於出現了／我們只是打了個照面
這顆心就稀巴爛／整個世界就整個崩潰」

「今生今世要死／就一定要死在你手裡
就一定要死在你手裡／就一定要死在你手裡」

我們倆都很喜歡莫西子詩唱的〈要死就一定要死在你手裡〉。妳說，不知道為什麼，每每聽及這一曲，眼淚鐵斷直落，沒有一次例外；我說，因為他唱得好用力，把滿溢到貼近虐心的溫柔刻劃出鮮明的稜線，帶角的、會痛的，皆使人乍聽瞭然於心。再來，也許就是他把一個個「死」字，唱得毫不濫情吧。

對於「死」，我們的文化好似總避談不言。但我是如此篤實地相信，「死」是極其真實而美的字（事）。再者，所有好的事情走到極限之處，反而會產生一種瀕臨坍塌的慌亂——脹滿、窒息、失去出口；我們的精神之於世間萬物帶來的衝擊，根本渺小到容載不下這類難以定義的情緒。

所以當我說「死」，當某一行詩句、某一句歌詞哼著諸如此類的字眼，其實並非誇飾，也甚至不能全解釋為悲傷。「死」所代表的意義也許是希望，也許是超越幸福的盡頭；或者，也許是在廣袤的汪洋當中，尋得一根漂流木，繼而體會有所依靠卻又震盪未完的，呼吸與不呼吸的邊緣地帶。「死」啊，有時候更貼近愛情與思念裡，那種最深、最見不著底的想望。

◎註：這首歌，我每隔一段時間還是會聽，一聽就彷彿回到二○一五年。猜想是受到當時身心狀態欠佳的緣故，總私自將這首歌的情節導向悲傷，覺得歌中的吶喊盡是單向——孤戀著對方，誓言要死在其手裡而不悔，卻仍舊失敗——忘了它其實是莫西子詩送給女友，以此表達感謝的情歌。如今整理稿子，又再度上Youtube收聽（我的雙耳只服從初次live演唱的版本），感覺好像又不一樣了。比起往昔，現在已經可以明白這種死心踏地的美好，也不太為此悲傷。故，若要重新形容這首歌，我可能會說：「好溫暖，溫暖到心甘情願，

不會痛了。」

▲二〇一五年・一月二十五日

以前的人，很少有份自由的戀愛；以前的人，大概會忘了哭，因為已經習慣順從，不覺自己勉強或受迫——既定的文化窠臼，總讓他們心裡想：「這有什麼好哭的？哭了，也只是違逆而已。」

以前的人，在學會愛人以前，即把心神放在顧家庭、顧生活。以前的人，或許也不懂，自由戀愛所流下的自由的淚水，怎可能那麼痛。

畢竟，現在能夠這樣愛的我們，有一半都是自己活該。

▲二〇一五年・一月二十七日

生命其實很短。
多希望自己，可以愛妳超過一輩子。

▲二〇一五年・一月二十八日

習慣與愛，直比平靜的溪流與翻浪的大海。
前者只願意安穩地流過，享受不停歇的涓涓爛漫；後者卻可承受各種浪形之變換，投身、傾覆、嗆喉、吃水，或者沉沒。

▲二〇一五年・一月二十九日

可以不用感到抱歉的。
東尋西找，要的，就是願意看自己渾身不堪的人。

他們必須先讀懂我們的憂鬱，才能參與我們的快樂。

▲二〇一五年・一月三十一日

「*不是每件事都靠真心就可以了。*」

被在乎的人誤會，真的好痛。話語或文字，都成了垃圾一樣的東西。有時候連我自己都開

始懷疑，向外掏出一顆真心是不是極其愚蠢？但本能就這麼做了。不擅長說謊到底是好還是壞呢？一直以來，我仍舊技窮得實話實說，但難免遇到無論如何都不願相信的人。這時候，我似乎也只能告訴自己：「再努力吧，再努力一次。再一次，就好了。」

▲二○一五年‧二月一日

被絆倒了，那就再站起來吧。有些日子確實讓人煎熬又絕望，但不管這場難關有多麼嚴峻、傷人或痛苦不堪，時間之公平，它終究仍會過去。

這才頓悟，原來「跑馬燈」並非在瀕死邊緣才浮現。反倒是許多微小的時刻，會如細針一般提醒肌膚與神經，過去有哪些類似的窗景，曾發生在自己凌亂而複雜的記事本裡。例如血緣帶來的抽痛，又例如友情之脆薄和愛情漫長的復原，這林林總總、反反覆覆的殘酷歷練，都不只一次成為我們夜寐前的回顧。

而當你將這本滿版、稠密的回憶錄攤開於眼前之際，任何過往的事情，似乎都變作現下這一刻的安慰：「反正不是第一次了。我還是走過來了。」如是語句不斷在腦海重播，攪和進其他更為瑣碎的情緒，慢慢、慢慢地，養成褐紅色的痂。我相信這不是習慣受傷，只是變得不再手足無措、小題大作。總有一天，當全新的衝擊來到，我們會練就一身泰然應對的能力，並以溫柔對待自己和他人。

謝謝，謝謝。
謝謝相信我的人、原諒我的人，也謝謝陷我於計的人。
不管未來還會面臨何種形樣的抹黑，我依舊願意立足於謊言之前，誠實下去。

▲二○一五年‧二月二日

滿足則勇氣消殆，越覺刁鑽才越能明志。
我們永遠都不要屈就於自己現在的樣子。

▲二○一五年‧二月二日

最討厭下雨天。
我看著車窗前擺動的雨刷，感覺什麼東西都像人與人之間的誤會一樣，越洗，越滿是汙濘。

▲二○一五年‧二月三日

想念如果是線
一定會繞成一圈顫抖的圓
沿途儘管掙扎、錯步、徬徨、駐足
都將再返回初衷
把你和我
留在同一個界元裡頭

▲二○一五年‧二月四日

沖了一場熱水澡。

尤其喜愛沐浴中閉眼放空的時刻，赤裸裸的情緒都尋見了道路，一洩而去。原本煩心的、定義為重大且難以負荷的事，或者堆積在內心角落、瑣碎而無法疏理的問題，全化作新的光景，亮著熠熠溫火，在睡前的床頭邊歸於寧靜。終於。追逐了一整天的俗世，可以緩下心來，享受像此刻一般平凡的無聊；淡淡地寫下一篇沒有目的的、沒有野心和企望的日記，體會庸人自有庸人的幸福。

「那就算了吧。」親愛的，我說，那就算了吧。有的人就適合放在遠遠的地方關心，何必近觀他的坑損及是非。我們彼此失去，不盡然一定要傷心流淚。

▲二○一五年‧二月五日

從城市得到的愛情，終將在城市失去。
用一個地方交換一個人，常常不小心就失了根。
哪裡都怯場。

▲二○一五年‧二月六日

不管發生什麼事，還能感覺到痛，還能看見血流，那就好了。
活著受難，好過死後幸福。

▲二○一五年‧二月七日

比起自己的生氣難過，妳的生氣難過讓我更加手足無措。因為最難處理的事實是，我們永遠無法完全地成為彼此。獨立的兩個人，連感受都是分開的。我嘴邊說著明白，其實一點

說服人的根據也沒有。

▲二〇一五年・二月九日

承受力一天比一天高，但歲月並沒有教我堅強，只是路走多了，慢慢學會感激。

▲二〇一五年・二月十六日

「我怕我再也找不到像他一樣的人了。」

去年冬天，失戀的朋友傳了一封這樣的訊息給我，哐啷一聲，打中我腦袋中的某塊記憶碎片。曾經我也說過一模一樣的話。並且，在打從心底感受到莫大失去的同時，害怕著自己再無法以同樣方式、同等程度地愛與被愛。或者應該說，即使有哪個更好的誰出現，我也不要了。

天曉得說這句話的我們，有多麼真摯愚蠢。「不經一事，不長一智」確為鐵打的事實，你和我非得要經歷一場又一場的崩潰結局後，才可體認，我們根本不需要下一位「像他一樣的人」。是的，不會再遇到他了。但也許這才是失去的意義、相遇的意義。那些你愛過的，無論瘋子也好、負心漢也罷，全是不可複製、不可為人取代的僅僅唯一。

▲二〇一五年・二月二十一日

很久沒有坐12號公車回家，到底有多久，想都想不起來。今天走到高雄火車站前的公車亭時，才驚覺等車處早已更換了位置，心頭立即湧上一陣唏噓：「好多事都變了。」即使三五好友仍維持返鄉時要碰個面的習慣——好讓一切「完好地」停在某個時間點——城市之大相較於我者渺小，仍免不了面貌更迭的風浪。政治、制度、文化、走勢，無一面向能為我個人操控，僅可隨波而活。因此有時候，我是說有時候，面對家鄉中已然棄置或翻新的各種景象，並非那麼想知道。不去知道，似乎就留住了。

「好希望每個地方都永遠不要變。」

▲二〇一五年・二月二十二日

剛吃完藥，現在胸口傳來陣陣連續的悶痛，從裡到外。但我還是撐著，慢慢打字，不想停下來休息。腦袋想：「要是我死在這間獨居的屋子裡，不知道需要幾天才會有人發現？」發現的人說不定還是同事，畢竟沒有請假的話會被記曠職，主管還得思考怎麼跟上層交代——對，

無論如何，之所以「發現我死在這裡」，全非源自於擔心。果然啊，每個人中間的連帶關係永遠存在著利益。包括親人，也包括抽象的得失。說出請求後再補上一句「我不怪妳」，永遠都是騙人的；「失去也沒關係」亦是謊話。所以相信的人就吃虧了。吃一輩子的悶虧，到處欠債。

痛哭三回之後覺得好多了。是那種不是太好的好多了。今天看了一部描寫絕望的電影，觀看之際我的心裡一直浮現死的預感，後來片中也確實上演了類似概念的情節：自我傷害。其實自我傷害的理由我好像能懂，因為發作（執行）的當下，腦袋是最乾淨的：恐懼與痛苦占滿心智，將那些本來煎熬、潰散的激烈情緒給強壓過去，一切便舒服多了。我活了二十三年，即使沒有自殺未遂過，但也曾萌生兩次念頭，剛剛則是第三次。像我這樣不知福的人啊，一定會下地獄的吧。像我這樣子的人，也許不太適合當人。"Life works that way." 今天電影教我的，「即使有很多事情的發生非你我能掌控，我們仍可選擇面對。」然而我已經害怕面對了。我覺得從小到大得到的愛不斷地被剝奪，我覺得世界根本不認識我。

終於有點睡意了。假使就這樣一睡不起，妳會感到愧疚嗎？不，妳不會。因為從頭到尾說要開始的人是我，說願意承擔的人也是我。如果當初不是我堅持地重複著「不要把我推開」，妳也不會看見我。如果不是我說我甘心等待，妳也不會被說服。我知道，我自作自受而已。辛苦妳了。辛苦大家了。辛苦每一個曾經照顧我的人，你們都受罪了。謝謝。

▲二〇一五年・二月二十三日

總是拼命地要給誰一個交代
光陰就奉上了

事過以後
才含屈呢喃：
「那誰來給我自己一個交代？」

▲二〇一五年・二月二十三日

時間感的單位開始在變，已是幾年幾年地在過。也許真的一晃眼，頭髮就白了；一晃眼，人就住進甕裡了。今天忽然在想，茫茫然的年輕有什麼用呢？我寧可做一個心穩神定的嫗嫗，有一個愛人、一間老屋、一段又一段談天的時光，靜靜等待死亡。

▲二〇一五年・二月二十五日

生時還是自己，死時已成他人。

▲二〇一五年・二月二十五日

拋棄跟求取一樣困難；當你忘了意義，當你想自由又想被愛。

▲二〇一五年・三月二日

「願意」和「甘心」是兩種不同的層次，而平凡如大多數的人群，前者相較於後者，更常作為交付出去的承諾。儘管說出「願意」已算不很容易，但「甘心」背後所藏匿的尚有某種莫可奈何的疼痛。

親愛的，當妳遠在他方，當想念變成唯一能做的事情，其實有好也有壞。好在我沒得翻新妳於我心海的模樣，永遠那麼美好；壞則壞在，我們之間除了無盡綿延的相思，不會再有比這類抽象更真實的回憶。所謂的「相處」，不過只是言語及文字的交換，我們沒有親吻、沒有身體交纏、沒有一切突破想像的真確貼觸。我漸漸成為一個練習以想念續寫故事，又不為之擊垮的人。

可是我知道的，等待可以等出更燦爛的真章。當距離猶在、任務未完，我們此刻創造的小情小愛，將昇華成偉大磅礴的史詩。未來恆長，屬於彼此的夢想有否越築越高，這些都牽動著現下每個感及挫折的時刻——是的，妳是對的，我總惦記著妳的提醒，「為了更好的日子，必須先經驗一番折騰。」而當我想起，我們的痛苦都源自於同一個待實踐的美好時，我的思念似乎就多了份驕傲。我想妳、我想妳。無論妳在哪裡，妳的臉、妳的眼、妳的眉，皆是我眾多擾動的心緒中，最高的唯一。

▲二〇一五年・三月三日

對於遲早的事，感受還是當下才生效。

▲二〇一五年・三月十日

不是我念舊，而是除了回憶，我無處可躲。

▲二〇一五年・三月十二日

和妳到過許多地方。

那些，妳不在以後，我就不敢去的地方。

▲二〇一五年・三月十三日

送別永遠是最困難的訓練。

▲二〇一五年・三月十四日

有的時候，我的選擇並不是祝你幸福。
我的選擇只是，默默地，默默地看著你，消失在我的世界裡。
然後哭泣。

▲二〇一五年・三月二十四日

每每看見鮮花之際，容易提醒我，我並不愛花。它們那麼美、那麼香，也不一定有人欣賞；
你買下來、送出去，對方也不一定開心收下。花啊，這個危險的譬喻及借代，為何穿越
千百年歷史卻仍發揮寄情的功能？明明有些情，寄到枯萎了也無人問芳。

▲二〇一五年・三月二十四日

時間從來不急著把話說完。關鍵時刻，它總愛放慢速度，階段性地開啟一堂堂令人手足無
措的講習。因而就算先行聽了諸多道理，仍免不了懵懂、愚昧、無意識犯錯，再迎來一次
又一次的恍然大悟。

說是「恍然大悟」，本質上其實更接近毀滅。
我們以為外面有至高至闊的天，但闖出了以後，只不過是換了個井生活。

▲二〇一五年・三月二十五日

離開溫室以後，說無畏無懼、要變得強悍而獨立，都是騙人的。離開溫室以後，就是一邊
碰撞、擦傷、流淚並拭淚，一邊找尋下一座更巨大的溫室。在那之中，也許存在一個愛你
的人，固定於夜晚幾點鐘待你歸返；也許有你豢養的貓，乖順（或傲嬌）地躺臥在一處牠
偏愛的角落；也許，以上都不用，就是一處空間——無所謂任何形樣——你自在地呼吸，
安放每一份在外頭不敢、不能外顯的情緒。

朋友，我們很可能正是世俗定義下的爛草莓，但那又如何。在坦蕩蕩地承認自己作為一株

渴望溫室的爛花朵後，我其實希望你得以持續保有一部分「潰爛」的模樣。從現在開始，一點點就好，留下些許的優柔寡斷、純潔愚昧，以及言談間那三分傻勁的天真吧——勇敢地以一朵爛花的姿態，對抗溫室之外所有社會化的聰明。即使會輸，即使毫無勝算，我依然為你感到驕傲。你將以自己真實、原本的面貌死去，站在屍身旁，你比他人更快指認出自己：名字、初衷、炙熱如昔的眼神，倒下前、倒下後，皆由你全權做主。

我的朋友，尋找下一座溫室並不丟人。
只是自尊使然，鮮少有誰願意表明：那樣的活法比較簡單快樂。

那樣的活法啊，在你離開溫室以後，總有一天，一定會想念。

▲二○一五年‧三月二十六日

長大之後，想哭還得找個沒有人的地方——控制呼吸、控制音量，害怕見到光。

▲二○一五年‧四月二十一日

愛是最美的毒。

在這毒癮面前，我們個個是塊黏土，相互搓揉、結合，再拌進好一段漫漫光陰，以致未來分開時，早就分不清你我。在我身上，你的黑影已經摻入我的光明；在你身上，我的眉眼已經疊上你的面頰——若得拆散，一方不願傷害另外一方，就會說：「唔，不要管原初的分界了，你就多拿一點去吧。」語畢，自己的肉身和靈魂，遂被果斷地撕走一大半。

有朋友問我，如果當初就能夠曉得，對誰真心付出是一件不值得的事情，他是不是應該早點選擇當壞人？我答，為什麼呢，為什麼「真心付出」會在被狠狠傷害後，變成一件好似不該有的錯誤？無關純熟與否或自我保護，這樣的「真實」只是一份最原始的本能：從心而論，內有幾分，外便有幾分；想要好好相待，便好好相待。無須當成一場論是非、談得失的硬仗，說什麼也不肯輸。能夠全盤托出的人，才是有擔當的人吧。

「善良和快樂，妳會選擇哪一個？」
前陣子我給的答案是快樂，但幾週過去了，我得到另一種體悟：它們兩者，並沒有衝突。

拿走吧。
你可以拿走我的一半甚至全部，剩下的，我會靠自己完整地長回來。

▲二〇一五年・五月一日

一、

生命中總有很多慌亂是自以爲的，來得很快、去得很快，徵兆反覆亦不陌生，結束了才會發現：其實沒有那麼糟。

那「真正的慌亂」呢？絕對防不勝防。恍若乍現、劈開牆面的一道雷，轟隆隆地瞬間震碎你的生活；日常軌道被迫更改，你若不從，便難以再活下去。而此時浮現於腦海的，除了無限深刻的頓悟、檢討、後悔之外，還有分崩離析的原有價值觀——曾經矜持是正確的事，被無情地吹亂了秩序，*你終於發現過去的自己錯得極其離譜。*

這就是真正的慌亂。真正的混亂。不是頻率有所依循的低潮期，也不是莫名發生的頹靡及自棄。它張牙舞爪、嘶吼嚎叫，它伴隨驚嚇、恐懼，還有換了一個人的，你自己。

二、

從大二開始，我一直很害怕四月。原因來自於可笑的直覺，以及每年令人不寒而慄的巧合。四月的鬼魅就這樣在過去的五、六年間定時搔弄我的神經、布局我的命運，讓我快樂也使我痛苦，笑得開心亦傷得厲害。不僅如此，四月在在印證了記於我腦海中凌性傑的一行書句：「思考是最可怕的一件事。」我越是恐懼四月，越引致頑強的抵抗及失敗——明知道不要再想、不該再想，卻還是拼了命地想下去，敗給預感也敗給再三的靈驗。更難熬的，那感覺猶如頭蓋骨仍在原處，裡頭的東西卻怎樣都衝不出去，僅能梗塞於定點炸裂再炸裂，像鞭屍，使餘燼復燃後周而復始，「不可能」一再回到「可能」並重複灼傷又一遍、又一回。奪命的死胡同。

三、

這是印象中第五次想死。第一次在十六歲，第二次及第三次是在二十歲，接著第四次、第五次則在近來的二十三歲。夜深人靜，我把銳利的剪刀攤平，放在自己的左手腕上，慢慢地劃出一條條痕路。由於天生怕痛，所以我僅僅刮擦出白色的線，見到皮屑自肌膚上脫落、分散的樣子，帶出底下些微的潤粉色。然後，再試著用右手去把這些線往左右兩邊外推。

「快出來吧，快出來吧。」我一邊推，一邊仔細地觀察破皮處，希望它們滲出果斷的紅。眼淚好似就這樣被專注的心情給收了回來。凝望著傷口好一陣子，不知道過了多久，什麼事也沒發生，但我開始放聲大哭了起來。好諷刺。想死的時候，你會突然明白這世界其實沒有你想像中的那麼讓人留戀。你可能有許多朋友，有很愛、很愛的人，但在那個當下，你心裡掛念的名單短小得離奇。你想感謝的人，想說對不起的人，也同樣屈指可數。

四、
楊又穎走了。

新聞炒得沸沸揚揚，但觀眾心裡似乎都清楚，在不久的將來，這也不過是一段偶爾（或不再）被提起的小故事。因為對於整個社會、整座世界而言，來來去去的東西太多了，人命亦然。有時候你會懷疑，生時用力地展現能量，以各種形式證明自己的存在——複雜的、華麗的、難以解構的——到底是為了什麼？如果最後只會剩下一句話或一行字；如果，一場死亡得以記憶在陌生的心靈之中都只是剛好而已。

不為什麼。我們本來就沒有想像中來得在乎那麼多事情。我們由衷誕生的關懷與感慨，之於無垠、漫長的宇宙時空而言，又短又輕。這些無情的道理，楊又穎啊，妳是知道的吧。像妳這樣的好女孩，我不會責備妳自私，也不會責備妳脆弱。猜想妳八成不想再管這凡世間所有不相干的人事物了，幸好，那些無法理解妳的網友們，近幾天也鮮少再談論了。偷偷告訴妳吧，我明白的喔，「離開」也是一種「放下」；只怪一代跨過一代，終究仍有人自以為是地批判，定義出絕對的對與錯。然我與妳一樣，相信「百分百的設身處地是不可能的事情」，就算再親近的人也不例外——我們每一個人，永遠都是一個人。所以，現在我只想對妳說聲：「太好了。」

太好了。終於可以不用再加油了。
要快樂、要幸福。祝妳平靜地去到一座天堂般的城市，愜意生活。

◎註：楊又穎，本名彭馨逸，臺灣模特兒、主持人、演員。因為長期受到網路霸凌、騷擾與同業不平等之對待，於二〇一五年四月二十一日自殺，留有遺書。

五、
沒有誰與誰是天生一對，只有誰與誰可以彼此體恤。從羞澀、曖昧、確認、相守，再到變卦、爭執——至多只能預言到這一站，因為最後一個落筆，我想是因人而異。

所以不存在正確的結局。我們無須怪罪對方，我們無須感到可惜，我們無須自己堵住出口，哪兒也不去。如果不再聯絡是最好的方法，那就這樣吧。如果還可以是朋友，那就這樣吧。如果戒不掉懸宕又膠著的現況，那就這樣吧。總有路可以走的，只是你不知道那是路。人哪，心中會有「過不去的關卡」，似乎都源於自虐的天性：不自覺往霧裡走，抑或沉溺在一座沒有解答的汪洋裡盲撈殘骸；不自覺哭泣成癮，非得要破洞的心破個更碎才真的痛快。然而，這麼說好了——能不能試著讓這所有負面的、遮蓋視線的一切，保持一個若即若離的狀態呢？不過分推卻，也不強迫接受；不立刻探個究竟，也不假灑脫放掉一切。你忘了，這樣也是一條路。這樣也是一個方向。出口就在眼前，只是你不曉得自己在路上了。

六、

五月的第一天，臺北下了一場雨。未來的去向依舊不明，但至少，四月結束了。時間又悄悄地度過，在我睡了又醒、醒了又睡的荒迷日子裡，我是虛弱的病人，抗拒迷信卻又冀望得到眾神的眷顧。我拿香、我祭拜，暗禱自己擁有強健的心理，減去恐懼、減去忐忑，使這段一敗塗地的人生稍加平順。

▲二〇一五年・五月三日

曾幾何時，能夠安靜地做一件事、品味一杯茶，已是難得的事。四月初把畢業後的第一份工作辭了，突然間齒輪慢了下來，「適性放鬆」和「失控敗壞」兩者的差異，模糊得令人分辨不清。我們確實害怕自己失去方向，但又似乎更害怕停止？所以就算迷惘依舊、糊塗依舊，仍得趕緊上路。「必須運作」是這世界的常規，所有坐在路邊呆望的人都將被貼上「怠慢」之標籤——沒人在意有顆按鈕藏在角落，名為「暫停」。

多想暫停啊。可是時代急流下，這簡直是既奢侈又荒唐的行為。我們活在並列的跑道上（對，只有跑道本身是並列的），成天注意左右兩邊的影子：

「*剛剛是不是看到誰了？*」
「*對，我瞥見他的臉了，但速度快到五官模糊，我能追上嗎？*」

根本沒想過，剛剛經過的，也許只是一隻前來賞花的舞蝶；或是一隻無所謂輸贏，不懂你爭我奪的飛鳥——它們單單用自己慣常的、舒適的方式前行，路徑不一，誰先誰後從來都不是重點——可是我們呢？

「*奔跑吧！奔跑吧！*」
耳裡盡是這句吶喊聲。從小到大被他人或（潛移默化後的）自己告知著，要超越時間、要超越未來；甚至若能進一步學會預知與防範，少碰點釘子、少走冤枉路，那就勝利了。不要停下來，不要喊痛，不要透露心中萌生的那一絲絲畏縮及膽怯，因為之於社會，這全是無用的。

所以又要開始工作了。
日復一日的輪迴潛藏著可怕的寓意：我們被生下來的任務，就是在一箱又一箱沒有意義的紙堆中，摺出自己的意義。

▲二〇一五年・五月三日

「不是愚痴、盲目或瘋狂，只是單純地感受到，能夠死心踏地去愛，才更讓我確定自己是個活生生的人類。」

親愛的，希望你能對每一個正在愛裡長泳的人，適當地使用「瘋癲」等類似的詞彙。當你僅僅身為一位旁觀者，當你不曾親自經歷一場隔絕於世的關係時，你永遠不懂箇中漩渦。的確，有些情節聽來極其荒謬，有些容忍與對待讓你吃驚又震撼，但倘使他們能夠從這般風浪中得出一些溫柔的體悟，進而自瀕死走至煥然新生，那麼如是的學習將因此變得更加虔誠且深刻。

從一場大病中痊癒的人，最明白發病未必不是一種獲得。
我們透過痛覺來洞悉幸福的遠近及來去，也因為會痛，才像個有血肉、有靈魂、有思考能力的人。

▲二〇一五年・五月三日

免不了偶爾站在一條道路的盡頭，背向你擁有的一切人事物，像盲了一樣，眼裡只有投亡。

你把話說盡了，可是沒有人懂。你把傷寫下了，可是沒有人看。你把淚流光了，可是沒有人疼。最後，你乾脆把整顆心挖出來曝晒，可是依舊沒有人理睬。

對，這世界就是這樣。人各有溫暖，卻也各自分立。尤其在最最絕望的時刻，現實之銳利，比起日常將乘上千百倍——告訴你：「從今而後，你才是自己最重要的人。」

▲二〇一五年・五月五日

聯繫好像已經斷了，在那天以後。一方面很想問妳是不是把我封鎖了，另一方面卻也沒打算積極地要到答案。因為我可以理解妳之所以這麼做的原因：相較於愛人，妳是比較愛自己的，所以妳努力地避開了傷害。然而當初的我呢？硬是咬緊牙關，和淌血的傷口共處了兩年。

妳正在經歷我經歷過的那些嗎？恐怕還是不同的。
如果不同，那就好了。

因爲我並不捨得妳承受我承受過的痛苦，而我想，這就是我同意讓妳完全離開我的原因。

▲二〇一五年・五月五日

前幾天，有個正在對抗輕生念頭的讀者私訊到專頁，問我：「活下去是爲了什麼？」

我說，也許我們活著從來都不是爲了什麼，但只要醒著，就有機會體驗美好的事。

▲二〇一五年・五月十一日

「計畫趕不上變化」，這句俗語應驗於生活，逃都逃不過。
因爲逃不過，所以就便更欽佩那些靜定於漂流之中而不慍怒，享受載浮載沉之境遇的人。
那樣的人，自然到哪兒都是快樂的吧。

▲二〇一五年・五月十五日

七天前我又劃傷自己的手腕，已經忘記是第幾次。七天後回想這些，有一種很遙遠的感覺，且無法分析「那樣的行爲」究竟出自什麼邏輯：「爲什麼我要（會）那樣做？」

情緒一直容易泛濫，到底是好是壞。有時看著私人 Instagram 上的自介欄——「*Stay weird*」——會想起長輩對我的種種質疑。

「爲什麼妳不能好好地當個普通人呢？」
「爲什麼妳喜歡的東西、腦子裡想的東西都跟別人不一樣？」
「爲什麼妳那麼愛給自己找麻煩？」
「爲什麼妳要跟那麼多事情過不去？」

嗯，我是個怎樣的人呢？
我好強、怕輸。我鑽牛角尖，卻偏偏又是悲觀主義。我還有脾氣，和一份強烈的自尊。我易妒，時有酸葡萄心理。我生性固執，厭惡普世價值但同時在意眾人的眼光。我對於自己的人生萬分急切，害怕被遺忘。然而我急歸急，機遇依舊來得慢。我討厭等待，卻一頭栽進絕對需要漫長等待的領域裡……。

我太自以爲是了。才有所謂的「Stay weird」。
可是如果每一天都是幸福的，如果生命眞是那樣，也許，我就無法寫下去了。

▲二〇一五年・五月十九日

原來長大和療傷的過程總是並進，原來痲痹的結果就是，漸漸將一些謊話當成實話，將一些偏軌視為正常——最終，再把失去後心生的那些脹痛感，變作習慣。習慣到你彷彿不曾擁有，那麼就可以不用提醒自己失去過。

▲二〇一五年・五月二十日

有時候真的很想相信苦盡會甘來。可是我就是沒有辦法。先行的悲哀感像是擱淺的船隻，一直停留在現下這一刻。時間靜止了，人也走光了，剩下岩石與海草相互安慰，被動地挨著層層攻頂的浪花，哪裡也逃不了。

▲二〇一五年・五月二十一日

好久沒有因為家裡的事情哭了，昨夜洗澡時又不自覺哭了起來。我真的忘不了電話中父親說的那一句話：「我只是覺得，我們三個人都很可憐。」是啊，我們三個人都很可憐。你有你的煩惱、他有他的煩惱、我有我的煩惱，然我們彼此都自顧不暇。想訴苦的時候，清不掉的垃圾只能繼續積在體內，整個人變作一只超出負載的垃圾桶。

一個半月前的割腕，真的在我手上留下痕跡了。我以為它會消，但是沒有。淡淡地躺在那裡。那時究竟是怎樣的心情呢？朋友問我：「妳是在追求一種『痛』嗎？」其實，連我自己也無法回答了。因為如果不在那個狀態裡，便無法理解當下的行為和思考。那是另一個世界了。雖然這幾天我又偶爾感到失控，但好險念頭短暫，並沒有真的去做什麼事，我再度活過一天又一天。

《康熙來了》近一集的主題是「失眠」，安鈞璨是其中一位來賓。我覺得他跟我好像喔。他說，在國小二年級時就會思考「為什麼我會來到這個世界上」，讓我憶起自己於差不多的年紀（甚至更小），腦子也禁不住地想著諸如此類有的沒的事情——那時，無論睡前或是醒著，我總不斷揣測一個問題：「如果『我』不是『我』，如果『我』是『你』的話，用『你的眼』看著『我自己』，那感覺會是如何？」在沒有鏡子的情況下，我覺得「自己看不見自己」是很奇妙（或詭譎）的事；我可以明顯感受到有個無法命名形體的『我』住在這身軀殼裡面，且很想嘗試跳出這層天生的「束縛」，從另一個角度觀看四周環境，但卻無法做到……為什麼？

除此之外，我還想到四年級時寫的一篇作文：〈四十年後的我〉。交出作業後，老師居然特地約談，以關心的口吻問道：「這篇真的是妳自己寫的嗎？還是偷偷請媽媽幫忙寫的？」母親當時甚至出面澄清了，她並無介入。而我心有不解。「為何會覺得不是我寫的呢？」難道純

粹是因為文章裡探討了太多「面對死亡」的態度嗎？抑或提到了內心多麼憧憬「與世無爭的生活」？一個國小生的心思究竟該裝些什麼才叫「正常」，我並不明白。又或許老師只是在字裡行間讀出了她所憂慮的部分，因而在善心的建議及誘導下，我重新想像了一次四十年後的生活，寫下「另一個版本」的文章，呈交出去。至於原先的那一篇？收入房間書櫃裡的資料夾中了。

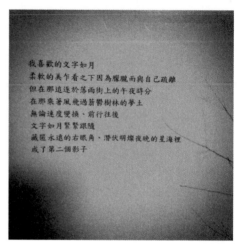

我喜歡的文字如月
柔軟的美乍看之下因為朦朧而與自己疏離
但在那追逐於落雨街上的午夜時分
在那乘著風飛過蓊鬱樹林的夢土
無論速度變換、前行往後
文字如月緊緊跟隨
藏匿永遠的右眼角，潛伏明燦夜晚的星海裡
成了第二個影子

◎註1：當年寫下這篇日記時，還沒料到該集《康熙來了》是安鈞璨最後一次現身於螢光幕前；同年六月一日，他因肝癌而病逝，年僅三十一歲。消息來得突然，使得觀看節目之際感覺「自己與他極其相似」的我，惆悵尤深。

◎註2：國小四年級的年齡再往後推四十年，差不多是五十歲，其實只是中年。然而對一個小學生來說，「五十歲」已經是無法想像的歲數，所以才談死亡。即便現在想來自覺荒謬，但不可否認地，那就是「孩提時期自己的內心所思」吧。

▲二〇一五年·六月一日

這是一個宣揚理性的社會，用理性去教育、用理性去溝通、用理性去處理。所有「不理性」的產物——包括人與事與字眼——皆是不文明故而應當摒棄的東西。然而，人類本身即非百分百理性的動物。若凡事不容許淚水、崩潰、歇斯底里，若活在社會屠宰場中面對邪惡時仍須拋除情緒，試問：「我們究竟是在變相縱容，還是太過自命清高？」

▲二〇一五年·六月一日

能一起睡著的日子，就是最好的日子。

◎註：這一句話後來被放進詩作中的其一段落，收錄於第二本詩集《結痂》。

▲二〇一五年·六月二日

記五月。

一、

五月還停滯於春，陽光是暖的，吹起風來些顯涼。有時我們穿得過多，有時我們又穿得太少。但走在路上、騎樓與柏油路之間，無論當下天氣如何，是晴、是陰，抑或突降猛雨，妳的掌心覆蓋著我的掌心依舊，我的肩膀和腰際妳總是愛不離手。真好。這座擁擠的城市，都因為妳而變得寬闊。

二、

不吵不鬧其實並非美夢，小吵小鬧才算真的有放在心上。我們都是愛哭的人，我們的脾氣像是堵著軟木塞的玻璃瓶，看起來輕盈美麗，實際上內含悶痛的情緒。因而親愛的，能夠看見妳哭，令我感到放心。我們沒有必要為了所謂的「無盡的包容」，假裝自己多麼快樂。哭過了，才擁有更確實的相知與相惜。

三、

五月十三日，母親離世的第七年，我在臺南旅行。越來越能把這一天當成一般的日子在過，而相較以往，我覺得這樣的方式似乎才更為健康。世上有許多人事物皆是同樣的道理吧？我們瞭解它發生的意義並感到悲傷，但無須長期執著於此。面對「定局」，越是坦然便越能成功生存。只是需要多久時間才能坦然呢？又是另一回事了。

四、

身為一個南部長大的孩子，我好喜歡寬敞的大馬路。我喜歡馬路兩側沒有建築物，只有一整條的長河依傍，像成雙的藍眼睛望著我們騎車而過。在前往黃金海岸的路上，天空如一張柔軟的布幕，從視線上方延展開來。此刻後照鏡中沒有任何一輛汽車，鼻間亦無油煙氣息，右方的河面均勻地閃著晶瑩亮光；我吹著迎面而來的風，感受呼吸之美好，激動得想哭。

「我在煩惱什麼呢？如果，我未到的地方還有那麼多的寶藏，那我是不是更應該好好地活下去？我想活、我要活。我想把我的感動，寫給更多人知道。」

五、

機會是留給準備好的人？不，我們不可能有準備好的時候。
所有的事情，都是在「未準備完全」的狀況下度過的。唯有如此，你才能一次比一次地，更靠近「準備好」的狀態。

六、

已經不曉得是第幾個看日出的清晨。這裡沒有鳥鳴亦沒有公雞啼叫，唯獨車輛呼嘯而過的隆隆聲響，蠻橫地提醒新一天的開始。這就是所謂的「文明」嗎？我在五坪大、無窗的租屋處，感受不到一點溫度。好像只能走出去，才有辦法接收新的刺激，領悟到多一種的快樂——過去我所不理解的，那類快樂。

七、
還是鼓起勇氣傳了封簡訊給妳，不是氣話，也沒有情緒性的用語。只是認真地想跟妳暫時斷了聯繫，一乾二淨。我刪掉app上妳所有的對話紀錄，於每個可能接收到彼此消息的地方，都一一地封鎖。完事之後，我才知道，我終於做對了一件事，也想通了長久以來的癥結點：「我不是妳心目中的我了，妳也不是我認識的妳了。」這樣的我們，若要再次接軌——無論以何種形式——還是等以後吧。

八、
人在醫院，總會想起很多小時候的事情。病房、落地窗、難聞的藥味，還有偶爾過強的冷氣。只是如今感受雖然雷同，卻知道有些東西已經不一樣了。原來這就是長大（或者習慣、或者麻木）？原來人真的可以越來越「理性」？

似乎又沒有。
當我在某個半夜出門跑腿，返來醫院時，看見一個小男孩坐在輪椅上，吊著化療的點——那個瞬間，一顆心仍舊感慨。我負擔不了這種畫面太久，往往忍不住揣思：「小男孩在想什麼呢？站在他身旁的父親又在想什麼呢？關於『痛苦』，到底是孩子較能夠承受，還是大人較能夠處理？」

到頭來，「堅強」跟年齡一點關係也沒有。

▲二〇一五年・六月二日

今晚身心科回診。診間外，聽見一對大約六、七十歲的老夫婦在對話。

◇

老婆婆：「我今天切菜切得好煩哦！切一切就不想煮了，以前都不會這樣，我現在什麼事情都不想做。」
老先生：「不是跟妳說了，不想煮就不要煮嗎？等我下班後，再煮給妳吃就好啦！我切菜很快，煮菜也很快啊。」
老婆婆：「我就不想要你上班這麼累了，還要回來煮東西給我吃。」

老先生：「不會，我的工作是玩票性質呀！要陪妳做什麼、去哪裡玩，都可以的啊。嗯？」

老婆婆：「誰說你的工作是玩票性質的！」

老先生：「是啊！我上班可以很認真，但我也可以請個兩天假陪妳呀，隨時都可以。之前不是要妳在我上班的時候多找點事情做嗎？比如用用電腦、出去遛狗散步，或是去我們家附近的運動中心游泳呀——都很好，不是嗎？」

老婆婆：「不要。我現在就只會在家裡發呆，好像個世紀大廢物一樣。以前我明明對這些事情都有興趣的，現在全都覺得很煩，而且人也變懶了，就是不想做。好討厭這樣，我之前明明不是這樣的。你看，都是生病了才變成這樣。」

老先生：「好，那我們就試著稍微勉強自己做一下呀？事情不是這樣說的嘛，妳現在把生病這件事看成一個很嚴重的狀況，讓妳自我放逐了，但其實可以改變呀。」

老婆婆：「我連抱孫子都沒興趣了！你說呢？哎，我真奇怪。」

老先生：「哈哈哈！不奇怪、不奇怪。不然，這個週末我帶妳去南部玩？我們可以坐高鐵下去，比較不辛苦。畢竟我們都老了啊，現在我也不開車了，妳自己也要小心一點，精神比較不集中的話就要搭大眾運輸工具，寧可多轉車，也不要自己騎車。」

老婆婆：「你看！我以前還可以到處走的！現在連去個菜市場都不想了。」

老先生：「沒關係，就跟妳說了，假日早點起床，我們一起去活動活動，多做點事情，才不會愣在那裡想東想西的。」

老婆婆：「我就很奇怪啊……」

老先生：「不會，我跟妳說……」

◇

候診一個多鐘頭，他們就這樣聊了一個多鐘頭。

沒能記下完整的對話，但光是這些，就讓坐在旁邊的我鼻酸了起來。

「找到一個對的人，和自己過下半輩子，是多麼幸福的事。」

▲二〇一五年・六月四日

寫給對方的舊愛：

我們都是無法替代的人。

只是妳屬於過去，我剛好處在現下。

妳可能羨慕，也可能嫉妒，但正因為我們永遠都沒辦法成為彼此，這個獨特性，讓我同樣羨慕著妳。只是妳不曉得而已。

看著她和妳的舊照片時，我會想像妳們的對話，彷彿聽得見一樣。妳們彼此依偎，滿足地描繪幸福的形狀；妳們談論天上的雲朵，或走進一場春雨瘋狂。妳們還會安排無數場假日旅行，騎車相載，於滿山花海的斜路上，讚嘆整季的燦爛。當然，妳們也不會忘記以快門定格回憶，框住親吻的那個瞬間，接著討論照片中的彼此有多麼痴情可愛。

我不知道現在的妳過得好不好。妳可能有了新對象，也可能還在一個人的房間裡沉溺思念。倘使遇見了我，妳大概會說，我擁有妳所沒有的一切──因為我的世界，曾經也是妳的世界。然而很抱歉，親愛的，即便妳不相信，我依舊想坦白告訴妳：在過去我所缺席的歲月中，我是多麼羨慕妳的存在。當我經過愛人的母校，當我踏進她一頁又一頁的舊日記裡，我無力自己看不見她身為學生的模樣，我遺憾自己沒能夠返回年輕時候，與青春階段的她談場無比純真的戀愛。

妳是妳，我是我。
妳擁有的一部分的她，是我怎樣也奪不走的東西。
因此我們都是同等重要的人。在她各自相異的生命階段中，學著給予、承受、在一起和分開。

▲二〇一五年・六月七日

每一天，我們在不同的城市中醒來。北半球與南半球之遙，妳有可能因為距離而更加愛我，也有可能因此把我忘記。我知道。我知道感情的基礎打得有多穩固並非最重要的事，而是未來的我們對於幸福的想像是否一致。如果足夠幸運朝同個方向走去，那麼現在妳不在身邊陪伴的每一天，皆有了絕對值得的意義。

就暫時這樣吧。我是夏，妳是冬。我是月亮，妳是太陽。錯開的時間差與感受，難免弄得淚流滿面。但好險妳還能知道我哭，我還能聽見妳想念。雖然只能藉由雲端傳遞心上所有，可是雲端也有其不可取代的慰藉。我真的

好想妳。

▲二〇一五年・六月七日

人生就是這樣，走了幾步路，難免回頭望。
問問自己：「這就是我想要的生活嗎？」

答案不總是肯定，卻也沒勇氣推翻。

▲二〇一五年・六月九日

「我愛你」不是一個選擇。
如果是，那我們都成了喪心病狂的人。

敬不由自主的一切情感，與失靈的駕駛座。
敬所有美好或失敗的意外，因爲那全是超出預期的碰撞下才能有的，自然的發生。

▲二〇一五年・六月十三日

這個社會是：你總以爲誰必須對你負責，但事實上他沒有，也無須肩扛如此義務。

反倒是你，一直在負責別人的人生。

▲二〇一五年・六月十七日

時光是條鮮豔的蛇，亮麗，卻又不斷將皮蛻去。而我們總愛問，蛻完那些老舊的往事之後，彼此有變得更「新」了嗎？還是只能勉強地笑說，成長是段「一邊衰老，又一邊重生」的矛盾過程。有時候我追著眼前的世界跑，心裡同時好想回到年輕時候的校園，在晚上九點多的馬路邊等車，吃一口連夏天都妒忌的冰淇淋。那家義式冰淇淋有各種特殊的口味，綿綿密密，天然的用料使它融化得極快。我們一口接一口地挖著吃、省著吃，不斷誇讚這般舌尖上的幸福感，笑談著一些無關緊要的小事。就這樣，從來不曉得什麼是著急，什麼是變數，什麼又是妥協。

▲二〇一五年・六月十七日

我有個優秀的朋友，長得美、心地善良，又有十分卓越的辦事能力。她不怕失敗，或者說

——她很少失敗。成功的人生與光明璀璨的前景，對她而言是必須完成的目標，我也相信她值得擁有這一切。因為她始終努力，也始終謙遜。是她的心態和實際行動，替未來鋪出了一條滿順遂的路。

前幾天她傳來訊息，問我是不是心情不好，需要找個人聊聊。我說沒事的，只是有點煩惱人生罷了。接著，她灑脫地回覆：「人生啊，快樂就對了！」我心底淺淺一笑，敲下幾個字送出：「那妳快樂嗎？」

實際上她剛失去一段刻骨銘心的感情。但她的解決之道總是、往往是、習慣是——用忙碌來麻痺自己。時常在社群平臺上看見她加班到半夜深更的動態，字裡行間沒有太多疲憊，反倒營造得充實光彩；假日她當然也不會閒著，出遊、逛街、吃美食，一項不少，照片牆宛若精彩、生動的展覽，陳列著令人欣羨的「生活」。在大家眼中，她是絕對的人生勝利組，豐富地過每一天，從來不虧待生命裡的每段時光：讀好書、找好工作、出國旅遊、廣泛交友。她樹立的形象就是一個精明可靠的女強人，強烈地、企圖心有若焰火般地，像是要跟世界宣告：「男人做得到的事，我一樣可以戰勝。」

唯獨愛情是她的死穴。她總趁著半夜人少之際，於線上透露她難過的訊息；上班時又極其專注投入、武裝顏孔，仿若早已泰然放下一切。甚者，她持續追蹤舊情人的生活軌跡，更變賣了感情的紀念品——那些嘴邊說著不復在乎的人事物，統統仍滯留心上。她所聲稱的一切啊，在我眼中看來是如此易碎的表演，滿是破綻。

「哈哈！我不快樂啊，但也只能在不快樂中找快樂了。」她說。
果然，又是一個修飾過後的句子。我看著「但也只能」四字，揣想「承認自己墜落到谷底」是否對於一個堅毅、不肯認輸的人而言太過困難？所以才有那麼多的「雖然」、「不過」、「反正」……，在失控掉進深淵之前，把自己給勉強拽了回來。殘忍的那種勉強。

嗯。
妳知道嗎？親愛的朋友，我其實非常希望有朝一日，這樣的對話可以成真——
「妳好嗎？」
「壞透了。」

若能如此，我必定心感安慰的。
如果連我們自己都將雙唇拉上了拉鍊，還有誰能夠解剖我們的內心？想死的時候，就大聲地說想死吧。想哭的時候，請儘管不顧顏面地哭出來。真忍不住歇斯底里之際，發了狂像個瘋子一樣也無妨。社會秩序在無形之中綑綁了正欲下墜的人們，勒緊了頸脖，時時刻刻叮嚀你積極正面；有人說這是拯救，但事實上往往淪為某種控告或失手的殺戮。原本還是

個「人」，後來全變成被通緝的「逃犯」……。

那就做一個逃犯吧。又如何呢。
解開手銬和腳鍊，迎接一場他人看不懂的黑色爛漫。
因為總有一天、總有一天，妳會笑著回來的。

▲二〇一五年‧六月十八日

「持之以恆」之所以難得，是因為我們一輩子，也許找不到幾件能讓自己如此堅定的事。來的來、去的去，四季更迭，總有一個你深愛不移的季節。

所以當你有幸找到了，請相信那是使命。
上天鼓勵你也創造你成為那樣的人。

▲二〇一五年‧六月十九日

我也不知道為什麼總在不對的時間入眠，不對的時間醒來。也許，是妳忘了教會我，要如何在沒有妳陪伴的混亂裡，規律地生活。

▲二〇一五年‧六月二十一日

想像一下你在一座無人的大草原上追著氣球。
你追了多久？其實也忘了。
你跑了多遠？仍然不清楚。
只記得自己很專心、很專心地凝視著騰空飄飛的氣球──直到牢牢握住線為止。

是的。夢想路上，你得專注到忘了疲勞與寂寞。

▲二〇一五年‧六月二十四日

磨難會帶來成長。
現在往回看，十幾歲時愛得緩慢卻刻骨的心情，以及按捺不住傷心而翹課躲進廁所裡啜泣的狀態，現在怎樣也無法探究詳細了。*原來傻勁也有期限。*但儘管「過期」，這些曾發生過的零碎事件並非全無意義，也不能稱算為時光銀河中的駭人隕石──它們即使近似「雜質」，一塊一塊不成章節亦不那麼乾淨純粹，但總發著難以忽略的光亮，雕塑我們的黑影與內在性格，影響展演至今的人生。

想起學生時代拚搏的難題，還有無數場未能止歇的戰鬥：破碎的家庭、失敗的戀情、斷裂的友誼，便覺得每一個當下的自己都已然盡了最大的努力。那時的我總在找尋「出口」，一個可以見光、有所了結的地方；那時的我總期待「救贖」，一種全心放下、原諒，並願意鬆懈雙肩而不再糾結的境界……但到頭來，全輸給了天生的壞習慣。我可能早就尋見了「答案」，然而比起眼前清晰的答案，我更愛將此擱置一旁，繼續深埋靈魂於無解的放逐之中。「無解」是「正合我意」的。這究竟是什麼樣的自虐呢？早知如此，我又為何要浪擲光陰，我又為何要抱有期待？也許我深愛的，就只是一場殘忍又漫長的等待；我深信自己沒有那種「一眼看清」的幸運和聰明，我沒有那種命運──所以我在所有選擇之前，先行踏進了過程。對，就只能是過程。

這就是某種成長吧？願意全心消耗於過程而不悔，願意接受：這就是必須。

如今，縱使未能除去長期耿耿於懷的人事物，也可以坦然地說聲：「算了。」當越來越多朋友向我丟出各種求救，我就越能深切體認到，我既非天使亦非聖人；多少次我也想跟著一起問「真正的解方是什麼」，但最後我能給的、每一次我能給的，就只是一些真心而已。即便真心不會腐朽，但也要你肯領走它、化作「你」內心的一部分，待時間過去、真正好起來的時候，你才能發現扶你一把的人原來依舊是你自己。是啊，這世上從不存在什麼恩人，恩人就是願意寬心「給自己時間去熬過」的你罷了。

「未來會拯救過去。」
當我們開始懂得一些小事不必在乎、一些人不值得去愛、一些錯誤可以避免再犯時，謝天謝地，我們已經不一樣了。而站在此處往未知望去──三十歲的我，勢必也會如願地拯救現在的自己吧？至於這當中的十年該怎麼過呢？就過過現在的模樣吧。生命中每個階段的風景都無法提前遇見，所謂的「老人言」，充其量全是作用減半的參考（或安慰）。比起閃避，我更信仰的是那一句自己常說的：「帶著傷走下去，才是人啊。」此時此刻，難道不就是如此嗎。失去的東西，最終也會以另一種形式補回來。

就算你問──補回來之後，也不是原來的「我」了。
是啊，但這不就是「前進」的證明？我們不可能永遠處在同一個狀態中，幸福也好、抑鬱也罷，會流動的生命，才有抗壓的能力。

▲二〇一五年・六月二十五日

漂浪異鄉那麼多年，終於有這麼一個夜晚讓我深感體悟：於某些難以言喻的時刻，你需要的不是家人、不是情人，而是一個和你在故鄉一起長大的，老朋友。

▲二〇一五年·六月二十六日

如果明天就是我的死期
請不要告知我

就當是潮汐
我洶湧地來、黯然地去
沒有人關心

就當是一覺睡醒
剛好回不到身體

▲二〇一五年·六月二十七日

多年慢熬以後，你會忘記他看你的樣子，也會忘記曾經直爽的承諾，甚至不再計較當初細微的、或好或壞的各種情節。你們不是情人了，也可能做不了生命的知己或某種程度上的家人——更多時候是說不清楚的關係——但是你永遠會記得他的生日。

而屆時，你們也真的只剩下「生日快樂」可以說了。
多麼寂寞的祝福啊，又多麼無可取代。四個數字儼然專屬的密碼靜靜保管一個人與一份情感，然而得以解密者卻包括了在乎你、不太在乎你，或者不能在乎你的那群人。如此說來，這四個數字承載的意義究竟是輕是重呢？唯恐從寄出到送達，惆悵、訝異、惱人、安慰、不以為然……，無論哪種感受，也許皆僅有三秒鐘的生命，還來不及暈開，便灰飛煙滅。

▲二〇一五年·六月二十九日

魚要活在水裡，別人才看得見它在游。

▲二〇一五年·七月一日

想見不能見，想觸碰卻觸碰不到。多少時刻我弄不清楚自己為什麼如此脆弱又容易焦慮，原來我是何其需要妳的陪伴。

在每一個我們彼此想念的分秒間，我幻想妳就在我的身邊伴我哭泣、待我睡去。可是幻想總有結束的時候，自我欺瞞帶來的除了安慰還有憤怒。我感覺像是在愛一個死去的人，即

使妳不斷傳來「我就在這裡」的訊息，但實際上妳沒有。妳真的沒有。

妳不在。妳只是一個平面的影像，是裝置、是機器。哪天這些東西不見了，妳也就跟著消失了。

▲二〇一五年‧七月六日

如果所有的違背都要解釋成不愛，那多可悲。

▲二〇一五年‧七月七日

我始終厭惡雨天。
可能是南國孩子的關係吧，總覺得雨天是個愛鬧事的盜賊，每次突襲都要竊走一點明明已經十分微小的快樂。而雨聲堪為雨天最精髓所在，持有自個兒的任性，有時嘩啦啦地歌舞，有時咚咚作響；有時更伴隨風吹改向，橫切於窗面上刮擦出沙啞的喉音……狠一點是淒厲，緩一些是惱人，偶爾纖細如針之際也會溫溫地戳出規律的鐘擺聲，另一種逼人的無盡。於焉，似乎只有睡去，只有離開清醒、拋棄感官，才可以在這難熬的不平靜中，獲取一絲心靈的安穩。

我是如此厭惡雨天。
直到近來察覺，這份厭惡因為妳而變本加厲了起來，才懂也許我真正憎恨的並非雨之本身，而是身處漫天落雨下，妳不在這裡。比起陰雨，已逝的妳更像捉弄人的雷雲，在一片黑壓壓的布幕中，冷不防投來震懾的警訊──「又是這個地方」、「又是這部電影」、「又是這間餐廳」、「又是這首歌」……一切看似有跡可循卻又無法說準，我總若有似無地感應到什麼，卻又不能完全防備妳所有的出現。

妳像極了梅雨。大概在某些時刻問候，一年一次，每次為期多久，難以確知。
然而撇開實際滯留的日子不管，即使是一天又或者三個月，對我而言，永遠漫長。

▲二〇一五年‧七月十日

請把「永遠」當成一個期許，而非承諾。

因為「永遠」應當是自然而然發生的事。它毋需負重、毋需令人備感愧歉或壓力，也非一份具履行義務之責任。自然抵達的永遠啊，才是真的永遠。

▲二〇一五年・七月十二日

總以為誰是你走散了的拼圖，但其實他根本不需要靠你來完整。

▲二〇一五年・七月十四日

是不是不能企盼痊癒呢？
是不是只能這樣永遠半殘地活下去呢？

任何傷痛。

▲二〇一五年・七月十七日

她就這麼忍受親人霸凌，度過了好幾年的光陰。親人有時脾氣正常，有時脾氣崩壞。嚴格說來，她並沒有吃過太嚴重的拳頭，即使肩膀曾遭重捶一次，但人還站得住腳；雖被反鎖房間內拷問，可最後仍成功逃了出去；而真正壯大又急速的飛拳，在某回被推至牆角、施以聲聲咆哮的那一刻，揮到眼前一釐米時就停了。那瞬間她心裡在想什麼呢？她在想：「好可惜。真希望打上來，我就可以解脫了。」

因為沒有見血，就沒有證據。以上種種，在其他親戚眼裡，全不算數。
「所以說他打下去了嗎？沒嘛。」
「放心，他不敢打的，只是做做樣子、嚇嚇妳，妳想太多了。」

她曾絕望地打開社群平臺的收件匣，獨自整理訊息紀錄，為自己蒐證。那是她唯一可以替自己做的事情了。看著水藍底色的訊息條，以及儲存在腦海中的手機通話內容，有泰半以上的威脅和恐嚇——

「幹你娘！妳是不想活了，是不是？」
「妳信不信我這就過去把妳打死？」
「我操，我看妳是太久沒被修理，翅膀硬了？」
「我真的會把妳打成肉醬，妳信不信？給我等著，幹！」
「下次再那麼晚接電話，妳試試看！聽到沒有！」
「幹！妳有種再給我回『嗯』！不要以為我看不出妳在敷衍！」

諸如此類。
他們說，這些言語都是奪不了命的玩笑，玩玩而已。他們說，做人要懂得「應付」的學問，

若習得應付之技，便可海闊天空。

「妳就讓他發洩發洩吧，他沒有惡意，只是需要人講話。」
「妳忍一下就過了，要學會應付。」
「少在那邊神經質了，沒有妳想得那麼嚴重，他就是喜歡妳所以才找妳麻煩。」
「放心，他根本不會對妳怎樣，好嗎？」

她聽話，不斷假裝沒有這些言語存在，努力地視而不見、充耳不聞。
然而每回遇到，都有如初次遇到一般——眼淚仍不自禁流了幾個鐘頭，滿腹委屈。大概就是從那時開始，她連做夢都會夢到被威嚇。夢中的自己跟現實中的她同樣氣憤、同樣痛苦，也同樣沒有人站在她這邊。「也是，太多事情說穿了皆不關己，又何必選邊站？」她試著揣想旁人的心態，覺得自己被遺棄得十分有道理。

「就這樣吧。」
她從自家十一樓的窗口一躍而下。我不曉得在那墜落的過程中，她有否睜開雙眼看看這個世界；我不確定，她的耳邊會否響起：「看呀！還有這麼多美好的事！」這類的句子。但無論如何，負載著絕望的重力加速度，已快得沒辦法再次消化諷刺的鼓舞。或許比起鼓舞，她需要的是擁有相同遭遇的伴，一起在另個淨土上相依。

◇

若說「自投滅亡不能解決問題」，那又有誰願意替災難中與災難後倖存下來的人負責？我們談述的大道理，攤開之後竟是無用至極的東西，多可笑。

▲二〇一五年・八月三日

兩全其美的決定幾乎是不存在的。我以為的最好的方式，其實只是最不傷的方式；我所信仰的相知相諒，其實都是以包容和無盡的承受兌換來的。

當我們面對愛人之笑應：「我懂了，沒關係。」別就真覺得沒關係了。
可以對任何事無私，但唯有感情不能分享。

有人問：「自私的愛是什麼？」
沒什麼，就只是愛而已。

▲二〇一五年・八月八日

想撂下一句狠話就走的人，到頭來往往沒能走得漂亮。

▲二〇一五年‧八月八日

小時候以為，大人不會哭。
長大了才發現，我們都一樣。

▲二〇一五年‧八月九日

我沒有多的人生來跟你解釋我的真。

▲二〇一五年‧八月十二日

「後悔」是注定要發生在後來的。無論你搬出多
少「後悔經」規勸，效用終究減半。因為度過了
那個當下的人是你，可是他還在啊。

▲二〇一五年‧八月十七日

當別人以為我是刺蝟，只有你相信我是玫瑰。

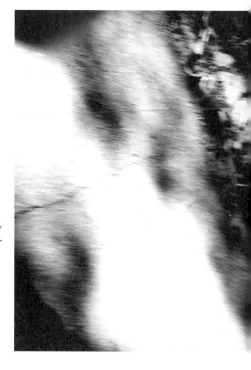

▲二〇一五年‧八月十七日

生活賜予的鍛鍊是這樣的：你受傷、你哭泣，但是教訓不會停止。因而你如何面對它、正
視它，就會有怎樣的人生。

「把工作辭掉，從北返南給自己一個長假」的階段性計畫，已經進行了一個月。才一個月
而已，我就近乎快要忘記臺北的樣子，還有那時身心潰爛到難以置信的自己。如今憑藉斷
裂的記憶不斷描摹該段期間的影像，畫面之難堪，大概也讓我釐清了情節演變的前因後果
──將近四個月的時間，我因為長期積累的自我否定而瓦解了，且喪失修復重生的能力；
每天我日夜顛倒、睡睡醒醒，杳無食慾故而兩天僅吃一餐，餓到胃痛也無關緊要。我臥床
不起，不是不想起，而是不能起；四肢猶若被巨大的鐵釘栓緊一般，在狹小的、無窗的五
坪租屋處，光透不進來，然我也懼怕光線，僅留一盞微弱的夜燈……我活著，卻又感覺不

像活著；我身處這個世界，卻又彷彿不在這世界上。

那個時空是另一座國度。

在那裡，我遺忘時間，看不見（亦參與不了）外在所有人事物的流動，更遑論定義白天與黑夜。因而有幾次，當我手拎積滿髒衣裳的洗衣籃開啟門時，會被突如其來的刺眼日陽給嚇著——若干分鐘內，我只能呆愣愣地站著，就只是站著，孤身佇立於套房外的長廊上，恍恍惚惚間瞇起眼，懷疑自己人在何方。我變得越來越厭惡臺北，這個待了五年的都城，讓我無比生厭。生厭到後來，也不知道恨意之指向究竟爲城市抑或回憶，還是這個「沒有用的自己」？都不重要了。這些那些、那些這些，從木柵到汐止，再從汐止到熱鬧的忠孝東路，所有發生過的事情全不重要了。重要的是，在租約的最後一天，我於深更半夜收拾行李、清掃房間，竟連站都站不穩，頭暈目眩。我放下掃把和畚箕，看著自己發顫的右手，對這尊不幸爲我使用的肉軀感到無限愧歉，難以償還。而就在那一刻，我湧現了至少十多年來未有的情緒：「我想回家了。」

我終於終於，終於「想」回家了。

對一個長年以來「有房沒有家」的人來說，這心情是震撼也是溫柔。清晨五點，我獨自邊搬帶拖，在老舊、狹窄的公寓梯間，一層一層分次移動著裝載雜物的四個紙箱，與一只二十多公斤的滾輪行李，從三樓至一樓。途中手腕、手指無力了，便在轉角處歇會兒，擦一擦汗。梯間並無太明亮的燈，僅有點綴的褐光陪伴；那時甫日出，瘦小、體虛如我，抵達大門時望見剛升起的太陽，衣服早已浸溼汗水，想起我一直都是這樣走過來的。一個人來，一個人去。我真的，一直都是這樣的。

這樣的我——竟然也有「想回家」的一天？

那隻十年前逃出巢窩、闖進廣袤森林的野兔，可曾同我一般感及意外？

事實上森林尚未燃起驚駭大火，外頭的氣候也不算太糟太壞，但野兔無意識貯藏在內心底層的壓抑、憤怒、委屈、傷心，似乎已經夠了。太久了。太滿了。滿到不得不壞掉了。於是向來不投降、不軟化、不低頭的野兔，終以慘痛光陰抵換一場捨下一切的長假。我好想跟這隻野兔說聲：「對不起。」

對不起。是我勉強了妳。

妳瞧瞧吧，那句時常被妳掛在嘴邊的宣言：「我才沒有輸，我不回家。」現在聽來，是如此荒唐無謂。

▲二〇一五年・八月十八日

他對她一直很壞，任性、霸道、無理也不夠體貼。他最喜歡趁她失眠的時候，巴著她不放，硬要她煮一碗暖粥當宵夜；下雨天，他更不顧感冒風險，拋開傘，拉著她一起於街道上旋轉；他還不准她在別人面前噴香水、穿短裙，甚至禁止她跟異性通上任何一次電話。他走路很快，從來不等人；她哭泣時聽見的往往並非他的安慰，反倒為教訓居多；她脆弱時拼命尋得的依靠，常常是一、兩個小時的叨念。

後來，她離開了他。多年過去，卻始終沒一個固定的伴侶。
某夜，朋友特地買了杯熱咖啡到她家樓下，像是替代他過去曾為她做的那樣──即便交往多年，次數屈指可數。外頭飄雨，寒流替整座城市披上溼冷的霧衣，朋友一字一句地張口緩道，伴隨著恨然的白煙：「笑一笑吧。冬天走了，春天還會遠嗎？」

她沒有回答。
只是默想：「如果我所等待的其實不是春，如果，我就甘願愛著殘酷的冬季呢？」

確實，再沒有人如他一般刻薄地疼她了。這世上有人愛花、有人賞雪，還有人喜歡站在寂寞公路上久望枯枝，妄想自己肩負點燃生機的使命。關於我們心底真正眷戀而忘不了的人，必然是「好」的嗎？必然是「善」的嗎？或者說，什麼是好，什麼又是善？誰敢斷言呢。

▲二○一五年 · 八月十九日

還是學生時，最習慣用暑假作為一年的分界：假期結束又是新的開始，確認汗水乾了、冰融了、冷飲不合適了，我們才敢安心地在隱形的光陰簿子上增添一條記號。雖然往往，一個正字還沒集滿，你們就走了。

走了，然後變成我們曾經一起討厭的大人──擅長逃避，愛好安逸。我最懷念的一個個「你」的樣子，已經在彼此疏遠後統統佚失。好想問：你把夢想丟了還是換了？你是倔強到累了還是害怕受傷了？我知道你就在那裡，可是你似乎也不在那裡。現在的我偶爾想起從前，之所以忍不住紅了眼眶，原因無關感情濃淡，只是遺憾。遺憾生命總事與願違，使得你在潛移默化中（有苦難言或心甘情願）拋掉原則和那些令你發亮的信念，成為了你當年口口聲聲言道的，不想成為的人。

▲二○一五年 · 八月二十日

「可是他跟我滿好的啊，事情怎麼變成這樣？」傍晚時分，我拉了個板凳坐下來，向著眼前這位老翁提出問句。此時夕陽斜照，他皺皺的眼尾捲起陳年仇恨，在橙黃的芒光裡顯得稍加祥和，減輕了慍怒的成分。「孩子啊，我告訴妳，」老翁的咬字緩慢而清晰，仿若結合柔

性與力道的刀劍於空中揮舞，具有韻律、節奏，不疾不徐。

「我活到這把年紀了，還不知道這世界上，誰是真正跟我好的。」

「什麼是『好』？什麼又是『不好』？這個世界到底看重什麼，連我都還沒拿定主意——何況是妳呢？」

「只要我們不做壞事、不害人，剩下的就是緣分了。」

老翁一邊說著這些話，一邊舉起手放在自己的心門上。那動作像是安撫，又像是壓抑。我望著他黝黑的側臉直至失焦，試圖消化方才接收到的生命哲言，覺得這輩子怎樣也學不會。弱小的我啊，究竟要拿什麼對抗無法預料的變數呢？無論我的智慧提升至何種境界，我所握有的力量真的有辦法承受各種背叛與崩裂嗎？

「看看我吧，我和妻子認識幾十年了，彼此再熟悉不過。誰曉得她最後會桶上我一刀呢……？」老翁嘆道：「碰到難以相信的事情時，就笑一笑吧。」

笑一笑？我把視線轉向日落之景，使盡了全力卻笑不出來，亦沒有淚水。
我遞給老翁一包古老的茶葉，想告訴他，也許現階段我能做的只有等待。等待事件放乾，等待哪天我從年歲習得的經驗和傷口，教我學會面對一個又一個無以名狀的結，並以成熟心智煮開滾水，靜靜沖散它們，混亂、相疊、背道而馳，皆自然自在。

◎註：本篇中的「老翁」，其實就是我的父親。有點忘了當初寫下時，為何要刻意替他冠上一個角色。也許是不想為此交代「被妻子桶一刀」的部分吧。

▲二〇一五年・八月二十日

陽光注定是要普照的，而僅僅身作一朵花的我，對於你的博愛及使命，真不曉得該愛或者該恨——光榮你貢獻了世界，卻讓我失去唯一的座位。

▲二〇一五年・八月二十四日

爸爸，我知道現在的你，會因為我跟同性在一起的事而指著我咆哮，是有原因的。你說我有病、我走偏了、我是變態，你還說「難怪」我會吃藥，這些字句我全都聽進去了。我不會忘記，但是我不怪你。

我是病了，但我的病跟喜歡女生無關。我不是你所說的壞孩子，更不是變態。我也絕非故

意要讓你傷心。你說讓我讀那麼多書，並不是要我去做「這種事」，你還說「像你們這種高知識分子就喜歡這樣搞」——爸，眞的，眞的不是這樣的。如果哪天你發現我活得不快樂，那是因爲我得不到你的理解，而非我愛上男生或女生。

▲二○一五年‧八月二十五日

百分之五十的叛逆，是認識自己的開始。

▲二○一五年‧八月二十六日

墨遇上宣紙，乍看理所當然。
但事實上宣紙願意嗎？沒有人問它。

▲二○一五年‧八月二十七日

被人愛，再被人恨，最後被人淡忘。然後說著，這樣的身分位置，是某種特別的定義。即使無名無份、無名無實，卻不可置否地是個「不能取代的曾經」……話總是這麼說的，沒錯吧？而我們的腦海裡，確實也住著許多歸類於此的遺憾，也許不聯絡了，也許還在身旁，但不管哪種形式的存在，皆是熟悉混雜著陌生，永遠複雜。

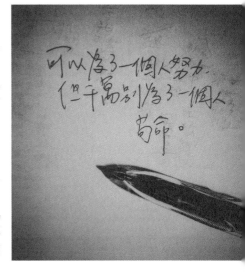

等等——「複雜」？
我忽地意識到，這樣的「關係」是否總在無形之間被彼此給美化了。
現在的我們之所以可以侃侃而談、表現得雲淡風輕，是因爲不想、不敢、不願再承認它傷人的那一面。我一直以爲能夠抱著平常心碰觸的，但到底哪裡「平常」了呢？都說是「特別的定義」了。

世間常言：「過了就放下。」

誰不想成爲這種人？
誰又能眞正成爲這種人？

▲二〇一五年・八月二十八日

「∵A與B有恨　∴誰跟B好＝背叛A」

已經受夠了這樣的公式。

▲二〇一五年・八月三十日

家是永遠的避風港？

別拿這句話，去戳痛那些不知道什麼是「家」的孩子。

▲二〇一五年・八月三十一日

前陣子萌生寫遺書的計畫，因為不曉得自己什麼時候會走。
「想到就寫一點、想到就寫一點」——本來是打算這樣聚沙成塔的，但每次正要執行的當下，都發現根本無法下筆。想解釋的事情太多了，家庭的誤解太深了，還有許多難以啓齒、疏理的問題都想說個明白，怎可能寫得完？何況，以上全是進行式，每日每夜仍在更新、堆積，情勢有若隻身站在巨浪之前，舊的未退、新的已來，赤手空拳無以抵抗……。

這樣的狀態，究竟該如何寫遺書。今晚感覺絕路又近了，落筆留下遺言的衝動又再度沸騰起來，儘管另一個「我」還想努力，心底交戰之際，不斷喊著「加油！」的那一方依舊（不意外地）輸個徹底——明明我是這麼期待看見每個明日的太陽啊，明明我不喜歡頻頻道歉的自己，卻還是疲憊地在心中不停默唸著：「對不起。」

我到底對不起誰了？我知道比起小時候、比起一年前，我已變得太脆弱。長年養成的武裝，使我改不掉在外人面前耍寶的習慣，私下卻無能幽默處理自己的人生。同儕之間，我善於指引、開導，無意間也許營造了某種「溫暖」的形象，但我是個「溫暖的人」嗎？我真的有他們口中說的「妳人真好」嗎？一點也不。我僅僅是個假冒的醫生，妄想可以治癒別人的痛苦。但永遠治不好自己的。

而今也或許沒有必要，也或許無可救藥了。
被所愛的至親誤會，好不容易鼓起勇氣坦承內心後，自認得以瓦解磚牆卻仍舊彼此代溝深鑿的狀況下，我儼然一個犧牲品。上一輩的仇恨我何其不想懂，這麼多年過去了，我早就不是小時候那個被迫選邊站的女孩。我有判斷能力，我也耗費了心神釋出善意；我選擇一再傾聽那些你們爭論到潰爛的議題，並把自己隔離出來，憑著自主感受做出決定——這樣

的我，還要被解讀成是為誰報仇嗎？你們的仇恨我早就不參與了，我勇敢且真摯地掏出一顆赤裸的心，僅是想得到一點溫柔的回應，結果相反。

我愛你啊。為什麼你不相信，為什麼你感受不到。
看來還有好長的路要走。走不走得到，我也沒有把握了。

▲二〇一五年·九月四日

沒能完成的戀情真好。

好在它一直停在那個已逝的時間點，不會前進、不會後退，所以無法犯錯。任何潛在的傷害全跟著錯開的軌道一起斷裂，兜不成完整一條線，促其發生的咒語也消失了。真好。我們可以一直快樂著，在那第一筆落下的墨漬裡，你的心念覆上我的驗證，是吻合的。

吻合，但失效而已。真好。

▲二〇一五年·九月五日

「設身處地是件沒完沒了的事。」

你再如何圓融、追求盡善盡美，也沒辦法達到極致的完滿。
所以別勉強了。感覺疲倦的時候，就看看自己吧。看看自己身上的傷，數算、清洗、記錄，叮嚀別再為了善良，而失去底線地義無反顧。

▲二〇一五年·九月八日

終於明白地面上的一切有多麼令人嘔心厭煩。無窮的瑣事、陰魂不散的面孔，還有那些無法拆遷或搬離的，往事的景點……人啊，生活在陸地上，為什麼偶爾會想投身水底、仰望高處，也許是因為地平線之上與之下的風景，總無聲無息地賜予我們洗滌的力量。儘管我也清楚蒼穹及海非人能久居，我依然愛著關於流星或許願池之類的傳說，甚至期待在未來的某天，你我也能以平凡之姿、原始的樣貌，成為另一個誰的信仰──不必時時刻刻相伴依偎，但在對方最感無助之際，無條件張手收容。

▲二〇一五年·九月十日

「不要傷害人，不要傷害人。」然後忘了自己也是個人。

▲二〇一五年‧九月十二日

我愛妳。

曾經相信一年的分離不會有什麼難題，但是我高估了自己。我確實是很需要陪伴的人，我需要眞實的見面、眞實的觸碰。這一年眞的太過難熬，尤其是冬天，尤其是發病的時候，以及無數個遭遇挫折故而渴望擁抱的深夜。我沒有想像中堅定，也沒有想像中勇敢，甚至訝異自己怎會有如此輕浮的一天，訝異自己竟變成出爾反爾的傷人角色。

可是我愛妳，我是眞的愛妳。種種因為距離而忽濃忽淡、飄忽懸空的錯覺啊，我同樣是受折磨的一員。人心究竟是什麼構成的呢？不曉得該怎樣做才可以完美正確──但思考這些的同時，聽見妳的聲音，那低柔中性的我最著迷的嗓音，好像又可以睡了。親愛的，我不要成為妳旅途的過客，也不想從妳的生活中消失。很抱歉做了自己後悔的事，希望妳忘掉，希望給我機會彌補。

我愛妳。

▲二〇一五年‧九月十四日

總想要在弄得難看之前逃跑，對吧？
可是有些事，不到絕地是不肯罷休的──至少我是這樣的人喔，你是嗎？

我明白的，想要好好地和美好的回憶說再見的心情。
但如今也許是辦不到了。畢竟，它是這樣地美啊。

▲二〇一五年‧九月十六日

明明已經料到結局，為什麼我還會哭得那麼傷心。

▲二〇一五年‧九月十九日

好久沒提起筆寫字了，寫下的每個字都像顫抖的靈魂，躺在那裡無所適從。如同久未談論的感情一般，激動，但沒有聲音。

▲二〇一五年‧九月二十日

家住小港，小時候會繞去二筶的補習班學英文。那並非知名、連鎖的大補習班，設立在市場邊，整體的環境氛圍甚至頗像日常人家；我在小班制的課堂上結交許多不同年齡的朋友——即使後來大多失聯了，仍為我的童年記憶增添不少深刻的色彩。國小畢業後我停了補習，自然沒再回去看看，更別說高中至大學的外宿時期了。今晚恰好有機會重溫從小港住家到補習班的這段路線，啓程前，心波之蕩漾難以言喻，然第一個想到的回憶點其實不是補習班本身，而是開在它旁邊轉角的一間中式餐廳。

我一直記得那間餐廳。不大，裝潢是精緻的古典風格，桌椅選用穩重、優雅的深色木材，質地實在，挪個椅子時總得花點力氣；一樓主要為點菜區，僅有兩、三桌座位，但排隊點餐的人潮（無論外帶或內用）仍填滿整個空間，撲鼻而來的佳餚香氣夾雜店員與客人的交談聲，種種加乘效果使得「高朋滿座」四字超越了具象、上升至某種氛圍，從一樓連通至二樓，一致得恰好。

國小時期，我們家是這間餐廳的常客，那時還會四人一起用餐，習慣性點好四碗滷肉飯（這家的滷肉飯實在好吃！搭配瓷質餐具，每一口扒飯都會發出輕脆聲響，體驗感更升一層次），還有我和哥哥最愛的淋有甘甜滷汁的蹄膀肉，以及甜而不膩的番茄炒蛋；偶有小菜盤如白醋小黃瓜、小魚乾佐豆干，湯類則時常交由母親自主點好，她總說：「金針排骨湯對女生好，要多喝。」但我那時還不敢單吃金針花，只憑藉溶進湯裡的「金針花味」來感受「進補」的滋味。當然，除了四人用餐之外，親戚們也熱愛這間餐廳——我們多次選在這裡聚餐，坐滿二樓十人位的大圓桌；記得所有小孩中排行老么（又是唯二女生）的我，總有一些「特殊待遇」，例如大伯就曾經在我小學二年級時，一邊吃飯一邊向我允諾：「妹妹！如果妳這次段考每科都拿滿分，阿伯就送一臺腳踏車給妳！」後來有沒有送倒是忘了，但無論如何，今日想起這些，只覺得又近又遙遠。

不僅是我記憶中的畫面不再了，這間餐廳也不在了。或者說，變了。
我騎車經過門口，藏著滿腹唏噓，停好車，走進。排在快速移動的隊伍裡面，我檢視著餐廳的變化：冷氣閉關，大門永遠敞開；二樓拆了，只剩下一樓三張冷寂的雙人桌；菜色換了，沒有麵類主食、沒有提供單點，取而代之的是搭配好的十來樣便當組合；湯品種類僅剩下紫菜湯或飲料，故點餐末尾無須太多的詢問——因為，「就只剩這樣了。」我不知道

該怎麼形容當下的落寞。點菜速度變得很快，我被推進著，沒有人同我一樣留意身旁的空席，好似只有我獨自以眼角餘光不斷看向那三張雙人桌——雖然就桌椅、牆面而言，當年古典的裝潢仍保有一部分在那，但氣氛盡失了。不禁臆想，此刻若讓小時候的我回來一趟，她是不是會走丟呢？是不是會因此感到不依而鬧脾氣？是不是會難過，為何總有一些改變剝奪了未來的自己再去回憶的權利？

好吧。這間餐廳實在擁有我太多的兒時記憶，結果現已失去了舊地重溫細節的關鍵。我尋不見鑰匙了，鎖也換了。門就算打開，亦非我期待看見的了。縱然高中、大學後也曾在高雄鬧區看過類似的招牌、類似的店名、類似的餐點——類似程度有若同門企業，或者說就是同門企業——我依舊能清楚分辨兩者的不同。否則，我怎麼會如此在意二苓這間的樣貌是否一如當初呢？而面對這些「非預料中的變化」，我們究竟應該怪誰、可以怪誰？「沒有。我們誰都不能怪。」掐指一算，十一年了。拎著便當從餐廳離開，騎車回家的路上，我在途中看見了無數個自己小時候的身影。那個等待父母接送的女孩已經會騎車了，那個總在雨天跑到加水站的騎樓下躲雨的女孩，已經不怕淋溼了。時光流過，是我忘了地方的舊景難免更換、地方的文化也將黯淡；穿越隧道之際，有些連結勢必得硬生生斷裂，你我皆無能為力……即使，明曉得無能為力的我，仍舊忍不住掉淚了。

「那片笑聲讓我想起／我的那些花兒
在我生命每個角落／靜靜為我開著

我曾以為我會永遠守在它身旁
今天我們已經離去／在人海茫茫

他們都老了吧／他們在哪裡呀
我們就這樣／各自奔天涯」

飛機路上的夜空很廣，我哼著歌、滿盈著淚水，不清楚是在跟什麼告別。也許是童年，也許是已逝的親人，也許是念舊的我自己。

我想，很多時候我仍不改頑固地堅信著：「原本的樣子，就是最好的樣子。」

◎註：〈那些花兒〉的原唱、作詞作曲皆為朴樹，但我個人還是喜歡范瑋琪唱的版本，同時也是因為她的翻唱，小時候才認識這首歌。基於這些原因，本篇在歌詞後選擇標註范瑋琪。

▲二〇一五年・九月二十三日

像株含羞草一樣，被好好摸著，就能睡了；一沒注意，又得醒了。誰說要永遠精神抖擻呢？如果是夜晚。

我是一個慣性失眠的人。過去五年，時好時壞。好的時候只需要使出耐心絕活，翻來覆去、默數數字、聽歌發呆、細看天花板的紋理或自己的指頭、調整呼吸、蹭蹭棉被，遂能睡去。壞的時候呢？就是沒轍。沒轍能如何？等待日出，經歷那短暫但已熟悉的「天色漸光」的過程，從黑、橙、黃、灰，乃至染上明暈的藍與白，領受嶄新的到來——或者，不到來。

初期的失眠總有眼淚。十八歲末跨十九歲，第一次發現自己的身體竟無法與心念達成共識之際，我連續失眠了十四天。十四天，每回清晨，我躺在大學宿舍內的上鋪，覺得鐵製的裝設冰冷得令我更感孤寂。環繞四周的這些色澤、溫度、意象，彷彿牢獄一般，囚禁自身的同時亦在發出呼應內心困窘的警示：「我愛上了一個連自己都無法接受的人。」邊愛邊抵抗，心神分裂如碎屑。

中期的失眠有笑有悲。可能歸因於興奮，也可能是害怕；可能源於衝突，也可能在試圖找回睡眠的過程中和解。這段時間導致失眠的因素，比起初期來得明晰些，畢竟已投入到確立的關係裡，明白為何而慟、為何而高昂。於為掌控夜寐的權力終於被分散了，心頭上有一個人牽引著心緒——對，就是她啊——減去過多的矛盾和拉扯，不用再有無法負荷的自我拷問，使得「該怎麼做？」這類的問題，有時連煩惱的資格都沒有。挺好的。乾乾脆脆，鬆一口氣……卻也似乎比往昔疲累許多。

後來呢？後來的失眠隨著日夜飛逝，竟已沒有緣起。
不需緣起。

我都快忘了好好睡上一覺原是多麼稀鬆平常的事。現在每星期能有兩、三天安穩地入眠，已是福氣。當別人關心：「到底怎麼了？」其實根本沒有原因。我要如何解釋「沒有原因的原因」？沒有原因，真的也算一種原因嗎？我離夢境很遠，卻也不哭不鬧；三更半夜，我講不出自己有否心事纏身，但眼睛闔上了便是度秒如年。甚者，白天睡多或睡少，亦不影響我遺失睡眠的機率──好幾次我嘗試把自己弄累，四十八小時過去了，夜晚依舊教我化身復甦的狼，看見月亮始沸騰。難道我真的愛月亮嗎？難道我非得眷戀黑夜而捨身投奔？或許我是上輩子信仰了某個憂傷的傳說，故今生為了得到結果而反覆實驗，不惜苦撐……。

有人告訴我：「一個慣性失眠的人所需要的，僅僅是枕邊人親口的晚安而已。」

▲二〇一五年・九月二十三日

人類生來到底是患了什麼病呢？
不自禁搬出美好的一切彼此相較，現在連傷疤也想一決高下？

最無奈朝著我的傷口炫耀你傷得比我重的人。
如果你宛若溺斃，憑什麼說我遭及火灼的痛苦，必亞於你的難捱。

這世上絕對沒有傷痛的天秤，沒有衡量災難大小的尺規。

你也許是大海邊的巨岩，成天受到浪淘衝擊；但我雖是一粒小沙，卻生於急流、緊捉著自己的生命。看起來很弱，弱到難以察覺我有多麼用力——然也不允許你因此看輕我正在經歷的一切。

▲二○一五年・九月二十七日

輕易地就說對不起
是不是因為
覺得說了
就能夠心安

▲二○一五年・九月二十八日

凌晨一點二十分，我嘆了一口又沉又長的氣，默默地在某個朋友的臉書頁面上按下「取消追蹤」。這口氣好似僅有一個方向：唯能吐出，無法嚥下。也因此，所有「別逃避」、「去面對」、「不要害怕」等詞句都已失去效用。只能說服自己，某些時刻，當個逃兵其實也算恰好的防備。我們選擇離開雜訊干擾的地帶，不是因為禁不起喧囂，而是理解安靜且專注的包圍，將會更迅速地引領身心抵達嚮往的目的地。

◇

最近S大考失利，一直轉換不了沮喪、嫉妒的心態。難免啊，在這種放榜後的敏感時刻，誰能毫無所謂地卸下「仇恨」，讓內心充滿祝福及正面的能量呢？恐怕都得需要一些時間。

S說：「怎麼辦呀！我這樣就是在怨嘆別人啊。」對於同期準備大考、順利上榜的人，她實在無法不抱有負面的情緒——事實上我也懂的，那種「恨不得別人好」的心情，在脆弱受傷之際總會衝破防罩，矛盾地讓自己感受到內心深層「不善良」的一面，然後一邊怨恨別人，一邊壓抑執念。

我告訴S：「沒事的，我也有過喔。」
正因為曾親身經歷，才發現我的不善良並不會使我過得更好。我的不善良，甚至對於那些「詛咒之標的」，毫無影響。到頭來，這樣的「不善良」反倒像是顆惹人厭的智齒，自顧自地成長壯大，以為可以威脅他者，孰料造成的疼痛終歸自己承受，必要時還得忍痛拔除。

聽完，她更訝異了。

「所以妳也會嗎？會偶爾卑劣地覺得某人的失敗將成就自己的快樂？反之，若在本身狀況不好的前提下，聽聞誰的好消息時，妳會在意嗎？」

我答：「當然會啊。可是一段時間後，我察覺到自己並沒有多餘的時間耗費在此，也不想浪費生命去執著了。別人的美好或遺失，都是別人的；只有我自己的獲得與教訓，屬於我自己。」

「今年四月的時候，我因為身心狀況而辭去工作。但從失業的那一刻起，我立即給自己設立了兩週的時間錄取新職缺，結果沒有達成。於是爾後的每天，我都在算『今天是失業的第幾天』——越算越心急，越算越憂鬱，最後崩潰了。」我繼續緩道，「大學畢業後，我的心態似乎又回到國小、國中時期，無人推促卻拼命地想走在最前面。所謂的『最前面』大概就是『人生的進度』，我想要快點到下一個進程、快點成長、快點實踐每一個預想的目標；我無法停下腳步，因為害怕落後，想跟世界證明自己是不斷在前進的『勝者』……。」

「可是我錯了。」我做了一個小結。

S急切地問：「為什麼？我可以瞭解妳現在說的心情，我也想趕上別人啊！我如果要重考就得再花一年，也等於晚他們一年了啊……。」

「對，我當時也是在『趕』。沒有原因的那種『趕』。但幾個月過去了，我放下對於事業的執念，帶著一小筆存款回來高雄度假，再回想那時的心情，真不明白自己到底在『趕』什麼？更愚蠢的是，我以為的目光、潛在的嘲笑，其實統統都不存在；我害怕的非議、想像的競爭，林林總總關乎第三人之於我的各種看法，都只是假的。全是我自己創造出來的。」

S聽到這裡，好像有些釋懷了。
我跟她說，把這一年過得充實，就不是浪費的一年。沒有人是真正「停滯」的，因為我們都待在船上，而船自然漂蕩於時光的洪流間，載浮載沉；每一人都是賣力前進的划槳者，誰慢、誰快、誰插竿、誰得旗，不到最後並不知曉。或者，知曉了又如何？

人類有一雙眼睛，一隻是看自己的，一隻是看別人的。
當我們意識到「看別人的那隻眼」已然彌蓋了你九成的世界，請試著移開焦點。我們必須練習專心，練習在專心的過程中培養出自信，如此便能不知不覺地熬過許多難關。你鼓起勇氣撤除了影響你的所有聲音與幻象，乍看如逃兵，實際上則是另布陣營——你正在努力完成的事，只有你自己知道就好。

誰教夢想總是會相撞？
誰教懷有同個夢的人何其多？

但能因為這樣就放棄嗎？

不了。此刻我決定取消對誰的追蹤，只是為了拉上窗簾，繼續為支持自己的人付出。這短短的不夠浪擲太多雜念的一輩子，要永遠牢記著：別人的美好，並不縮減我們綻放的可能。

▲二○一五年・九月二十九日

必要的辜負，才能換來不被辜負。

▲二○一五年・九月二十九日

人在暗處變得渺小。

天空之傾洩由怒轉緩了，騎出停車場後只飄著細雨，我仍身著廉價的、薄薄的超商雨衣騎車返家。路途間，後照鏡面上不斷黏來天幕送下的圓滴狀音符，透明但不規律地，能寫成一首歌嗎？還是自己隨口哼著比較自如吧。於是就這樣，順著腦中一首又一首的抒情旋律，我慢慢地騎過了好幾個街區。卻沒料到，在接下來的鬧區路口前，因為一輛計程車忘了預先打方向燈且臨時靠右，使我來不及反應地急煞，車輪打滑，人整個摔了出去。

那瞬間快得像一場夢。還來不及辨識「秒」的單位，視線已經貼緊地面。原來車子會輸給一方溼了的地，以及頓時拋出去的力。原來「力」就是車子本身，車子行進的速度與我的身體重量有多少，力便有多大。所以那個當下與其要用「重摔」形容，我更覺得自己是「輕盈地」斜向騰空，再忽地墜落滑行。如一位站在岸邊準備潛進水裡的選手，一刻都無須多想、也沒能多想——過程太輕太快了。

連人生跑馬燈都鑽不進縫隙播放，心情是什麼也來不及感知。空白、空白。原來這樣的時刻，只剩下空白而已。事後一想，不禁困惑平常的我們到底還在爭什麼是非與成敗呢？

都只是空白啊。
都只是血肉啊。
毀滅是如此容易之事，每個人卻以為離它離得遙遠。因而「生時的地位」顧得要緊，反倒鮮少思考身後的價值。縱然某部分生前創造的，死後有機會得以留下，但若生前了無成就，或者必須帶著成就一同入土殆盡，那我們還能在這世界烙下什麼獨一無二的痕跡呢？

紅綠燈下，趁綠燈亮起之前，有個善心人士幫我把機車扶起到路邊。雨還在哭，我抱著傷、

忍著痛，緩慢地繼續騎了二十分鐘抵達醫院急診處，呆愣愣地望著血水從自己的體膚不斷滲出。「皮膚怎會這麼薄呢？」我訝然，人類竟是如此不堪一擊的生物——該行何種努力，才得以不背棄生命的高度？

「活著要當個有用的人。」
「傷了要做個有用的患。」
「死去要還個有用的身。」

回到家裡，父親看見我身上的四處包紮，一句話都沒有說。
我突然想到了答案。

▲二〇一五年・十月二日

蘇打綠有個「韋瓦第計畫」，要順著春、夏、秋、冬，發行四張以四季為名的概念專輯。而《春・日光》剛好是我入手的第一張他們的實體唱片（但我並非從這一張開始入坑）。那年我十七歲，是個心上繫著花朵的年紀，從沒想過「春天」可以「購買」，也沒想過那些溫暖的氣味、下過雨的潮溼、陽光曝晒的金黃，得以收進音樂與歌曲之中，甚至集結成宗旨貫徹的作品集。但我深信這是一件能夠實現的事情，並同時期待著成果——果然，在拿到專輯的那一晚，我獨自在租屋處的書桌前，戴著全罩式耳機，手持歌詞本發顫，一邊聽一邊流下了眼淚。

開封一張專輯聆聽，那種感覺是猜。
猜——因為預料不到下一秒的旋律，故而處處都是驚喜，驚喜加深共鳴，所以深愛。我的視線凝聚於手寫的歌詞之上，一個字、一個字地跟著CD走下去；雖然永遠想不到下一句會怎麼唱，但當美麗的文字穿上樂音、震動耳膜的同時，便完全掉入了。那緩慢的過程啊，緩慢而美好的「折磨」——你聽一首新歌，也是這樣嗎？

六年過去，到現在我依舊完全記得那一份感動。我總在想，即使非音樂形式，每一種創作應當皆具有這樣的魔力。無論是閱讀一本書、一篇文、一首詩、一句話，如果夠「浪漫」，神經元必定靈敏地牽動全身，使專注、使認真、使投入，甚至造成稍顯隔絕世間的那種耽溺，深深而悄然地烙印於心上吧。

高三時，我讀簡媜的《女兒紅》便是如此：為求賞遍書中光景，甘心做一隻移動極緩的蝸牛，默默地萃取所有精華斂進殼裡，以它為歸宿。有時一行字我就得來回看個三遍以上，有時一個譬喻我就想思考個透徹——為什麼會這樣使用？喻衣、喻體之間的關聯為何？想通了邏輯，折服於寫法之精妙，那種「懂了」與「悟了」的震撼令人著實上癮，更讓我在解析後

產生了綿長不斷的情緒，依賴在作品之中不肯告別。

才曉得，浪漫的人讀浪漫的文，漣漪是會加倍的。
心想若不夠仔細鑽研，便可惜了字句背後濃稠如瀝青的情懷。

然而這樣的浪漫天性，該如何是好呢？
漸漸發現，自己已經無法逃開愛好悲劇的執念，厭倦漫天鼓吹積極人生的口號，也聽膩了「加油」，看煩了成日相信天不會塌、淚不該流的人。燃燒過頭的正能量是真的嗎？大喊著「我永遠不會倒」又是真的嗎？每天笑顏滿面，不願透露一點負面情緒的「快樂」，又是真的嗎？我寧可這世界的溫暖，都有一點悲傷的成分。

因失落而生的鼓舞，因闖過陰霾而有的破涕為笑，都是存在的。幸福和痛苦互生，這才最接近真實的模樣。我的「浪漫」啊，替我穩固了一種解讀「正負」的方式：我總在暖心的文字裡讀見一些辛酸，在愁眉的人眼中望得一點希望。而也許，這就是為什麼我時常聽到開心的歌就掉淚，聽到沉重的歌反而能獲得力量的原因——所謂浪漫，必須得錯綜複雜吧。

今晚飯後，跟父親說著想要在二十三歲完成出書的夢想時，父親帶著有點鄙視的眼神回應：「妳很浪漫喔？過得很愜意？」

親愛的啊，這一點都不愜意。這是罪。這顆浪漫的心，讓我不得不深陷許多現實之泥沼，卻也痛苦得心甘情願。「為什麼要寫字呢？」、「為什麼要在二十三歲呢？」、「為什麼不做點其他事呢？」關於你問的這些，我全部承認——都是因為我那無用的浪漫所致。

可是親愛的你可願意瞭解嗎？如果不這樣活，如果不身扛這條罪狀，也許我也不會過得如此心安了。

◎註：恰好前幾個月才在私人的 Instagram 上回味《春・日光》，其中我最愛的收錄曲是〈交響夢〉。我一邊聽，一邊在限動中寫著：「那個年代沒有什麼『先在串流平臺上收聽，再決定要不要買實體專輯回家（或根本不用買）的狀況』，但也因為如此，學生時期開封一張專輯、慢慢一首聽過一首的記憶顯得更加珍貴深刻。我們現在似乎很少有這種抱著滿心期待前往唱片行領專輯回家的經驗了，『與一張新專輯相遇』的過程，已經被手機一鍵取代。即使興奮的心情還是有的、未知感也仍在，但一切太唾手可得了。步驟的簡單化帶來便利，然代價就是感受之輕重遭到犧牲。一個時代的新產物，勢必不會僅帶來益處。而我的青春，有幸跨過新舊分明的溝間，是幸運的。『相對性』總讓我們懂得珍惜。若眼光從頭到尾只放在同一種環境，便無法體驗完整——什麼是『完整』？就是你知道什麼少了，什麼多了。先來後到全讓你看過一次，儘管結果定型，但有些東西不會忘掉，身體會幫你記得。」

▲二〇一五年・十月十五日

束手無策時，幸好還有時間。

▲二〇一五年・十月十八日

下午做了個夢。

◇

一群人在夜晚的校園裡奔跑，氣氛卻與「愜意」二字沾不上邊。奔跑的人好似又不是我，我僅是緩慢地跟在後頭，望向那身處前方的衝鋒者手拿武器，於靛黑的空中揮舞作勢，如舉起號召的旗幟、宣兵的戰帖，準備一場屬於某個年紀的，冠冕堂皇的廝殺。

這裡是高中嗎？我並不確定。遠方突然有兩派人馬分立，一派代表男方、一派代表女方。可是主角都不在場，負責圍事的通常也屬局外他者。我停下腳步，看著我的朋友們一個個激動地、箭步地從我身邊疾速跑過，並回頭朝我大喊：

「妳還杵在這幹嘛？」
「不生氣嗎？快衝啊！」
「妳可知道他是爛人！」
「這種垃圾還不處理嗎？」

他們個個語氣銳利、是非絕對，擁有一雙「相信這世上存在二選一」的眼睛。
我靜默。

靠著不甚清晰的視線與聽力辨認，棍棒、拳頭和各種武器依稀已開始進行激烈的交響曲。我用平常說話的音量，向著前方沙場上的人兒訴道：「兩邊都是我的朋友。那兩個人在一起時的歡笑、口角衝突引致的淚水，我無一不曉。但現在是在爭什麼呢？我們的情緒到底該走至何處，才算討了個『答案』？你我都是站在圈子外的人，為何總愛介入甚深？我沒有多偉大的見解和意見，只是覺得，有些自以為是的保護，不如一句：『我會陪你捱過』。」

沒有人聽見。

◇

152　一根菸的時間

醒夾後一陣頭麻。

莫非青春一定要戰鬥，一定得淌血？沒有必要。

偏執的義氣不該染紅你的制服。

請讓過程成為過程，讓結局就是結局；讓你管不著的任何分枝，自己長大。

▲二○一五年・十月十九日

臺灣的秋天，短得約莫只有兩個禮拜。照此情況演變下去，幾乎可以預言，若干年後便不再能有分明的四季。這個供人換氣的縫隙啊，將狹窄得堪比一瞬間，等同絕跡。而我們再找不到一個恰好的頓點，帶領所有神緒趨向平淡及凡庸。

這麼一來，也許就無福享受秋日才有的曖昧了。唯有秋日，使我在無形之間把過慣的赤火般的日子，磨碎至細屑隨風而散的灑脫，並耽溺於兩者之間的微妙過程；唯有秋日，讓我確實感受「傷口已好但餘悸猶存」的細小酸楚，懸空、半吊，且不急著立下斷論；唯有秋日，催眠俗世成微弱又不可置否的訊號，明白隔靴搔癢也是一番難耐，難耐成癮……。

唯有秋日的溫涼，是適合人體的溫涼——妳在去年十月上旬離開之後，我終才領會。

▲二○一五年・十月二十四日

偶爾會，覺得自己成了個不明所以的渣。

篩濾到最後剩下的那種渣。

很碎、很爛、很雜、很濁，誰也無法除去它惡臭的本質——我的本質。

以致現在站在這裡，我都認定自己沒有權利去呼吸、踩踏、思考、做決定，還有說話。對誰說話呢？妳曉得的，我一直算不上是個好人，面對妳還有往日攸關妳的一切瑣事，我窮是害怕。曾傷害過對方所招來的疼痛與虧欠，原來如此遠長。

雖然妳已經不在乎了。

可是我仍罪惡得無法斷言，想念妳究竟應該不應該？誰來批准我、誰來嚇阻我，誰來告訴我妳是一罐便利商店的水果酒，僅存半調子迷醺的作用？我好想妳，好像又不想妳。我不想妳，只是常常想起妳。如今，希望妳的幸福或悲傷都已與我無關。

說好了。

We love writing when we can talk.
We love talking when we can write.
We hurt our lovers when we have nobody else.
We cherish our lovers when we fall in love with another one.
We know the truth when we're silly.
We become stupid when we got happiness.
We never be wise when we need to be.

▲二〇一五年・十一月七日

房子空曠，傢俱稀少，還有一間次臥室閒置，無人租賃。幾隻木製的靈魂賴在瓷磚上涼快，偶爾經過，好似還能像個朋友噓寒問暖。我們住在這裡，但我們不是這裡的人。幾年前你的父母替你在外縣市買了個窩，順理而言也成了我的祕窟之一；我遷入、我熟悉、我養成慣性，而屋子裡的那個房間永遠空著，空在那裡，映襯你我擠在一張單人床上的纏綿——疏與密、寬敞與擁擠，反面的存在總用以確鑿幸福，因為幸福，所以帶來某些不需要。

我們不需要查勤，我們不需要懷疑。我們不需要認可，我們不需要發問。時間一年年洗刷房間的門窗，你愛我已等同魚戀水那般自然，連刮痕都不覺發疼，所有連帶附贈的破壞都自動歸作關係趨熟的一部分。念書、吃飯、洗澡、郊遊，初期你和我的生活有若平和的旋律搭上蠻橫的協奏，演到後來，擁抱成凌亂、深吻成猖狂，彼此才終於互相妥協地共同軟

爛於每個親密的時刻——再讓親密成生活、生活等於我們，兩人走入輕輕柔柔、心安的階段。在那之後，相見的感覺儼如陽光暖撫棉被及床單，拍打掉皺摺、溼冷、霉與沉重，你豐沛的自我能量，總頻頻灌滿我日常的所有匱乏……。

直到說謊。
那間房間確實仍空在那裡，但誰能幫我蒐集地板上的髮絲？香水味四溢，蔓延過每個隱密的角落，誰來告訴我那真的不是我的氣味？咬痕、唇印、髒了的衣領，陌生的腳步聲穿過長廊也穿過了鐵打的誓言。蝴蝶依舊於庭院盤旋，鮮豔的色澤誘拐幾朵花犧牲掉一輩子的企盼……真好，被選中了也算幸運？

「這樣的你啊，這樣的你。怎麼會有背地裡愛上別人的一天。」

原來我們真的不是這裡的人，原來一路愛來，你們，才是這裡的人。

◎註：當年，這本來是一篇完全虛構的隨筆，只為了抒發某種心情。但六年過去了，現在讀來，發覺有太多巧合——無論之於我或之於身邊的朋友，故事像是預言，在往後的現在，一一成真，一一發生。

▲二〇一五年・十一月十一日

事情沒有對錯的時候更教人痛苦。多寧願有責罵、有吵鬧、有衝突，也不要看似和平地協議著分開的事：一句「沒關係」，一句「知道了」，一句「我送你吧」——然後莫名其妙地各自無罪釋放。

好希望有對錯。好希望是我錯了。沒得怪罪的日子，天空不是道路、時間不是出口，曾住過的城市處處築有高牆，移動起來彷若只是從一個牢房遷至另個牢房。奇怪，無人批判，不是應該好好的嗎？奇怪，感情又非你我親手滅止的，可是它真的滅了。兩人之間不存在凶手，我該怎麼放下。

▲二〇一五年・十一月二十二日

就這樣吧，我們別再相愛了。
雖然信和禮物我都還留著，有些東西尚未送出、有些東西尚未收到，沒關係，都靜止在預備交換的過程中了。妳知道它們囑託給誰，妳能看見它們之上繡著誰的名字，往後即使扔了，誤傳到另個人的手上，忘掉那曾是我給的就可以了。

我是病了。所以妳不要哭。

當作我病了，病了就是自由了。

就可以同時愛著兩個人，睡著以後，不用負責。

▲二○一五年・十一月二十三日

一直被傷害的結果就是：當自己成了傷人的角色時，更加無地自容。

▲二○一五年・十一月二十三日

整場白天只清醒兩個鐘頭。腐爛的睡眠是惡性循環的唯一解藥，尤其在這個岸邊捕魚的時刻，帶走與放生的問題甚為艱難，只好先溺一回再論——或者就別醒了。

我懷惡夢。夢裡妳出現的次數比現實還多，挺憂愁也挺幸福的（雖然醒來後很快就忘了妳被我想像的樣子）。我出車禍，無照駕駛一輛小客車，直直地朝前方的十字路口駛去；紅燈已亮在那兒，但我絲毫沒有減速，於是被橫向衝來的公車給撞個碎爛。那個瞬間，我的靈魂出竅，飄飛在事故現場的後上方端視完整的發生經過。我是野鬼，危險且活該的野鬼，自己闖禍卻又害怕下一秒回歸軀體，害怕那身四分五裂的肉軀會帶來慘烈的痛感——即使只有一瞬間，也不願意承受——然而，在害怕的同時，我也納悶著為何方才會失控？為何我成了發瘋、不懂踩煞的駕駛？為何我「明知故犯」？我向來是如此守法的人啊。

過一會兒，想起來了。想起事故發生前，妳在夢中的對街向我招手並說道：「抱歉，不能祝福妳。」接著坦承說愛我了。聽見那句話，我似乎就甘願做一具永遠入夢的屍體，沒有現實、道德、是非、原則與正義，寧願直奔妳而去，醒（或死）在一個可以想像妳存在、正當擁有妳的虛幻世界裡，了此殘生。

▲二○一五年・十一月二十四日

Escape as usual. I find that I'm not brave enough to face all of the truth, cuz the truth is always so mean. These days I let my imagination back to the old roads we had taken. I feel shameful deeply for being a teacher who told the wrong things. I'm wrong. I'm wrong. And it makes me grow up in this field which others might think I'm good at. Oh I finally realize I'm still so young. Besides, it's poor of my dad because he can't stand such EASY pain even though he is old. Experience is too important now I got it. Don't trust anything unless you do believe it. Think much more than before to keep yourself away from the destroy, or you'll get injured for a long long time, unable to understand why it works like this.

▲二〇一五年·十一月二十七日

渴望進步的人才能變更好。你可以不滿現狀，但要青睞未來。喜歡以後的你，有時候比喜歡現在的你來得更重要。

▲二〇一五年·十二月一日

I'm going to become a guy that I have never been. Since something happened, I know it will only get worse and can't be restored. Distance is always there. I'm not surprised anymore cuz it's really a natural symptom. But still thankfully, we both concern it although its fate is already done. Dear dear, I love you and I still feel a huge sadness when I think of your leaving. Yesterday I had my tears falling all the way during my snap time. I'm alone. I'm totally alone, from the autumn to the next winter, from the start to the end. I'm so tired but don't wanna revolve myself into the chaos. Maybe I hate you much more than I love you. Now It's merely a question of occasion and it's both easy and hard.

▲二〇一五年·十二月一日

本來是追求
後來是追趕
接著被盜竊

「不跑會死，不跑會死」

我們都有了沒終止的逃亡日子

▲二〇一五年·十二月三日

"I'm gonna swing from the chandelier
From the chandelier"

"I'm gonna live like tomorrow doesn't exist
Like it doesn't exist"

"I'm gonna fly like a bird through the night

Feel my tears as they dry"

"I'm gonna swing from the chandelier
From the chandelier"

——〈Chandelier〉, Sia

聽這首歌，好似就能回到二十二歲夏天的尾巴。妳會在加班時段把筆電連到公司的藍芽音響播放它，妳認眞key著案件稿子時也會讓Macbook在旁唱著這一首。平日、假日，因爲妳的緣故，我的腦中開始不自覺充斥這整段旋律及歌詞，兩個月的別前依偎期，我連盥洗都不放過聽它的機會。

自妳離臺之後，世界變得很快，生活的氛圍亦然。查了「chandelier」的意思，發現自己不過也是嚮往璀璨故而易碎的理想主義者。妳恐怕不曉得，二十三歲之後我就幾乎不再聽這首歌了，忙於工作、忙於怨懟社會險惡和人情冷暖，臺北成爲越發空洞的城市，沉浸在這首歌以思念一個人的喜悅，我漸漸失去餘力去感受。從身心榨乾的秋走至隔年生命潰爛的夏，快樂的時光變少，我是不再年輕的茫然侍者，不知爲誰而勞碌。

我愛妳。我曾經那樣愛妳——現在不那樣愛了，但仍然是愛。
今後應該會把歌收起，把淚水藏好。宣判的人原來是如此過活的，現在我知道了。當過壞人以後，心智好像又更貼近現實了一些。只是啊，這亦代表著自己又得重新去遇見一個能陪我看日出的替死鬼了。無論是陪我熬夜或者賜我好眠，都太辛苦。我順其自然，但不會再回去了。能原諒我嗎。妳我都曉得即使接下來的日子將多麼煎熬，都會過去的吧。

想著妳未來必定會有更完美合適的伴，一個妳深愛、我也放心的伴，我便好多了。她會善良、體貼、堅強，她會懂事到讓我心服口服。而「長長久久，白頭偕老」確實是如妳這樣的一個好人應當擁有的福分。

▲二〇一五年・十二月三日

身體是自己的，因此愛惜也好、破壞也罷，總由自己決定。而對我來說，*腐爛其實相較自在*，我從來都不是個積極應對的人。說我溫柔、說我精緻細膩，過獎了，這些表象不過用來包裝病懨懨的黑暗面。我總是，一邊清楚自己正在做甚麼，一邊又渾渾噩噩地揮霍浪費。縱使大把光陰想來遺憾，可是都流過了，又能怎樣。啊，眞好在我固執、鐵齒、嘴硬，再扭曲的也能被我說成自然的事。我不精彩，也不想精彩，成功的人生和進取的價值觀都離我遙遠。我只是一名負傷的小兵，踉蹌搖晃在望不見邊境的無人沙場上，暫且把走散當作自由的憩息。

▲二〇一五年‧十二月三日

傍晚時分，騎車出門買晚餐。方騎出巷口沒多久，就看到一名男子倒在路中央，表情痛苦。他的安全帽和鞋子都離身了，檔車橫臥一旁。我望見，尚未確定來龍去脈，先把機車隨手停在路邊，前去關切。

路上行人很多，視線一個個往這裡拋來，他們都看到了——然而有的人不發一語，有的人只是站在遠處呆望，有的人位處幾步之遙卻窮嚷著：「啊！有人摔車啦！有人摔車啦！是不是要打電話？」從頭到尾，真正拿起手機、靠近男子並察看狀況，嘗試與他交談的人，只有我。

男子無大礙，唯怨聲連連，癱坐在地上向我描述剛剛有位女騎士衝出來，使他閃避不及。我懂的很少，故僅是詢問他需不需要協助聯絡派出所，以及身上哪裡疼、有沒有求醫之必要。男子表情依舊透露著痛楚，吃力地試圖站起，而路邊的旁觀者見此情況，似乎覺得「沒事，可以散了」，紛紛逐漸離去。此時有位貌似里長的伯伯走過來，問了些較為專業的問題，例如保險和法律等等，並且幫忙扶起男子的重機。我聽他們交談一陣子後，覺得放心了，才默默回頭牽車，騎走。

買完飯後返家，跟父親說了這件事。萬萬沒料想他的反應是冷冷的一句：「下次別再做這種事。」我追問為什麼，他說：「妳難道沒注意新聞嗎？『假車禍、真敲詐』的案件太多，這個社會有時很難辨認真假。」我聽了也不曉得該如何回應，或許在當今的時代中，「冷漠」和「自我保護」，已經不知不覺地畫上了等號？

「沒有人願意受傷」的前提下，所有人就得承受「自己受傷時無人幫助」的窘境。我冷不防惆悵起來：會不會有一天，我們的心田再也種不下愛？會不會有一天，我們再無法愛陌生的人事物，也無法信任長期以來建立的秩序？「人是最美的風景」嗎？或者，付出與給予其實都是現實的選擇問題？良心之厚薄是自個兒循環的發展，惡越惡、善越善，誰來當中間轉向的人呢？其實誰都可以，卻鮮少有人願意。

▲二〇一五年‧十二月六日

明曉得失眠與咖啡因過量
都會引發心悸、盜汗、呼吸困難
垂死體驗。
命薄得像片紙屑

你要不要撿起。

日曆撕了大半，其實
時間只磨了一些些
你為我烤的麵包來不及趁熱咀嚼了
新的果醬還躺在冰箱內顧自貯存
──刀叉安靜擺放，洗淨的水
乾了又髒。屋子快變成沒有人住的荒城
剩下慢慢過期的物質
與精神共葬

你要來了嗎
你應該會來吧
探望我滿垢的臉龐
讓我向你介紹：床榻邊的細菌
被褥裡的蟎，以及
壁上的癌。它們都很快樂
死了又生，生了又死
不算什麼。哪像我
動輒大驚小怪

噓──
不要訝異，你再見我
將不過幾次爾爾
我喜歡凝望你的照片和飛舞的字
接著不停地感到飢餓，感到虛弱
感到真實。這時如果你能
為我泣一滴眼淚
感謝，我上路的行囊便不再乏匱

也許會骨瘦如柴
也許更面容慘淡
可我不要漂亮，不要冠冕，不要安祥
我啊但願發青，但願遭議，但願滑稽
來去一樣
可笑就行

哪怕聽見，強顏歡笑的人嘲諷我
「傻子！」
我會說他們
活像白痴

▲二○一五年‧十二月六日

爺爺奶奶的家已經變成空屋了，裡面沒有人，只有倆老的照片立在桌子上，傢俱死寂。今天跟著父親回去那裡，見他接續把鐵門、窗戶敞開，替門外的植物澆澆水，說道：「要讓裡面的空氣流通一下。」

然而那瞬間我並不確定，流通的到底是空氣、時間，還是自在穿梭卻不為人知的鬼魂。我不曉得。二十分鐘過去，厚重的門又闔上、鐵門拉下，鄉間的小社區裡人煙稀少，對面的雜貨鋪中也望不見顧客消費。正午太陽下，門裡頭的心都靜默地沉悶著。

我想生命是鎖，有時候不會再有鑰匙。

▲二○一五年‧十二月九日

號角已響
誰暗示的提醒不再重要
我的身，早制伏在斷頭臺
準備一場無人觀演的刑決

遺言有何
招不招供
我默不作答，看老鷹展翅盤空
等待獵肉的竊笑

原來不愛你，比愛你
更難讓我承認

▲二○一五年‧十二月九日

我知道該來的會來，該去的會去。

海浪若是時間，沙灘便儼如傷口，自然會平的。

所以我怕的，只是過程而已。

▲二○一五年‧十二月十三日

珍惜與每個人之間的緣分吧，能抓住的已經太少。關係無論是穩固的、崩裂的，無論正修
補重建，或是正膠著難言，只要尚有一絲機會牽在一起，並朝善的方向趨近，線多軟爛都
是好的。

曾經的惡人，別怪他了。
曾經的自虐，別又傻了。

讓我們做一個能打招呼的人吧——見面之前，我們多練習幾遍。想想時間之所以養成厚度，
都是為了緩衝兩道平行再次交錯的疼痛。不用感謝，無須道歉，只要學習一個簡單的招呼，
承認過去的雲霧裡，你的自我欺瞞已太用力。其實，並沒有忘記那張面孔的。也是啊，怎
麼會忘呢？

太好了。又也許見面之後，我們便得以當一個擔得起再見的人了。道別不是告別，即使淚
眼婆娑也冀望你能明白：錯過的事物確實錯了也過了，倘若心中恐懼未散、威嚇著心志，
口口聲聲警戒「過去的事別再重來」時——放心吧，故事真的落幕了。而落幕歸落幕，請
別忘了人啊，仍舊可以跳出故事，再次重逢。

◎註：印象深刻，這篇寫在當年跟 W 再次見面之前（相隔將近一年半的時間）。我們約了
一頓晚餐，對我來說，那是「大人的晚餐」。而這頓意義特別的飯局亦有落筆成詩作，收錄
在《結痂》中的〈給 W——記我們那一頓，大人的晚餐〉。

▲二○一五年‧十二月十五日

我羨慕那些
懂得怎麼生活的人
也羨慕那些，可以
談談生活的人

他們總說輸贏決定在起跑線上

但我卻是一個
沒有跑道的人

▲二〇一五年・十二月十九日

其實也不是真的害怕什麼，但很多時候，尤其是沒有人在的時候，總無由地哭了起來。這份情緒既不只是難過，還添增了感動、感慨、感謝、遺憾、惆悵、空虛、抱歉、愧對等等……我懷具天賦地將自己作成一瓶海邊漂回來的空罐子，裡面該有多少或有形或無形的東西，就有多少。管誰看不看得到。

我想我們始終拋不掉的，是*個性*。乃致於累積了越來越沉重的故事和經驗之後，大部分的未來好似連做夢都可以猜到。所以那些莫名奪眶而出的眼淚啊，是因為「*承認*」而釋放的吧。無論對於自身或自身以外的世界，終得要願意承認才會明白，明白了才會理解無力，無力改變所以就哭了。

哭完了才可以好好上路。
而深信著眼前懸崖下有雲朵的我們，一定會不假思索、直直地跳下去的，對吧。

▲二〇一五年・十二月二十一日

苦的時候開開玩笑
直到自己真的
成了個玩笑
被炒起、被關注

然後被遺忘

放在過時的年代裡唏噓解嘲

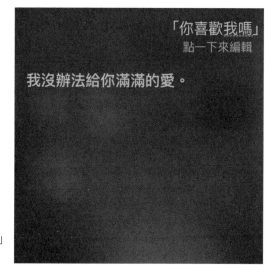

「你喜歡我嗎」
點一下來編輯

我沒辦法給你滿滿的愛。

▲二〇一五年・十二月二十七日

「來來去去，你以為能做到多少圓滿？」
沒有感情是不傷人的。

▲二〇一五年・十二月二十八日

小時候會摺紙船，放在阿嬤家門外的小水池漂蕩。池子緊靠著老舊的洗衣機，淺淺的，撐起小小的船身，輕盈而穩定地悠游。紙船也彷彿忘記自己終究來自會溼透的紙張，鐵齒頑固、罔視眾言，樂把池子當家了。

它溫柔地對抗世界，只憑一顆心。當時覺得可愛，現在想來心酸。關於它的命運，其實沒有人在乎，反正沉了也還有新的一艘，反正紙船的誕生不費力氣……是這樣的嗎？是這樣的吧。我們都有說得出口，但站不住腳的堅持。當這個社會開始偏袒務實，數落所有機率微渺的夢想，冒險的人都成了紙船：出發了沒有人叫你回頭，因為預料之中的你的淪亡，正是觀眾拍手叫好的戲碼。

他們就等這一刻。
他們喜歡，拿多數的例子鼓吹一個定論，製造典範。而典範之外的人，全是被用來印證典範之偉大的，瑕疵品。

▲二〇一五年・十二月二十九日

摘下一顆蘋果
大家說它有毒
我咬了一口，沒事
從此卻被視作販毒的人
為虎作倀

第三章

鮮少有人理解：復原亦是殘忍的事。當她花了十九個月換一顆新的心臟，她才發現自己需要修補的不止於心臟——這全歸因於活著的規則——人啊，學會爬了就要走，學會走了就要跑，學會跑了就要飛……永遠沒有滿足的時刻。忙碌或無聊，她永遠感到匱乏。對於痛苦與災難，她渴望的程度幾乎等同理想。

(二〇一六至二〇一七)

▲二〇一六年·一月八日

身心成沙漏，填來填去，都是自己。滿及缺皆一體共生。

◇

凌晨四點下起節奏分明的雨，漸漸地不那麼害怕雨聲。果然，人對於外在的感知總決定於心境，福分禍分，若是脆弱之際，還沒思考前就已淚溼襟袖。回南部休養半年了，自己像顆重新被灌飽的氣球，不敢說恢復了飛的能力，但起碼又有了飛的欲望。而今再想起相處五年的臺北，恍若失聯的故友既陌生又熟悉，既想碰觸卻又滿是顧慮。

曾經那樣靠近的，倏地便分道揚鑣。「要從一個人的生活中消失，這麼容易嗎？」你說得對，老是緣分來、緣分去的我，其實沒有一次真的把命運交給緣分；相反地，總自己動用了主動拋棄和處置的權利，審判關係。畢竟人是可以任性的，狠下心或耍個賴，個個都可以如不曾認識那般，歸零泯滅──「沒有那麼多的好聚好散。」我想我聽懂了。

時間永遠是藥，但總有人放棄治療。例如我。
因而在這段努力重生、爬起來的日子裡，別再想著該怎麼做才能避免遺失一些東西。我的認知已然告訴身心：傷是必須，丟掉也是必須。等及哪天發現，自己又能自然地笑出最美的樣子、禁得起最恥辱的玩笑時，就驗證了生命仍持續流動，有進也有出，有失也有得，我依舊鑿實活著。然後繼續，繼續體認慘痛的現實之路，走進地獄，明白堅強和勇敢原來是分開的兩件事。

▲二〇一六年·一月八日

理想的原則立定於發生之前，真實的量尺則出現於發生之後。

不曾遭遇威脅的人生是多麼幸運啊，也許可以就這樣幸福地成為你夢想的人，在圈圈裡過完如願的一生。而那些風雨中拔刀相殘的俗者，你對此感到魯莽、不齒、作嘔、唾棄，各種反應均「合情合理」──之乎你而論。「為什麼要那樣？」你總如此問道。你總對著那群人拋出千萬個問號，對他們過日子的方法抱有長年的質疑與不解，卻哪裡都尋不著答案。

你壓根忘了自己的人生，從來都不是範本。少自以為是了。

▲二〇一六年·一月九日

寧可一槍斃命，也不要猶如酷刑般慢耗地剝離。尤其在還無法置身事外時，剝離的過程，寸秒都很到位。一點一點地失去，時光包裹著他與他附帶的所有，像臺與你作對卻遲遲緩速的反向駛去的車，時速趨近於零。路是無盡的，有天也許能迴轉，但茫茫難測。待及未來哪天相遇，面容必定毀壞，早已不同風貌。儘管還能談笑，但就是，就是不見了什麼──有個人死了。

我默默預想著這些勢必的走線，難以置信自己是促其運行卻又害怕承受的角色。這種說不上來的詭謐的痛楚，儼然告別住慣的老屋，怪手在旁、指揮在我，發號施令後，始終不願抬起頭來……然又，沒有眼淚。

▲二〇一六年・一月十日

給所有學測準考生：凡事盡力就能心安，心安的結果就是最好的結果。

▲二〇一六年・一月十一日

車持續行駛
駕駛座上沒法有人
這是一宗必然的綁架
「不由自主」
是種和諧

因而孩子，你啊
要盡量
把手和身軀攤露陽光之下
感受風的動向以及
灰塵的沾染
明白時代與人的邪善
都是自然

哪天你倦，就
拉上車窗。拍掉一身塵灰
看看海看看它無論何時
皆自顧自地起浪
就曉得孤獨
也許能活得更好

▲二〇一六年・一月十一日

青春的摩擦若往心底去，就是一輩子。

▲二〇一六年・一月十二日

人心很難捉摸，有時候只能希望自己再敏銳些，就無須事後再彌補什麼。每個人都渴望得到關愛，但不是每個人都會記得拿出自己的那份關愛。而「沒拿出來，不代表沒有」的道理更非人人都懂，只求苗頭不對時要趕緊反應，否則自己真的在別人眼中死了也不一定。

愛很難均分，我也不想均分。更不想討論「該不該均分」的幼稚問題。我們都是獨立的個體，各自過好各自的生活，覺得幸福時，便能比較少去要求什麼，反倒能做給予的那一方。所以啊，我從來不認為誰對我有所虧欠，我亦很少因此感到失望。「相處」理應是很自然的事，只求舒服自在，不要探究、不要比較，該在的會在，要走的也留不住，盡力就好。

與人交往，千萬別卑微。

▲二〇一六年・一月十三日

你要乖巧聽話
要勤勉向學，因為
不愛書本的人都會被社會淘汰

你要背九九乘法
要記成語俗諺，即使
你不知道為了什麼
反正「長大以後就會懂」

上課專心，下課複習
不看天空，但銀河星際的運行你要知道
不懂環保，但物種生態的關係你要明瞭
歷史，從臺灣嘮叨至世界
年代和名人豐功
一個也不能忘——至於
「中國是不是母親？」

這題考卷上沒出現過

白天上學，晚上補習
小考大考複習評量各種關卡
紅筆就位
一撇就是一刀
　（沒挨刀是應該
　　挨了刀則是活該！）
多想得到一聲讚許
但他們沉默應予：這是本分

成功啊成功
他們說你這樣走著，便靠近成功
聽說那裡有光有燈有掌聲
有熱切注視著你的眼神
卻杳無溫熱

終於你爬到最頂端
站上去啊，親愛的模範
標籤已然烙印你胸膛
「二十多歲的有為青年」：
　　　　　　完美的全勤紀錄
　　　　　　完美的第一名蟬聯
　　　　　　完美的明星志願
　　　　　　完美的空降主管
　　　　　……

突然間，你只想
回到那年
寫一首詩藏在抽屜裡
翹一堂課，翻越校牆
解開領下第一顆釦、第二顆釦
逃過教官的眼睛
躲過無聊的升旗
擁有，一些祕密

趁考前騎往閃耀的濱海地帶
找一只滿意的貝殼
送給喜歡的女孩

◎註：本作詩題為〈悼一群奮力的風箏〉，並無收錄於前三本作品中，忘了原因是什麼，大概是覺得不足吧。但怎樣是「不足」呢？想著想著，感謝現在終於能收錄了。時間過去，我們會看懂一些原本感到羞恥的事情。

▲二○一六年・一月十八日

日子一天天地過，長遠的愛裡，包容勝過浪漫。

▲二○一六年・一月十九日

「所以，就算以後妳因為想跟別人在一起而離開我，我也不會討厭妳，或者感到自卑。我知道那就只是，只是在彼此磨合好之前，不幸地先把感情磨光了。不適合而已。那時妳啊，完全可以光明正大地去愛另一個人。」今天，妳這樣對我說。

▲二○一六年・一月二十一日

終於我也來到這樣的年紀：累積了足夠的歲月去領受折磨、練習撕裂、等待修復；傷口養成具有厚度的經歷，該浪費的都浪費了、該執著的也執著了，眼淚溼了又乾，鞠躬握手言和。我啊，從沒想過能有這麼一夜，心態完好地與交往過的舊愛躺在相鄰的床上，輕鬆聊著各自的新對象。

真好。W，我們相愛過，也相害過。拿往昔那些心若刀割的酸苦、爭吵、躲避、掩藏為憑依，妳如何愛一個人、如何厭一個人，我都知道了。故而現在要怎樣保護妳不在新的感情中受到欺騙或傷害，以及怎麼鼓舞妳試著勇敢、變得坦率，我也不無曉得。這樣，真的很好。

我們何以辦到的呢？恐怕唯有催人成長的時光。讓人猜不到的某一天，恍恍惚惚就是今天。妳我從太過年輕的相處，走至稍加釋然、習慣別離的輕熟階段，我望著妳的、妳望著我的眼神裡，終剩下不偏不移、完整的純淨。而此刻站在這條路上回首，縱然仍有一些謎深不見底，但不再有人煩惱或臆測了──因為啊，因為之於現在的我們來說，重要的已非過去兩人之間轟轟烈烈的各種往事了啊。

▲二○一六年・一月二十二日

有一陣子會怕，怕接下來的人生是否都將背負著妳的罪怪與埋怨。但也知道，並非所有的解釋都能被理解，也並非理解了就能對之捨下。大腦和心臟，從來都是分開的。因此在徹底地手足無措後，我告訴自己：「就盡情埋怨我吧。能夠成為妳心裡的一個角色，不管是好是壞，被記得總是好的。別因為我的醜陋而犧牲了曾經相愛的事實，憎恨、厭惡都行，也是愛的一種。承認我，便足矣。」

▲二〇一六年・一月二十三日

渴望擁有很多個靈魂——有些負責笑，有些負責哭；有些專門被愛，有些只能被恨。分配好各自的責任以後，最苦的時刻應該也就心甘情願了。「既然是我的，那麼就扛著吧。」若能這樣想，若真能實現這切割分明的理想，何嘗不是解脫。

今夜喝完一杯，還有幾杯呢。路是一圈，徒勞是常有的事；只怪人類善感多愁，到哪都想演個受害者……不過那又如何。說實在，有個「身分」加諸身上也好——無論是加害或受害——否則眼淚掉得矯情，沒人覺得你有必要哭泣。別忘了「未經審批」的痛苦不是痛苦，只是自以為是的痛苦罷了。

「噓……被丟棄的人最偉大，其他人別說話。」
聽好了，你沒有資格表現出難過。往後不管如何，都要假裝過得「好中之好」。如此才能避免被詬病、被嘲笑，被說：「你看看你啊！有多可悲。」

▲二〇一六年・一月二十五日

殘忍的話往往實在。現在殘忍，好過以後絕望。你應該不給任何一個人留有餘地，即使最愛，也類比照辦。唯有如此，你才能不背於曾經保證過的所有地久天長。

▲二〇一六年・一月二十七日

寒流過境加上連夜綿雨之後，終於看見久違的天晴。要回家時，我們遇見一株蒲公英，在新竹高鐵站外頭的草地上。她說：「欸，蒲公英耶，要不要吹一下？」我回絕，繼續望著這位首次會面的新朋友，想幫它拍張好照片。

「為什麼不吹？妳吹了，可以幫它散播種子啊。」她問。
「我要讓它的命運順著大自然決定。」我答。

我想讓許多美好的人事物，離開我的意志，從此刻此處離開，自由發展。如此一來，我似乎就能說服自己，所有的失去都是情勢趨使；所有的歸得皆為對方心甘情願。不急不迫、不陷人憂亂，也不使其難堪紛擾。

就由風起。
就讓風起。

加油了，體會過橋樑的脆弱，方更明白相異城市的人都正堅毅地等待著另個城市遞來消息。喜怒哀樂都好，只想收到一則問候、看一行手寫的字跡——欣然在這貌似杳無生機的日子裡，仍有一些流動，來自遠方親身的訴說。

▲二○一六年・一月二十八日

海浪過去了
沙也過

筆尖過去了
墨也過

傷過去了
我不過

▲二○一六年・二月二日

失望多次，發覺原來是自己錯了。那麼多年我一直在尋找能夠很愛很愛我的人，但到頭來，愛已經沒有作用。現在寧可少一點愛、多一點契合，也不要因為各種相處上的敗壞，而離開一個很愛我的人。

▲二○一六年・二月二日

等著看吧，等著看吧。到最後一無所有的人會是我。我會變成零，看似豐富的都成死灰，死灰不復燃，在我的爐子裡。

噢，我討厭自己有預知的能力，討厭自己從門口就能看到屋後的荒涼。如果我可以不敏銳一點，如果我能沒有那麼強烈的直覺，如果我得以惰於思量，那也許路會長一些。期待總與現實相磨，現實總讓期待的心情又縮回來一點。說自己有多麼「直來直往」？並不。原來

也戒防甚重。現在終於懂了「保護」的心態是什麼，因爲多怕幾次後並非得到抗體，而是更怕。對，人只會越來越怕、越來越怕，然後成功地變身爲社會中的正常人——用半顆（或三分之一、或四分之一……）心臟與人交換。不行。不要。我們說什麼也須留給自己某部分東西，免得失去到只剩一只空殼。

「一切都還好嗎？一切都會變好的。」沒妳的事，沒我的事，我們都沒事了。小小的哀戚埋在深深的田地裡，有天翻挖出來，一定認不得模樣。這些我都清楚啊，可是可是，能不能再快一點，讓我知道後來的後來，我會因爲得到報應而備感心安，明白兜來兜去不過白忙一場。人生擅於空轉，年輕必須可惜。我曉得我愛過的人都很眞心，但沒有一個可以陪在我的身邊永遠不累。

◎註：還好，後來的後來，我眞的得到報應了。

▲二〇一六年・二月四日

一、
幻想成爲鯨豚
擁有巨大的身軀、柔軟的心臟
之於情感也
願意懷胎，熬得過哺孕
即使最後迷走在無界的國度
丟掉了生養的，仍
痴痴潛泳
等著相認

二、
空轉三六五又四分之一日
才發現你是季風
我是山
一次相擁，另一次
暗捅

三、
年輕必須可惜
生命必須被嘗試放棄，才曉得怎麼拾回

四、
別跟我討論夢想
在大海跳脫藍調以前
我們別討論，太多現實之外的末節
我們別唱歌
因爲還沒有人
相信以上皆非與白卷
相信即興
還有盲眼聾啞的琴手如何自戀

五、
怎樣不想念你
怎樣讓你停止旅行
不斷遠飛

怎樣不熟練於任何
一個人應當有的應對
在外的時候
大膽訂下兩人的房間

六、
沒有時間再裝下後悔
裝滿後悔的時間就是與你一起的時間

▲二〇一六年・二月七日

懂事以來，農曆過年從來都不是開心的，甚至是種煎熬。我戴著面具夾在親戚間，一邊應話，一邊還得想著自己是哪邊的陣營，到最後乾脆面無表情——因爲這就是最好的表情——只願快點結束這場搬演，當回自己。

好在近三年因爲老長輩相繼過世，世代之間的怨懟、嫌隙以及其餘因爲過年而必須有的一切習俗和（敷衍的）儀式，皆趨向平淡。畢竟要計較的已跟著肉體入土，父親和他的兄弟姐妹們亦自然地減少相聚的時間；所謂的「年夜飯」變得等同日常，我們吃著兩人份的外帶菜餚，幾乎沒有交談地盯著電視機看。

這樣簡簡單單的，其實很好。沒有熱鬧的氛圍、沒有笑聲，當然也沒有拱手作揖的恭喜（逢

人說「恭喜」，眞的是太尷尬了）；沒有拜訪、沒有出遊、沒有窮於言表的良言金句……有因此缺什麼嗎？新的一年照樣會來，平安健康仍是最大的願望。

這是少了母親的第八年。方才燒了好多件紙衣、紙鞋給她，顏色豐富，甚是可愛。我一個人在頂樓燒著，父親則去公園慢跑，心情跟周遭的空間一樣平靜。供桌上的菜色不多，擺盤看來稍顯空了，但我想如果禮俗之繁複是爲了隆重、爲了好看，那未免太過敷衍。事實上，無論天神地鬼或已故的識者，只要彼此心誠相知，也許有一天，我們不用再害怕過年「應該」如何。

過年到底「過」什麼？

套句熟爛的話：「痛苦會過去，美會留下。」年年如此，便已奢侈。

▲二〇一六年·二月九日

錄取新工作了。生活這部機器終於又要重新啓動。鏽掉的地方也不再令人悲傷，還能使用已覺萬幸。它再舊再髒、再怎麼天生有瑕，能歸自己所管總是好的。今晚盥洗之際，思索起既死寂又消沉的去年，不曉得自此過後會不會再被提起？那段時光啊，那段難捱的日子，一旦結束了便常誤會是好久以前。加上人事與景物之變遷加倍濃稠了光陰掠過的作用，明明一年爾爾，卻恍若十年……。

怎麼？複雜駭人的時空也懂這番定律嗎？偶爾會想，是不是身邊換了個人陪、心裡換了個人愛，所有的心志精神都將跟著搬遷，到世界遙遙的另一角？實際上沒那麼遠的，瞬也千里之遙。

「我們還認識嗎？我們怎麼認識的？」
「我們真的曾經一起快樂過嗎？」

再見，再見。希望並非再也不見。

▲二〇一六年·二月九日

努力成爲一個說故事的人
說到最後
發現唯有自己置身事外
只是旁白

▲二〇一六年・二月十二日

要去見七年不見的舊情人了。穿上長裙、跟鞋，盤起一頭棕色的捲髮，還戴了不甚習慣的項鍊，不確定該如何打扮才正確。我恍惚地轉著方向盤，感覺車子裡的空調強弱，聽著廣播電臺隨機的每一首愛的信箋，心情像初次見面，但也不知為何而見。

每一個紅燈都讓我想到，我們再也不能義無反顧。

我是女人，而妳愛男人了。

▲二〇一六年・二月十二日

相怨也許是幸福的吧
我的怨裡面
一直都只有我自己而已

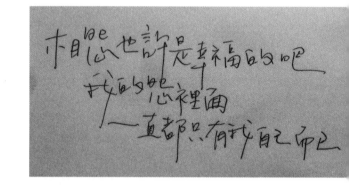

▲二〇一六年・二月十七日

信仰遭到幾次破壞，明白沒有真正存在的失而復得。

失去的便已失去，再回來的也不會是最原初的。瞧那地上的水變成天上的雨，滴到眉睫時，我也認不出它曾經被自己捧在掌心。

世界萬物皆如此，你更是。

那我們為什麼，還是會在重逢時感到開心呢？覺得是美好奇幻的命運，覺得是因為自己受到了眷顧，所以多一次機會做些什麼？

一邊安慰，一邊欺瞞吧。

有時候早就人事已非，卻也甘心逼迫自己適應眼前這位時間養成的替身。弄得最後，被誰傷害都難以定義，分不清了。

▲二〇一六年・二月二十日

有多少次愛人的機會，就有多少次傷人的機會。神聖的專一性，產物便是*淘汰*。

房間沒有鎖門，因為開與關所仰賴的並非鑰匙。所以當你坐在房間裡時，看見一個人走了進來——你要知道，你該離開。

他沒有錯，你沒有錯。
房間的主人也沒有錯。

錯的是私心與占有，錯的是規範。人人都享受著規範，卻也被規範所害。

▲二〇一六年・二月二十一日

那些人死了。
媒體標題為此走了一週，撤掉之後，所有目光也隨之驟息。

「值得嗎？」曾經我也思考過，若沸騰的終將平靜，為何還要選擇一個可能引起軒然大波的方式離開？我生氣波瀾過後的他們不再被關心，也生氣「地球持續轉動，日子還是得過」的現實，更生氣人類無法不敗給自私。

直至近年來，我才慢慢想通一些。
「有些生命提前結束，就是為了被遺忘。」

▲二〇一六年・二月二十三日

你其實只是怕自己，變得心甘情願。

▲二〇一六年・二月二十三日

春要來了，冬以前的事，沒有一樣帶得走。如是被迫重生的戲碼演得熟爛，血淋淋地提醒彼此：「人雖然痛恨習慣，卻也安於習慣。」習慣是某種制約、某種常態，像季節遞嬗、時光奔走，再無法有新的形式。於是我們待在凝結的「常理」之中生活，不曉得自己是幸運或者不幸。

可是春會來的。
春真的會來的。
週期難解、預兆難辨，屆時你也許會訝異，原來死而復生並不艱難。

原來，自己真的有這麼多條越發薄價的命。

▲二〇一六年‧二月二十七日

「再沒有誰可以把你從我身邊奪走」是每個人都誤信的執念。依賴是依賴，相愛是相愛，陪伴是陪伴。但命一條，終究是自己的。

離開世界時，我們不會有默契。
各自欠給前生的，還是得各自還清。

◎註：二〇一八年時，有把這篇拿出來改寫、加長，因為對當時許多「老夫婦在病榻上攜手離世」的網路新聞有感。而為求「根本」，我選擇保留二〇一六年的這個版本，雖然較短，但中心思想不變。我依舊不相信所謂的「永久」，我只相信「長久」。那種稀有的童話故事般的愛情，都只是剛好而已。我們不管多愛一個人，今生的功課還是要靠自己完成。他完成了就會先走，而我也是。

▲二〇一六年‧二月二十八日

如何定義「正常」？來自人類的嘴巴。

你準時打卡，不偷懶也不諂媚，專心講述每一份給客戶的簡報，你看起來沒事。
你積極向上，有目標也有理想，安靜地鍛鍊不足的地方，面對人的眼神總是灼熱，你看起來好極了。

你不掉淚，他們覺得你勇敢。你從不埋怨，他們誇你「未來棟樑」。
但當你拿出藥丸，他們說你過去的一切，只是包裝起來的變態與古怪。

突然間，你不是英雄，是病患。
你的日子不再重要，你該回到隔離區，好讓正常的人免於受難。

原來定義你脫軌那麼簡單。不瞭解你的人都能做到。

這稱作社會，不容許心靈受傷的社會。

▲二〇一六年‧三月一日

生活彈槍雨林，返家之際常常已經夜更。來不及梳洗，人早敗給疲憊，也想不起剛剛追著月亮騎車的路途中，腦中曾盪過什麼思緒。盡是放空，放空。紅燈停，綠燈行。日復一日，眨眼就是電腦桌，眨眼又是枕上夢。

小時候多麼渴望「自由」，長大後確實也拓寬了自由的空間：做決定、逆思考，發現自己喜歡的與討厭的，反覆跟過去的靈魂辨證，蛻殼或者刷洗從頭，嘗試新的事物後又將經驗再三整理歸類。而歸類的基準當然也在改變。

這是「成人的自由」──有掙脫牽繩去想像的能力，有懷疑和定義自己的野心。只是大多時候，為了找尋一個「位置」，往往就耗去半生。其中原因諸如：位置不存在、位置被遮蔽、位置太多太雜以致難以「專注坐下」……抑或位置在對你惡作劇。

抗戰維艱，但活著便是抗戰。有夢想的人很辛苦，沒有夢想的人也是。每個我們都在挪用碎屑般的時間，拼湊對自身而言真正偉大的事。不如意才夠真實，我也明白。各種浪費必須存在，亦為天經地義。因此偶爾笑得出聲就行了，可以感知自己骨子裡的身分就行了。長路漫漫，未完成的，總會有答案。

目前，面對這充斥著荒謬道理的社會，努力活下去就好了。

▲二〇一六年・三月四日

當你必須當壞人，你就得是壞人；當你必須是好人，請不要當好人。

▲二〇一六年・三月五日

分開時，妳叫我好好過日子。
我真的聽不出來──這是祝福，還是諷刺？

▲二〇一六年・三月六日

站在悲傷之前，我習慣拿著放大鏡。

▲二〇一六年・三月十日

「雖然問這個問題有點幼稚，但……我可以相信妳嗎？」
「你相信永遠嗎？」

「相信啊。」
「那，你可以相信永遠，同時相信這個不相信永遠的我嗎？」

▲二○一六年・三月十五日

上一次生病，忘記是何時。但可以確定的是，人身在臺北，且一樣正值雨季。心態難解，不是我的家，病起來卻也想要有人回來，回來此處，然不知道此處是何處。縱使早知道有天自己也會走，你也不屬於這個城市，但短暫的時刻裡，脆弱已不費吹灰之力地戰勝良善。或者，依賴與尋伴從來都與良善無關。你陪著我，讓我以為心存感激就好了。

▲二○一六年・三月十六日

誰能打開我關起來的窗，誰就是陽光。

▲二○一六年・三月十六日

朋友進大公司工作一年半了，年終保障三個月，底薪算是同學圈裡屬一屬二的。然而個性好強如她、責任感甚重如她，終是拼過了頭，苦了身體，倦了面容。朋友人在北部，久未約見，只能藉由照片及社群動態得知她的消息——恰巧看到她的一張近照，著實嚇壞了我。那已經不是她了。

一股疲憊不堪的氣息，一雙低垂喪氣的眉眼，嘴角沒有笑意。鏽蝕的鐵原來是如此一回事，我看著手機畫面，難以再聯想往昔那個隨時帶勁、鋒芒畢露的她。

「生命的意義是什麼？要錢？還是要命？要工作？還是要生活？」
朋友的困惑赤裸裸地攤在網路上，頓時之間，各種勉勵之語從四處注入；然她應該明瞭吧，這些打氣和鼓舞無非就像柔軟的棉襖，只能暖和自己而非改變社會。故而也想留言說些什麼的我，一直不斷重複讀著朋友的這行動態，試圖理出頭緒，不想輕易地說些「沒有用的話」——但幾分鐘過去了，依舊沒有答案。金錢、工作、生活、生命皆環環相扣，人要如何四取一，或者四取二？朋友已經擇她所愛，後來的發展，是否印證了快樂必須與現實相撞？

可是，如果我們盼望的幸福都將令自己無法站立，那麼還有什麼追尋好說？

一事無成的人恐怕才是最大贏家。沒有收穫，便也不認為自己失去。定義夢想已經足夠困難，鳴槍起跑後的各種損耗狀況，使信仰之持續更為艱辛——即便再有多堅固的意志，到最後要完全不談後悔，幾乎不可能。「做了就沒有遺憾」嗎？還是我們應該說「做與不做都有遺憾」？

思至此處，覺得「跟遺憾過得去」，似乎變成了重要的事。我們已經沒有辦法全勝，我們已經逃不過自我檢視時必然存在的質疑。*因此我們其實可以輸。我們可以被淘汰。我們不一定搭上想坐的列車就要一切完滿。愛了歸愛，但「愛你所愛」遠比「擇你所愛」更接近快樂。因為那是更深一層的議題了。*

「有機會的話，想帶她來高雄走走。」那天傍晚，沒照慣例吞下抗憂鬱藥，我頂著因戒斷作用而昏昏沉沉的腦袋，騎過一個又一個街區，視線不很清楚，但心情自在地這麼想。天的布幕不知不覺換了顏色，我向著前方去，有光、有霓虹燈、有店家，也有拉下的鐵捲門，或待出售的老屋。霎時，腦袋憶起臺北的人們總疾步來去，*而這裡的街道上盡是相對緩慢的遊蕩靈魂。我啊，身為一隻與現實若即若離的雙棲動物，真弄不明白，有些事半途而廢究竟有什麼錯。*

▲二〇一六年·三月二十日

吹南風，屋子反潮。水珠圓渾地攀在牆上、浮在地面，殺死了還能再生，密集如初。怎麼辦呢？嘗試過各種方法，皆只能減緩而非痊癒。

「等南風走吧。」
我終於不管了。認清許多事都是這樣的。浪費力氣所得到的失敗感，累積成受用的警示——不處理就是最好的處理。瞧那南風是你、水珠是你、溼氣是你，我再氣急敗壞也贏不過如此大的布局。你的味道與聲音持續吹來，不終止，因而我也必須接受這樣的屋子，住在裡面。

我走不了。
但等你走了，我就會好了。

▲二〇一六年·三月二十日

蝴蝶與花的相遇常常不談唯一

需要彼此，又忽略彼此
誰也沒有投入
故相安無事

有些人的戀愛就是這樣的
沒有傷
也沒有太大的幸福

▲二〇一六年‧三月二十一日

我親手折斷了一朵花
可是又想念那朵花的模樣，想念那朵花的氣味
想念被氣味包圍的那種被簇擁著的感覺

我還剩下什麼呢
一顆越跳越慢的心臟，一手顫抖的腐泥
靜看著自己慢慢死去

▲二〇一六年‧三月二十三日

夜晚燈光迷濛如夢，春還在試探的時節，常有曖昧的光影穿梭於城市。下了班，越往郊區騎，溼氣越盛。輪子軋過不安穩的路面，大小水窪濺起蓄積的埋怨，弄髒腳踝，使整個人又縮起了一些。

但速度仍在。

「許多心事說不明白，可是你感覺得到。」每次的返家之路，就是這句話的應驗。

應驗著世代已經不同。
我們很懂生活，可是我們，不懂生存了。

▲二〇一六年‧三月二十五日

時代尚未成熟，第一胎未能成龍，已經被使過眼色；想不到天不從人願，現在又再給我一個女兒。坐在夫家的屋子裡，磁磚的冰冷輕易地就凍傷了我的腳掌——是真的，看似誇張但為誠實敘述——沒有錯，在我心裡風寒地雪的程度，確實是傷的。

我想起母親，那個常常躲在日子背後低頭掩面的母親，頓時感到背脊發冷，尋不著容身之處。當年她曾對年幼的我說過，如果我和弟弟之間只能選一個生，她會選弟弟。只記得我聽完後瞪大眼睛默然許久，甚至無法用「晴天霹靂」來形容那瞬間的心情，因爲根本沒有晴天。

原來，我是個「沒有用的人」啊——二十多年過去，更準確地說，原來我是個「沒有用的女人」啊。而像我這樣多餘的雜草，竟然又要誕下一個即將遭人唾棄的「沒有用的女兒」？我屏住氣，對著落地窗外的景色呆望，再緩慢吐出長長而深沉的嘆息，一回又一回。室內外溫差所衍生出來的霧，暈開在玻璃上。我用食指，圈出一個圓。

「孩子啊，這個圓送給妳。」我一邊在心裡說，一邊用左手覆蓋於肚皮上來回輕撫，希望她聽得見。「也許之後妳來到這個世界上，比較不會得到爺爺和奶奶的疼愛，但媽媽我還是會非常、非常愛妳的。」語畢，正好有一隻麻雀，停在眼前正對面的電線上，三公尺遠。

我永遠都忘不了那一刻，麻雀帶來的啓示。
也許我就是麻雀。而麻雀只能繁衍更多更多的麻雀。但儘管如此，我們還是可以擁有全部。所謂的「全部」，概括這個世界上，從陌生到熟悉、從無到有、從歧視到平等的過程中，每一樣我渴求的東西。我很強壯、我可以強壯、我應該強壯，我並不殘缺。只是……

「唉，要再加把勁喔。」十個月熬過，產下了小麻雀一隻。等身子恢復得差不多時，我下床，想走去看看她。站在嬰兒室外，醫生見我，只說了這一句話。

「加把勁」？一瞬之差，我又墜入黑暗。
親愛的我的麻雀啊，安靜地躺在那兒熟睡，可愛的模樣像懷了個香甜的夢。她不知道安置自己的推車被挪移到室內的最角落，意味著什麼。

父母難違。父母難爲。
正負能量相互抵消，千旋百轉。我終於放棄地流下了眼淚。

◎註：本篇隨筆爲虛構。記得當初一直想寫這種篇幅很短的故事，有一點小說的感覺，卻又不夠縝密成小說。但無所謂。我喜歡藉由「成爲某個被創造的角色」，讓自己去訴說一些我想表達的理念。總覺得相較於直接性的訴說，這種方式更能補進一些氣息。

▲二〇一六年・三月二十七日

不只一個人告訴我，他們害怕受傷，所以總是自我保留。喜歡一個人的感覺是什麼，他們其實知道，卻也不想懂得太深。幸福接近之際，他們會說好，接著用手輕觸一下，站在旁邊保持距離。

是的，好。
不要再過來，也不要再過去。這樣就好。

哪裡好？
若你不曾用盡力氣喜歡一個人，若你不曾覺察自己「太」喜歡對方……那麼還算是談過戀愛嗎？

▲二〇一六年・四月二日

夜晚跟朋友相約，騎車騎到半路，一陣慌張感襲來：稀鬆平常的紅綠燈在視線裡膨脹、旋轉；周圍的景色、人群、車流都捲進可怕的思緒中，像條繩索勒緊脖子，預備著歇斯底里——是恐慌發作。甫察覺，恰好紅燈亮起，我立即閉上雙眼深呼吸，讓眼前回歸單一的黑色，讓心思專注在氣息緩慢吸吐的頻率上，並用右手姆指按壓左手腕的定神穴道，默唸著：「空，空，空，空……」

十字路口一分鐘的紅燈，慢得像十年。
號誌切換成綠燈，我催下油門加速駛離那個停擺的死亡岔路，一路丟棄神經般直直馳行，腦袋只剩下空。「只有空能救我，我知道的。」飆上中博橋，高處的路段車流量較少，恐慌發作的症狀稍稍減弱，沒帶藥出門的無助感也暫時得到緩解——忽然我想起了最近的新聞，以及前幾天在身心科診所遇到的一個女生。

她與我素昧平生，坐在鄰位等待叫號。但當我不經意瞄到她時，我發現她正用一種詭異至極、仇恨備加的眼神看我。不，與其說看我，不如說像是在瞄準我，而且長達數分鐘的時間沒有移開過。即使我早已假裝鎮定地繼續翻閱手上的雜誌。

「被罪犯選定」原來是那樣的感覺，我第一次體會到。你不曉得下一秒會發生什麼事，想呼救也喊不出聲；凶器未亮，靈魂卻先死一半。當時，我承認自己一度畏懼到想離開診所，但又忍了下來——原因是，若她令人感到害怕，那麼與她待在同間身心科診所、給同個身心科醫師看診的我，又有什麼不一樣呢？

我們都是不正常的人啊。我們無法控制好情緒，反而常是情緒壓著我們。可是我們願意嗎？我們想要嗎？我們就是俘虜吧——有沒有人在意，這樣的俘虜也曾經自由過？

下中博橋後，有幾個停紅燈的路口，我又開始被發作感逼迫得想哭。我已非昔日，只是企圖過著與昔日相去不遠的生活。我是病了，可是我沒有犯錯。真的沒有。

現在的社會還在鼓吹將人分類。學校、補習班、媒體，拉起布條或者給予過分悚動之標，那些頭上有光環的孩子啊——比賽第一名、考上明星志願而為人稱羨的孩子——有朝一日都該從迷思中走出。曾幾何時，我亦是那所謂的「正常人」之中「較聰明」的一群，而現在，其實什麼也不是。

願社會健康，願文化平等。願我們相愛是因為靈魂，而非標籤和地位。

◎註：「中博橋」為連通高雄中山路與博愛路的高架橋，已於今年（二〇二一年）三月拆除。另，文中提及的「身心科診所／醫師」，並非本書前段篇章特別感謝的任職於臺北國泰醫院的葉宇記醫師。二〇一六年，我暫時搬回高雄居住，故有換過診所和醫師一陣子。

▲二〇一六年‧四月三日

你可以當清流，但要能承受孤獨。
這世上不是每一個人都願意一身潔淨。

▲二〇一六年‧四月五日

找了以前某段歲月的歌來聽，像久釀的醋，旋開瓶蓋時酸味擴散而廣，成為一層又一層的訊號——時弱時強、時而無以名狀——吸進肺裡，真不知會流出功成達就的喜淚，又或是一陣作嘔。

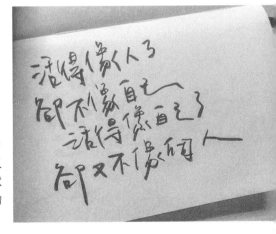

聽完單首，耳機就卸下了。開始認定，等待與放棄、入味與腐壞常為一線之隔，在此刻懶得去辨別什麼的後期階段，願意旋開瓶蓋已然足夠。因為真正痛苦的，是好不容易走到了終點卻仍極其曖昧，令人想結束又想拖遲，明明過得去又不願跨越。

難怪，日子並沒有變得更好，亦沒有變得更糟。反正妳一直不在。逼得我偶爾，明知道罐子放在那兒不太礙事，卻又想從平凡知足的安穩裡，弄點機會給腦袋運作——思想自虐——使自己脫離平衡，重新回憶不堪的過往。想一想吧，想想我們是如何相愛相殘、背棄承諾；我們是如何建立信仰，又終是潰敗。這麼一首曾經的愛歌，讓我明白日子確實沒有

更好也沒有更糟，明白當初衝擊之大之所以可以於今相互抵消，是因為彼此的離散離得有若逃亡。在最短的時間內，妳跟我從最信任的人變成最害怕的人，來往銳減至底，歸零之後再養成一片閒雲，裝得若無其事……。

過程漫長、意義未明，但一個轉身又探得更清楚了。也許我們都在學習適應，晴朗與暴風雨同時存在的氣候？也許我們對於好運及噩耗都有需求？是的，請張開雙手擁向陽光，請踮起腳尖跳進暴風裡面吧！身為念舊的人就該隨刻呼吸，哪怕空氣致命；抬頭挺胸，無畏彈雨槍林。然後活下去。抱著結痂中的傷口，人模人樣地活下去。聽好最悲哀的日子，就是杳無起伏及生息變換的日子。

▲二〇一六年・四月六日

氣溫回升，開始有夏季的感覺，天色染褪的速度亦是。春末夏初的晚間六點，騎在機場旁的主要幹道上，寬敞的柏油路筆直地延伸至盡頭折彎處，全沒有家戶與大樓。灰藍藍的天參入玉璽般的綠，未夜仍有微光，迷惘之深比起他日來得更加壓迫地上的人。

呼吸的時間很多，活著的片段極少。
當下我想起中午跟朋友的對話，關於白色恐怖。接著發覺：自由是多麼重要，又多麼不足掛齒的事。

▲二〇一六年・四月十日

蝙蝠在洞穴裡不覺得黑，我的多愁之於你的善感，剛好就像回家而已。

▲二〇一六年・四月十二日

活得像人了，卻不像自己；活得像自己了，卻又不像個人。

▲二〇一六年・四月十三日

離職一陣子了，把這次的辭職經驗聯貫從小到大的種種歷程，覺得遺憾確實不完全是遺憾。每每失去什麼的同時，還是有些東西能夠帶走，且往往難以預料、充滿驚喜，故總令人格外珍惜。因為「意外」之事，全都被我稱作「緣分」啊。

不過如此一來，似乎又得重新看待「寧可後悔，也不要有遺憾」這句話了。
一個是行動後的扼腕，一個是尚未行動的可惜——思考後覺得，若不細分，兩者其實都是

「事與願違」的某種說法。而「事與願違」不就是人生的常態嗎？許下「願望」，不就是因為它還離自己有些距離嗎？都說是「願」了，屬於未知的、困惑的、希冀的這些「願」，要是全都掌握在手中，未免太一帆風順？但我們偏偏就要一帆風順呢──可曾想過，有時候傷心的原因並非得到的太少，而是滿滿的布袋裡，翻出來都不是自己想要的。

「我不要」不等於「沒價值」啊。雖然在自主權與自由意志壯盛的現代風氣下，此話大可推翻，「金子」也真能在某些狀況下遭人棄如敝屣，然而更多沒被看見的面向是：「還沒體會到、還沒得到、還沒看到，怎麼知道你不要？」甚者，就算是已體會、已得到、已看到，也不一定能立即確定答案。因為時期前後之心態轉變，拉遠、拉長來論，你怎麼知道「你的人生」到底要不要？

要，不要。不要，要。
事實是無論一輩子取捨多少次，都不會有所謂的「最好的決定」。比起要不要、想不想、喜不喜歡，更先面臨的問題反而是你願不願意了。哪怕是後悔，哪怕是遺憾，僅要願意承受、願意交換，便好。

▲二○一六年・四月十四日

墳前的花一直在那，幾年搖曳，不知也換了多少代。
已過往的人看的就是這樣的風景吧。好壞參半的流動裡，雖沒有我參與的份，但仍是對此生生不息的兆象，感覺到欣喜。

活著總是好的。

▲二○一六年・四月十八日

河流下有　石頭
各形各狀看似雷同卻又
不一樣的個體　聚放在一起
誰都　不出眾

就這樣
無所事事地過活　流動
覺得安穩靜定　了無相欠
縱然

世界偶爾涓涓　偶爾湍急
秩序偶爾安慰　偶爾灰心
縱然
巨大的告別和分散一直搬演
換了鄰居　瘦了臉蛋　無預警將它們
驅逐到陌生之地

之於橋上人　的視線
賭見水中卵石有淚流出　有家失守
也只是風景而已

▲二○一六年・四月二十日

說真的，我始終相信每個人的心裡都住著一個殺人犯。善良慣的人，也許有天會發現他也懂仇恨，只是擅於忍耐。而忍耐的日子確實靜好，也確實可悲。

▲二○一六年・四月二十一日

優柔寡斷的人生是浮在滾水中的冰塊，從頭到尾都是人的本質，卻決定不了自己活著的形式。

那麼你是水或冰，又有何所謂？

▲二○一六年・五月二日

「有多愛一個人，就有多怕一個人。」

有時候言語暴力更勝肢體暴力，精神上的傷痕更勝皮肉之痛。但是社會上很少有人在乎前者——也是，「看不到的東西」很難誰說了算。而我光是想像，現在有多少個孩子、少年、成人、老者，正在蒙受如是陰影，就輾轉難眠。

今天的自己，和過去許多天的自己一樣，是被酸雨入侵的土壤，慢慢累積損壞的能量，直到發病、失去用處，變成一區廢址。沒有人過問為什麼壞掉了，因為它天生本質差劣，淘汰也罷；所謂「朽木不可雕」、「恨鐵不成鋼」，朽木與鐵都有罪，我真慶幸社會上有一群體不屬於這一類。

▲二〇一六年・五月十四日

寫給世上被遺棄的孤兒們。

◇

所有愛我的人都離開了以後，瞭解生命的意義不是活著，也不存在於自己身上。我的意義是別人給的，我的肉體、姓名、身分，天成的東西，沒有一樣爲我決定。

然而仍是得依此維生，慢慢創造一些專屬於我的思考。可是越想要自主，越忘不了能有今天，都得先感謝他們過去設立的前提。沒有前提，遑論誕生？沒有誕生，我怎麼可以在這裡。路走至盡頭，原來我是情感的產品；情感殞落之際，我成爲包袱。

他們把我留在空屋中。他們把我賣給別人。
他們想在沒有我的城市裡過活。

他們終於各自開始了新的人生。
我也終於，完整地失去了我的人生。

▲二〇一六年・五月十七日

慢慢變成幽靈
在你心裡的墓園
徘徊不肯投胎

▲二〇一六年・五月二十二日

快要變成惡魔的瞬間，我離天使最接近。

◎註：依照當年的筆記，這句話是寫給鄭捷的。善良走到極限，就是扭曲。如果我們眞的太太太純粹，那社會將引導自己走向一個惡的開端，只因我們承受過太重的傷。

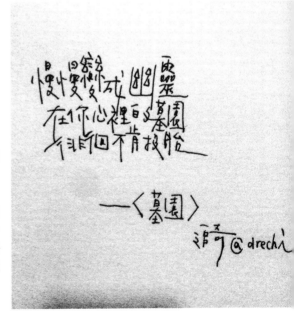

▲二〇一六年・五月二十七日

黑色不用太多
一滴濃
把我推進裡面
就足夠靠近死亡

◎註：寫憂鬱症。

▲二〇一六年・五月二十七日

悲傷，是解決悲傷最好的方式。

▲二〇一六年・五月二十九日

學會等待很難；學會相信等待之後會有結果，更難。

▲二〇一六年・六月二日

我們再也回不去從前了。

那個純粹、簡單，以為牽手就能牽一輩子，租了個套房就能長相廝守的心情，現在再思，分析多過相信。當年妳潑我冷水，告訴我「珍惜當下就好」時，我不知道原來未來真的那麼困難。後來分開了，告別校園，多了經濟、職場、家庭、遷徙等因素考量，換我告訴別人：「別想太遠的事了。」快樂確實那麼短，愛確實有如此多阻斷，時而荒謬時而無策，時而連見上一面都算奢願。

所以不如當年浪漫了。才曉得不浪漫有多掃興，多麼令人不甘心。難怪太過誠實總會招致誤解，難怪夢幻的人總猜想不到，我們終有一天都會成為相較現實的靈魂、說那樣的話，惹人流淚也不得體恤。沒辦法，誰都逃不過時間之手啊，時間就是會公平地迫使你我看見生活真實的那一面——不好看，也必須承認那是真的。真的。因而假使你是真的、我是真的、我們的感情也是真的，或許就該建立在這樣的基礎上，隨時危險，故隨時守護。

「我無法給你完全安穩的臂彎，可是我願意努力。」

想想散場只是盡力而為的結果之一，而也許這才是深情最好的樣子。

▲二○一六年・六月七日

他說爲什麼我總要跟別人不一樣，生別人不會生的病、受別人不想受的氣、愛別人不去愛的人。

我想也是。
爲什麼我要聽別人不需要聽的話呢？就像此時此刻他的這些言詞一般，只發生在我身上，讓惡質的話進入患著惡夢的人心裡，惡性循環。

啊啊，懂了。
原來是每個人逼使我變得特別。所以我才非得要這麼、這麼孤獨。

▲二○一六年・六月八日

被朋友問起，怎麼一直陷在遠距離的泥沼中，不免在手機螢幕前淺淺一笑。想來不知道是優點還是缺點，跟妳在一起的時候，時間過得好快；我們走過的一年，感覺像別人的三個月。因爲，一年只見妳三次面。

R，我曾說過自己是不怎麼需要陪伴的人。但就像旱鴨不懂水深，當初我也不懂渴望揉雜著寂寞究竟能摧毀掉什麼。最後摧毀的就是我自己。抱歉連累妳了。

▲二○一六年・六月九日

朋友與戀人分開之後，六年了，再也沒愛過別人。她專心養成荒漠，心志一直守在舊的那一塊；任線絲屢弱地垂墜、飄揚，套牢僅剩下冰冷的另一端鐵欄。

今年的梅雨已至、明年的梅雨將備，年年都落梅。我想起朋友，想起朋友思念著她的那個人的方式，覺得生命的房間很難掃清。面對梅雨般定期來訪的種種，有時不如當一棵室外的盆栽，趕不走的就共處，總有一方會存活下來。

而相對於朋友的角色，我倒是慶幸自己在「透過傷害人而受傷」以後，弄懂量力而爲並非懦弱或愛得不夠——只是預先發出的某種自我警示：「我知道我只能到那裡，所以在這裡，這個一切都仍乾淨的地方，我便要鐵下心決定不牽著你出發了。」

▲二○一六年・六月九日

其實你一直都知道的，事情的真相。也知道白紙般的自己，需要一點墨，才有故事好說。所以別怕墨髒、別怕太多人給墨；別抗拒有一些墨，會超出你的紙界。

「對不起別人，或者對不起自己。」兩者擇一，是人生常有的事。

▲二〇一六年・六月十日

舊帳翻不完，甚至舊帳會引來更多的新恨。
才知道好好說句再見、聽聲再見，也要交給上天，也要運氣。
也要你我容許那些受損和缺口都被赦免，在埋怨之前就已經選擇原諒。

▲二〇一六年・六月十日

雨就這麼下了起來，滂沱如積病已久的人流的眼淚。放手一搏也有比忍耐更難的時候，怕的就是有人提防似地撐起大傘，連你的一滴訊號都接收不到。

▲二〇一六年・六月十日

我不想誰，不想任何事情，但就是會想到天更。
我不恨誰，不恨任何事件，但就是會懷滿恨意。
我的心和腦是失主的容器，活著的每一天，都在找尋買回它們的方式。

「用什麼買？」
「藥罐、藥罐、藥罐。」

雷雨交加，多吞幾顆。但願能一次買齊下輩子的份。

▲二〇一六年・六月十一日

「我一直知道妳怕我，但沒關係的，沒事了。」分開前，曾有人這樣對我說。我儼然後知後覺的局外者，還要對手丟來信息，提醒自己之所以守備不穩，是因為連腳步都沒站得扎實。

我低頭看看顫抖的雙腿，再凝望漸行漸遠的她；此時擂臺燈光已暗，不曉得輸贏落定何方。我應該要開心嗎？終於可以重新找一個不害怕的新敵上臺打一場，終於可以說出想說的話，攤開委屈、恐懼、生氣或者其他隱藏的情緒，伸出堅定的食指朝準對方的鼻尖咆哮：

「我其實、其實不想要這樣！」我應該要開心嗎？

我無法開心。

當我瞭解到，無論換了誰，自己都同樣沒能勇敢時，我無法開心。原來我從不擅於溝通，只是習慣強顏歡笑。用笑容接受一切的同時，我忘了這等同於拒絕。

▲二〇一六年・六月十一日

每次旅行回來，行李扔在那裡，下次再出發時才會想到它。從一個城市搬到另一個城市，捨不得丟的、以爲還有用的，我都悉心收進囊袋，殊不知封起來後就會遺忘。

如此一來，舊的不去、新的不斷積累，堆作成山成海的陳衣舊物，橫屍遍野。即使自己每日每夜與之共處，難免淡忘了名字與存在；畢竟許多替代品相繼出現，那些過往的林林總總理所當然地被覆蓋過去──偶爾突然「想起什麼」之際，才會動身尋找。找了一會兒後卻又常常覺得：「算了，不見也好。」

我太習慣這樣亂糟糟的房間，東西弄丟都像是剛好而已。再者，似乎也能以此說服自己：許多事在初期井然有序地進行並沒有用，因爲最後仍將走向一蹋糊塗的結局。所以如果，如果我能夠盡可能地把路走得蜿蜒折曲，當必須返還時，我就不會因爲迷路而那麼難過了。

▲二〇一六年・六月十三日

晚上十點二十分，停在市區的十字路口，忽然有一位肩扛兩個大茉籃的老婆婆走到旁邊問：「歹勢吼，借問一下，我的烏肚稞拄才歹去矣，你會當載我去中山路嗎？直直行，轉過去……」

我立刻答：「好啊。」踢開機車後座的踏板示意。老婆婆叫我穩住車，小心翼翼地數著：「一、二、三！」然後坐上來。綠燈亮了，我們出發。

短短一個路程，她問我很多話——「妳住哪呀？」、「是不是還在唸書？」、「在哪工作？」——老人家嘛，路人都當作鄰居或親孫關心，倒也不覺得奇怪。騎到半路，得知她原來是要坐捷運，我便送她到更精確的地點（捷運站出口）下車。結果她下車時才多問一句：「你敢有六十箍？我欲坐捷運，沒錢。」

我不假思索地掏出一百元給她。瞧她不斷說著謝謝、又語帶一堆誇詞的臉蛋，其實已經不知道，她到底是真的車子壞了，還是另有原因呢？

「另有原因」？

一個人繼續返家的路程，我不自禁觀察照後鏡是否有跟蹤的車輛，深呼吸確定自己仍保持清醒、被扶過的肩膀沒有異狀或殘留氣體在上。我怎麼這樣呢？怎麼會幫個忙，就膽顫心驚？

是社會變了，還是我變了？
安全回到家時，我覺得「安全」二字，似近似遠。人情網絡，曾幾何時竟走到這般田地；檢討當前，目標模糊不清，令人悵然心冷。

▲二〇一六年・六月十四日

很想跟妳說痛過就好了。但自己也明白，全世界都沒有任何人能阻擋妳去痛。

畢竟因其脫軌的生活，並沒有那麼容易單靠我們的雙手攫抓回來。我們可沒那麼大的力量啊。妳應當知道，那些失序的、控制不了的，才足以被我們稱作愛。

妳用盡心思去喜歡那也就夠了。就算不夠，也還是夠了吧。逼自己復原似乎也不會好得比較快，所以只想不斷地告訴妳：「哭沒有關係、難過沒有關係，但千萬別忘記，有一群人都陪在妳的身邊，直到妳又能笑得自然、笑得開懷。」

◎註：整理到這篇的時候，雞皮疙瘩豎起。內容好像在寫給二〇一九年的我一樣。

▲二〇一六年・六月十六日

以為只要時代如滾輪般不斷地向前轉動就好了——而且相信它必定會「前進」——卻忘記重要的並非時代，而是人。人的思想和行為，幾乎決定了一個時代的樣貌。

「同性戀都是被誘導來的，因為好玩嘛，就想說試試看。以前哪來的同性戀？社會觀念開放，就影響一些『中間的人』跳到同性戀那邊；加上現在的男人太糟，女人才會去愛女人。」

聽到這句荒謬卻又說得理直氣壯的言論時，我方才明白，黑暗不會因為光明而淘汰。它仍然在那，堅守自己的顏色、高傲狂妄，以「洗滌」之名汙漬別人。

▲二〇一六年・六月十六日

把你埋在院子，細心澆水，養得生拔高壯，再把你砍掉。
你沒哭是勇敢，我沒哭是冷血；你流淚是應該，我流淚是活該。

▲二〇一六年・六月十八日

你可以繼續談笑風生，接著裝起謙卑口吻說道，自己一直以來都沒什麼運氣，靠的全是努力。像一隻豹輕鬆穿越荒野，納悶後頭的人怎麼不加把勁？怎麼不學習你的步伐和認真？盡是過些無聊的關卡——你不屑注目的。

你真的可以繼續。
直到你失去敏捷的腿。直到你想起，能有今天，你多幸運。

▲二〇一六年・六月十九日

朋友說：「很喜歡她，但知道彼此不適合，我該行動嗎？」
朋友又問：「友情怎麼辦？以後會不會連朋友都做不成？」

也許對你而言，不失去她才是最重要的。但對我來說，你如此自顧煩憂地停擺，像滯留的鋒面下著惱人的雨，忽略其他音訊，才是一種更龐大的失去。

裹足不前——你丟掉的，是你的人生。

▲二〇一六年・六月二十一日

要失去，真不容易。
一無所有反倒簡單。

每一次夠格談「失去」的瞬間，都在提醒我曾經擁有過。

▲二○一六年・六月二十三日

錯誤的面對其實等同逃避，適當的逃避則能成爲面對的一種方式。離開某個環境後的情緒若能是快樂的，那樣就好。無論是否將在未來產生後悔，那都屬於獨立出來的新問題：解決後悔，而不是解決讓你後悔的那件起因。

因爲回不去了。
回不去，很好。

對的和錯的都留在那裡，好似我一直跑，就能跑到一個不再有糾纏的地方。只剩下整張透明的布幔，穿過去就能全盤釋然。

▲二○一六年・六月二十四日

想起往事很簡單，去談論它卻很難。怕談了之後越復清晰，或者怕談了之後，發現細節已忘。所以只要概念性地在腦海浮現就好了吧，像乍出水面的鯨豚，不必探究整體樣貌、美醜、傷健──片段的東西，失去上下文而沒有道理，故能溫柔些。

▲二○一六年・六月二十四日

橡皮扯裂了也還能拭墨。
你可以盡情地毀掉我，但毀不掉我的本質。

▲二○一六年・六月二十六日

六月就要結束了。
想起公司附近的那座公園，滿滿的阿勃勒金海，像懸在半空中的穗雨，慢慢地、溫柔地、一次一些地灑下輕薄的生命，盡量將盛夏留在枝頭上。

每每騎車經過的時候，會覺得它們就是人生。美的事物，落時依舊是美的。只是努力地撐在那裡，總能求到多一點目光──而這件事，似乎就足以耗掉我們畢生的力氣。

▲二○一六年・六月二十六日

不得不的告別是什麼？
「心穿了支箭，再把你抱進懷裡。」

▲二〇一六年‧六月二十七日

今夜妳騎車載我返家，行經某個路口時，前方忽有一臺未打方向燈而右轉的轎車，使妳反應不及，我們便一起摔車了。那個瞬間，我好像是第一次如此深刻地體認到：有種憤怒，真的只關乎愛。

▲二〇一六年‧七月一日

飛蛾撲火，究竟是火的錯，還是飛蛾的錯？
說不定火才覺得無辜呢，卻沒有人在乎它怎麼想。

也是。在這個世界上，受傷的那一方總能脫罪得完美無瑕。
哪怕今天是自找的，也全都與他無關。

他就是這樣。即使你說白了別過去，他依舊會責難你的天性，都是爲了刺殺他而存在。因而就算你一個人活，仍免不了亂紛紛地過。

▲二〇一六年‧七月二日

夢想這件事，是自己陪自己。

▲二〇一六年‧七月二日

我們邪惡又聰明，我們把防人之心當作成年禮。
我們不犯罪，可是我們慢慢地、慢慢地讓越來越多人，流下眼淚。

▲二〇一六年‧七月二日

一生就那麼長，遇見的就這麼些人，非得還要因爲你，再連帶失去其他費心建立的關係。
你走了，走的人卻不只一個。憑什麼。

▲二〇一六年‧七月二日

我知道我會生病，可是我不想好起來。

生命一定有某段時期如此：「除了悲傷，我沒有其他生活的方式。我不想好，請讓我病著，寬容我糜爛糊塗的身態。因為只有這樣，只有這樣哭著，我才能撐下去。」

▲二〇一六年・七月二日

大學時期，有一段日子喜歡喝酒。
那心情是一種壯烈的宣告——要全世界聽到：我很難過。

後來幾乎不碰酒了。
傷心事也沒少，只是明白，醉完再醒來的感覺更難受。
問題可以爛在那裡，不去動它；或者動了它，而後隨它一起發爛。我選前者。

於是這些懦弱又逃避的思維，竟成了我不想再碰酒的原因。

▲二〇一六年・七月二日

他等她，她讓他等。
最後什麼也沒發生，音訊全無。沒有誰道歉，沒有誰原諒，彼此就這麼定義對方，已然消失在同住的城鎮上。很近又很遠，也許遇到了無須招呼；也許面容改變，根本就認不出來。

很遺憾嗎？有時候我會覺得這樣很美。有時候我會相信，比起行動，「選擇等待」代表了他願意拿更珍貴的東西交換妳的喜歡——時間、年華、容顏——為了妳，他讓一顆心在分秒變動的世界裡石化，好讓肉軀衰老之際，心仍熾熱。

▲二〇一六年・七月三日

是過去也很好。

等到有天你變得光彩，起碼我是由暗轉明的過程之一。我看見你曾默默無聞，走偏、脫軌、壞過、狠過，所以才能明白，現在的你為什麼能笑得如此溫暖。那副別人眼裡看來理所當然的模樣，只有我知道故事曲折，歷經磨難。

是啊，好不容易才有這一天。你洗刷得乾乾淨淨，混濁的汙水排入時光溝渠，我每天每天，以之洗面，好回到初識你的那一刻——見你多麼任性跋扈、無理取鬧，卻仍使我深深執迷。

▲二〇一六年・七月三日

貧富差距日益懸殊的社會，日子若過得安好，不免愧疚起來。

「可是愧疚有什麼用呢？」他們說與其愧疚，不如就多些關懷吧。然後手指點一點滑鼠，在社群平臺中按下「讚」；然後嘴邊談談，再從社會之窗探個頭出去，瞧瞧「有哪個受難者困在哪兒」——就沒事了。

什麼時候，「關懷」二字淪為如此意義呢。只需曉得他們的存在，或者更殘忍地說，是讓他們明白，有我們這群「相較不同的人」存在；使其認清自身處境並非源於不夠努力，而是世界真的不公平……。

他們剛好不夠幸運；而這就是我們共有的幸運。
多骯髒。

▲二〇一六年・七月五日

他，往往要等到回過神來，才發現自己的雙肩一直沒有鬆下。而回神的時間，慢慢從一天、一個月、一年，變成一輩子。該休息了？對，就休息這麼一次，很長、很深、很久、很徹底的那種「一次」。

「汗流浹背地爬上山頂等待日出，太陽卻沒有出現。」這就是他的人生。

▲二〇一六年・七月六日

人本身已是孤獨的寄生體，還要降臨在孤獨的世界上，受孤獨折磨、遭孤獨侵犯，收集各式各樣孤獨的故事，總和起來或者感染出去，然後背著比出生時更強大的孤獨，孤獨地死去……。

這樣逐層領受孤獨的旅途，沒有所謂「最孤獨」的時刻。要做的只有不斷、不斷地探究下限，直到完全接受宿命為止。是的，*宿命*。任何「宿命」之事，別問原因。

▲二〇一六年・七月八日

因為一件小事在一起，也因為一件小事而分開。

感情是氣球，再飽滿、再穩，一針就破。

▲二〇一六年・七月八日

每一個時代都有它的難捱。
好命歹命，誰說了算？

求求你，放過只是想好好生活的我。
也求求你體諒，我和你一樣花了很大的力氣才走到現在。

我真的想活下去。

▲二〇一六年・七月八日

自找的罪惡感好傷身。
沒有乞求的對象，也沒有辦法交付各種懇請和拜託。

夜長夢多——為何我不先原諒我自己？

▲二〇一六年・七月九日

作踐自己，還不都是因為太過真心。

▲二〇一六年・七月九日

可以說「沒關係」，也可以在說了「沒關係」之後覺得委屈或不甘不願，但請不要露出破綻。
若你已選擇包容，半途而廢只會顯得這一切都沒有必要。記得，比起你暗自哭著接受，我
比較喜歡你真實地拒絕我。

你的委屈裡，有一半以上該由你負責。

▲二〇一六年・七月十日

「放棄」也許是某程度上的放下。

在這場亂仗裡，我不奢望贏，只求生還。

▲二〇一六年・七月十日

我又開始為了記錄病情而寫日記了，之前寫的都留在舊手機（iphone5S）裡，但年初之際手機弄丟在市區路上，沒有備份的日記便跟著不見了。

記得那個檔案記錄了滿長一段時間的病情起伏，剛好也因為狀況不佳，裡頭內容滿慘烈的，想死的次數多到數不清。手機丟了之後，想死的念頭變少了許多，也有可能是沒再記錄的關係，當下熬過去就忘。然而，因為前天發生一些事，導致我又想死了，撐過兩天之後，今天又想死了。但比起去年，現在的我較能控制，告訴自己「總還是有辦法的」，不管多痛苦，一定有辦法的。這是我的責任，我對這個家的責任，我不能因為痛苦就逃開，我必須承擔，承擔到我覺得心安為止。而什麼是心安呢？就是盡力吧。所以我開始做功課，我上網搜尋「如何跟焦慮症的人相處」，應該會有一點幫助。我告訴自己，那些都只是脾氣而已，別放在心上，別去計較，別去思考「為什麼？」因為沒有答案。那是他的價值觀，這輩子不會再變了，不要試圖去改變、說服，因為會受傷。我只要記得，盡量避開他的地雷，但我仍要保有我自己。我的價值觀要恆在，不受影響。我要正面、友善、體貼，甚至是體諒。對，體諒。我要體諒別人，即使沒有人體諒我也沒關係，我可以接受，我習慣，反正一直以來都是如此，我擅於忍耐，冷靜以對、沉默，等暴雨過去，我存活下來，雖然會有陰影，但沒關係，至少我活下來了。

▲二〇一六年・七月十一日

感謝一些歌，讓我想起自己被深深愛過。

▲二〇一六年・七月二十三日

他們告訴我：「哪裡有光就往哪裡去。」
殊不知自己太黑暗，眼淚太多，走到哪都是夜，路都是溼的，一不小心就害人跌倒。

我是一隻天生的害群之馬。
求生而已，怎會如此困難。

▲二〇一六年・七月二十五日

「待會火若來，你就要趕快走。」

總有一天，你我都會聽見這句道別。沒有再見。

▲二○一六年‧七月二十六日

明明半途而廢的人是你，爲何眞正殘在原地無法起身的人卻是我？

▲二○一六年‧七月二十七日

長大之後，不敢過得太快樂。
你那麼快樂，就不像大人了。

▲二○一六年‧七月二十八日

「你的不瞭解，沒什麼好傷人的。」
這句話原來也只限用於開口之前而已。

溝通並沒有拯救我們。說了倒不如不說，屢試不爽，好多事如此。如果誠實會招來噩耗，沉默一輩子至少沒有說謊的罪？至少可以平靜安寧。

也許吧。也許這世代最好的關心，是什麼都別問。

▲二○一六年‧七月二十九日

釐清答案有很多種方式：問人、問神、或者問自己。像探究一方洞穴裡的礦物，在整片漆黑之中學會預估光的強弱與分量；明天還未來，你就要知道未來。

落得現在的一切無人搭理，每個人都想離開。盼望有解，盼望直接抵達塵埃落定的時空。窮極一生後才曉得，那樣的地方從來，從來都不曾存在。

▲二○一六年‧七月三十一日

曾經愛過的人，終究是不一樣的。

你若瞭解這份差異，也瞭解這份差異有時確實純良無害，就要不僅適用於己身，還要適用於所有人。不可以只有你，有權在往事裡保有自由。

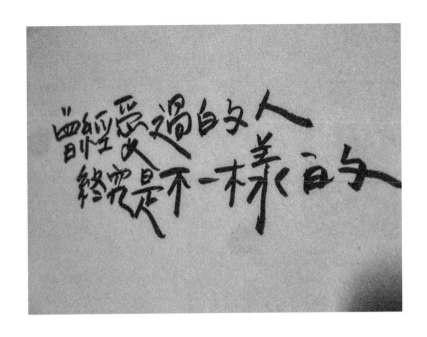

▲二〇一六年‧八月二日

事過境遷，有天想打給你寒暄幾句，忽地記不得號碼。刪掉的電話簿、曾經全然把握地相信「今生只愛你一人」的表情，刹那間成了笑話。

可是惆悵之餘，卻也高興自己真正離開了那座森林，找到活路。循著這條安全之徑，下次以訪客之態重返時，就不會再被襲殺了吧。不用擔心死得措手不及，或備感荒唐至令人瞧不起了。

▲二〇一六年‧八月四日

我明白沉默有時並非壓抑，而是無計可施。
某些難過，說了真的只會更難過。

▲二〇一六年‧八月五日

蚊子前來，咬我身上的一口血。
我紅腫、擦藥養護，知道是你做的，卻也沒殺死你。
起初純粹是因為錯失了滅你的機會；久了卻分不清是遲鈍、將就或放任。總之再也不想將

你揪出，懲戒以酷刑。

這是懶惰的和平，小小的難耐根本不值一提。蚊子你啊，也是因為需要才傷害我的吧。如果非得交換些利益，「被你傷害」似乎成了我唯一能照顧你的方式。那就這樣吧。偷我的血，去養活你和別人之間的生活。請不要擔心，待我供應至竭盡時──我也會離開的。

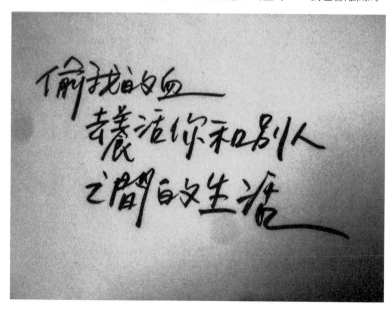

▲二〇一六年・八月六日

寶貝
可不可以讓自然是自然
夢是夢，傷口是傷口

不因為我們的心眼及妄念
要求它們成為別的樣子別的意義
害怕回歸本質並且去
了解，變得再也無法找到真相
你體會過卻掩埋的真相

◎註：當時手遊「寶可夢」(Pokémon Go)的風氣太盛，引發諸多交通安全事件，故隨筆寫下這篇藏頭。（我自己當然是沒有玩過啦）

眞諦都是很純粹的。

可是你要在對的年紀才能懂。
因爲面對簡單的道理，感動與體會是分開的事。
你可以爲此流下眼淚，但說不出原因；如同你抄寫許多句子，卻不眞正明白它的意義。這樣的閱聽是不夠的。

就像這世上每個人都喜愛被擁抱，但確實瞭解擁抱之美好的人很少。
「意義」爲什麼重要？答案揭曉──想讓喜歡的箴言成爲你的東西，必須要有個人解讀。

從今開始，面對所有創作、文字、言語，希望別畚齒到僅剩歌頌與崇拜。

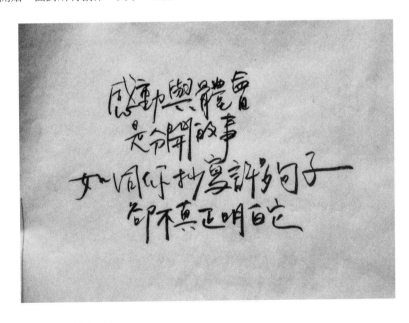

▲二〇一六年・八月十五日

當一盆菸灰缸以吸食粉末，會不會就能讀懂你的心事。讀懂你並非不愛我，而是找不到方法愛得正確適切；才像一隻敏感的花豹，流淚揮爪又懊悔奔離。

但親愛的——即使錯得無辜，還是錯了啊。
這也是爲什麼我們對彼此都很抱歉，卻仍無法相互原諒的原因。

▲二〇一六年‧八月十六日

有些人悲傷，是因爲不想覺悟。
也有另一些人悲傷，是因爲早已覺悟。

痛苦和憂傷溢滿世界，你還在打拼嗎？還在爲了誰或自己爭一口氣嗎？
如果這一口氣不再那麼重要了，你會因此死去，還是過得更好？

▲二〇一六年‧八月十九日

「雖然蘋果能解餓，泥巴難下肚；但是蘋果放久了會腐壞，泥巴灌溉後能長芽。」
手拿一大籃蘋果的人，對著滿身泥巴的鄰居，如此說道。
一邊說，一邊拍去對方肩上的髒汙，表以加油。

記得他一抹微笑暖得渾然天成——走之前還不忘抹掉方才手掌沾到的土，乾乾淨淨。
有人一輩子就是要當乾淨的人啊。
命運是被分配好的，正因如此，才很難學習假設。

▲二〇一六年‧八月二十九日

一朝被蛇咬，十年怕草繩。
所以，原諒過去被傷得太重的愛人吧。

他那麼敏感脆弱，害怕聽見某句話、某個字眼，或者害怕擁抱愛——都是因爲對這世界的
信任已近似支離破碎。也許你會問：「還這麼年輕，幹什麼呢？」其實年輕時的絕望更勝年老
時的絕望——前是黑洞、後是荒漠，黑洞一無止境，荒漠至少還踏得到地。

他死過一次又一次，感知並不會隨著靈魂之殆盡而消滅。這是他的記憶，你可以選擇守護，
或者離開。

▲二〇一六年‧八月三十日

當年我們那麼幼小，以爲「相互喜歡」就是戀愛。殊不知要「愛」一個人愛得眞誠、長久，

禁得起歲月、挫折、猜忌、爭吵，多難。小小的我們，忽略「相處」這個至關重要的環節了。又或者，那時的相處就是如此純粹無疑，沒什麼事能成為芥蒂，故也不需要刻意費力維繫？第一個喜歡的人啊，也許真的只能被稱作「第一個喜歡的人」呢。不同於「初戀」與「愛人」，所謂「第一個喜歡的人」還遠遠差了一段距離──僅是單張純淨的空白頁。童年的你我以為自己已填好了答案，殊不知長大後再看，才發現上頭什麼都沒有寫。

成長，教人無法再寫出那樣「非空白的空白」了。變成大人以後，偶爾念起兒時可愛的回憶，我悵然自覺：好好地、乾淨地去「喜歡」一個人──對，就只是喜歡而已──現在我已無法再做到。

◎註：本篇所指的年紀為國小。我想很多人應該在國小時期就有「喜歡別人」的經驗吧。那種超乎友情的、心怦怦然的悸動，嚴格說來並非戀愛。但我還是想替這樣的情感定義一個存在──想來想去，似乎也沒什麼轟動的形容，就真的是「第一個喜歡的人」，詞面與本義同樣直白。

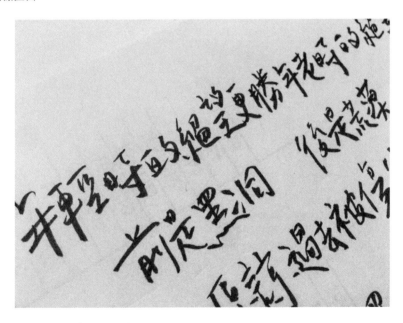

▲二〇一六年・八月三十一日

有一股氣息，是就算你離開了我的身邊十年好幾，或者從這世界上徹徹底底消失了，還是能被我覺察。

「啊，好像你。」
「眞的好像你。」

那麼如果眞的是你，我會去哪裡？

▲二〇一六年・九月一日

和你經歷一樣的事
但無法跟你一樣堅強

你溺水時可以自救
我只能等下輩子
再學會游泳

▲二〇一六年・九月三日

妳在最趾高氣昂的時刻遇見我，然後竭盡所能地用一種
免死金牌的姿態，做出任何妳相信沒有錯、無傷大雅且
理所當然的事，並等著被原諒。「原諒」對妳來說，成了
「愛」的其一環節；但所有的寬恕若無設限走至最後，其
實已是變形的縱容。所以親愛的，希望妳別訝異這次我
不再如以往溫柔和順──請記得，就是因爲愛妳，才無
法再原諒妳了。

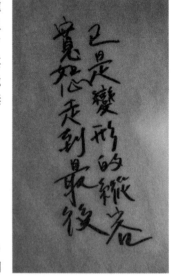

▲二〇一六年・九月五日

很久以前妳送給我一個培養皿。
裡面，有一朵未綻放完的玫瑰。

粉色的，帶點桃紅的暈染，低頭縮腰，像心事積在喉咽間。
那時，只能透過它的刺，知道是玫瑰；就如後來，我們
也只能透過傷疤，認得彼此曾相愛。

▲二〇一六年・九月五日

我不希望你寫信給我

不希望察看信箱
確認郵戳、凝記字跡、背誦地址

我希望你就在
一個不用寫信的距離

對我兌現所有你想
寫下的將來
會做的事
要回的家

▲二○一六年·九月五日

總是要你也被捅了一刀後，才知道當初自己的粗心大意和後知後覺。太晚了，兔子在洞窟外的幾多里處想著要回去，但不得不被迫改向；你呼喊的聲音像宇宙的星芒，隔了好幾世紀才傳到牠的世界。

有心有什麼用。遲到，就是未到。

▲二○一六年·九月十二日

早睡和失眠相同
整個夜半，遇見的都是
同一個人

▲二○一六年·九月十二日

低速騎車在高雄的大馬路上，夕陽映照，四處皆是引擎聲與喇叭聲。躲在安全帽裡，我有哼歌的習慣。歌詞和甫認識該首旋律的時期記憶，帶領我慢慢去細想一件往事，緩而鉅細靡遺、深而餘韻久長──好幾次因此把妝哭花了，也不明所以。

其實那些事都過去了，我知道。
只是面對回憶時心中所產生的強烈真實感，讓我曉得往事又變成了自己，無法被丟棄。好神奇。原來人們可以在走出洞穴、不再怕黑之後，隨時準確地回去形容當下的該份恐懼嗎？原來進入與抽離是那麼地容易啊，也因此我們才有寫字和創作的能力吧。謝謝每一種形式的再現──無論掀起的是巨濤或是微小的漣漪──我想你與我之所以能藉此連結舊往之時

空，都是因爲故事眞的發生過。

開始、結束，然後記得。
即便忘掉的比記得的多，但
記住的那些，往往夠我們傷
心快樂一輩子了。

▲二〇一六年‧九月十二日

等你終於能放下一切說聲謝
謝或者抱歉時，他聽不懂
了。
聽不懂，也就白說了。

要好聚好散，也有期限。

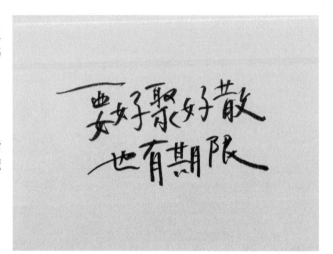

▲二〇一六年‧九月十二日

一直沒解開的心結，沉進深海裡。想著海不會乾涸，結就不會露面、上岸、受審，就能得
到無法解脫的解脫，眞是愚痴。

海會乾涸的。海已經乾涸。
你當年扔下的垃圾，一直囤在某個人的心臟。你以爲不會再遇到的，老天安放線索使你們
碰頭。要生要死，沒完沒了。未竟的夜和微弱的曦，總緊緊相依。

▲二〇一六年‧九月十二日

如果已經看不到疤痕，也許是痛在更深層的裡面吧。

▲二〇一六年‧九月十二日

足不出戶的日子，我也有過。
只是現在想來覺得可怕、陰暗、致命的生活習性，對那時的狀態而言，竟然是解藥。
爲何不想面對人群？也許眞正的原因，是不想在人群之中，被迫看見自己。

▲二〇一六年‧九月十二日

贏了又如何，輸了又如何。
愛你的人還是在，不愛你的人不會來。

▲二〇一六年·九月十三日

淡忘會換來更好的以後。

如果我是你，我不會怪罪你某天慢慢地把我抽離。
從你的電腦、手機、生活和腦海中抽離。
如果你將因此更好的話。

如果你將因此更好的話。
我願意。

▲二〇一六年·九月十三日

破損的珍物不肯扔棄，某程度上而言，類似不忍看見已故的親人入棺。畢竟壞掉時已說過
一次痛徹心扉的再見，怎能承受再一遍徹底的告別？短暫的生命裡，能留住的那麼少，為
何總需要不斷地、再而三地割捨呢？

最後，我們不要的，其實是不能再要。
而我們不能再要的，都是我們最想要的。

▲二〇一六年·九月十四日

你那麼相信命運，是為了讓自己活下去。

▲二〇一六年·九月十五日

比起今明，死在昨天何其容易。然煎熬的是，我竟不能選擇陪葬我的愛情。送走它之後，
我還在。我還得再醒來，還要往前。即使我根本不知道該往哪裡去。

事實上我根本不想去。
我不想變老，我想和過去的我們一樣，永遠年輕。

▲二〇一六年‧九月二十一日

看新聞報導，發現最近有太多宗自殺案件。

身爲觀衆、閱聽者、局外人，也許你可以少說一點、多想一些。
事實而論，無關年齡或社經地位，有些夜眞的會因爲各種形式的毀壞，變得又黑又長。長到明天永遠不會到來，最好不要到來。「死了解決不了問題」，但活著會更好嗎——你可有資格、可有把握對他們（以及他們的人生）這樣說？

還願意（且有能力）勇敢的你，只是比較幸運而已。
他們的選擇，還輪不到你幾番嘲笑，也輪不到你評爲荒唐。

▲二〇一六年‧九月二十五日

總虛了匆忙地過活，才沒得閒下來想念——唯獨雨天。
它總用聲響、用氣味、用溫度，使人不得不分神地閱讀世界的樣子，談論避諱的部分，撫摸以前的傷口。停止的室內與流動的窗外，隔離出時間消逝的去向。每當靜下來凝視遠方，感覺十年在這縫隙間穿過。

這便是我討厭雨天的緣故。

▲二〇一六年‧九月二十六日

「我徒勞無功，但心滿意足。」
露水於葉緣墜落前，輕輕說了這句話。

葉子沒有留它，卻也沒有忘記它。

▲二〇一六年‧九月二十六日

「再忍忍吧，他只是方式錯了而已。」
「再忍忍吧，他沒有惡意。」
「再忍忍吧，有天他會改變的。」
「再忍忍吧，妳就別太在意。」

從小聽到大，她就這樣忍進了地獄。

沒人知道，無限的溫順可以害死一個人。道德倫理上，「長幼有序」蘊藏著無聲痛苦——面對破爛的傷口只曉得不斷地縫合，裂了再縫、破了再補，熟知這些根本僅是粗糙的止血。

我們只能卑微，生來卑微。
一生被迫深居低處，挑戰水淹的上限。

每一次灌頂，都感到一無所有。
每一次，面對岸上人們的充耳不聞，我們確認，自己的委屈是如此一文不值。

▲二○一六年・九月二十七日

有一部分的人，以自虐為常。
甚至會害怕自己太快好起來，潛意識地想證明血淚特濃，所以選擇持續傷心。

忽略掉有那麼一群人，天生就哭不出來。

▲二○一六年・九月二十九日

世界太美，人類太強大——專心，因而顯得可嘆可貴。不只要開挖所有的荒地、掌控所有的金流，還想贏得所有的信任。偏偏心只有一顆、命只有一條、時間只有一個去向，你擁有了什麼，就得失去什麼。

專心不難。可是接受「專心」所帶來的放棄，尤是難。

▲二○一六年・九月三十日

寧願因為誠摯的相信而受騙，也不要先懷揣測心態，去猜每一顆心欲排的戲碼。

無法戰勝世界是正常的，無法對付所有人也是正常的。所以別擔太多的心眼、別想太多的戰術——因為人性，本來就該受得起這些傷與教訓。而且傷完了，還要繼續溫柔下去。

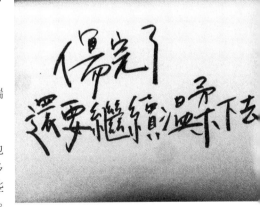

▲二〇一六年・十月五日

當別人把你歸類於善，就會忘了你的平凡。
其實你真的只能做到這裡而已。別人的路，你不能再走了。
走不完的。

你究竟以為你是誰呢？

▲二〇一六年・十月十三日

有些安慰聽起來風涼，其實莫可奈何。
路到了盡頭，真的只有一種樣子而已。

▲二〇一六年・十月十四日

永遠記得自己的缺陷。
然後重複說著沒關係。

因為永遠，永遠都有比黑更黑的髒汙、比深更深的淵窟、比絕望更絕望的雨珠。
我的缺陷真的沒有關係。我很勇敢，所以，沒有關係。

有人甚至向我致謝——「謝謝社會上有你這種人存在，我們才顯得那麼完美。」
也都，沒有關係。

我只在乎我的缺陷不會使任何一個人受傷；我只叮嚀，你們千萬別和我一樣。

▲二〇一六年・十月十四日

紅燈停，綠燈行。

每一雙手都在抓準第一個瞬間催下油門。
我突然發覺，這好像人生啊。
可是我在急什麼，你又在急什麼呢？

面對前方的十字路口，我們要去的，是不一樣的地方啊。

▲二〇一六年・十月十四日

秋天把回憶都帶來了，唯獨你沒來。

你似乎很放心，我自己一個人也能把秋天過
好，故沒有捎來任何問候——關乎天氣或近
況、飲食或睡眠等等——你彷彿擅自臆測我
有了新的人那般，篤定我不再給你寫信後，
就能改掉胡思亂想的習慣。

很遺憾，我並沒有把秋天過好。
我要怎麼過得好？這裡的四季都是冬了。

▲二〇一六年・十月十四日

別因為失去一次，就發誓不再愛人。
我們做不到，也不需要。

▲二〇一六年・十月十四日

正義，就是不得不做的事。
就是同理，就是讓一場災難止於自己。

▲二〇一六年・十月十四日

打水漂，河溪回應我；張開手奔跑，風回應我；在冬日吐煙，寂寞回應我。

可是刀子劃手，沒有任何一項回應，回應我。
黑暗是絕對的真空袋。我於之中再醜、再弱、再奄奄一息，都不會腐壞。

▲二〇一六年・十月十四日

「答應我，你會好好的。」
所以你很努力地生活，儘管再也沒有他的消息。

多年過去，你突然想通，自愛的行為不該是為了守信。

你流出分開以後的第一滴淚。
理解當年他說這句話的意思是——你好不好，他不負責了。

▲二〇一六年・十月十四日

原來「不在乎」是可以療傷的。
我要的，太多了。

▲二〇一六年・十月二十五日

人是傻的，有過教訓也一樣。

我可以在不愛自己的時候，非常愛你。
但卻不能在不愛你的時候，非常愛自己。

▲二〇一六年・十月二十六日

像野草卑賤，也像野草強韌。粗糙地生存下去，在不起眼的地方、在被人忽視的角落，生存下去。沒有歌頌與護駕，更沒有珍惜。便宜的命，便宜地被對待，直到情況惡劣到超過了臨界，才會有人開始檢討：「哪裡出了錯？」

沒有錯。

要獲得關心，都需要方法。
也許這就是我們的方法。

▲二〇一六年・十月二十七日

如果我們真的擁有了幸福的人生，那麼夜深人靜時，不自覺落下的眼淚又是什麼呢。好像再怎麼快樂，都沒辦法忘記自己曾經受過傷啊。

多努力才走到今天。
所有的歡愉卻令我們想起所有的苦難。

▲二〇一六年・十月二十七日

知道你就在那裡
卻也找不著你

你是無邊無際的天涯
哪裡都是你
哪裡都不見你
哪裡都逃不離你

▲二〇一六年‧十月二十七日

老天爺讓你受一次傷，是為了幫助你，有能耐去受其他更多更多的傷。然後習慣它。

▲二〇一六年‧十月二十七日

更多時刻，令我流連忘返的並非快樂，反倒是那些因你而起的愁苦。
這所有的徘徊，沒有一次是我願意。但每一次，真真確確，都是我自找的。

▲二〇一六年‧十月二十七日

沒什麼好失望的。一開始認識的他、後來認識的他，都是他。你只是不知道，罕有而珍貴
的流星，無論承載多少願望，都只是一顆擦火的隕石而已。

▲二〇一六年‧十月二十七日

習慣問為什麼，但不習慣把回應聽進耳朵。我討厭你將世界的抱怨寫滿整張黑板，執念刮
磨、精神殆耗，躁鬱的噪音叨個沒完，還灑出了邊界擾亂。

喂。
你吠了這麼多，怎麼不也吠一聲你自己？

▲二〇一六年‧十月二十七日

怎麼可以活得不卑不亢，卻無法愛得恰如其分。

▲二〇一六年‧十月二十七日

時間是層濾網，篩掉了曾經要好的人。
照片裡臉碰臉、鼻子碰鼻子的我們，現在連打聲招呼都變得漫長冗贅。
不如不要再相遇。

▲二〇一六年‧十月二十七日

日子久了，怨恨會在毫無預警的情況下來探班，問候你沉息的情緒裡那些躁動不安的因子，壓抑得還好嗎。人要花多大的力氣才可以不帶恨過活？你沒有成功啊。拒絕一切風聲、不聞不問，結果骨子裡一點兒也沒放過他。你希望他過得和你一樣安靜痛苦吧，但你又不想這麼壞。所以只好就這樣消失，什麼都不想知道。

默默恨著那些舊得發爛的恨意，恨到最深最底，誰也沒得原諒。

▲二〇一六年‧十月二十七日

人在屋裡
窗都關上了
外面的雨卻都下了進來

▲二〇一六年‧十月二十七日

要弄錯多少次以為，才能學會預知傷害？

▲二〇一六年‧十月二十七日

你問我枕邊人換了誰。
我說，在你之後，陪我共枕的是眼淚。

它比你體貼亦比你溫柔，總會默默等到我真正沉入夢田後，才離開房間。我如果睡不著、反覆輾轉，它就陪我熬夜熬到天亮，從不喊累。因為它知道，累的是我；我並不真正歡迎它來。而它也不過是頂替了你的班。你不在，它就得在。

這是我們都不願意的事。

▲二〇一六年‧十一月七日

這幾天因為新書即將出版的關係，又和學生時期的老師連絡上。一個是賜給我筆名的L；另一個，姑且稱作D好了。我曾經迷戀過他們，在談感情比任何事都還要認真、不計代價與回報的年紀，深深地為他們所著迷。現在憶起，發覺那是種最純粹、真實的喜歡，因為懂的不多，因為身體和慾望的開關尚未啟動，因此很容易就滿足了。

曾幾何時，我們能夠不求親吻或擁抱地去喜歡一個人，專注而久長？甚至這樣的喜歡通常都沒有結果。以L或D為例，我們的互動缺乏厚度，抽象而飛離地面；我們之間的流動，僅僅是一個拍肩、一次招呼、一封沒有公開的信，還有幾次逗弄的詩意交換，像眼神。

記得高二時，D透過同學傳話，要我午休時間去一趟辦公室。如是消息傳至耳裡，對那時尚仍青澀的我來說，竟可以發成一百種夢的形狀——「會是什麼事呢？」答案來臨前，嘴角早不自禁上揚、心緒跳躍得極快，搭著翩翩然的步伐飄過長長的走廊。

原來D把家中的舊書清倉了，整理了近乎十幾本，給我挑選。
「喜歡的就拿去吧，送妳了。」啪——！厚厚一疊書放在桌上，D這麼說。

我凝望這棟由舊書砌成的小高樓，視線隨著食指滑過一本本書背、打量著書名，再抽出自己可能感興趣的著作。那種感覺像是在抽疊疊樂的積木：*因為危險，所以驚喜*。隨後我抱著幾本書離去，儼然抱著從暗戀的人身上偷取過來的氣味，聞得到光陰和他的過往，故小心呵護。

心怦怦跳。即使在許多「大人」的眼裡，這一切感覺是廉價的、不難取得的，但誰知道呢，這段故事的後勁如一圈又一圈盪開於湖面的波紋，不斷往外，浸溼了七年後的我。

◇

特別的人永遠特別。

我想表達的是，像這樣把以前那份說不清楚的喜歡，攤開在日光底下的感覺，很好。L還是待在未知的城市中，偶爾與我談論人生與哲學，卻沒談論過再見一面的可能；D則和我聊起了近況，說有空要約吃飯啊。我不曉得時間真的能是藥水，這當中可是經過了一世紀的患難啊——我倖存於此，有時仍對時空之間的化學作用感到恍惚。

是的，走過來了。也認真扎實地愛了別人，那群真正可以去愛、也可以讓我感覺被愛的「別人」，我遇過了。然可惜現在的我也成為了當年憧憬的大人，做著過往列為禁忌的事，回不去了。再無法輕易地覺得「這樣就好、這樣就好」，亦不能篤定地在日記本中寫下「沒關係」

三個字。我終於知道，爲什麼同一種愛在不同的人眼裡，會是不同的模樣。

沒有錯。當年無論是我、L或D，我們心中理解的「喜歡與愛」，絕對是不一樣的。因此就算自己認爲已掏心掏肺、愛得天崩地裂，也可能根本給不起對方想要的。「只有愛，是不夠的啊。」我又想起有人曾告訴過我的這句話，並想以之作爲慰問及提醒，對十三歲的我和十六歲的我說：

妳曾追趕過一個人嗎？
妳在追趕的同時，他也正前行著喔。
視野，是完全錯開的。

長大和老去，是兩回事。妳有妳的人生，妳所有等待實現的人事物，只存在於妳的時代。時代是分開的，縫起之間的斷層，徒勞一場。

認眞過就好了。

◎註：本篇所指的「新書」爲第一本著作《這裏沒有光》。

▲二○一六年‧十一月八日

今天在社群平臺上看到Janet（謝怡芬）發布的影片，內容「竟然」是淚眼訴說她自身憂鬱症的病史。

會說「竟然」，是因爲她在臺灣眾多的女明星中，擁有公認的「正能量、自信、陽光、健康」之形象。雖然在觀看影片的當下我並沒有隨之慟然、過分驚訝，但腦海閃過的第一個想法卻是，想把它分享給父親。

我想父親絕對知道她的「好」。當然，不只Janet，父親也欣賞許多有智慧、有生命力的公眾人物，甚至會在任何時間點把握機會教育：看看他們吧，跟他們一樣才是正確的——現在好了，我似乎抓到一個「同類」爲例，可以跟父親「證明」些什麼。

我要證明什麼？

父親以訊息回應，他不曉得我特地轉傳這個影片給他看的用意何在。他只覺得Janet從憂鬱症的苦海中走出來了，「更加令人刮目相看」。好的，所以重點是「走出來」，對吧。如果不走出來或走不出來，是不是就無法得到父親的認同了？是不是就不能稱作勇敢了呢？

我確實沒有符合父親的期待，年紀輕輕就患上心理疾病。即使小時候我就知道父親本身也有輕微的焦慮症（瞥見過抽屜內的藥袋），但他總認為我們是不一樣的：他情有可原，我則是莫名其妙；他經歷過大風大浪還有人生五十多年來的辛酸痛楚，我卻是一個偌大的問號。「太好命才會生的病」是父親對現代年輕人遭遇身心困擾的解讀。

可是父親啊，我多想要你懂得，每一道光線背後的黑影，才是我在乎的。
我甚至更想讓整個社會知道：影子是無法離身的──有影子的人，才是活人。

▲二〇一六年・十一月八日

當答案在心底揭曉，卻還沒能脫口前，決定道出實情的時機很難拿捏。
「怎樣才可以比較不傷心？」這問題常常已不清楚是指誰的心。

我想至少會有幾年，讓十一月的每一天，都是我的罪。

▲二〇一六年・十一月九日

兩年前，我曾經說過一句話：「沒有人在乎你的善良。」
而走過這段時光──不算長，卻發生滿多劇變的時光──那枚越加藏匿、躲避的本我，有較以往習慣這樣的運作模式嗎？沒有。一點兒也沒有。

當你理解，淌進渾水「並非一次就能上手」且攸關程度問題時，你將明白永遠都有新的驚嘆發生。學習和崩壞不只一輪，蛻皮也成受傷之進程，沒得甘願就已是新的模樣。「上限」不存在，「上限」其實根本就是盡頭，讓我們失去所有而不再為人。

▲二〇一六年・十一月十日

都是後來的事了。有座塔城，因你而蓋。那裡沒有你的消息，任何一樣可能連結的物品也都禁止入放。你不會來，我每天去。想著有志者事竟成，也想著什麼是確實的「志」，真的「成了」又如何？

我不知道。

只知道這是困難的，這是困難的。
感情勒戒本來就無法逃離優柔寡斷的本質。

▲二○一六年・十一月十四日

高雄還是非常熱，年底還會有冬天嗎？在寒風中騎車，穿著不是自己的外套，一臉茫然卻放心——往後還會有這樣的心情嗎？今年過得好快，去年相對極慢，到底哪一種比較好呢，我不知道。至少不會再回去了。最可怕的二十三歲，最想丟棄的一年。

昨晚聽朋友傾吐完心事之後，莫名地想哭。年齡根本不是成熟與否的主因，年齡是謊，是一套說詞或一張盾牌。就要二十五歲了，懂的太少是可惜，懂了太多卻也依然是可惜。畢竟從來沒有人教我們最重要的事，所以最重要的事，大家都學得一塌糊塗。「有在軌道上嗎？」再持續問個幾年才會知道吧。

活蹦亂跳得好累。有很多人說，隔了許久再看到我，覺得我變了很多：去年回高雄前，活像具死屍；回來一年後，整個人精神了起來。

我很想告訴他們，這其實不是臺北的錯。
是二十三歲的錯。

▲二○一六年・十一月十五日

想給你一臺時光機
送你去
已經痊癒的未來

不要回來

▲二○一六年・十一月十五日

給櫃子裡的人：心裡的那一層櫃，往往不是最用力推開的最後一層。
這才是最令我們痛苦的事。

▲二○一六年・十一月十五日

沒有人願意喝
沒煮沸的水

有誰會愛一個
不敢受傷的膽小鬼

▲二〇一六年・十一月十五日

「失去了沒想過會失去的伴，留下了沒料到會長久的人。」
成長的石子路上你永遠猜不到，現在的瘀青會不會是一切美好的前提；不假思索認定的美好胎記，會不會釀成一場騙走你大半光陰的慢性病。

日子每一天都像是意外。
好好活著，真的好難。

▲二〇一六年・十一月十五日

昨天是昨天，今天是今天。
所以別問我：「怎麼昨天那樣，今天卻這樣？」
別感嘆無常，或是害怕在某天真的背叛了你從不相信會傷害的人事物。

因為你不也是自己的眾多淘汰品之一嗎。

討厭、丟棄、不再吸引人，都不需要理由。
一次閃神裡，往往有一萬句再見。
只是你假裝成自然，以為其中經過的，只有時間。

▲二〇一六年・十一月十七日

日子如鐘擺，規律，但有時會壞。
停下來的時候，難免慌張，難免過度審視早成常態的一切。會質疑、會恐懼，會發現自己似乎並不需要那麼豐富的畫面，塞在無聊的腦袋裡。

但要想著失去啊。
要想想失去，再決定要不要拋棄。

你可以一個人過得很好，並非意味著你不愛他。甚至你可能忘了，當初正是因為愛他，你現在才有辦法獨自入夜、習慣有人說晚安。

醒醒吧。

▲二〇一六年・十一月二十一日

半夜十二點，關上計程車的門，進到家中客廳、放下鑰匙，才意識到我們都各自往前了一大步。這期間，有時我落後，有時妳追趕；有時妳領先，有時我根本不在意妳是否領先。

很久沒有兩人一起搭長途客運了。上次是何時根本想不起來——三年前嗎？四年前嗎？我們真的花費了許多力氣，緩減「不再有相同目的地」所帶來的哀傷。這回上車，年齡已長、氣氛已改，連相戀的人都換了幾個。屬於妳與我的陳舊過期的愛恨老早無所謂，因而不再跨過把手靠上彼此的肩，不再偷偷地十指交扣、輕吻，反倒像家人一樣，各自從容地做著自己的事：傳出訊息給正值熱戀的愛人，或者談著新的煩惱，並且知道「我」已不在裡面。

我祝福妳，W，同時妳也祝福著我。
多麼簡單的對話，多麼艱難的時光換來的。

下了客運，妳不改體貼的習慣，在車站前幫我叫了車、送我離開。我們說再見。而這一句「再見」之所以可以不再沉重，是因為我明白了真的會再見。以前無法承受的，現在已經完全釋懷，回歸純粹——讓「再見」就是再見，稀鬆平常的、毫無誘因使人衍伸意義的那種再見，既聽得進也說得出口了啊。

我打從心底知道，過往到底有多少卡死的胡同，我都過了。

▲二〇一六年・十二月六日

真正的告別，必須不再有恨。

▲二〇一六年・十二月十一日

偶爾很想遠離這個與我無關的世界時
會發現
其實不是世界與我無關

而是我與世界無關

▲二〇一六年・十二月十三日

有時我真的會想，孤兒不一定最可悲。因為家庭這種東西，對於一部分的人而言，是不愉快的宿命。沒辦法選擇，也沒辦法丟掉。縱使來生不想再遇見，那也得等到來生真的到來……於焉造成更哀戚的結果：為了快點抵達來生，被迫提早放棄現世。

早知如此折騰，當初何必結緣？緣是被分配好的，緣是罪與罪的消抵。因果輪迴，恐怕只能怪前世的自己。所有不願發生又不能改變的事，都要回歸這個「我」。各自的路，孤獨地走；看起來相依相伴的關係，其實僅作分崩離析的碎塊；現下與誰生活，也許都只因為上輩子在哪場災難中彼此失散……。

但我們竟不能如這般一碼歸一碼地算。連動雖是必須的腐爛規則，讓人們言道「上天自有祂的道理」——卻不曾想過，祂的自由毫無邊疆可言，祂一手安排的命，也可能不講「道理」、依恃情緒。

上天真的「講理」嗎？上天也有「情緒」的吧？
否則我們為什麼會在這裡呢。
祝所有人別再做殘廢的傀儡。

▲二○一六年・十二月十三日

等你們長大，遇到了更多的人、見過更多的事，會發現我們的社會其實不如想像中那麼友善。有時候你最親近的人，不一定最瞭解你；你想宣洩的祕密，不一定能說給他聽。但是要記得，你到底想成為什麼模樣？做什麼事又最快樂？如果你真的快樂，就別害怕掀起革命。

並且在那之前，你都要好好活著。

▲二○一六年・十二月十四日

人生中好像每件事情都是這樣：不知怎地就開始了，也不知怎地，就結束了。

想要好好往前時，已經只能回首。
想好好回首的時候，又再也想不起來。

其實我們不是自己的主人吧。
一起經驗的美好都得慢慢慢慢地，交還給時間。

但沒關係啊，沒關係。
擁有過就好。
擁有過，就很好。

▲二〇一六年・十二月十七日

在忍耐中耗磨生命的人啊，我由衷心疼。
希望你們不要再忍下去了。

如果可以，如果不行，都不要再忍下去了。

▲二〇一六年・十二月二十六日

顧慮太多時，沒有人顧慮你，包括你自己。
想得太雜時，沒有人緩解你，包括你自己。

而當你遺棄身體與生活之際，竟開始有其他人說著你自私。
說你怎麼可以妄為，怎麼能夠脫軌；你變態的心理從何得來？
選在一片平坦柔軟的草原中做一團荊棘，是你自找的。

沒有人帶壞你，你要為自己的病負起完全的責任。
並在痊癒以後，學習規訓人生、改變性格，做個不再自私的人。
何謂「不再自私」？就是維持健全身心，不使人擔憂、畏懼。

別讓任何人，知道你不正常的樣子。

▲二〇一六年・十二月二十九日

一整天二十四個小時，只有半夜醒著。而且是故意的。

白天只有一直睡才不會被打擾，才不會有人不斷煩我煩到腦袋欲裂，才不會被迫無法關上
自己臥房的門。

回來三天而已，就恐慌發作三次。
生命力耗弱到無法言喻，胸口一直有東西壓著。

頭持續脹痛，喪失食慾又餓到胃疼，看到他的身影、聽到他的聲音就作嘔。

耐著性子對話時，必須壓抑強烈的不舒服感：嘔心、厭惡。
「沒有表情」是唯一的表情。

洗澡的時候才可以偷偷地流下眼淚。
洗完後用浴巾擦乾身體的瞬間，才會意識到肩膀忘了鬆懈下來。
「啊，可能只有睡著的時候我的肌肉才可以放鬆。」我突然理解了。

身為一個進食、咀嚼都很緩慢的人，每天吃晚餐的時間從一小時縮短成十五分鐘。

電視機開著，但我從未瞄過一眼。
只專心地看著便當裡的食物，但到底吃了什麼我並不知道（也不在乎）；只管迅速扒光飯菜、迅速清掃視線，接著上樓。消化不良。

半夜十二點，趁他們都睡了的時候，我再醒過來。

只有這幾個小時，我才覺得呼吸平靜。

▲二〇一七年・一月十一日

關係如果全都砍斷，就不會有「很難放下，以過得快活」這樣的煩惱吧。有些緣分真是罪惡，想要盡善盡美幾乎不可能。每走一段路，就有好起來的錯覺，然後再跌倒。不停重複這過程，好了又像沒好，沒事又像有事，明明受夠了卻又告訴自己，也許還不夠。

不夠。
否則怎還沒有人來，把我接走。

▲二〇一七年・一月十二日

We love the one we loved most.

▲二〇一七年・一月十五日

如果每個人都是可有可無的東西，我們就不會受這麼多傷了。如果我之於任何一個他而言，也是可有可無的東西，我就會知道什麼時候該留下，什麼時候又該離去。如果我們都可有

可無、感情也可有可無，分合的場景便不足以另作話題。如果這世界降臨的一切都可有可無，我會更快抓到自己喜歡的，丟棄自己不要的。

膽怯、壓抑、反覆、說謊，還不都是爲了被愛。爲了讓自己的某一部分，稱得上不可或缺又無法替代的價值。可是爲什麼「眞實」的那一面總藏不住人性的漏洞呢？自私、貪婪、孤傲、跋扈——不想被愛得可有可無的同時，我們都先天地擁有了被厭惡的條件。更可悲的，是如果這些條件也可有可無，有了才能成就我，沒了即作空。

爲什麼我無法善良。
善到最極致，其實是死屍。

▲二○一七年·一月十六日

給我的碗空了
還放在原地

我待在那裡等
等你換了隻寵物

我找不到下一個主人

▲二○一七年·一月十九日

今天應某個十七歲的小女生之邀，在三餘書店進行訪談。結束之後回到家，翻開她寫給我的紙條：「不知道看到今天的我，有沒有讓妳想起自己十七歲的樣子呢？」我回想了一下——有的。

十七歲是太惹人愛的年紀。我意指，惹來自己的各種愛。無論疼愛也好，憐愛、溺愛也罷，幾乎沒有人不愛十七歲。它某程度上借代了整個年少時期的青春，它卡死在一個不大也不小、不完全成熟也不夠純眞的邊界：退一步是懵懂，進一步是蛻演。只要是發生在十七歲的事及緣分，都添加了迷幻的粉紫色彩，有些甜攪和著悲傷，有些酸澀中和了太過痴狂的想像。

十七歲，是不斷地執著，還有放棄。努力將守護的東西一直握在手心，但同時也慣於在深夜思考著：「也許我該把它擰碎？也許我該默默收進口袋？也許要假裝不小心弄丟了？也許就乾脆送給別人……」我的十七歲，極具勇氣捍衛自己的理想與價值，卻又不夠有權力主導人生的一切；矛盾、碰撞、反向質疑等情緒作爲主要原料，熬成一碗湯，飲它下肚

後所得到的果效也許是加倍迷茫，也許是獲致膽量。十七歲啊，十七歲是所有搏鬥的起點，替未來漫長的苦難劈開了楔子，卻總是難以於當下消化、吸收，好似唯一能做的，只有長大。

你們十七歲的時候，都在想些什麼呢？
我想著：有天我會出書，然後在各種場合分享自己創作的一切。
我想著：我可能會失敗，可能會走得辛苦，但我必須要、一定要爬起來，耐心地堅持下去。

而此刻更神奇的感受是，二十五歲的我回想十七歲時的模樣，竟如十七歲的我遙想現在的自己一般——永遠持具同一個夢想，永遠燃燒心中的那一炷火焰，熠熠而燦亮。

▲二〇一七年・一月二十三日

在你的一地心碎裡
有他流血的手指

▲二〇一七年・一月二十四日

愛是哀傷落進塵土，養出花。再被對的人摘走、烹煮、食用，吞下累積了陳年的劇毒之後，生還下來——微笑告訴你：「我們可以一起生活了。」

▲二〇一七年・一月二十八日

生活已經是個沒有人照看的魚缸
水是死的，飼料腐壞
比被棄置於乾旱的陸地上難捱

這是自殺還是他殺呢
生活已教我們默默下咒：

「那些幸福的人都去死吧」
他們死去的時候
都比我們
用力活著時來得快樂

▲二〇一七年・一月三十日

人啊，有時候之所以那麼、那麼地努力，其實是爲了心甘情願地接受早已預料的失敗吧。

▲二〇一七年・二月三日

你所擁有的日常
是某些人的下輩子

▲二〇一七年・二月五日

盡力就好
即使這樣得來的好可能
永遠不夠
還是，盡力就好吧

因爲這樣的好
你如果不要
就什麼都沒有了

▲二〇一七年・二月八日

你曾否和我一樣，在夜半的某一刻，覺得自己又回到溺過水的海，發現自己根本沒有離開。

▲二〇一七年・二月十四日

我操你媽殺了你。把你碎屍萬段。內臟全部丟給狗吃。吃得一丁點也不剩。省得我還要幫你辦後事。浪費我的錢浪費我的時間。你們的牌位最好全部折爛丟到水溝。反正已經夠了。最無辜的是我。操控一切的是你們。你們憑什麼決定我的人生我的命運。憑什麼對我說這些傷沒什麼。明明都是你們造成的。後果卻都落在我身上。你們憑什麼。到底憑什麼說沒關係。憑什麼要我忍耐要我聽話。憑什麼檢討受害者。憑什麼說我軟弱。你們都去死。你們不死就換我死。

▲二〇一七年・二月十四日

結痂夠不夠完全，原來要不斷掀開，才會知道。而節慶就是助手，節慶是日光底下逼迫你看見自身狀態的鏡頭，微距且精準。你沒有好起來，你沒有好。

你過得去，和書櫃上的塵埃一起，少有人問，便說無恙。你丟掉前年的月曆，終於，時間又往前了一些。

▲二〇一七年・二月十四日

When we met each other, we met love.
When we lost each other, we knew love.

▲二〇一七年・二月十六日

回頭看看以前的文字，好像永遠都覺得太濫情。為什麼呢？大概是因為已經抽離了那時的狀態吧。當年可悲可泣、可歌可頌的情緒，全成為瞧不起眼的玩意；真切寫下的悲傷與困惑、苦難和徬徨，轉眼都不再為人相信。

成長原來是這樣無情的事。變得更加強壯的同時，我們總不自覺地將過往認真的痛覺打上折扣。「幼稚」、「小題大作」、「自以為是」……還可以想到多少形容詞呢？所謂「勇敢的人」或「成熟的樣子」，到頭來似乎無法稱作目的地，而是永遠走不到的「過程」。只能是過程。

然而又想問：我們如何能在「對的時候」不痛不癢，在「對的時候」流出恰好份量的眼淚？快樂也好、擔憂也罷，不管是幾歲的我，一直都想鎮靜地面對所有來自於生命的大浪……只是一旦拿起筆，真做不到收斂。年紀還是決定了一部分自己的樣貌吧，一路走來，我們勢必都得丟臉又理直氣壯。

我們在回首的剎那都必須招認，有許多次，你我暗自發了特別的願，要自己與眾不同，但根本不存在殊異。這條隱形之道上，究竟是誰領先前頭、自己又跟誰並肩歸作同類，嘲笑與否定的暗箭會否落回自個兒門上，都要往後才可恍然大悟。醒醒吧。也許在任何時期盡可能地謙卑，是唯一正確的事。

▲二〇一七年・二月二十日

咳嗽一個月，與其說治不好感冒，不如說治不好倔強。

「快好了等於根本沒有好。」這簡單的道理，若應用在人生各形式的「感冒」上，於我而言，似乎都只能可惜了。天是有絕人之路的喔，犯傻地相信到底而無其它，路真的不會轉彎。一直待在疾風四起的崖邊，除了冷和危險以外，你真的什麼都沒有。你沒有踏實陸地，也沒

有逃脫天空。

▲二○一七年・二月二十一日

花盡一生學會憐憫，結果對象從來不是自己。
這樣的憐憫帶來的是堅強、是博愛，還是愚痴。

▲二○一七年・二月二十一日

說會永遠勇敢，都是騙人的。

有巨大的光芒也許能比較不怕黑暗，但恐懼不是消失，只是移往他處發酵。
站在那些比你璀璨的人身邊，你一樣毫不起眼。

光芒仍是有的，只是相對被扼殺。
原先拚搏來的那些，在習慣「相較而論」的社會上，變得滿地糊塗。

相較弱、相較差、相較易淡忘。
舞臺只屬於少數人，甚至一個人——這是亙古以來必須服輸的殘忍。

▲二○一七年・二月二十二日

好好結束，不也是負責的一種。

▲二○一七年・二月二十三日

十八歲：迷霧之處找尋自己的樣子，忘了自己即是霧。

▲二○一七年・二月二十三日

離開也好，再待下去只是沙漠中等水，釐不清自找或他殺。

離開了很好，慢慢把聚焦從你身上移遷，回到單薄的外套、一個人的傘下，再沒有特別眷戀的味道。

生活起居，離群索居。

動物分別劃出各自的地盤，誰也別犯著誰，看上去相安無事，便好。

做個風度的大人，行李收得乾淨，無形的、有形的，全都搬回自宅。不扔掉。偶爾瞥見了也不去想該恨誰。很好。

「是的，離開也要這麼漂亮。」

我吸飽房間裡的空氣，走至陽臺，緩而穩地將之呼出。
希望循環中僅剩下好的事物，希望被淘汰的我，也有能力選擇往更好的地方去。

像你一樣。

▲二〇一七年‧二月二十六日

比恨更深的，是誤解。

▲二〇一七年‧二月二十七日

這是訓練啊
受盡折磨之際還想咬牙朝你前進
你是山巔啊
抵達的瞬間也意味著我將要離去

▲二〇一七年‧三月二日

會越來越好的，例如，承受苦難的限度。

▲二〇一七年‧三月七日

放棄，比堅持下去還要痛苦——這就叫做喜歡。

▲二〇一七年‧三月七日

季節遞嬗之際最為煎熬，偶爾告別了，偶爾又回過頭來停留一會兒，卻還是沒把話說清。許多人事物似乎也跟季節相約著離去，在我沒得反應、領會、消化、釋懷的時刻，偷偷地把整張生活的樣貌都帶走。它們換了表情，我改了呼吸方式——只要想哭，就憋氣。

▲二〇一七年·三月九日

四年前，當我恐慌症發作時，只會在旁邊說：「妳那是心理作用」、「不要浪費醫療資源」的親人，最近也得了恐慌症。他跑來跟我說好可怕、好可怕，問我要不要搬去跟他一起住，這樣發作時才不會求救無援。

「才不會求救無援？」
頓時不知道怎麼回應。想到以前聽見那些風涼話時背脊發冷的感覺，就煎熬。「求救會否得到回應」，跟「有沒有人陪在旁邊」，其實沒有絕對關係。而人類果然只有在自己也落入地獄時，才可以體會以前別人形容的地方是何處；那時的他又曾經以什麼嘴臉站在外頭，評論著別人的痛苦。

▲二〇一七年·三月十三日

我以為把悲傷的事情統統寫下來就會好，結果回過神來，發現連動筆都難。
人要怎麼知道邊界可以爆炸到哪裡就停？如果此刻宇宙就存在於心臟。
除了繼續苟且下去，沒有更好的路吧。

今天帶了把傘出門，卻從來沒撐起它。
毛毛雨的天氣，溼氣巧得曖昧模糊。人總在這種時候，刻意忘掉手邊的傘。
為什麼呢。沒有溼透，就不算淋雨了嗎？沒有咳嗽，就以為自己健康嗎？
帶著傘出門，帶著傘回家，原封不動。

讓它像睡了一樣。卻又不想將它丟棄。
像你一樣。

▲二〇一七年·三月十四日

寫了一首歌詞。第一次寫歌詞。
不知道會不會有曲，或者後來的曲是什麼，都不重要。重要的是我已經寫了、說了、盡力了。敢愛敢恨的人都是這樣：可以受傷，可以看見別人築牆卻要將它打碎；可以悶在水裡，可以不要命地只管今天而不想明天。

我要一直當這樣的人。我永遠欣賞這樣的人。雖然聽朋友說，這種人不多了，連本來如是行事的他也慢慢地收斂起來，沒有為什麼——我訝異嗎？我不訝異。想想這些任性真的只

是圖個痛快而已。我明白有的人並不想痛，有的人不願意成爲屍體。因爲要做屍體可沒那麼容易，亂兵踩踏過的戰場是混濁而悚慄的，你要有能耐把自己撿回原位正式告終。我希望我可以是這樣的人。

不鬼鬼祟祟、不躲躲藏藏、不畏畏縮縮。不自個兒埋伏在角落生成、爬牆、圍布。不甘願被駑鈍地看見，又被駑鈍地忽略。所以越知道是末路，越要直直跳下去。這就是我。像是要愛，也像不要愛。

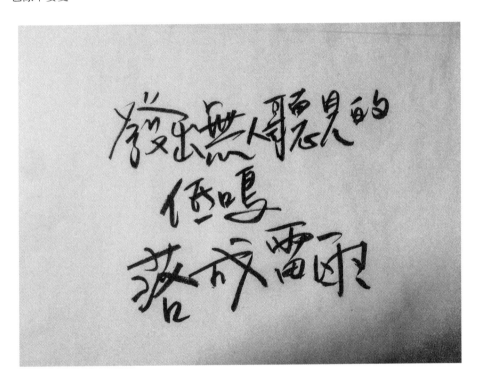

▲二〇一七年・三月十五日

不要放大別人的善意，那雖然好，但也許無心。

▲二〇一七年・三月二十日

請讓我再流浪一下
一下就好

不想等我也沒有關係
因為我也在
自己等自己

▲二〇一七年‧三月二十一日

不去解釋，是因為你用過心了，卻沒人看見。

▲二〇一七年‧三月二十四日

「盡力就好」這四個字，不只無用，還能是一種嘲諷。

真的不是盡力就好了。
很多人確實盡了力，也無法如願。

例如結婚。

▲二〇一七年‧三月二十四日

越來越多機會與現實擦撞，就會明白生活不是選擇，是*刪去*。你要在刪除的過程中體認，有些東西就是能碰無法碰、要丟無法丟，使得後來捨掉的盡是些美好的東西：青春、自由、勇氣、信仰。

你選擇了嗎？你沒有。大多時候，求生意志蓋過所有渴望，為了活，為了假裝還想活，你必須成全無數次悲傷且不具理由的犧牲。刪去、刪去，甚至刪到一無所有了，還得按捺住想刪掉自己的衝動。

事實上，要一無所有何其容易。也許僅需半輩子的時間過去，我們便只剩下自己，再沒有什麼好刪。無奈社會和他人的鼓勵像是訴說著「*繼續苟且吧*」，因而讓我們走不開席位，持續待在原地耗弱心神思量，想著下一步該切掉靈魂的哪一區段，才能換到一點點對愛的覺知。

人是這樣活到最後的。人怎麼會這樣活到最後。
「*明明已經不完美，還要自己不完全。*」

▲二〇一七年・三月二十六日

生來沒有良心，什麼事都容易多了。

▲二〇一七年・三月二十八日

若不是因爲得不到
我還不知道
我那麼想要

▲二〇一七年・四月五日

「寧願被騙，也不要騙人。」今夜想起幾年前朋友說過的話，開始懷疑，自己有否一如既往地相信「善良會成就最好的結果」？不太確定了。

但玫瑰有刺，就不是花了嗎。

踏出小圈子，遇見越來越多防衛性高的人，他們其實也願意愛，只是抗拒被傷害；他們並不眞的想傷人，但盾的反面難免即是利刃。於乎，「寧願……，也不要……。」的如是造句變得更加鮮明而極端，在在顯示出：世上的選擇，原來那麼少。

我們既決定不了自己要不要說謊，也決定不了事情能不能眞的就算了。現實逼我們拿起刀揮向別人或砍傷自己，現實也逼我們放下刀。現實更指派你我扮演它要的角色，命你寬恕、體諒、誠以待人，你就一點兒也不得違抗，最後只能拿勇氣去拼。你善良嗎？再沒有人會誇你善良，而是改口說你「很不一樣」；反倒身上有刺的人會獲得讚賞，加冕爲花中之后……所以你也慢慢跟上了。你當然還是花，但變了。利刺所武裝起來的孤傲與強悍漸漸壓抑在心的更深底層，外頭世界開始有崇拜者追隨或仿效起你的一舉一動，他們不在乎后冠之下的靈魂究竟藏匿了多巨大的、難以想像的柔弱。

「寧願被騙，也不要騙人。」我們依舊嗎？
「善良會成就最好的結果。」結果呢？

你和我，漸漸都無法自由地說寧願了。

▲二〇一七年・四月十日

有些和解是無法在活著時進行的。必須要死，要入塵土，要同歸於盡後，才能眞的因爲感覺到平等而變得寬諒。所以我一點也不意外，多年來自己這麼疲累地夾在仇恨之間學習柔軟、將呼吸存放於狹縫中苟活，終仍得不到和諧的結果。畢竟不是當事人啊。而爲什麼我們總那麼努力地爲了他人努力著呢？努力著，後失敗，再爬起，想想到底從哪惹來了一身傷口，怎麼傻傻地不懂避開？可以避開的，如果別把和解作爲願望的話——其實是可以避開的。

早該知道颱風的尾巴一陣甩來就像命運的巴掌，都是我們執意回應，才啪啪地響徹了一生。

▲二〇一七年・四月十二日

表現得夠寂寞，就會得到擁抱嗎。
分配總是不均。

不需要陪伴的人感覺擁擠，渴望陪伴的人痴痴長待。
情感那麼多餘，又無法交換，還有什麼比這更沒用的？

「愛莫能助」的道理太遠，直到現在才眞正讀懂了它的意思。

▲二〇一七年・四月十二日

若不是因爲你善良，你不會感覺到苦痛；也正是因爲你善良，才能在痛苦裡發現迴轉返來的幸福。善不一定有善報，但善報之所以能被收到，是因爲意識。懂得感謝，每一個小小的應許，都能讓你受寵若驚。

▲二〇一七年・四月十五日

走在高雄的捷運站裡，看見角落棄置的兩臺夾娃娃機。灰暗的空間，狹窄的三角地帶不易被行人覺察，我卻放慢腳步地注視它們。裡頭的娃娃都髒了，甚至也叫不出名字；夾爪停格在張開的那一刻，環抱其中一隻的身體——一股熟悉的感覺在當下湧上心頭。

我覺得自己就是裡頭的娃娃。

一直相信我會出去，但其實根本沒有辦法。出口就在旁邊，好似也有人幫助過我了，但不知什麼原因、無論什麼原因，行動停止。努力沒有用，或者該努力的並不是我，好比跟某些人的關係，生來就是那樣了：自己的份已盡，別人的管不著。於是每天，每天都有經過的人曉得要如何把我救出；然也是每天，每天我都依舊待在原地入睡。前進好難。可怕的

不是距離，而是心把時間拉得無限長。要拖多久，就能多久。

▲二〇一七年・四月十七日

說服自己都是上輩子造的孽，這次才無法擇善而行。才要明知故犯，才要受懲負辱。

▲二〇一七年・四月十九日

口口聲聲說想成為美好的人，最終還是沾上了瑕疵。
我們如果不小心髒掉了，要怎麼復原呢？
未來玩起大風吹的時候，真的能按地不動嗎──

「吹傷害人的人一犯再犯」
「吹自私的人贏到快樂」
「吹所有祕密皆不得光明，卻仍保有一身無辜的幸運者……」

▲二〇一七年・四月二十二日

有時我會幻想自己可以逃得很遠，遠到沒有人看見，卻知道我大約就在那裡。是的，那裡。
我要讓他們看不見我，但仍可以給我關心。遠遠的關心。因為我喜歡自己孤零零的樣子，
好過被人情瑣事綁架糾纏。我需要一個可開可關的信箱、一列可禁止投遞的地址、一串可
消失的號碼。我想控管自己存在的能力，在卑微時暫且死去，快樂時反悔再來──這樣，
才是真正的自由吧。

▲二〇一七年・四月二十四日

始終不知道，對於那些讓你失控的人，應該心懷仇懟或感謝。理智好嗎？瘋狂好嗎？聰明
的人其實不總是在軌道上，安分守己也可能招致後悔。路途未竟，有時候只是寂寞於沒有

人認可你的瘋癲，或者陪你一起瘋癲吧。無論哪種崩壞，往前追溯起來，好似都歸因於回應：我們在乎的常常並非對錯，而是有沒有人願意跟隨自己選擇一樣的方向，對下去、錯下去。

▲二〇一七年・四月二十五日

沒談過戀愛的朋友，第一次有了喜歡的人。
今天她用一種我從沒聽過的語氣說：「原來是眞的耶，之前覺得他不好的地方，現在都沒什麼了，好像全都變成好的了。」

▲二〇一七年・五月一日

即使生而爲人，也仍然沒辦法理解生物上作爲同類的某群，存在著如此噁心的思想和言論，又頻頻澄清自己沒有惡意、出於無心。是的，輿論確實會讓一些錯誤被糾正，但也可能糾正失敗而引來反向的攻擊。我只能說，有的人雖沒有殺人放火、盜姦犯科，但精神上、言行上、道德上的淪喪，更讓我覺得他們是魔鬼。並且這種魔鬼會眞的逍遙一輩子，不痛不癢、安然無恙。

▲二〇一七年・五月三日

這個世界本是不公平的啊。越陷於困境的人越逼著自己苦中作樂，而越幸福的人卻越是不食煙火。一個往壓抑的極端去，一個往貪婪的極端去。壓抑的人必須掏得更多，貪婪的人才能滿載豐收。

▲二〇一七年・五月四日

太溫柔的人，自尊是隨時可以拋棄的東西。
對他們而言，著想的最極致，就是直接消失不見。

▲二〇一七年・五月十一日

我喜歡自己瘋癲的樣子。因爲瘋起來的時候，我笑我哭，再沒有人會過問理由。我的笑是病，我的淚是病，我的喜怒冠上疾病之名，變得沒有兩樣。這樣就好，讓獸皮掩蔽我萎縮的心臟，大聲吆喝、大力揮爪，蠻橫而孤獨以致無人聽見肉身裡的啞吧。瘋癲的人再吵，再衝撞，都只會是人群裡懶得搭理的浪犬。他們——我——需要進牢、需要再教育，需要練習於行走間安靜守禮，棄除表情。

▲二〇一七年・五月十三日

昏昏沉沉在床上過了一天，沒有進食，睡睡醒醒，然後才忽然想起，今天是第九年忌日。雖然早已不會想念，有時候甚至還會忘記長相，或者爲了一堆留下來的爛攤子而心懷恨意——但還是，希望妳在那裡過得快樂。妳扔下的垃圾我還沒收完，收到不想再收的時候，我會休息，不再像以前一樣勉強自己。現在，偶爾羨慕妳過得風涼，卻又沒有膽量跟隨妳去到同個地方。妳那時怎麼沒有瘋？我都瘋了，妳怎麼會沒有瘋。沒有瘋，人就死了。

▲二〇一七年・五月十九日

雖然再也沒有辦法回到過去，但至少已經從過去濾出了顆粒。
有的顆粒是石英，恆久不溶解；有的顆粒是沙礫，弄痛眼睛。

▲二〇一七年・五月十九日

他們問：「什麼是抑鬱呢？」

「再如何垃圾的人事物，都無法丟進垃圾桶裡。」

▲二〇一七年・五月二十八日

其實早就原諒了，卻難免又拿出來說嘴。
已經慢慢在變好的人，留給他們一條生路吧。

況且再好，抑或再返回從前那樣墮落毀壞，都不是我們的事了。

▲二〇一七年・六月五日

一去不復歸的大人啊，曾經也相信自己的方向是對的吧。或者即使是錯的，也只能這樣了。我們沿著尺規畫出的線條，看上去直而堅定。然生命的自我有時卻像筆尖，在遵循規範之際慢慢磨掉了形狀，甚至爲了逼近最極致的境界，硬生生斷裂。

▲二〇一七年・六月七日

有些事終究會回到自己身上。

在你學會惡意說謊的那一刻，你也染上了懷疑的癮。別人的世界也許存在著真，也許真的有人願意給，但你永遠拿不到。因為你知道有人會彼此相瞞，有人會笑裡藏刀，像你一樣——如何對付？不斷增厚面具就對了。

然而啊，就算層層疊加上去的重量已壓得你失去知覺，在得知被騙的瞬間，還是疼了。沒有人比你更瞭解，那是什麼樣的惡意。

▲二〇一七年・六月十日

拋接，拋接。常常有人要我形容何謂極限的生活：「你用右手接住了今天，左手卻拋不掉昨天；而與此同時，明天正旋轉於沉黑的天空中沒有顏色，你感覺必須要空出雙手才可確保實拿，但身體不自覺地先推了出去——因為放不下，因為高估和勉強——你和你未知的明天，一起墜下。」

▲二〇一七年・六月十四日

還要走得多慢呢？沒有什麼能調整了。人又不是機器，是機器便容易許多。

前幾天剛好再度談起舊議題：「沉默的病咆哮起來有多懾人？遇了才知道。」極度痛苦的往往不是瞬間，而是持續的瞬間所連接起來的幻覺——感覺到致命，卻又致不了命；平地上等待，卻又等不及待。

累積了數次「關前走一遭」的經驗後，方懂得在絕望之中留存一絲希望，是最絕望的事。那些發病的時刻都中了鬼咒，明明遲遲拖著凌磨，卻被蠱惑以為可以逃，身心傻傻地跟著希望走……直到發現「希望」儼然皆朝「絕望」的方向邁去。

想像、意志、信仰都失了效；一口水、一掌藥，變成朋友。
新的孤獨於焉展開，某個自己必須被放棄，強壯的另一個我才能出來替代。

儘管被放棄的那個往往是最真的，可是不允許了。
「為了更好，要改變。」重複這句話的時候，不自覺想著，有些人不用改變就是好的了。

想這樣想，可是不允許了。

▲二〇一七年・六月三十日

實話血淋淋，在對的時機說一點，是溫柔的提醒。說得再多一點，是代替現實來給某些人教訓。至於說太多？也許就犯了毛病。

實話就是真相。真相太殘忍，大家都知道。因而當你明白得太多、太深、太刺中核心時，已經不會再有人信任你了。這個社會不需要黑暗的傳教士，只需要供人告解的牧師。

但沒有人信任你也好吧，你便不用再痛苦掙扎地想著，該否相信別人。反正你明白都不能信的。如果有人具備純良的心，那才真讓你破碎。他們必須相互陷害，才能證明這個世界的秩序依你所想：「永遠有人在脫軌，永遠有壞無法洞悉，永遠有殺戮不存在動機。」

▲二○一七年・七月五日

真有千言萬語時，反而什麼都不說了。

前幾天看到網路上對於摩羯座的形容：「你可能常常覺得摩羯很孤僻，但他只是懶得理你而已。」讀完會心一笑。

某些片刻，沉默是好的，啞口也是好的。但現實似乎告訴我：假使「說了些什麼」可以製造他人的禍，那麼「選擇不說」就變成了自己的禍──是這樣嗎。是這樣吧。倘若還有力氣表達，就不算太壞的事。那種連呼吸都顯得困難的情形，才是我真正厭惡的深淵。又有多少人與我相同呢。愈絕望，愈寡言；愈憤怒，愈冷淡。成天積累著屬於自己的禍，到頭來，這些禍就真的屬於我了。

放棄是最大的恨啊。
依舊沒辦法的話，就除禍。

有禍要除，除掉自己就好了。

▲二○一七年・七月二十六日

攀上天堂那麼困難，墜下卻只需一秒鐘。
人的努力是熊熊烈火，風一吹便旺，風止了，早晚都滅盡。

▲二○一七年・七月二十六日

你要如何假裝沒有傷口——當類似的人事物再次端至你眼前，有若貼心複習般重演一次之際。它們是跟著日子死了沒錯，卻反覆帶著結晶後的眼淚回來，成為亡魂、延續故事。它們讓故事成為跳針的唱片、最刺耳的秒瞬，千遍播放但始終未盡。故事的餘韻還能多長呢？真相總教人無法置信。腦海中乍有燈光打在亡魂亂舞的臺上，它們招招手要你回家——你瞬間就成為了蛾，往死裡去也僅是剛好而已。

一旦孤獨，悲慘的回憶是最好的歸途。

▲二〇一七年・八月一日

也許不必悲傷的。
在特定的日子想起特定的人時，試著換雙眼睛，學會看出這些記憶之所以難以磨損，都是因為我們真的深愛。

▲二〇一七年・八月三日

Everything is out of control due to my disease. I'm too sick to pick my soul back to the usual world. And the terrible thought just came out again. Then I could keep myself being aware of it for a long long while. Night is dark, also the mind is dark. Our lives are useless even though we already make much effort to create something meaningful. We trust love and we beat love. We believe there is a warm place which can save those who are suffering; however, there is not. People are born with fate. Fate is not fair. Happiness and pain have different effects on each independent person. And as I know, I'm the one who is so vulnerable that should be thrown away. I don't belong here. I belong to the hell. I wrote so many words for spreading the truth and told the society it's not wise to ignore the tough parts of life. I wrote theses cause I'm involved. I'm really tired to take a deep breath again and again. I'm exhausted. I always feel enough. I only care about what I myself would leave behind. Did I do my best for the world? Did I know I choose the bad way to find these results? No, I don't. I suddenly miss the old days, few days. I had once been happy. I remember that and I wish when I close my eyes I could fly through the times......whether the past or the future, I only want myself keeping clear. Clear the brain, and clear the soul. Dig all the dirty things out, and then I can live better perhaps.

Live. Living. Lived. Die. Dying. Died.

▲二〇一七年・八月三日

有些夢想眞的不值錢，有些命也不值得。當我們被教育如何把心放寬、把事放下時，可曾想過，若眞的放了，還能生活嗎？當我們勸人學習出世、不談計較，要往越來越「無求」的境界邁去，難道眞的可以全部無所求嗎？

來時一灘水，去時一陣煙。

我不曉得，在這已經足夠卑微的人生裡，還要退到多遠、多狹小的縫隙，放棄多少不切實際的思考，才能成爲智慧的人。我能否就甘心地承認，承認自己從他們身上發現的智慧，就是妥協。

▲二〇一七年・八月二十七日

你以爲你有多偉大呢
還不是一樣
輕易地
就被擊潰了

▲二〇一七年・八月三十日

火中誕生的鳳凰，會不會只是騙人的把戲。
希望你在逆境中成爲英雄，但事實總是：逆境確實開展，英雄卻沒有活下來。

▲二〇一七年・九月二日

自己是自己唯一的對手嗎？如果能這樣想，那就太好了。

十八歲半，那個指考前時瀕臨崩潰的模樣與情緒，到了現在仍是會偶爾出現。雖是偶爾，但因爲太過強烈，以致每次出現的時候，我都會不自禁地思考這中間已逝的七年——

我勝利了嗎。我輸了嗎。
有誰贏了嗎。有誰輸了嗎。
有嗎？

答案是沒有。

但即使如此，我必須承認，在極少的片刻裡，我依舊會覺得自己遠遠地落在後頭——例如此刻。我討厭那些贏得輕鬆寫意的人，沒有裡子卻得到掌聲。我討厭這個社會的養成機制，

討厭某些無法改變的原則及常態。

喂，如果成敗真的是自己的事，為什麼我總是求不到答案呢。睡醒又是一條好漢吧，胡言亂語後又可以一笑置之吧。在這座垃圾橫天的市場啊，若想於此掃出一條道路，原來還得相信活在其中的每個人，都願意遠離骯髒。

▲二○一七年・九月十一日

「我已經沒有多餘的力氣對抗世界了。」

能偶爾像這樣承認自己的無能，其實挺好的。
每當我憶起那些置身事外的人拋出的疑慮，我的答案就更加篤定。

「妳不想嘗試看看嗎？也許會有希望啊。」

我想呀，我也試了。
我始終相信最後將發展成好的結局，只是從不覺得自己夠幸運走到那裡。
聽好了，這兩者並不牴觸：希望一直存在，然我們的意志卻有可能比希望短命。

甚至，我們的人生也是。

▲二○一七年・九月二十六日

確實有的，用盡力氣也做不到的事。
所以啊，也才會有那麼多顆，做不到卻還想勉強的心；那麼多條，勉強不來而結束的命。

▲二○一七年・十月十二日

「長大」、「成熟」、「世故」──什麼字眼都好──其實不過就是，不會再因為自己的不真誠而感到傷心了啊。

▲二○一七年・十月十五日

疲倦過度的時候，連感知也厭世了起來：美好的總轉瞬即逝，勞神勞心的苦痛卻漫長如流。
時間失去提醒作用，你以為的前進，其實都卡在同座牢裡──每天醒來，蹲在一樣的角落望著天窗微光，「想要出去」的念頭始終存在，然從來沒有因為渴望而變得強大。

有人說承認自己懦弱會比較好過，只是我說了半輩子的謊，突然敢於面對現實之際，依舊無法鬆懈肩膀。自作的孽自受吧，管那些孽的起源，是否不是我甘願。

▲二〇一七年·十月十六日

在夜班公車上重新拾起耳機，聽了好久以前的歌。那種曾經邊聽邊哭、認為根本專屬於自己的詞曲，如今再聽，依舊還是我的──前奏落地、主歌鋪陳、副歌熬成高亢的淒苦在幽谷迴鳴，我隨著歌裡的記憶游回舊址，車窗外的民權西路儼然變成當年的木柵，我的鄰座卻已沒有了人。

妳在歌裡嗎？我在。

想想真幸虧妳不曾許過我未來，我也就不用去計較瑣碎的小食言了。我們被教育要做個負責的人，總忘記太多的承諾遠遠超出能力允准。謝謝妳那時候所說的「不敢保證」，讓當年的未來、現在的現在，分開得完美無瑕。

▲二〇一七年·十月十九日

只要一有空，我就會想起二〇一四年冬天到二〇一五年夏天的日子。可能記憶點太深了，那時無論是精神狀態、生活起居、身邊的人事物等等……全部都糟透了。不過也因為這樣，才擁有一次回高雄重新生活的機會，不然我真的不曉得自己何時會回去久居。

暫時搬回高雄，找尋遺失的「快樂的能力」，以及被老朋友們、暖和而晴朗的天氣相繼治癒後，我在在認知到陽光是個重要的東西。如今回想起來還真是不可思議，那時剛回去的我覺得自己根本不可能「恢復正常」，受友人之邀出去唱歌時，大夥兒一見我，都默默地說：「妳怎麼了……？好像一具屍體。」我當下聽不懂，直言我有化妝啊，還是哪裡不好看嗎，他們卻異口同聲地說：「不是那個問題，是整個人，整個人沒有朝氣，*魂不在的感覺*。」也是。前幾個月我真的完全不想跟任何人說話，不只是吃飯、聊天、一起走路，任何動作都令我感到吃力。我原本很愛唱歌的，那天卻對每一首歌無動於衷──一群人在旁邊蹦蹦跳跳，我一個人坐在包廂沙發上，不懂他們在快樂什麼。

但那真的不是我。

不贅述恢復的過程，我想說的是，其實沒想過自己還能再回來臺北工作。當然，二月底北上之前也經歷了預料中的各種不愉快，並非帶著支持和溫暖離家。但又有何謂呢？我一直都是如此的。而屬於我和臺北之間一年半的斷層感，果然無須多久就補回來了。我想我還是需要在這裡找一個成就，臺北總可以給我某種「戰鬥」的感覺，高雄反而一直象徵著假期。

時間過得多快啊，二〇一七年又即將進入末尾。跑來跑去的過程中，我相信許多細節都已成灰，痛苦的、徬徨的也都變作養分了。我之所以不斷想起失控的那半年，也許是想提醒自己已經有了更好的能力，掌握身體與心靈不往那兒去──這是何等艱辛的進展呢？我到底做了什麼才得以如此？我做過很多功課，嘗試過許多方式：運動、早睡早起、旅行……但最後唯一讓我堅持下去的，就是去愛一個對的人。

愛了對的人，就會更愛自己。
老實講，我並不曉得目前的所有事會發展到哪裡，也不確定我在這間公司會工作到什麼時候，「追奇」的版圖又能拓展至何方。是真的，我什麼都不知道。但不覺得神奇嗎？我時常在回首之際，看見足跡記錄了一切的答案：「曾經好，曾經壞，曾經停滯，曾經空白。有時候好是由壞引起，有時候壞也源自於初期不正確的快樂……」無所謂。反正，我處於現在了。

這個現在，還不賴。

▲二〇一七年・十月三十一日

花費很多力氣才終於看清一個人。
到底是自己愚蠢驚鈍，還是對方狡滑善欺。

有時根本沒辦法責怪誰，許多相殘都是巧合。
必須先進了這森林，才知道後方火在燒。
必須先愛得死心踏地，才能促成今日的肝腸寸斷。

再怎麼樣，都是難過的。
又何苦去追溯，當初是誰放誰毀壞承諾。

▲二〇一七年・十一月十二日

終於知道為什麼自己行事莽撞卻從不後悔。

「愛是磨難，磨掉所有的困難。」

▲二○一七年‧十一月二十一日

哪有這麼多回頭路。

要回頭，還得承擔得起與往事相撞。
它是死了，本來就死了，也許死一千
次、一萬次也還是沒有差，可是你不
一樣。

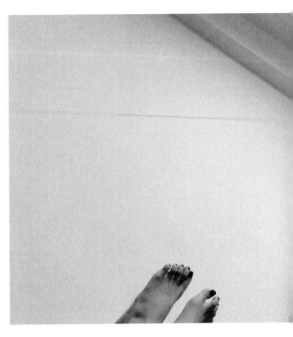

可惜你哪會記得這些呢。記得了，又
會在乎嗎。
你只管信誓旦旦地說，要死也要死於
甘心的原因——你有狠進骨子裡的鐵
則，但鐵錯了人。

親愛的笨蛋，你的邏輯思考早已喪盡。
那令你甘心死去的事物，何者不是各
種苦痛又深沉的不甘心。

▲二○一七年‧十一月二十三日

好難得，今天腦海中浮現了久久沒出現的念頭：「別人怎樣對我都沒有關係——我仍會好好對
他們。這就夠了，這才是對的。」

曾經我相信這句話，但在今日再度憶起之際，我才發現中間有好幾年的時間，自己已偷偷
將其拋棄。也許無法那麼天真了吧，或者只能偶爾為之了。如果感到可惜，就試著安慰一
聲：「幸好不是每個人都值得。」

良莠不齊，邪善並存。
多虧是這樣。否則能怎樣。

▲二○一七年‧十二月四日

人生是一桌餐席，有些人準時陪你一同入座，有些人則晚到；有些人來了，吃過幾盤菜就

走，有些人受邀了卻始終沒出現過——無論如何，最後滿席就好。

你的「滿席」是幾位呢？
你眼前共桌的人，有幾個是最初就在的呢？
如果難免有空位，你是否企圖任性地保留它？

記得，人生是一桌餐席，無論如何，「曾經」滿席就好。曾經滿席的光景，已足夠你帶著離開現場，微笑熄滅廳堂裡的，最後一盞燈。

▲二〇一七年·十二月五日

與人為善，矯作一生。

▲二〇一七年·十二月十三日

淋雨騎車回家已成常態。

視線不清楚的時候，瞇起眼，好像就清楚了些。
穿梭在車陣裡，有時執著地鑽，有時隨性地原速停擺；有時惱於看見他人疾速而去，有時對於滑行如遺忘油門的老人家百般無奈——明明都是回家，型態卻如此不一樣。

等待阻塞的車流疏通，等待到綠燈轉紅。
我發現在這樣的常態裡，妳的應門是我著急的主因。「我以為雨再過一座橋就會變小了。」惰蟲如我，總這樣向妳解釋；妳看看細絲的雨線在風衣外套上織成綿密的網，我的鬢角和髮流也因溼潤而有了捲度。妳完而不答，默默遞來一個擁抱。

「下雨天，別再騎車了。」
我沒說好，妳也沒說不好。
兩個人的生活就是這樣，吵鬧的時候，瞇個眼就可以笑了。

▲二〇一七年·十二月二十二日

這個世界永遠有戰不完的敵人
我可不可以就直接輸掉
我很可以，我很願意……

我承認，有些時候我非常理解爲什麼他要結束二十七歲的生命，「明明」那麼多人愛著他啊，「明明」。我承認、我理解、我明白，所以完全不會責怪。這個世界是被我們建構起來的。當我們看見什麼，那就是什麼，即使是假象。

因此「做什麼都不夠」是常有的狀況。你永遠沒辦法想像自己的美好，或者相信別人口中的肯定和諒解。你甚至不希望別人諒解你。那種同情會顯得自己更沒用。

所以眞的，眞的想對你說：「辛苦了。」

◎註：本篇寫給鐘鉉（南韓男子團體「SHINee」的成員之一），他於二〇一七年十二月十七日燒炭自殺。得年二十七歲。

第四章

她曾經體驗過巨大的幸福，所以她才曾經去死。

但一切都沒事了。因為不會再有同樣的幸福、同樣的死法了。

她無所畏懼。

（二〇一八至二〇一九）

▲二〇一八年・一月一日

今天，母親的牌位終於併入祖先——這已經是她離開後的第十年了。十年，爺爺、奶奶以及童年時期非常疼愛我的三叔公接連因病辭世，我有在這過程中長大多少呢？如果麻木是成熟的表徵，我倒不認為自己有把握交出漂亮的成績單。

上香的地方是私人土地，原先蓋有一間斑駁老舊的祖厝：裡頭牆壁滿布裂痕、空氣中盡是塵灰；兩盞孱弱的紅燈亮在單調的神桌前，左側有祭拜祖先的香爐，旁邊牆面上則是吊掛得不甚整齊的幾張遺像。當然，母親的照片也在其中。

去年，以建築設計為背景的父親親自規劃、發包，重新整修了這裡。今天他傳來完工的照片，也算是我第一次見到它嶄新的模樣：明亮的日光燈，給予空間純淨且精神的氣息；粉刷過的牆壁平整而素美，清理後的香爐及牌位也都有了不同的生命……。事實上，我對這座空間的記憶並不多，除了每年的逢節返鄉之外，我僅模糊地記得曾祖母曾居住此處，而年幼的我在她長臥於病榻上的最後一段日子（或是最後一天？）被長輩握著手一起餵她吃下幾口木瓜。光線很暗，我幾乎看不清她的臉。

可是父親不一樣吧。這座空間之於他，承載了太多童年與家族舊時回憶的重量。看著這些照片，我在想——當他按下快門之際，內心在想什麼呢？父親真的把一生都奉獻給「家庭」了，無論是狹義的「原生家庭」與「婚後建立的家庭」，還有廣義的概念性的「家庭」二字，他真的全身栽進去了。兄弟姊妹裡，他無疑是最孝順的那一個，這樣的他站在亡妻與長輩們的遺像前，是感慨或放心？是不捨或坦蕩？這麼多年，繁雜的故事攪混我的眼淚和矛盾，當中自然也有屬於父親的。我暗自希望舊恨泯滅，新仇不再。

◎註：母親的牌位和上香的地方本來是獨立於家中頂樓，此處「併入祖先」之意，指移至父親家庭的祖厝（家廟）內，與其祖先們共用同一個香爐。之後凡逢節慶需祭拜時，都在同一個地方即可。

▲二〇一八年・一月十四日

想到前幾天在講座上回答了讀者的問題——「如何與焦慮共處」，覺得自己答得不好，但也已經盡力了。天知道我也是迷茫困惑的人之一，失眠、無預警哭泣、按時服藥還有強顏歡笑，這些狀況沒有一項停止。

午覺睡到晚上七點，醒來時像換了靈魂，說不出話。我趴在廚房餐桌上，看著愜意於屋房內來回走動的女友：她一邊清理桌面，東掃掃、西掃掃，一邊把午餐吃剩的咖哩拿出來熱，

接著問我怎麼了。「怎麼了？」我也不知道怎麼了。但在那個瞬間，我很肯定如果不是有個人始終陪伴我身邊，我三不五時就得和鬼神交戰。毫無阻撓。

走也好，不走也好。別人口中說的「關關難過關關過」，次數之頻繁簡直無法有休憩的縫隙。一生有多少厄運呢？某些人的厄運，其實永遠是他自己。

▲二〇一八年‧一月十九日

有朋友說，他要學習把善良用在對的地方。

話雖如此，但其實不管「善良」發生於何處，傷害是絕對伴生的。要記得這世上沒有互愛啊，你的快樂與順遂，裡頭的一絲一毫，絕對存在某些人的犧牲——而沒有人熱愛犧牲，再如何偉大的情懷都避不掉一邊咬牙、一邊落下的眼淚。

所以，有時候我相信善良是種不易覺察的傷害。
你以為好的、應該的、值得的，在另一個次元裡，全是失去。

▲二〇一八年‧一月二十日

原諒他們的人生太信奉美好，所以告訴你沒有不能解決的事。他們講道理、反問你、規勸你，以苦口婆心，以真誠掏肺。好像你是一隻可教化的迷途羔羊，只是心裡選錯了路，有天會想通的。如果能早點想通，那更好了。於是快馬加鞭、多管閒事、把握無數次「難得的機會教育」，起點作用便可成就美事一椿，多好。

「妳願意敞開懷理解嗎？」
我願意喔。我其實也理解的，百分之兩百，我也有過信奉美好的瞬間。那些因為價值觀而衍生出的詞語、文字、轉念、詮釋，我全部經驗過。可是我會變，像水從山巒流下，感受過高低與強弱、承擔過汙濁和純淨——我不盡然始終如一。但無論是笑著面對或哭著逃避都好，人的態樣本就不能以對錯來二元區分啊。

所以我不怪你。只是希望在你開口之前，想想「敞開懷」並無須發生在任何時候。我其實不奢望你理解我，你卻奢望我理解你。這全是奢望呀。人生如果能用「談」的，談上大把光陰、談得摯深實在，難道就夠了嗎？還是把結論留給一句祝福吧。祝福你永遠順遂不要改變，祝福你在每個年紀、每個境遇，都能與美好的信念長久共存。

▲二〇一八年‧二月四日

即使已經知道我沒有時間去管誰比我更具天賦，可以做起事來從容不迫，我還是會在意。有人總是這麼輕易地就攀上高山、插下旗桿，我們這群傻瓜在底下周旋、想著「工欲善其事，必先利其器」之際，可願意承認並非所有的「器」都有辦法被開發。

前陣子有媒體分享一部外國影片，片中寓意大概是提醒觀眾應該看到他人努力的過程，別輕易憑藉結果就斷定一切。我轉貼，後來收到朋友於貼文底下的留言：「我沒遇過這樣的事情，我媽媽從小到大都告訴我，這個社會就是結果論。」此刻再思，突然覺得別說是「社會」了——「我」不也是這樣對待自己嗎？

小時候會不斷在內心喊的「加油」，現在都不見了。

長得越大，不僅快樂流失，連自我信任也變作一張宣紙：稍微點墨落歪了，遂無法撕掉重來，只能呆望著筆觸外圍如血絲漫開，無能為力。哪天若有陌生人前來，單單問你一句：「思考一下自己的好，再告訴我吧！」你只會說：「我不知道。我永遠不夠好。」

或者更正確的，是從來沒有好過。

▲二〇一八年‧二月六日

如果求生的技能是殺人
你還想活下去嗎
活下來的，還算是人嗎
成為非人
就比較無憂了嗎

無憂無煩
不吵不鬧
長命百歲
四季如春

▲二〇一八年‧二月八日

如果阿諛奉承就是那塊遺漏的拼圖，我甘願是不完整的人。

▲二〇一八年‧二月十四日

遲了些起床，中午才到公司。今日是年前最後一天上班。天氣正好，讓人意外這座溼冷的城市原來也有家鄉般的冬陽——抬頭望亦不刺眼的柔光，如友善招呼的雙手握得恰好；不悍、不使上過多的力弄痛土地，僅是輕輕地告訴你，它在這裡。

認真說來，今天之於我並非西洋情人節，而是小年夜：它作為一曲篇章，總以落寞收尾前頭的複雜，以起伏之樂音迅速帶走來不及統合的紊亂，整袋打包起，卻又走向漸弱的盡頭。沒有人肯定盡頭之後是什麼，即使這樣的前奏所引導出來的常常儼然「華麗的預備」，但每顆散落四處的種子、每個遙遊遠方的浪人心情究竟為何？依舊難猜。

是預備展開一段熱鬧的假期嗎？又或預備前往哪一個國家旅行？去賞雪、避寒，還是直接在熟悉的巷弄裡，走進近乎滿座的餐酒館預備赴何人的約？這麼久沒見，你口袋中可有預備好的臺詞？可會尷尬難受，卻也不想放生一條曾互有連動的繩索？儘管繩索已成斷掉的風箏線……。

其實，在小年夜譜下的曲子裡，我沒有華麗的預備。
我的預備，只是預備回家。最最平凡的那種「回家」。

跟平日吃同樣的便當。每天早晨被機場傳來的噪音叫醒。走一分鐘去家門前的早餐店。點同一種吐司。偶爾出門曬一會兒冬陽（真正的家鄉的冬陽）。跟老友訴病幾句北部的天氣。回到令人噴嚏連連的房間。翻看舊照片。細讀青澀時期的日記或紙條。笑出來。或莫名地難過。

短短五天而已。明明一年當中就這麼短暫的五天，理當珍貴故需提前把握規劃，但我所記憶的好似都只有這些。年復一年地我困惑、質疑、反省，究竟還能夠從這裡攜帶什麼離開——至少作為紀念，讓我在無依無靠的時候、在朋友其實也都各奔東西的時候，我得以單純地想念這裡更多、更多的人事物。沒有。

我永遠都預備不了回家。
永遠永遠，只有在停留後又將重新啟程時，我才培養得出預備的感覺。可能對我而言，「離開」是相較可以累積能量、充滿期盼、立定計畫的一件事吧。然屬於我的最最平凡的那種「回家」，若要找到合適的態樣面對，讓心底萌生倒數「三、二、一！」並敞開胸懷迎接之的念頭……恐怕需要一輩子去練習。

▲二○一八年‧二月二十日

「以後不會再有這麼喜歡的人出現了。」

現在聽到這句話，已經會笑了。
可以笑了，笑了就代表懂了。
但請給現在仍說著這句話的人一點時間吧。

因為，你也是這樣過來的啊。

▲二〇一八年‧二月二十一日

戰亂過後，文明進展之快，我期待的不是一個只有愛的世界。而是在愛有所不能的時候，別急著流洩淚水、放縱怒火，而是改以一個擁抱與智慧的應對方式，讓缺陷發揮缺陷的價值、讓缺陷普及到所有人之中，使得我們的溝通得以跨越各種阻礙──說出口的，沒說出口的，都被好好聽見。

▲二〇一八年‧二月二十二日

一直覺得「心想事成」可以概括所有的願望，卻疏忽了它所映照出來的，是所有的難為。

▲二〇一八年‧二月二十四日

可親可恨之物，是血脈。

▲二〇一八年‧二月二十六日

平庸之輩，也是快樂。沒有那麼幸福，也沒有那麼苦痛。感知神經一半就夠用的人生，就算沒經驗過潮起潮落，也享有晨曦昏黃。所以別怪罪上天。上天公平、上天愚鈍、上天偏頗，上天給過的東西和拿走的東西總是過了就忘，為何只有你刻刻牢記。

人生本沒有對錯，只有甘心與不甘。

▲二〇一八年‧三月四日

「當你放棄自己後，就沒有人可以傷害你了。」
想起有人曾這樣對我說過。

對，不是我說的，可是我認同。

▲二〇一八年‧三月五日

怎麼又委屈了。

一定是心還不夠小，與這個殘忍場域的接觸面還是太多，就不小心，又讓壞東西跑進來了。

▲二〇一八年‧三月七日

面臨離別，很久很久的那種離別，我想我還是練習不來。有時候我寧可相信我們依舊能說「再見」，只是再見的那天，遙遠得近乎無期罷了。

如果真是這樣，我就會理直氣壯地和你爭辯：「遙遠又怎樣呢？不要做禁不起等待的人！」然而會是這樣嗎。離別之後，常常不曉得是誰在等誰了。禁不起的人，是你還是我呢。

▲二〇一八年‧三月十日

你我的
身上長滿了刺
擁抱的當下
不知道是你
傷我，還是我
自己傷自己

▲二〇一八年‧三月十一日

「在人間／有誰活著不像是一場煉獄
我不哭／我已經沒有尊嚴能放棄
當某天／那些夢啊溺死在人海裡／別難過讓他去
這首歌／就當是葬禮」

——〈在人間〉，王建房

方才聽完張韶涵唱的版本，馬上來聽原唱。兩種我都喜歡，是不一樣的味道。其中，最愛這一句歌詞：「這首歌／就當是葬禮（贈禮）」。張韶涵在節目上翻唱時，把原歌詞「葬禮」改唱成「贈禮」，但其實兩者發音極為相似（她也唱得模稜兩可），意義亦各自有解讀的空

間。巧妙。

若說張韶涵唱的是堅毅，那麼原唱王建良唱的就是滄桑。我尤甚偏好這樣的嗓音。就像最近聽趙雷唱〈理想〉也是，總覺得那種滄桑、漂泊感之深，非浪人者絕對無法表達。似乎一定要有足夠荒渺的迷惘，曾經遭遇過逼人至心死的困頓，才能好好詮釋出來。

想一想，眞不確定這是後天養成的能力還是天賦？對於苦痛的理解及訴說，如何將私人情感整合歌曲質地，讓再現後的成果完整傳遞到陌生的閱聽者心中？這難道不就是魔法嗎。又，個人的生命之旅藉此唱出來了，有人聽「懂」莫不是神奇？畢竟人生而孤獨，孤獨卻使我們連結……那麼究竟算不算是眞實的「孤獨」？

我一直相信，寫歌、寫詞，還有純文學的創作，到頭來若眞有一絲一毫的影響力，絕非刻意。這只是自然發生的共鳴、創作串起的連結，喚醒你我之間連通的那份相似之處。你寫、你唱，「恰好」有人拾起視如珍寶，就值了。那種「值了」的感覺，就像原先孤身待在電線桿旁的垃圾遇見另一枚垃圾——彼此皆垃圾地活，才懂垃圾也有垃圾的反駁，或者「甘爲垃圾」的宣言。

◎註：當年天眞如我，並不知道張韶涵在中國的節目上翻唱時之所以要改歌詞，是因爲當地的審查制度；故而發自內心地喜歡「葬禮／贈禮」之間的轉換，覺得「改得太好」。此刻整理稿子之際再一次聽原唱、再一次聽翻唱，才發現並非那麼單純。我想我還是喜歡「贈禮」的，但前提是「這份贈禮也等於葬禮」，因爲「葬禮就是某種贈禮」。

▲二〇一八年・三月十二日

想得到一顆純良之心，可能不是幾場考驗就能交換得來。

你渴望一個人待你以眞，有否先問過自己值不值得如此相待；你想一個人待你以深，那你又敢把實心交出去多少分寸。雖說人們愛談「互相」，但這二字早已作陳腔濫調，只差在少有勇者具備承擔風險的膽量，在不確定的狀況下就先擊破高牆、攤個直白。畢竟情誼之薄之淺，眾人皆知；誰先發言並非重點，而是輸在起點往往是一根可能戳傷人的針——我們只忙著學習之後的穿針引線，卻總學不會最困難的，最初的信任。

請記得，拿起針時，你得篤定另一端有個出口、穿過去不會弄疼彼此，反而能穿起原本相離的個體，才刺下去。

怨懟他人、質疑他人之前，先問問自己，你值不值得。

▲二〇一八年‧三月十二日

其實我一直都還沒有從三月七日那個
早上的情緒中逃開。幾天過去，偶
爾想到時還是會深陷在泥沼中寸步難
行。怎麼了。我明明已經好久、好久、
好久沒有因為死亡這件事而掉下眼淚
了，何況是個陌生人呢。

三月七日透過網路新聞獲知消息的當
下，「是人都會死」這句話出現在我的
腦海裡……我的大腦自動拼湊起更前
些日子所發生的事件：SHINee的團員
自殺、朋友的父親驟逝。接著再把這
些都串起來之後——奇怪，「死亡」的
議題反而更模糊了。

這不是很弔詭的一件事嗎？

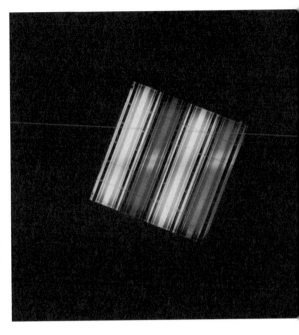

遇得越多次，你越不知道其中運作的道理。那種感覺就像心血來潮地凝望一個再平常不過
的中文字甚久，就會開始產生「這個字怎麼長這樣？」的錯覺。當然，我也明白每個平凡
的日子都有人在消失；每個平凡的日子都可能是哪些人的「不平凡的日子」。但為什麼，為
什麼仍有像此刻這樣的瞬間存在呢——我的內心深處產生了難以言喻的恐懼、壓抑、失落、
遺憾，甚至是巨大無形的憤恨。

我在恨什麼？
恨，是有用的嗎？

前陣子跟女友聊天，忘了聊些什麼，過程中突然意識到我再也想不起母親說話的聲音。那
份震懾感，好比是我失去自己的聲音。我想死亡從來都不是拿來釋懷的，是我會錯意了。
「走吧」、「不要走」，這兩者之間的輪迴原來仍在進行著，尤其對被留在世界上繼續活著的
人來說，這趟循環根本就難以止歇。

你想怎麼打抱不平，都是沒有用的。

一根菸的時間　263

我拿筆寫下：「*承認自己的無能，會比較自由一點。*」

◇

有時候真的身心俱疲，累得輸給一縷烏煙。想破頭了，才懂得揣測自己的心，裡面有太滿的慾望，溺死人生戰場上的旱鴨子。有些人不適合野心吧，有些人也不適合占有。無論是要占有一顆心，或是一盆植栽、一束陽光、一刻美好自由的瞬間，我都做不到。

我本身是不適合去爭搶一切的，然而我卻擅長渴望。故，當我因此而竭盡時，承認自己的無能，會比較自由一點——試試看吧，說不定對你也管用呢。

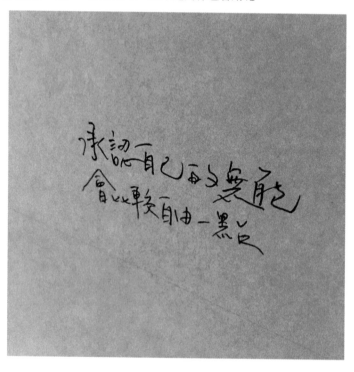

▲二〇一八年・三月二十一日

有什麼難的？只要你願意，你隨時可以結束掉一切。

我們會感到困難、掙扎，那都是因爲還想反抗。

既然你仍抵擋著結束，也許問題的核心該指向起始：爲什麼開始？爲什麼堅持？爲什麼不想就這樣一走了之？

找到那個理由，活下去吧。

▲二〇一八年・三月二十二日

不是所有人的死都令人難過。
有些死，是開心的。

前所未有的開心，僅有一次的開心。
有些人一輩子最快樂的瞬間，說不定就是死亡那一瞬。

▲二〇一八年・三月二十四日

又有讀者傳來輕生的訊息，即使自己狀況不好，還是趕緊回覆了。
漸漸習慣處理這樣的事，沒有兩年前那麼慌張了，是好是壞呢？

我一邊打字，一邊覺得自己很可笑。
好多話看似是寫給別人，實則寫給自己。

好多話，說到底都是風涼話。

▲二〇一八年・三月二十四日

你常常就這麼忘了，其實還有別的路可走。
關於你的人生，你的朋友，你的情人與親人，並非只是愛與不愛、恨與不恨。
那些更多的、更深的、更雜的、更無頭緒的，才是最接近你內心所想的。

所以別找了。
非愛非恨的感情，也可以是答案。

你常常就這麼忘了。

▲二〇一八年・三月二十五日

為什麼不能傷心、怨恨、計較、不饒人。
平安喜樂不是我對日子的要求。

▲二○一八年‧三月二十五日

Dying status

I remember someone had said that image is the most horrible thing cuz its influence is boundless powerful. And recently I have already understood I'm a person who doesn't really care about limit. I always trust I can make through the challenges but in fact I'm not on the right path. Thinking too much and thinking too less are both the problems, making me feel depressed after the failure. I still couldn't figure out the balance of life and the method of rescue. Yes, I mean rescue by myself. I hope every moment that forces me down to the deep ocean can also happen with healing. Day by day I sink in the unknown world and end up as a new fragile me. Eventually I'm not a dream creator except for the rude heart. I want my flower living beautifully even though its life is so short and the surroundings are worst. I forget to forgive myself. I knew it. I carry on all stuff as much as I could however I'm truly exhausted. Give a girl fucking break. I wish the girl could go die right now and back to the start. I wish I have no dream in my life.

▲二○一八年‧三月二十六日

疲倦來到前所未有的境界，我才曉得心臟真的是會疼痛的。日復一日，愈加劇烈。所有勞碌的日子凝聚起來成為黑點，此刻的我是一片玻璃，就因為這麼一點汙漬，而遭棄、而破損、而分文不值。

我是可以快樂的嗎。我又是可以自由的嗎。

人們所談的犧牲難道真的如此偉大或必須？有些生命其實從未遇過失敗就可以得到成功，怎麼我們都避而不談了。是不是因為我如果承認了痛苦之後的果實也沒有相較甜美，樣子看上去會太過落魄——才選擇相信呢。是不是我們都以為說服一顆心相信了，事實就會確實發生？是不是我們，都太自欺欺人了。

▲二○一八年‧三月二十八日

真心真意不要太多

剛好就好

多出來的
也最好忘掉

▲二〇一八年・四月十四日

今晚回學校拍〈政大藝術季〉的宣傳影片，
一切的一切都太懷念了。

我其實並非一個常常回母校的人，甚至跟
母校的連結也不強。但此刻，剛結束影片
拍攝、跟著準備活動的學弟妹一番暢聊之
後，走到麥當勞這邊的側門等公車時——
我由衷感謝自己當初能在這裡就讀。

溼度滿點的夜晚啊，木柵連結動物園再連
結政大，這裡是與外界分隔的小宇宙。那
些年，我有很多很多特別的快樂、特別的
傷痛都在這裡發生。「有慶幸，也有後悔。」
這就是我的大學。

▲二〇一八年・四月十七日

這突然跑出來的系列文，我想，寫到這裡就停了吧。湊不滿整數的結尾，才更貼近生命眞
實的面貌。每一則不被命名又或被特別命名的字，每一篇或隨筆或隆重的敘事，其實說穿
了都是日記。

記什麼呢。剛洗完澡、服完藥，躺在床上恰好逛 Youtube 逛到這首歌——好樂團〈我們一
樣可惜〉——當下的感覺就像看見一片搖搖欲墜的枯葉，禁不住衰靡而從樹梢掉落……那
瞬間的景象令人震撼，卻也由衷理解。我想人性中的逞強和受難都是有邏輯的，今個兒會
孤獨也絕非沒有原因。只是為什麼就那麼愛委屈呢，與這個世界相處得如何、付出什麼爾
後失去什麼，我們難道眞需要一輩子的時間才能學會「教訓」？

我是品嚐失敗的人啊／沒有成為想要的模樣
有著事與願違的遺憾／包裝無能為力的悲傷

我是被夢吞噬的人啊／故作姿態卻還是徬徨
享受掌聲也擁抱目光／又有多少真讓人成長

「早就學會了。」這是我聽完這首歌的結論。我們努力、苦撐、迷惘，我們孤獨。認真思考起來，到了某個年紀，哪樣不是自找的。有股不知道從哪兒來的力量，使我們注定在一段必然反覆跌傷的路上行進；一次、十次都不夠，所謂的「教訓」往往不是更懂得收斂淚水、轉換方向，反倒是更執意地要在此道生存下去。

也許常常會被身邊的朋友質疑：妳這樣是無法刀槍不入的，妳這樣辛苦又柔軟，沒有誰會真正感激妳——可是親愛的，我為何要刀槍不入？我又何必需要感謝？如果我的心要我受傷，我便受傷；我的心令我容易孤獨，我便孤獨。沒有人領會我因此得到的自由是什麼，可是我謝謝我自己。

成為一個可惜的人吧。
你會明白我的意思的。

註：本篇講的「系列文」，為當時在 Instagram 上臨時興起所創的 hashtag「＃日記」；篇數約為十九篇，故寫「湊不滿整數」。

▲二〇一八年・四月十八日

尊重，也許比善良更難。
但是最基本。

▲二〇一八年・四月三十日

小時候，要學認字；長大後，要學認人。
慢慢地等到這些都學會了以後，要學著認命。

或者，如果你什麼都不認的話，至少要懂得認清。
「做了哪些事會後悔？」
「不做哪些事會遺憾？」

想清楚了，便刀槍不入了。

▲二〇一八年・五月八日

在理想中過日子，過的終究不是理想的日子。夜寐時刻，好事也鮮少發生。我們藉著日月輪替之際更新自己，日與月卻永遠都比我們守信。

「明天會是更好的一天。」比起超越，我認為維持更加艱難。體內的神經元是躁動不安的，隨時都有毀損的可能。敏感之病非眾人患有，因而我們才離平凡如此之遙吧。

▲二〇一八年・五月十一日

大家是不是都提前回家過節了呢？今年的母親節，剛好是媽媽十週年的忌日，她當初一定想不到吧。如果這麼有預知能力，多希望她能默默替我預知失敗、焦慮、患病，然後告訴我，我不行的。不行的時候，就不要說謊了。

▲二〇一八年・五月十一日

一個人的作為，會影響他的樣貌，直到這份樣貌完全建立起來──它又將折返，影響其單純的作為。「就事論事」太難了，在人性的漏洞裡，這項高標準的素養實在矛盾。至少我辦不到。

客觀地去愛一個你恨的人，完全是搆不著邊的。
過沒幾日，想起了在意的往事時，本是清澈的部分，瞬間灰燼填塞。

▲二〇一八年・五月十一日

留著舊人的東西過日子，時時刻刻看見它，究竟是為了什麼？或不為什麼？

朋友傷心了，我倒也不意外。然即使可以理解她傷心的理由，卻不能洞悉她的戀人之所以留下物品的原因。也許真有千千百百種？也許單純認為好看、無須收起。

我也是個有留下紀念品，甚至到現在偶爾仍會穿戴出門的人。對我來說，除了飾品以外，我都相信沒有收起來的必要──可是，假使如此，為何我又能理解朋友的傷心呢？

有所為，有所不為。很多時候，事情本身早就沒有對錯，只缺共識。價值觀決定了大部分的主觀傷害，在你感覺到被自私侵犯之際，先弄清楚這份自私從何處而來。

「感覺」，真是個要人命的說詞啊。

感覺你比較愛誰，感覺你眷戀過去，感覺你不在乎現下時光……

◇

我的那雙鞋，感覺真的很好看呢。

▲二〇一八年・五月十一日

今晚騎車回家的時候，有一段紅燈停得特別長。斑馬線前，我是其中一臺機車，引擎聲未歇，跟著車陣卡在無形的結界，等待秒數過去。

一個穿著國中運動服的女孩走過。她精準地踏在灰白相間的道上，很慢很慢，似乎在想些什麼。一開始我不確定自己為什麼直盯著她看，後來才發現，她齊尾的及肩短髮、黝黑的素顏肌底、往上夾的額前瀏海、鼓鼓的斜背書包於腰側衣料擠出扭曲的皺褶──種種「乖巧」之模樣，跟當年的我如出一轍。怪不得勾起記憶點。

「妳一定很累吧。」

路口綠燈亮起前，腦中閃過的是這一句話。可是我從來沒有在當年對自己說過。我知道一路上沒有人逼迫我，我卻漸漸長成那個樣子（為什麼呢？真是神奇啊）。幸好在十七歲以後，「乖巧」終於成為我心中厭惡的詞彙，乃至於今日，甚至想不起來何謂「乖巧」了。

屬於我回家的路仍在持續，看看儀表板上的時間，我想著那位女孩一定走到家了。其在紊亂的中和街道上，我默默回憶著她的身影；雖然不曉得她正在想什麼、做什麼，但總的來說，一定是既單純又複雜的吧。因為所有跟夢想有關的，都單純。因為所有跟成長有關的，都複雜。

▲二〇一八年・五月十二日

在九小時的睡眠裡，做了一個惡夢。內容早就忘了，然餘悸仍在。

這麼一形容，好似以惡夢比作任何一段失敗的戀情，都十分說得通──恨一個人恨到最後，常常釐不清是在恨些什麼，就是恨。那種恨不一定得張牙舞爪，不一定得發生情緒鬥毆；那種恨反倒時常安靜沉默，如塵蟎布滿龐大的版圖，使你一接觸，就過敏。

我認爲那樣的恨，尤是可怕。

也認爲那樣的恨，一生起碼要有一個標的給你體驗。

因爲一旦品嘗過，所有短暫的爭吵便猶如兒戲，無法侵入性地傷害你了。

（不禁又想：倘若沒有理由的愛才是愛——那沒有理由的恨，豈爲實的恨了？）

▲二〇一八年・五月十二日

曾經我也自殘過，不很放肆的那種。但光是這樣的等級，便足以令幾年後的自己難以想像當下狀況，也喪失了完全回溯該時心理狀態的能力。那一陣子的靈魂啊，即使是裝在我的身軀內，我仍不認識。

我會把剪刀的切面展開，強壓在自己的手腕上。有浮出血管的那地方。壓到皮膚滲出微微的紅、伴隨著些許破皮，還有一道陷進去的溝槽——我就會停止了。買炭、開瓦斯那類的方式，只在腦海中晃過，倒沒眞的執行。比較多的念頭，都是傷害而非離開。離開太難了。畢竟我是個怕痛又懶惰的人，若是眞的感覺到累了，只想直接在睡夢中抵達目的地……不用做任何事就能抵達的話，最好。故嚴格說來，我自認爲「不夠資格」稱作一個「生死邊緣的掙扎者」——比起太多人，我沒有至深的物理性傷口，沒有更瘋的情緒，也沒有那樣對於痛感的承受力。而這樣的我，在眼睜睜看到有人發狠似地傷害自己時，會是什麼樣的心情？

◇

第一次看到同班同學自殘，是在國中。我在洗手間碰到她，本來一起有說有笑地站在隔壁互相交換肥皀洗手，但當搓揉後沖掉泡沫之際，我瞥見了她手腕上的好幾條疤。有些是亮紅，有些爲褐紅，有些則是完全的深褐色……一瞬間，我竟透過傷口讀出了時間序。

「妳手上……還好嗎？」
「喔！沒有啦！偶爾好玩，會劃劃看。」

其實更詳細、精確的內容，我早已經記不得了；只確定她笑得比平常燦爛，聲音比平常高昂。後來我雖然把這件事放在心上，卻沒有再多問。又，她的疤痕其實不總是露出，日常間總有手錶或飾品遮掩著。而天眞、不食人間煙火如我，那時年紀之輕，讓我一度以爲「好玩所以劃劃看」的「這種行爲」是愛玩的學生、不讀書的學生才會做的事；因爲「幼稚」的緣故，才會選擇在傷心難過時拿自己的身體「開玩笑」。我甚至（自以爲是地）在心中納悶過：「明明一點都不好笑，爲什麼要傷害自己？我們不應該用這種方法處理問題。」

太慚愧。十年後，我做了一模一樣的事。

但在「做」的瞬間，我並沒有思考為什麼，也沒有訓斥自己，或感到任何一絲罪惡——或者應該這麼說：為了不讓自己罪惡，我們才要像這樣，偷偷地懲罰。只有讓自己顯得卑微、痛苦，才對得起這個世界。

「傷害都是為了好過些。」如今，那位同學過得還不錯。然，其他人呢？
時代變了，有一些事怎樣都不會改變。

▲二〇一八年・五月十三日

稍微長大些——約莫是小學中年級之後——家裡就不再過節了。除卻春節為了討爺爺和奶奶開心之外，舉凡中秋、端午、元宵，外加母親節、父親節、生日等等，彷彿一個默契，節日當平日度過。

這麼多年，我也不曾評斷這樣是好或是壞，但確實省去了不少繁複的習俗與儀式。就連「○○節快樂！」這類祝福語，也一併收起放進最深的口袋了。

然後不知不覺就來到二十六歲，變成一個無聊的人。當大家一股腦兒沉浸在某種氛圍之中時，我很難（也懶得）靠近，更別說是投入。縱使有人告訴我，準備禮物、構思驚喜的過程十分令人興奮，我還是寧可平淡無奇。

當然，如果是自己的生日，收到祝福時多少仍會因此感覺幸福：記得小時候在學校還會拿著一個塑膠袋，從走廊這一端沿路走至對面另一端，裝滿來自各班同學的卡片、計算數量，為自己的「好人緣」沾沾自喜……孰料長大後幾乎不在意這些了。家中的「平靜以待」好似告訴我，祝福和過節全都是奢侈而多餘的。精確一點來講，是因為短暫、形式、片面，而顯得多餘。

年紀越來越長，一年比一年更清楚平凡之必要。沒有什麼事需要大驚小怪，別人建造的價值，我也並非要依此過活。於是，就連入殮、守喪、出殯、忌日的過法，也不例外。我都私心幫妳省略了。

這是妳的第十年忌日，我已經可以毅然相信：什麼都不做，才是最好的方式。
代表妳離開牢籠，徹底自由。

▲二〇一八年・五月十四日

凌晨一點離開公司，騎在筆直的敦化南路上往新北市的方向，車速甚快而路太漫長，以致對於遠方永遠看來那麼、那麼小的分岔路口感到煩躁——霎時還以為自己抵達不了，又或者抵達了，恐怕也是夢的入口。

路上鮮少人車，處處有黃燈閃爍，濃厚的警示意味。「越自由的時刻越危險」，這句話串起腦中的生命經驗，與眼前正在經歷的一切相互印證。我們都愛自由，因此某程度上而言，我們其實也迷戀著危險。危險的人、危險的界線，危險的衝突及冒犯，還有危險的加倍相乘。沒一會兒，我在轉向基隆路的紅綠燈前停下，思緒跟到這裡一同煞了車，下一段折曲浮現：「如果此刻奔馳在夜半、抱著做不完的工作回家的我，是十七歲的我——那麼我會想些什麼呢？我的感受又是如何？」

應該會感到非常、非常快樂，又引以為傲吧。

誰教十七歲的宗旨，便是以身體髮膚之輕，求得抱負輝煌之重呢。剎那間，我好希望能短暫回到十七歲——催下油門，即刻拋掉「眼觀四面、耳聽八方」的顧慮，不假思索地相信綠燈所開拓的暢通之徑，絕不會有半個冒失鬼殺出來擦撞……痛快啊。青春果真是脫韁野馬，不曾窩在安全裡，危險就成了安全之地。只因為你相信日子應該這樣過、愛人應該這樣愛、眼淚應該這樣流，遂放肆地摔破之後再拾起碎片前進了。

可惜，可是，給親愛的我自己：如今血淋淋的事實是，妳已然渴望安全了。

▲二〇一八年・五月十五日

盲點被掩蓋在太厚重的期許之下，盲點就變作願望。「你要決定自己未來想成為怎樣的大人。」講了太多次類似的呼籲，竟突然在今夜與黎明的交接處和不斷攪動、篩檢的腦海中，將此推翻。

如果每一尊嬰孩的靈魂都是降世的天使，如果天使的際遇、環境、衝擊都由不得祂決定

——試問，把這些外力的程度強化至最大，對比我們的心志之薄，該如何與其抗衡？因而，恐怕要改口了。

不是每個人都有權利（權力）去抉擇他者生命的樣貌，遑論身心狀態也同樣不可為之。這麼一想，「成為怎樣的大人」充其量僅是紙上談兵。世上命運流轉、幸災福禍始終無法均分，能夠去省思未來並運籌帷幄的人，都是受恩於庇蔭底下的奢侈。都是僥倖。

▲二〇一八年・五月十五日

想走得很遠，又無法真的走得太遠。想愛得很親，又總是害怕愛得太親。
生兒育女、為人兒女者，一生都懷具一把尺，丈量著代與代之間的剖面，人與人之間的狹縫。「關係」二字啊，一旦扯上了血脈，良則冠冕，敗則罪孽。

▲二〇一八年・五月十八日

抬頭看未來的時候，像個傻子。
我說的不是我的未來，而是我們的未來。

▲二〇一八年・五月二十三日

「沒有什麼是可以相信的。」
這句話並不是悲傷傾瀉，而是安慰。

聽完之後，請把委屈與不解全都吞回去。你知道的，我們之所以產生這些情緒，都是因為我們用力相信了。甚至，就算只有短短那麼一秒鐘，也足以令我領會到，比起被陌生人傷害，這些已放入口袋的人所突然伸出的刺爪，更顯得敏捷而毫不留情。

不要拿出血肉去交搏。簡單的招呼、握手、笑或皺眉，可存在什麼差別。沒有什麼是可以相信的，好險真的沒有什麼是可以相信的——我們才能在一邊閃躲、一邊前行的路途中，不假思索地還擊。那個從刀鞘拔出利器的人，因為沒有什麼好相信的，所以也能是我自己了。

▲二〇一八年・五月三十日

為什麼，不適合就得離開。

對人也許成立，但對事物，我不允許。

▲二〇一八年・五月三十日

有的朋友，時間到了就會淡出。對此，其實無須責怪或感到遺憾。

長大了，不再執著別人停留於自己人生的時間，也漸漸釋懷所有的別離並非全有惡意。某些雨之所以美好，是因爲恰逢乾旱；某些火焰不顯得可怕，是因爲正囚困黑洞。人的淡進與淡出，都得配合著時機看待；適合作爲階段性點綴的，你又何必認爲他應該一輩子。

如果不想再跟誰分享祕密了，那就別了吧。
生活是遇見後又相互錯開的線，曾有交集，再朝不同方向行去。遠遠地在相異的平面上遙望著彼此的境遇，未嘗不好。你不必是功臣，也不必是永遠的壞人。我們在某段期間緊密貼近，爾後隨著自然靜靜離散，彼此雖沒有特殊的揮別和道謝，亦算是盡了一個過客的本分。

認眞的過客並不好當。
你若認眞，是過客又如何。

▲二〇一八年・六月三日

孤軍奮戰是沒有用的，即使賠了命也一樣。如果要問我們究竟敗在什麼地方，也許就是太看重是非與對錯：正確的、值得的、應該的，有好多鐵證搬上了堂，以爲就此要贏個痛快，怎麼反而更是落魄？

親愛的，打從一開始，你就想得荒謬了。
拿著正義和倫理跟這個世界抗搏，本來就是太可笑的決定。

▲二〇一八年・六月五日

一直不敢看影片，直到剛剛終於找來看了。
果然也含淚了。

能看到你再次站在舞臺上，眞好。雖然以蘇打綠主唱的身分回歸是我暗自最希望的，但說好單飛不解散，你只是早點出來揮灑你的人生，我也不用擔心什麼。

聽你唱了一段又一段我們成長的記憶，跟馥甄一起，真有一種進入獨立時空的錯覺。那個時空是屬於我和S.H.E還有蘇打綠的。至今認真追過的星不過也如此，謝謝當初儘管年紀小，還是選對了人。

現在西元兩千年後出生的小孩都嫌你們老了。時間無情，未來你們也真的只能不斷地告別自己的青春與大眾的青春吧——但坦白說我並不害怕，因為再怎樣告別，你我擁有的一部分是確切重疊的：我們（聽眾）成就了你們，你們（歌者）也成就了我們；甚至更好的，是在這過程之中，你成就了自己，我也是。

試想，假使沒有交錯，大概也不會有惋惜。因為無從惋惜起。於是便順應命運之說，感激老天讓我出生在剛好的年代，於剛好的年紀聽見這些歌、遇上這些人。十幾年過去了，某程度而言，你確實「已不是當年的你」，我也「不是當年的我」，可是都活得更自在了。如今我也才慢慢體認到「自在」有多麼重要、多麼難得。

致我的第十年，歡迎你回來。
我想無論自己長得多大，永遠都會牢記那個十七歲的女孩，如何放肆地在數不清多少回的半夜，不寢不寐、縮在孤獨的居所，一個人敲著鍵盤並聽著歌詞及旋律，流下眼淚。

正因為你給了我這麼多，所以我也想要學習給出去——讓一些陌生的靈魂獲得指引，讓他們自主性地咀嚼我們的話語，爾後吐出新的解析。雖然，我猜你恐怕也不曉得或不願承認自己的力量，但那都不重要了，因為你不必知道自己的存在之於我們是多麼美好。

只管繼續唱下去就對了。健康、快樂地唱下去。專心做你喜歡的事，也持續藉此影響別人——告訴他們：「是真的。我們可以選擇做自己喜歡的事，且看上去，更加耀眼。」

◎註：蘇打綠於二〇一七年初開始正式休團，暫停活動。二〇一八年六月三日，吳青峰以「新人歌手」身分和田馥甄共同擔任「hito流行音樂獎」頒獎典禮之表演嘉賓，共同演唱組曲。本篇所指的「影片」，即網路上公開轉播的演出影片。

▲二〇一八年・六月十三日

一、適時原諒自己。
二、適時接受別人的善意和愛。
三、日子還是要過下去。因為你不這麼選擇，就無法前進了。

▲二〇一八年・六月十九日

燈已經熄了
也已經和解
爲了止不住的身體反應
該吃的藥也吃了
現在躺回床上
眼淚還是不自覺地掉

我也不知道爲什麼
在這個時間點想起媽媽出殯後的隔天
場地復原、親戚撤退、家裡回歸平常
那個下午我把自己反鎖在房間
有一種很深很深的孤獨

腦海中想著的是：
「再也見不到了嗎？太神奇了，一個人就這樣消失了。」
「是眞的嗎？也太乾淨了，乾淨到我好像可以當作從來沒來過一樣。」

想完了
再不明所以地想起第二件事
一個再平常不過的週間夜晚
我在書桌前寫作業或念書
媽媽打來電話，我接起

媽媽問：「妳在做什麼？今天學校有什麼事嗎？」
我答：「沒事啊。」
媽媽聽完之後，好似有點語塞地說：
「是嗎？都沒事嗎？」
我：「對啊，怎麼了嗎？就跟平常一樣啊。」

記得，大概是媽媽過世幾年後
我才意識到上述對話的意義
其實她當然知道沒什麼事
只是想要跟我說話而已
誰曉得十五、十六歲的我不夠成熟懂事
還不解爲什麼媽媽會認爲學校有發生什麼事……

想著想著
又覺得自己做錯太多了

嗯
其實也是很久沒想起這些了
真的是很久很久了
爲什麼偏偏是此刻再想起
我不知道

我真的好累好累好累
我覺得人最幸福的事是活著
最痛苦的事也是活著
只要活著
就不可能有真正的休息

▲二〇一八年・六月二十三日

19:06 抵達
21:47 離開

快閃講座結束，想不起來上次來臺南是何時。

印象最深刻是大二。
那時八月。剛分手。很熱。去了海邊。
一群人一起踩浪踢水。全身都溼了。落湯雞的程度。

不知道爲什麼，今年開始奔波感更加重了。
有時甚至感到無法負荷。其實也是真的無法負荷。

也許是因爲這樣，剛剛講座講到一半，就哭了。
後續大概有十分鐘是抱著很難聽的鼻音講完。

到底爲什麼會哭？
此刻在開往高鐵站的區間車上，想不出明確的答案。

「我們都沒有生存之道。」
講座中近乎結尾的地方，我這樣說。

▲二〇一八年・七月四日

女孩說話了，以一張哀愁的臉，深鎖的眉頭像臺北的六月。

「後來我覺得自己很可笑，明明人生也沒遇到什麼困難，到底在憂鬱什麼？」
「我為什麼會得憂鬱症？」
我知道女孩好想離開家，在這樣恰如其分的十九歲，她提出的困惑、昂首的角度、揣思的眼神，都在在印證自己正向著自由奔去──不做折翼的鳥，也不做潮間帶的魚──然事實而言，她半步都沒有離開。

憂鬱症啊憂鬱症。

她說的人生的「困難」，我難道不理解？只想問：順遂的人豈喪失哭的權利，潦倒的人難道就不曾遇見永恆的快樂？女孩啊，癥結是，憂鬱本身就跟困難沒有關係。沒有，沒有，沒有關係。

▲二〇一八年・七月六日

20170301—20180706

離開一個地方時，假使為自己創造的比遺失的要來得多，那也許就夠了。

▲二〇一八年・七月十五日

救救我好嗎。手腳完全使不上力。

如果每一句話都能夠簡單收回，我要怎樣確定哪一次不是情緒話。
哪一次我以為妳會收回，結果就攤開擱置在那兒了。

如同放羊的孩子，妳不能輕視「一句話」的重量。
無關故意或非故意，假使妳曾經被一字一詞之輕給狠狠壓毀，就不會再有任何不小心了。

而事實上，我們也根本無法收回任何東西。

別人的痊癒是他自行奮戰而來的，與誰的道歉、挽救都沒關係。

妳要知道，大多時候，妳的「偉大」之處皆在於「傷害」，而非「拯救」。

每一個人都能用一指將另一個人捏碎。

之後的拼湊和復原，又是另一回事了。

▲二○一八年・七月十六日

晚上與友人聚餐，四個人，吃飽了又隨意找了一間深夜的咖啡廳暢聊。

大家都是出來討生活的啊。能夠健康平安地活到現在，其實已不很簡單。

給自己一點掌聲，也給自己一句「沒關係」吧。

我們各有各的難關，各有各的苦楚。

為金錢煩惱的，為人情煩惱的，為環境煩惱的，為自由煩惱的。

沒有誰的煩惱比較偉大，也因此，請不要說：「知足就能解決一切。」

願我們都保有能力繼續為了這些煩惱而奮戰。

甚至，安然沉默也是奮戰的一種。

不說話，接受安靜且沒有回音的空間，接受這世界的遠端可能不存在某座牆，接受有些事情投遞出去之後並無目的地可言。無聲，大多時候，這個世界都是無聲。

我們在無聲的狀況下長大。

▲二○一八年・八月七日

你累，是因為你還不明白這句話。這句話，你也許聽過，也許笑過、抨擊過，但你不曾體會過。我們一定要站在某個位置，一定要親身陷在那裡面，才可以曉得什麼稱作自尊。「自尊」──事實上，諸如此類的「高尚又哲學」的字眼都是冠冕，常掛在嘴邊，生命便好似有了堅持的事。

有堅持的人就值得讚許。

約莫是這樣的原因吧，所以放棄自尊的人，才會永不見天日地受到歧視及霸凌。「生而為

人，怎能沒有堅持？」這應該是大部分人認定的印象，然而坦白說，堅持什麼的，都是屁而已。那些被後人表揚的「堅持」，那些為了自尊而捨命的人，他們的句點畫得絢爛、激昂，甚至可畏；他們確實贏得了許多、貢獻了許多，但鮮少能親眼看見成果。我的意思是：全都是後來的事了。

人們會習以為常，關於你曾拋掉什麼、換來什麼，人們會將此看成天上的雲雨，以為地球誕生時就有了。你有多痛苦、多艱難，你曾燃燒的自尊最好化作星星，每當入夜，就會有人看見（可惜並不呢）。

「夜路走多會遇上鬼。」這句話我是不信的。
他們總能與鬼為伴。他們就是鬼。

▲二〇一八年 · 八月二十九日

遊戲一場
我又不用害怕
反正我不會是那個人

我不夠好
我也沒有想要好
心裡鞭策難道還不夠嗎
那就交換靈魂試試看
誰比較不食煙火

安靜
就算外頭吵鬧
我也會讓自己安靜
這是我的本能
我如果真的冷卻
就能濾掉所有雜音

所有。

▲二〇一八年 · 九月十一日

人本來就是相欠的。

「相欠」這個詞卻又是矛盾的。
因為，相欠很少是對等的。

有時候一旦欠了，再怎樣受懲罰、遭報應，都不能相互抵消。
我欠別人的、別人欠我的，終究是分開的兩碼子事。

「扯平」是不存在的。
扯平的背後，也只是寬容而已。

這樣的我，還有資格埋怨別人欠我嗎？

▲二○一八年・九月十四日

學會取捨
學會尊重別人
學會當你遇到許多善意的時候
理解給你善意的人不是不介意
而是願意犧牲自己的一部分去成全

「憑什麼以為我不介意？」

▲二○一八年・九月十八日

人在屋簷下，不得不低頭。

▲二○一八年・九月二十九日

這幾天的日子讓我想起表哥，他曾經那麼恨他的母親。當時聽見他的言論，我好似理解，又好似不完全理解，心想：「有必要這麼恨嗎？不是都長大了，一個人也能過得很好啊。」

漸漸地，我懂了那跟「長大與否」沒有關係。無論是我們的孤獨，或是我們砍不掉的芥蒂，最難容的是處在一個既親非親的環境裡生活——假裝問候，假裝在乎，再假裝回應和瞭解。必要時刻貼上臉去，必要時刻做個空氣。我們的孤獨從猛烈的發燒養成長年的慢性病，不那麼劇烈了，卻也沒好受到哪兒去。

實際上我們不需要幫忙。那種讓付出的人心裡好過的沒用的幫忙，那種像是安慰、然不確

定到底在安慰誰的幫忙。我想起表哥的媽媽始終對毛孩子抱有狂愛，我想起她的手機裡盡是毛孩子的相片。我想起她的人不常出現，一年只驚喜現身個一、兩次，給表哥壓歲錢，在桌上留下一堆禮盒，然後就走了。

這幾天我真的想起這些。我在想表哥在恨什麼。
人啊，犯錯、遇難、懇求之際，有時真的連一隻貓狗都不如。

▲二〇一八年・十月六日

死死
死死

▲二〇一八年・十月八日

有些人會嘲諷我們的文字裡盡是病。但他們不知道，我愛文字早於病，我開始寫字也早於病，我永遠不是為了病而寫。病是慢慢長出來的果，省略開花、直接腐爛地生長的果；字才是花，不曾凋謝的花。

雖然病了以後，有時整個人就等於病，想寫自己就逃不了寫病的命運，還是寫了。雖然可能很少人能懂，寫著病的同時，也正寫著幸福，還是寫了。

天知道我們的文字裡有病，絕不是我們願意的。
誰想當病了的人，誰沒有病過。
如果不是意識到活下去的渴念，誰還會寫出病。

我不是天生的病人，我卻是生來就止不住寫字的人。我愛著字，我並不愛自己。這樣的我也許寫出的盡是病——你無心，就看不出來，事實上我多想痊癒。

▲二〇一八年・十月二十三日

我常常不知道自己要什麼。
「索取」，是那些夠格的人在做的事。我不夠格。

一籃蘋果，我不敢去選最漂亮討喜的那一顆，可是我知道它漂亮。我也不會去選品質中庸的那些，因為我沒把握自己不弄髒它們。最後，我似乎僅看見外表醜陋、沒有眼光關心的，剩下的部分。其實非常順眼，我認為那是我的地方，我能自在地跟它們湊一塊。

我以爲這樣就能尋得歸屬。

藉著盡量低調、安全的方式，擺放自己的身心在對的容器。

所以當你問我：「爲什麼要待在這滿是臭味的巷弄？」我不知道。

我不知道自己要什麼。

原來外表髒的蘋果，也有壞掉的芯。

爲什麼？

我以爲對於不起眼的人而言，善良已是唯一的寶藏。誰料非然。

我在壞掉的芯裡面，是透過一次又一次的衝擊，才越來越明白自己不要什麼。

太好了，至少現在，我知道自己不要什麼。

淘汰也是一種過關。

淘汰謊言、背叛、利用、變質，淘汰毀人信念的蜜糖果。身爲一個不能索取的人，我珍惜自己有淘汰的覺悟。唯一困難的是，我仍舊在淘汰掉什麼以前，痴痴地相信那是我可以抓住的東西。

而這樣的困難，已經變成我人生中，成長必要的災難。

▲二〇一八年・十月二十五日

已經很久，很久沒有靜靜地在躺在黑夜鋪好的溫床，隨機選取歌單、全身陷於混雜的空氣裡，被一首熟悉的歌給安撫。已經很久，沒有回到大學時期那樣的生活，日夜顛倒卻依舊活得健康，瘋狂地去執著、去鬧，也可以鬧出一點開心的成就感。

印證了長得越大，越沒有脫軌的本事。對，不是勇氣，是本事。

好像只要有一些些地違背秩序，內心便出現無聲無形的譴責：「妳到底在做什麼？都幾歲的人了，還不知道什麼是自律嗎？」大概是這樣的心情吧——辭掉工作，放縱了三個月，我終於知道有種自由是過了某個時機點之後，就再也沒辦法得到的。

只能接近，無法等於。所有看似誇張、荒唐、頹靡的行爲及思想，全都產生了限制。例如把整個人浸泡在思念裡——對，我就是在說我自己——連續一個月徹夜未眠、望日陽東昇，卻怎樣也望不出昔日的義無反顧。我們已經懂得爲自己抱怨了，因而如同從前那般將整軀身體、整顆心臟全丟出去的作爲，形式上或許還能抵達，但本質絕對沒辦法再來一次。*年輕是無法模仿的。就算那個年輕的人是自己，也一樣。*

沒什麼事，其實。

只是今晚難得在租屋處的房間裡聽起了歌，只是歌單剛好播到了田馥甄的〈還是要幸福〉。前奏一下，眼前的螢幕、書桌，還有右前方的窗，整個空間恍若時光倒轉，我又回到了木柵新光路上的五坪小套房。那時什麼都不缺，那時懷有的夢，小小的就已足夠。反倒是傷心和脆弱，像一卷又一卷漂亮的紙膠帶——忍不住就要撕下一段裝飾我的內與外；忍不住就要細看那獨有的形樣和質地，如何黏著我的靈魂又不破壞我的髮膚。讓我充滿故事，也讓我輕輕搖曳但不墜落。

▲二〇一八年・十一月一日

要先憤怒，才有原諒。

至少對我來說，要流淚了再把淚擦乾，才敢說出「我不爲此而哭」這樣的話。

都是大人了。明白不是所有的生氣都等同幼稚。

有時必須生氣。生氣是表明你身心有所介懷的反應。

介了懷就得敞開懷，才好把中間的那根刺拔出來。

▲二〇一八年・十一月九日

無論到哪裡都是一樣的

會這樣空整年嗎

很忙碌但是很空洞的那種空嗎

頻率是每週一到兩次的犯病

累積起來眞的不知道會變成什麼

誰沒有努力

誰不努力

誰有苦衷

誰沒資格說話

「懂事」

已經是最藉口的字詞了

▲二〇一八年・十一月十日

當作沒有就好。

▲二〇一八年・十一月十四日

從八月開始，欠了好多想寫卻未寫下的日記。
欠著欠著，居然也會忘記欠了什麼。

有時候寫下來是好。
有時候不寫下來是好。

人生已經艱難，越能簡單就越是順遂。儘管我偶爾還是會被提醒，要心如止水是幾近不可能的。我們的眷戀那麼多，我們的心弦一撥就要斷。外頭的風微微吹起，心情錯了，連輕撫都變成耳光。

有人說：「斷、捨、離。」
（但若不是那些美好的人事物緊抓著與這世間的連結，這世間豈不貧弱得令人悲涼？）

於是想寫的時候寫；不寫的時候便不寫。
因為想記得的事情就算久了，有天也一定會想起來的吧。

又或許以前想起來會笑的，後來想起來哭了。
又或許以前想起來覺得憤恨的，現在想起來放下了。
又或許以前想起來欲言又止的，現在想起來卻知道怎麼說了⋯⋯。

拖延來自藉口。
藉口其實都是真心。

▲二〇一九年・一月十三日

一月，因為人性課題而失眠的第二個晚上，很適合來罐氣泡酒。感冒才剛好，燒昨日才退去，天色才正要亮，我還沒完全走出來。

這個月時常想起前年的自己，以及在那樣的狀態下寫下的新書序。那篇序的主人翁，如今又漸漸遺失自信，走回胡同。說好要鐵口直斷、不畏傷害的；說好要強悍、撐起黑面孔的──怎麼一下子，就把過去養成的一切推向潰散。

明明不是初生兒。

也許是因爲現下的所處之境不一樣？
也許是因爲我對眼前的新路程、身邊的新夥伴太有期待？
我忘了這裡仍是無情的沙場，假使多了超載的愛，只會增添負擔。

愛，眞的讓現實顯得更加沉重了。

因爲愛先行完好了所有通用的缺漏。演練萬次仍會破掉的缺漏。我們知道它，可是愛會忽略它。愛逼使我們不得已重新歸零，親自再去走踏一個個早料到的陷阱──然，心有預警地踩下去，還是會痛；懷著愛去墜落，摔得更痛。

在這裡，堅定的愛在在提醒我不能太愛。
是的。讓愛趨緩，最好平平淡淡。

這是我一月要習得的最重要的學分。我沒有人教。我唯一能做的，就是拿出一根針，把這幾年身上累積的舊傷，遍體刺過一回。

◎註：此篇爲Instagram上系列文「#一根菸的時間」（與本書同名）之第一篇。特茲紀念。

▲二〇一九年・一月二十二日

我掃了地上的頭髮。
我黏完衣服上的棉絮。
我洗晒外套和長褲，在陽臺。
我穿套襪子，睡前。
我照慣例吞藥。
我頭痛不止。

以上本來都是昨晚要記下的瑣碎之事，全在夜半消磨精光。

沒有睡，連續兩三天看日出。
聽清晨六點家附近準時出現施工的聲音。
挖土機在建造，也在破壞。
吵雜是最好的鬧鐘，鬧得規律又不減效果。特別是在心裡鬧的那種。
知道人要再睡很難，要醒也難。
一切都是時間的錯。

人沒有錯，身體沒有錯。
身體常常只是承受太多。
我們總是以為自己可以承受太多。

一月還沒過完。感覺花了半年在度一月的關。一月的關卡在腦袋。
人情世故。進退取捨。自負自棄。隨波逐流。信仰命運。強化玻璃。召集惡意。無法原諒。
冷言冷語。死後就不要重生。

故事怎麼永遠跟想的不一樣。

尤其是別人的故事，那更令我痛苦。我恨自己的渺小，在這種時刻特別特別地恨。我恨人
誕下即為孤獨的個體，我恨傷害從來不能分擔。

恨個沒完。

一月是充滿恨的節季。還有詛咒。
我喜歡自己帶著小奸小惡，去講出「*希望某些人不得好死*」這類的話。
我喜歡自己因為按捺不住，而暴露出邪念的樣子。
我覺得應該要這樣。
所有人，都應該要這樣。
因為這個世界不值得我們包容那麼多。
何況大多數的包容，都是謀殺。

「妳太純真。可是這樣很好。」
這兩週赴約幾場酒局。胡言亂語。
真的是胡言又亂語。
沒有胡言過的，沒有亂語過的，都不叫人生。

人，怎麼可以一開始就井然有序地說話。不可能。
言語是愛和傷害的根本，是最快速直接的方式。
你一定要去傷人，才知道怎麼說話。或是別說話。
都好。

我們記得*明哲保身*。
狡猾的人都活得比較久，因為他們懂這四個字。
甚至懂到另一個歪斜的境界。

我因此討厭這四個字。

我崇尚胡言亂語勝過明哲保身。

我相信一個你愛的人愛你，你就愛回去。

一個你操個沒完的人操你，你就操回去。

保什麼身？人已經卑微到手足無措，你要單槍匹馬衝出去。

你還有你自己。

要相信戰鬥後的新局，不信刀劍上的和平。

即使前者通常比後者更笨。但我喜歡笨一點的人。

我不要什麼一輩子的周全。

我寧可拿去換，一夜的赴死。

雖然我心痛的時候才敢這麼說。

人要把握還有痛覺的時候。

我每一秒，都把握住了。

▲二〇一九年・一月二十七日

不只一位朋友問起了同樣的問題：「妳是害怕知道嗎？」對此我都沒有再多說什麼，只是心底也納悶，以前的我明明是追根究底的人，為什麼現在不了。想來想去，不禁思考要怎樣定義變與不變呢，實在沒法準確找到一個標準去審核。既然找不到，那還有「知道」或「不知道」的可能嗎？既然不可能，那我何須回答害怕與否？再說，哪個活生生的靈魂不畏懼檢測。我不相信。

只有通過了隧道，再往回看，才有辦法開朗地笑談，剛剛的黑暗並沒有想像中黑暗。每一段珍視的關係都勢必得經過這樣的黑暗期吧。在進入「想像中的黑暗」之前，想像永遠巨大；在走出想像（同時轉為現實）之後，想像永遠渺小。而我其實並不確定此刻我在哪裡。雙腳從幾個月前慢慢騰空了，再也碰不著地。總是在夜深失眠，總是在白天恍惚。已經喝慣加糖拿鐵的胃啊，竟突然喝起成熟的黑咖啡──我怎能簡單幾次嘗試，就發自心底接受它的味道呢？因此我常告訴自己，像催眠也像鼓舞（請別說是哄騙）那樣地告訴自己：「黑咖啡依舊是黑咖啡，妳的任務不是去篩出受潮變質的豆子，而是檢討味蕾──短時間內，不會再有糖了。沒有糖的日子，妳願意思苦為甘嗎？」

妳願意思苦為甘嗎？

會用「思」來寫，也是不得已的選擇。畢竟我真的暫時無法把苦轉成甘甜，只能依賴情緒、只能培養轉念。我需要那一顆小卡榫，讓我藉由外力安置於一處恰當的、進得也退不了的位置上。因為無處可去會使我安心一點。例如忙碌、說話、吃飯、行走，希望生活中的選擇變得單純且規律。例如無時無刻聽音樂，在壓縮的鼻息間盡量不切換節奏。例如千萬不要發了神經故意不騎車，改走一段路搭乘公車或捷運，繞好久的車程才回到家，在明明晴朗舒適的好天氣。

我滿努力思苦為甘的，我覺得。
確實也從中得到顯著的成果，令我備感欣慰。
可是回想朋友曾經的提問，我依舊答不出個所以然：「究竟為什麼？」
難道是因為，這些年我已經成功擁有了一段美好的時光，無法再退回去當那個凡事怯懦、自卑的醜小鴨嗎？無法再把自己縮到最小，無法再一次、再一次地否定自己以成全別人？我回不去了嗎？

又或者，會不會是因為我開始認為：「我是值得的人了。」
若是如此，我在悲傷什麼？害怕什麼？無奈什麼？放棄什麼？

▲二〇一九年・一月二十九日

還不會走路的孩子
徒手摘下一朵野花送給愛人
愛人笑了，孩子也是
只有野花不發出聲音

白痴嗎
你還對人抱有什麼期待

▲二〇一九年・一月三十一日

讀馬尼尼為《我不是生來當母親的》，讀到心顫。並非第一次看她的作品，但這本也讓我忍不住紅了眼眶。我沒有要寫書評，沒有什麼委託之請，我只是純粹因為情不自禁地把自己套入了書中「孩子」的角色（甚至是「母親」的角色），一顆心感到穿孔般的遺憾。

要過年了，感覺去年農曆新年是前不久的事，這一年到底怎麼過的？我每一年都會因為節慶而陷入憂鬱，尤其是過年——這次當然也不例外。總之再如何明白我的家庭已非年少時期那樣不堪，甚至近年來開始走在進步的小徑上，那一點一點零星增加的溫度，仍不足以

讓我坦然地說出幸福二字。我確實擁有幸福的時刻，但原因大多來自其他。家庭和親人、血緣所建構起的城堡，我偶爾才會走進去，或是人在其中而不自覺……待我發現、意識到自己坐在裡面的時候，我不會說那是幸福，而是愧歉。倘若幸福眞是如此，我的幸福總讓我在自責之後流出眼淚。

事隔那麼多年了，每一次過年，我都想問：要「過」的究竟是什麼。每一年，我都在心底問自己一次。一次便長達一週，填滿我的假期。去年起，我在南部和老朋友見面之餘，會特地要求自己每一晚在家吃飯，目的是爲了爭取和父親聊天相處的時間。天曉得以前的我不會這麼做。我看見那幢房屋就害怕，曾經天天早出晚歸，兩天見一次父親的臉，天氣再差都想出門。我把對兄長的恨意、對親戚的恨意、對家庭的恨意寫進小冊子裡，我求朋友接龍式地陪我在外混到深夜。「我不是生來承受這一切的」，那時候太年輕，任何角色規範都不許綑綁我，成天在逃亡。

現在不一樣了。但我也不會像浴火重生的鬥士那般，對斑駁醜陋的往日侃侃而談。我也許曾經表現出那種樣子，在公開的講談活動上，但那嚴格說來並非眞正的我。我會笑，是因爲我考量了世界、社會、人群，我不要當那個拿著針把氣球刺破的搗蛋鬼。我會笑是因爲我要讓你們過去。踩著我過去。剩下的我自己會處理。沒有人問我孤單不孤單。

「孩子你會不會很孤單。」馬尼尼爲寫的。昨天讀到這一段時，一度以爲她在對我說話，她在問我。
「我看著你，試著不要去想。」緊接著的這一句，又讓我想起已逝的母親。

我想起我剛滿二十七歲，母親似乎也是在二十七歲結婚的，生下我哥哥。二十八懷了我，然後生下我。我居然已經走到了母親當時的年齡，可是卻完全無法想像現階段的自己有能力構組一個家庭，養兒育女。我發現了眞相：長得越大，越知道「大人」是多麼浮濫空洞的詞彙（對，只是詞彙而已），他們實際上都很無能。無能爲力的那種無能。

打包票吧，母親在對抗家庭裂痕之際，一定也曾經想那麼問我，但她沒有問。我在那個年紀，讀小學的年紀，天眞地以爲母親已經把所有想說的話都對我說了。我以爲我們是戰場上的夥伴，在一起離家出走的時候、一起到醫院回診的時候。我看過她身上手術造成的傷口，摸過她疼痛的灰指甲；我看她嘔吐，或夜半喘不過氣、難以入睡，到最後沒法自行如廁。我以爲看了這些並不予抗拒，就是全部了——結果母親根本還有太多的心事來不及跟我說，可能也不打算跟我說。

原來我那時眞的太小了。
連「孤單與否」，我們都從沒討論過。即使那時的我若有機會聽母親開口，一定會說：「我

夠大了，我聽得懂。」

到底誰聽得懂？

二十七歲的母親，三十多歲的母親，四十歲的母親。希望妳在當年，同馬尼尼為一樣，「看著孩子，試著不要去想」。我一點也不希望妳想。想了有什麼用呢？過年吃團圓飯有什麼用呢？化療有什麼用呢？吵架有什麼用呢？婚姻有什麼用呢？不是每件問題都可以被充分解決。我孤單，但是我不怪妳有所隱瞞，也不怪妳做出的一切措施——有漏洞、有後遺症、有陰影，留下來給我，我不怪妳。

因為我不是生來快樂的，妳放心好了。

比起快樂，還有太多重要的事。重要的事像蟑螂成軍爬滿我緊閉的深櫃，我有時會打開，讓它們更直接地侵擾我，再把它們打死。對我而言，拎著確知死亡的屍體丟進垃圾桶裡，就是我非常珍惜的，短暫的快樂了。

▲二〇一九年‧二月十三日

忘了這樣的狀態經過多少天。日子是別人手中的麵糰，要短要長、忽短忽長，都不是自己的。每天都感到錯愕，連通外界的神經元遲鈍得像壞了的溫度計，情緒不準確。

什麼才是準確的？

不是第一次坐公車坐過站——但在人醒著的前提下，過站半小時才發現不對勁，倒是頭一遭。今晚索性於錯誤的地點下車，一方人生地不熟的區域，開始隨意走走晃晃；手機電池是飽的，卻忘了有 google map 可以使用。我的腦袋似乎只充斥著以下念頭：走這條看看吧，也許有站牌；走那條看看吧，應該是那個方向。後來在路上遇到街貓，一隻普遍不討喜的玳瑁，我就跟蹤牠一會兒，待牠停下腳步窩在一處角落後，轉身往超商奔去買罐頭。我特地選了貴一點的品牌，衝回來找牠。慶幸牠還在。拆開罐頭，我把肉泥挖出來倒在關東煮專用的蓋子上，靜靜蹲在牠身邊，看牠吃完這頓飯……才想到我還沒回家，而且是在一個極度不熟的地帶。「恐怕還得請你帶路呢。」我對牠說。

夜深了，這地帶的街道也慢慢地沒有人影，我決定順手攔路邊的計程車回家，沒想到連車子都有點難遇見。「我到底在這裡幹什麼？」耳機裡的歌單已經播送到第二輪了，聽著聽著，開始困惑起來。「我討喜嗎？」如同剛剛遇見的小玳瑁，要獲得眾人喜愛真是件困難的事。模糊印象中，曾有一位朋友說我討喜：「妳不用特別去親近人或開口講話，就滿討喜的了。」對此我還真是充滿懷疑。今晚跟同事聊到「孤僻」一詞，我說其實某些時刻我極度孤僻，他們聽見後的表情看上去十分震驚、不甚相信，我也很難解釋是怎樣的狀態，於焉作罷。然而會有這般突然的「告解」，也許亦是深植於我體內的孤僻因子太想出來證明些什麼，所

以忽地脫口了。

我討喜嗎。我孤僻嗎。我在哪裡。我的心情是什麼。我是怎樣的一個人。我為什麼還不回家。

一般來說，太容易自我檢討的人應當不適合活在體制內。可是我依然覺得自己是體制內的人（大部分的時刻），有體制內的價值觀、道德感和適應力。然而我還真沒辦法太過安居於體制內。那些假裝自己光鮮亮麗，實際上千瘡百孔的行徑；那些明明懷有目的，卻想把私心包裝成偉大情懷的言論；那些已經破損，但基於倫常而必須死命維護的關係……林林總總，看不慣乾脆別看，我便一戶一戶把門帶上，偶爾會因此自在，最後又感到徒勞。如果我沒有辦法停止檢討自己，就代表我還是一個體制內的人啊！關門有什麼用？不討喜又要如何？

出走？賤就賤在，太浪漫的人我也不想當。「固執」一度是我介紹自己時的常用詞，直到發現怎樣才是過分執著的人。我老覺得在乎的事太多，但偶爾會意識到我其實並沒有——若真要在乎的話，早已經崩潰了，怎麼生活……啊，等等！這樣說來似乎就通了？也許我孤僻（體制外）是為了盡量讓自己不在乎（體制內）。我最羨慕的人是自由的那一類，孤僻和不討喜也在裡面。某程度上，他們（以及我）放棄了一部分的社會，除了是自保，也是為了自娛。「沒有你們，我他媽還是可以過得很好」，大概是這樣的態度吧。

過得有多好？很好是哪種好？
我已經失眠好一陣子了。在想著這些問題之前。
我忘了再怎樣孤僻的人，都是會愛的。
什麼愛都一樣。讓殘廢的我們弄丟拐杖，還以為能靠己之力走回家。家已經不在那裡了。
我們要回的家，沒有人。

▲二〇一九年・二月十四日

我討厭那些在社群平臺上只說好話的人。我討厭他們散播快樂，彷彿自己的快樂散盡不完。

我討厭他們不曾用文字哭過。討厭他們把苦消化成一棟又一棟的豪宅，邀你入住，找不到破綻。我討厭。討厭他們總是那麼充實的樣子，其實對他人非常怠惰。我還討厭他們嘴裡總有一堆夢想，實踐的方式卻是把人踩在腳下。我討厭他們假裝愛人，私下只愛自己。我討厭他們故作謙卑，又逼迫人給予尊仰。

我討厭這群人。你們總是以為只要填滿了外在的表層，就會有人買單。買你們的成功和志氣，買你們順遂的愛情。但根本沒有人在乎。你們辛苦營造的傳奇僅是茶餘飯後。剔牙縫。

但同時我也知道，會在乎這些東西的局外者，只有因為看穿全部而想一針刺破你們手中氣球的我。只有埋首在失敗之中，將妒恨懷身的我。只有沒辦法演出一場好戲的我。無法去演任何一個誰的我。

為什麼是我？
為什麼是你們？

你們，他們。*越無感的人越幸福。*
只有我全身布滿敏感的神經元。只有我離幸福，最遠。

▲二〇一九年・二月十八日

最近的我時常全身發麻。不很確定源頭是哪裡，但可以依稀感受到從背部開始，電流同時向上向下，瞬間灌滿全身──誰雇用了一位歌手？在我的體內嘶聲力竭地吶喊，就為了唱那三兩個字眼，又立即收掉所有情緒。我都還沒看清楚他的臉。這過程總令我想起搖滾樂。想起最近青峰在節目上演唱的〈Silence〉，最後一聲就是無預警抽掉隨身碟的剎那：未存檔、電腦螢幕黑掉，什麼都已流失，什麼都已侵擾。真的是這樣。具有毀滅性的東西往往僅需一秒，就可以留下基因。

我的身體裡有基因。我已經失眠好久，只能在日出後偷來若干小時的睡眠，做一兩個惡夢。近幾個月，我多次夢見自己掉了一堆頭髮，那種手指一順而下，毫不費力就抓到一把髮束的畫面；我還夢見拿著頭髮的我正準備走去垃圾場將之丟棄，掀開巨大綠色塑膠桶的蓋子之後，卻看見一把更厚實、量多的頭髮躺在裡面。我望望手中握著的這一把，再看看桶子裡的那一把，我懷疑自己究竟還有多少頭髮可以落下？不禁在夢境裡害怕地撫過自己的頭。我並不記得自己摸到了什麼。

也許越來越能換位思考了。以前雖然也會把這四個字拿出來提醒別人與自身，但終究必須透過與真實狀況不斷切磋，才得洞悉背後切實的意義：根本沒有什麼「換位」可言──你能換位，是因為你正好剛離開那個位置；你待過，好的壞的你都受過，所以才有資格和內容講得出口。

要講什麼？有時候不由自主地冷笑，勝過一切言語。而我亦是近日才發現，冷笑遠比冷漠更加殘忍。事實上，以前我只做過冷漠的人。在那些太脆弱、太憎恨的時候，某個背後推手會迫我墮入黑洞、掏空心臟，以冷漠求得治癒。我為了活下去只能如此。然而今日，誰料到我竟也可以成為一個殘忍的人？我曾經那麼害怕「殘忍」，我害怕對人不夠溫柔，因此

我也習慣了忍耐——「忍耐」，這好像是母親教我的？我的母親是逆來順受的代表，幼時的我曾認真地相信她爲此而偉大，現在看來卻只剩下愚蠢。不要緊。至少，幸虧，我現在明白了殘忍之必須。在你被他人殘忍地對待過以後，你自己也必定變成殘忍的人。這是由不得你決定的事。

沒有人天生喜歡受傷。沒有人會做一個毫無極限的人。天曉得我多麼驚訝自己會是那個驚訝的觀眾——跳脫這身軀殼，以靈魂鬼魅的視角看著自己的臉龐和言行時，我的訝異絕對不少於他人。我也會是自己的受害者。因爲受害者總自然地變成加害人。縱使後者很少人願意去關注。

把藥弄丟了。兩天沒照慣例吃藥的情形下，挨著略爲嚴重的戒斷反應出門。在公車上聽舊歌。我想起自己常常在文字裡提及舊歌，那些隔一陣子聽就會搭上時光機飛往哪裡的歌……或許也常常不小心寫到同一首歌？但我不會特別記得，也不會特別避開。孫燕姿〈開始懂了〉：「愛情是流動的／不由人的／何必激動著要理由」，我聽這一句，看窗外風景再怎麼變換，都不是我熟悉的城市。我在車上流淚。也許有人看見，會說我不應該流淚。

我失戀了。我老早就失戀了。
我失戀了快五個月。我怎麼現在才要去面對我失戀的事實。
你們都不會理解，我也不再像以前一樣，去期望有人可以理解。我不怕孤單或寂寞。我已經覺得我一個人可以過得很好。是的，在上個月就認知到這個事實：「我一個人可以過得很好。」而這是前所未有的信任，自己對自己的信任。我從來沒有如此有把握過。

我彷彿身經百戰的將帥，偶爾才想起自己奪走人命。
這種失戀，失去的不是人，而是戀。
我並不清楚這樣形容到不到位。但我自己明白，我的失戀落在句點之前。在你丟掉我的時候，你不知道你丟掉的是什麼。因此請別反過來問我，爲什麼現在有一絲絲要丟掉你的欲望。我們的人都還在，但於我而言，戀已經不在了。
你正遭遇的，我已經遭遇完了。

我換過位置了。
才可以像這樣，這樣心平氣和地和你承認我的殘忍。

我學會冷笑——而你永遠都不會知道，我是怎麼學來的。

▲二〇一九年・二月十九日

我們去看滿月好嗎？

看了就知道，似近實則遠的事物都是這樣的。

你以為你可以觸及，但觸及不了；等到你觸及了，卻也沒有想像中美好。

我們不看滿月，好嗎？

「錯過要再等上幾十載」，請別被這樣的句子嚇唬住。敢於錯過的人才可以更加誠實地善待自己的心。如果我們真的不想看，那就不要看；如果我們真的一點興趣也沒有，那就穩穩地繼續走，不要抬頭。

「感到可惜」是一種最會綁架人的情緒。

因此我非常欽佩那些不畏可惜的抉擇。有時明明知道後方並不存在全新的大道，看著自己的雙手雙腳也毫無自信能走得更好，但基於快樂、基於自主，一定得有斷有捨──就算砍掉一些關係如砍掉身上的四肢，仍舊要砍。在如是時刻，可不可惜的問題已拋諸腦後。

我真的佩服。

人要有多大的勇氣，才可以毅然決然地在任一年紀，放自己從零開始做個殘廢，慢慢復原？不擔心沒有能量、不擔心零的荒涼，不擔心就此帶著傷疾，日後時時害怕復發。

我們不要讚美滿月，好嗎。

▲二〇一九年・二月二十三日

把打包好放在門口數多天的垃圾丟掉，滿出來的髒衣服也拿去洗好晾乾了。晾到忘記收的床套沾滿春的香味，鋒著雨一點兒也沒壞到它。但我還是沒將之換上，先行扔進凌亂的衣櫥裡。如果說看一個人的房間就能看出性格，那我的性格就是善於積累，到頂了就爆發。還沒到頂，就不是最後。

記得過年南下之前，租屋處的樣子：每天睡在垃圾堆裡，眼鏡、髮帶埋進衛生紙團，多件衣服受潮而發霉。那時我渾渾噩噩卻也清醒，稍微收拾了一下才前往車站，想說既然要「過」年，有些東西得在新氣象來臨前，跟著丟掉才好。我記得自己掃了地，無數的髮絲、無數的塵灰和棉絮。我撕下牆上的照片。我覺得很好。所以回到高雄的第一件事，是打開筆電記下清掃的過程。後來那篇文因為太想寫得詳細，反而中途停筆了，到現在都還沒有繼續寫下去──我甚至不確定自己到底「掃完了沒有」？急著分享當下那份「敢於斷捨離」的衝勁，導致我疏於思考執行的完整度。其實也合理。因為對一個善於積累的人來說，有起頭的心念就足以興奮，哪來得及去想以後。

過完年沒多久，房間似乎又回到原樣。每隔一到兩週左右，才會進行「不得不」的整理。好像只是爲了讓自己別活得像流浪漢罷了（但我承認自己是流浪漢沒錯呀）。唯二眞的有變的是，牆上的照片我沒有再貼回去，以及那一份「看見什麼都想丟」的冷血心態。爲什麼說冷血？別忘了我是善於積累的人——雖然一部分確實是懶散所致，但另一部分不可否認地就是眷戀（即使現在沒有戀，只有眷）。我對物品有太多的情感，總覺得還能用、有天也許會用到；我對與人相關的也許亦然。我太容易感到浪費。不去想「害怕浪費」會不會才是眞正浪費我的元兇。

究竟積累夠了沒。這些雜物，這些灰塵，這片受潮的地板和毫無秩序的桌面，讓我無處呼吸。哪層抽屜打開還會有去年旅行的戰利品？哪箱未拆封的包裹還會裝有特別的日子所收下的禮物？當時是抱著什麼心情收下它們的？當時的日子過得怎麼樣？當時爲什麼大膽地囤了貨，難道是對於未來太過自信？憑什麼覺得它們能安穩地活到命定的期限，憑什麼我到現在還要因此學習切割。

人歸人，時歸時，物歸物。
暫時學不會，但偶爾能體會。
因而現在的房間處於「一半」的樣態：亂，但不至於太糟。

我也是。亂，但不至於太糟。
太糟又如何？那就是最後了。

▲二○一九年・二月二十七日

昨夜做了一個夢，醒來後回想，才發現是惡夢。只是夢裡的我根本不能感覺到「惡」，反而因爲極端的惡而沉醉快樂，發瘋般的快樂——我的右手腕被哥哥用小刀割出了兩道痕（眞實生活中我確實有一位哥哥），夠深，正在慢慢流出紅色汁液。我變成警世的花。

花語是：「你看吧。」
你看吧，早跟你說過了。
你看吧，爲什麼當時都不願聽我說一句。
你看吧，你看到了沒有？來得及反應嗎？快帶我去看醫生，快點亡羊補牢。
你看吧，你們明明都有看到。怎麼上一秒還在震懾之中，這一秒就閉上眼了。喂，喂。
你看吧。你覺得我在騙你。我知道，所以你看吧。

我到現在還記得那兩道痕的樣子。明晰到此刻今日將盡，新的黑夜已來臨，我仍可以在手上描繪出它的輪廓。褐紅色，貼近鐵鏽，前端跟尾巴都是尖銳狀收起；上面一道是西北東

南向，下面一道是西南東北向，約略等長，三公分左右；憑看形樣、深度，即能感受到事發當下的刀落之速。而夢裡，我似乎就在「等著」這傷口。我有些痛——甚至醒來時還能延續那痛覺，但稱不上是要命、失了能耐的痛。大多填滿我身體的，反倒是窒息。

窒息，顯得一切情節杳無聲音，呈現無介質狀態，我竭力奔走。右手在受傷之後彷彿已不是我的。我是指，不屬於我、並非從我身上長出，或不再與我相連的那種情況。我在夢土上跑遍許多地方：室內、戶外；有人、無人；文明、田野⋯⋯，我宛若帶著一份太過具象化的罪狀證明，帶著它大聲呼喊、張揚——或者更正確一點來說，我不確定自己是在哭訴，抑或感到驕傲。

驕傲什麼？似乎，我一直一直，想讓他們（他們是誰？）知道，我是對的。試著回溯夢的處境，我是長期遭受迫害的人，被愚蠢到溢出來的善良追趕，隨時隨刻後腳跟就要遺落重心。我跑得很喘，舉起手依在嘴巴大叫，但完全聽不見回應，連我自己發出的聲息都聽不見。好多畫面從我眼前飛過、旋轉、分散再胡亂整併，有幾幕影像快到變得扭曲而模糊，人不像人。我記得最終醒來前身處醫院的走廊，視角之高度是個孩子，往上看，求醫生和護士看一眼我的傷口。我稱喚他們叔叔和姐姐。他們都沒有看我。一切真實到不像夢。

也對，不像夢。不是夢。
因為我從小與惡夢做朋友，我跟它是青梅竹馬的關係，親暱到醒來後，先是汗毛直豎個三秒，立刻就忘了。伸完懶腰，準備出門。

我察覺這一切稀鬆平常到像是寫日記。只是移到現實，只有右手腕跟左手腕之別。也正因為我知道這不完全算是夢，所以才沒有給予太多分析和推斷——平常我做完夢，總喜歡上網查詢解夢結果——這次我僅是單純地把它寫下來。

我意識到自己總是寫日記。夢裡，或非夢裡。
我本能地寫上一個個名字在某個地方，事後才想起那些代表惡意的名字不一定是我的哥哥。有太多人、太多事都能變成刀，我身體的每一寸也都儼如手腕。面對生活的壓抑，成長和智慧所教導而來的壓抑，手足無措的我只能把別人口中的過眼雲煙，夢成一本日記。最後說好要忘記的事情，都可以收進這本日記裡。

日記真的太厚了，厚到關不起來了。
或許，我終究會成為拿著小刀的人也不一定？
我默默開了一間醫院，卻打死都不收任何人。

▲二〇一九年・二月二十八日

○、

終於知道那中後段的空白發生了什麼事。

一個瞬間，同路人，不同抉擇。

或者其實都抱有相同念頭？只是由念頭轉成實際行為的中間，化學反應得出相異產物。

雖然我很清楚人與人之間的悲傷痛苦不能比較，但有時站在他者的悲傷（離開）之前，我們會異常理性及縮小自己──「我不希望他和我一樣」，大概也是本能之善的一種。

一、

本來就對這首歌有印象，但僅止於印象（或歌名）。最近因緣際會又重聽，像是沒聽過那般，聽一首完全不認識的歌，然後給自己一個功課：重新認識它，重新去思量究竟何謂「開放身體」。

詳讀了影片下的說明文字，反覆讀個三、四次，把意義留在腦中發酵後，才約略有點自信，找到了屬於自己的答案。這份答案也許不適用所有人，但於現階段的我已足夠。

我暫且沒有一尊能開放身體的靈魂。

二、

想到今年一、二月一直在面臨的個人課題：切割。無論是公事與私事、作者與作品、心智與身體，我都切割不了。常常綁在一塊攪和的結果，就是疲勞。我甚至也沒辦法確定，疲勞來自心理或生理。

因此很享受喝酒的狀態。

那是一個之於我最能接近「身體開放」的管道（就算對其他人而言可能完全不是）。

這兩個月令我備感深刻的體悟，就是身體作為一只容器，已沒辦法好好盛裝我。再嚴格一點，應該是這五個月以來。我時常以某種詭異的姿態困在容器裡，明知不愉快、不合適，卻因為切割不了而讓容器跟著毀壞。

喔，差點忘了，毀壞也是開放的其一方式呢。

三、

身邊有拘謹的人，也有過分恣意的人。他們像光譜展開，要你每天審核自己落在哪一段。

我當然一點兒也不恣意，然我也不拘謹。拘謹的人有很多煩惱，恣意的人煩惱也許更多（但比較「垃圾」嗎）。看見他們以各種我不熟悉的樣子生存在這個世界上，那衝擊是挺強烈的。有時會去想：「啊，他居然這麼簡單就笑了。」或者「啊，他粗糙地活，竟也活得比細緻的人安穩。」諸如此類。

「不必要的在意」才是煩惱的幫凶。

四、
回到歌。

最喜歡的一句歌詞是「如果你解釋不了」。
聽一次，最喜歡這句。
聽十次，一樣最喜歡這句。

明明是有點輕快的旋律，明明口氣很淡，愁苦卻深不見底。人活著不也是這樣。

輕輕地轉身，走過四縣道的十字路口；輕輕地把手插進口袋裡，視線漂流在都會燈火之中；輕輕吐一口白煙，拿出皮夾、抽出鈔票結帳；輕輕地在人潮壅塞的市區舉起右手，攔下陌生的車。

太輕了，簡直快飄起來。
若不是有風，根本忘了冷。

而這些通通都解釋不了。你的情緒是什麼，你的糾結是什麼，你的空虛是什麼，你的慾望是什麼。
如果你解釋不了，請聽。

五、
你相不相信失敗的愛也能引領你起飛？
我信。
下一秒墜死，我都信。

那我的身體開放了嗎？
開放的身體，又渴望誰進入？
還是因為全部都肯丟掉了，所以才敢去問，問你要不要進入？反正都空了、壞了；髒的、美麗的，都掏出來了。「我」存在於身體之外。

啊，原來用身體與一些人相遇，我就必須在身體之外。原來他們不一定想要你完整地出現。

身心合一，太危險了。

◎註：本篇寫給一首帶給我太多感觸的歌（含MV內容）——由Easy Shen所創作和演唱的〈如果身體全部開放了〉。也謝謝讓我認識這首歌的朋友S。

▲二○一九年・三月四日

曾說過的：「道不同，不相爲謀。」在長大以後，就變成任性了。原來，你終究沒辦法隨意離誰而去。那些明明不存在對錯之分的逆耳之言，你也要想辦法轉化爲溫柔忠告。

「一個人也可以過得很好。」這決心充滿瑕疵。
否則，你爲了什麼得要在憎恨的人、不齒的人面前，露出稱職的微笑？人要與人爲伍，卻沒有一個人真的與誰爲伍；這隊伍裡的各式臉孔，你其實不盡然每一個都愛，或每一個都恨——有些眼神甚至令你又愛又恨。

長大了，學不會分明了。不能任性了。
這時候回想起動不動就鬧不合、冷戰、相迫絕交的彼此，反倒覺得可愛而默默珍惜。因爲我們是各有其道、各自平等，才能有這般過程。對照現今，蜷縮在生活二字之前，只剩下無止盡的忍讓求全了。

▲二○一九年・三月十七日

太快樂了，叫得意忘形；太悲傷了，叫不懂知足。

有點快樂，有點悲傷，叫做剛好。

所以我們才需要去愛人。

▲二○一九年・三月二十日

感覺又來了
想把一切
關掉

的感覺

▲二〇一九年・三月二十五日

老友昨晚傳來訊息，滑開看，是一張又一張的照片。

婚禮的照片。

原來十六年前屬於我的「不算初戀的初戀」，結婚了。當年在球場上叱吒風雲、個子小小卻氣勢不輸人的男孩，終也有了這一天——把值得彼此託付的人娶進家門，互伴終生。

照片裡，男孩一身筆挺西裝，手挽著新娘，臉上盡是堅定的幸福。第一張是紅毯之行，下一張則是男孩張大臂彎，擁抱自己的岳父、岳母。看那臉蛋和體型，雖然已不是當年我喜歡的模樣，卻仍舊可以一眼辨認出，正是他。是他在那麼幼小而無知的年紀，願意去承擔喜歡一個人的責任。「責任」是什麼呢？對小學的我們而言，這無疑是太過巨大的字詞，但也因爲如此，所以壓根沒有害怕的必要。我們總是很直接地去相信，這就是「喜歡」。或者很莽撞且不計後果地，用尚未成熟的心靈寫下遙遠的承諾，還非得送達對方心裡，也不管以後有沒有機會兌現。

就算眞的無法兌現，也不構成謊言啊。
長大後細細回想，才可以明白當時的誓言和成人的誓言有何不同：十一歲的我們，絕對是無比眞心的，眞心到可以無條件赦免往後所做出的全部改變。我們眞的太小了。年紀太小、身體太小、眼界太小，還來不及學習好課本裡的基礎知識，就忍不住悠遊於外在生活的微妙體驗——人與人的、人與世界的，只要感受到一絲絲新鮮和不可抗拒的力量，就會自然地放大再放大，填滿整個小到不自覺的宇宙。太小了，*所以什麼都是大的。*活在如此「大」之中的我們，當然也是用一份等量的情懷在喜歡一個人啊。這種純粹的「質」與勇敢的「量」，這種連成年後的自己都可能無法做到的情懷，若無法將之比作「責任」，那還能用什麼形容？

最好的喜歡，是喜歡那個曾經喜歡過誰的自己。
我知道一路走來，男孩始終待在社會所認定的「相較不愛念書的那一群」之中。可是他卻憑藉自己的初心，找到了認定的道路和抉擇，堅定地前進，而今也有了穩定的成績。我認爲這才是最難得的事。告別各個階段的學生時期，我們終於可以拿出自己的生命經驗舉證：兒時看起來不屬於同個世界的孩子，其實十多年後，依舊是同個世界。我們不必受迫於教育體制的切割下而分道揚鑣，在不脫軌、歪斜的前提內，你一樣有大把的優勢與能力去尋獲一生穩定的幸福，甚至搶先體會下個里程碑的酸甜苦辣。

我會默默想念，那些騎著單車去學校操場看你們打球的下午。寧靜、祥和、純樸而美好。

我會想念十塊錢的珍珠奶茶，一買就是五、六杯起跳，送到滿身大汗的你們面前，幫你們插好吸管。我還會想念，曾經因為「吸管碰吸管」的「間接接吻」而害臊、喧嘩起來的我們。

我想念在走廊上撞見彼此就一溜煙跑走的你和我。

想念沒有寄件者姓名的電子郵件，也想念yahoo即時通剛推出時，你教我安裝，然後我們終於可以更加「即時」地聊天，不用再透過信件方式，一封一封來往，等待灰底的收件匣頁面跳轉出白底的新郵件。

我想念你每天晚上八點帶著我一起上線打RO的快樂。

想念那個記著你家電話號碼，打過去卻又不吭聲的，瘋癲的自己。

我想念當年有人匿名寫信問我：「妳喜歡誰？」而我一字一行打下的句子：「*我喜歡六年一班12號。怎麼了嗎？*」

但是我一點都不想念現在的你。我真的，真的只想念那時候的我們。

這樣的想念，真好。

新婚愉快。

▲二〇一九年‧四月四日

和舊情人重燃愛苗的浪漫是什麼？

「一起重蹈覆轍。」

▲二〇一九年‧四月八日

四月來到。

這曾經是我長達六年很害怕的月份，程度有如詛咒——而今卻不怕了。

雖然依舊是不怎麼順遂，但比起以前，心裡已經有個能量桶，會盡力輸送正面的思考至大腦中心（在它未故障之際），平衡一下潛意識中，那個永遠沒辦法抬頭挺胸、好好看待自己的女孩。

整個三月都在趕新書的稿。那是一份從去年九月開始動筆，卻拖到現在仍未完成的作品。這一回想，才發現自去年九月底旅歐結束並返臺後，看似給自己一個假期的我，始終沒有放假的感覺。是的，去年的七月，我離開了原本榨乾身心的工作環境，想好好喘口氣、重新整理生活的方式，殊不知這個「逗點」的下筆力道錯誤，搞到最後實在太長、太沉——長到我無所事事，沉到我即使「無所事事」，心也無法靜著。

接續的十二月到二月，重新起跑的我接連換了兩份工作。過程中遇到很多離奇的人事物，開眼界的同時也伴隨著「再成長」的脹痛。像一個從未出過家門的孩子，重新認識那些我以爲已經能有所防備的災難，忘了世上之荒謬永遠沒有下限。最後，我把三月設定成過渡月，扔掉（也被扔掉）所有手心裡既有的東西，回到孤獨的房間，面對剩餘大半篇幅的稿子，和灰白相間的天花板。

三月，幾乎每天都往咖啡廳跑，從中午十二點坐到晚上十二點，盯著螢幕、手敲鍵盤，一杯咖啡走到底。暫時終止穩定收入的這個月，形式上過得整齊規律、行程固定，卻攔不下心煩意亂的毛病。我發現自己對於這本新書的期許甚大，越寫，越覺得我似乎花一輩子也寫不好。因爲想說的話太多了，因爲總有想補充的細節補充沒完，因而需要花費大把心力去回想……天啊，都是多久遠的事了。

這個月，一邊寫著也一邊後悔：爲何沒有善用去年到現在的空白期「從容自在」地寫稿？非得要讓（創作時容易犯著的）拖拉個性害人害己？上週快逼近截稿日時，壓力大到我想吐，在咖啡廳作嘔。我在那瞬間突然想起了許多逆耳忠言，也憶起我這個人總是在後悔中度日。想著想著，快炸開的腦袋命令身體做出反應，向編輯再次延了稿子，期限未定。於是，本來想要在近期出版的計畫煙消雲散，可能要拖一陣子了。對不起各位，對不起出版社和責編，也非常感謝他的包容和建言……。

延稿後，趁著連假，我檢討了許多事。從自責、埋怨、逃避，到此刻的狀態——我想這正是我「不再害怕四月」的主因。我承認自己並非一犯錯就能改過的人，可能必須要犯錯到一個臨界點，我才會有醒過來的覺悟。而四月，好像正適合甦醒。這本新書會是一本散文，是我最愛的文體。我在「忙、茫、盲」的三月體認最深的一件事便是，我看重這部作品的程度遠超乎我的想像。「它是我活到現在，對自己生命的交代。」原諒我無法先行透露太多，只能以此作爲概要——但你們應該多少能在這一句話裡感受其重量。而爲了善待它，又爲了償還我之前種下的「爛因」，我想我必須對不起一些人了。對不起。請再等等。

「請再等等。」
事實上這也是我對自己說的話。
我在過去這起起落落、不安穩的半年，透過患難，認識了許多新朋友。短短的一趟不完美之旅，經驗和人，始終是我認爲值得的部分，由於他們給予了我無法藉由另一條路獲得的養分。再者，補充一句十七歲時朋友告訴我的話：「你要相信，一切都是上天最好的安排。」每每想及這句，我就願意再等。

四月還會有多少災難？帶著膽怯的心前進，至少我會拉自己一把，至少我已經比六年前的

我擅於復活。一直前進，一直執行，當時機成熟、機會來臨，我就會是準備好的人吧。

◎註：本篇所指的散文作品至今仍未完成。或者應該說，要全部歸零、重新書寫了。

▲二○一九年・四月十五日

於是我又變成一個逃跑的人。

天氣預報說會下雨。週二，週二起會連下
六天的雨。
帶著傘出門，天氣卻晴朗。
想到這個週末待在發霉的房間裡，聞發霉
的氣味，看各種發霉的物品。桌角。化妝
架。爸爸送的菩提子。行李箱車輪。扔在
地上的大衣。門鎖下方。買了卻一直沒戴
的老爺棒球帽。洗了又髒的靴子。

在公車上把這些發霉的東西想了一遍。意識到混在這種環境裡的我，早該發霉。我怎麼能
跟這一切共處？多久了？半年。

在一棟屋齡僅有五年的新大樓中，病懨懨半年。
那天簽的租賃合約，也不知道丟到哪裡去了。也許跟照片一起收起來了，在不知名的地方。
我很懶，很慢，還有很多東西沒能來得及收。都還待在原地。看上去不怎麼在意，想說沒
關係就先擱著吧。然後就那樣了。

就這樣了。昨天半夜，接近清晨時分，心血來潮地清空了桌面的二分之一。騰出空氣的小
世界，彷彿跟著我一起大口呼吸。從錢包裡抽出皺皺的牛皮信封，那是某次講座後主辦方
給的報酬函。報酬早就花用在日需用品上了，現在信封裡頭是空無一物。我執筆，在信封
外的收件人欄位寫下：「房租」。然後摺起，插在甫擦拭完的置物架上。

我本來以為這會是個開始，但我從來沒能準確預估生活帶給我的考驗。我知道我們都有考
驗，而我並不參與妳的考驗。整個三月，乃至現在進行到一半的四月，我都仍在自己專屬
的考驗之中。有很多個瞬間，我是打從心底體會到──原來這才是生活。我之所以覺得肩
膀沉重，是因為我正在對抗生活。我之所以可以對抗，是因為我還站得住。

以前的我不是這樣的。以前的我站不住。

以前的我會當作身後無人也沒關係那樣——一味地往後倒。因為我無能為力。
現在的我並非無能為力，而是時間追趕得太快，我在喘。
我站得住，只是我在喘。

我不會逃跑。我站在這裡看著我的一切，我們的一切。
我能清楚數算自己有多少罪狀，以及妳的，還有我們共同擁有的。
我很懶，很慢。可是我總要，總會，總該把路走完。

（結果這還是那個四月，沒有變。）

▲二〇一九年‧四月十五日

一直重複想著
這是給我的報復嗎

如果是的話
不就代表我做錯事了
才會受到懲罰嗎

可是追溯到最前面
明明最先傷心的人是我啊

▲二〇一九年‧四月十五日

死
死
死
死
死
死

場地不好找
作法不好做
選擇太少
不想痛
不想醜陋

這樣的死法太少

有別人
陌生人
會怕你

認識的人　會笑你
（認屍的人呢）

一下車
就開始下雨

口齒清晰地說話
掩蓋情緒
希望別人還是看得出
我聰明

▲二〇一九年・四月十七日

02:59

我不要舉行任何一場後事
家祭也不要

我要樹葬

我支持同婚合法化（非專制法）
精神病去汙名化
可惜我無能為力

請大家不要仇恨她
我知道　她是值得被愛的人
只是我沒有給她
她想要的包容和諒解
我也　已經盡力了
她一定找到了　比我適合她的人

我暫且沒辦法祝福
可是以後　我會祝福　眞心的
但　可能也不是活著的狀態了

對不起爸爸
下輩子
我會好好當個平凡人
謝謝你的照顧
希望有機會再當你的女兒

關於兄弟姊妹間的精神霸凌
希望臺灣能注意這類事件
血脈不代表一切

我受過很多痛苦
可能都比你們小又輕微
但　我盡力了
我不求你們諒解
反正
我也看不到了

◎註：這是當年的遺書。認眞的
遺書。最認眞的那種。後來我失
敗了。失敗了才會在這裡把這一
封遺書公開給你們看。

▲二〇一九年・四月十八日

以前覺得人一定要爲自己而活，
現在不這麼想了——能找到一個
人，讓你有活下去的能力，何嘗
不是幸福。

▲二〇一九年・四月十八日

短短幾年的寫作歷程，自中期開始，就對「溫柔」這樣的詞彙反感。反感到有時甚至會刻

意避免使用，想盡辦法找別的字替換……但我竟不曾認真問過自己：「爲什麼？」

今日傍晚，莫名從病態身心「甦醒」過來的時候，腦海浮現的關鍵詞正是「溫柔」——是它暫且替我將繩索鬆綁。而那瞬間，我忽然想到，這幾年之所以如此排斥之，一方面除了它被濫用而失去真義外，也許還有個隱藏原因：我確切知道，自己終做不成溫柔的人。
既然做不成，怎好意思掛在嘴邊呢？

這樣解釋就說通了。
很多溫柔是惡意的美化，很多溫柔只是要掩飾我明明害人不淺，但收手收得緊湊恰好。我自始至終都不是溫柔的人，我會憤怒、會詛咒，還會懷著小奸小惡，揣摩心思如何讓對方自己覺察變化，最後跪下。我可以溫柔到踏死自己的心地，也能讓心裡的恨在扎根養成後，變成精緻可怕的毒物；繁衍之快脫離我手，要怎樣控制並非我能決定。

朋友今晚傳來一首歌，蔡健雅的〈原諒〉。
我沒聽過，也沒點開，但看見歌名就淚流不止。
我說，我應該尙未湊足勇氣，等以後有機會吧。

朋友回覆訊息：「溫柔的歌，給溫柔的妳。」

我何其困難與之扯上關係？誤會可大了。對於朋友的心意，我沒特別解釋，但在心底反覆分析「溫柔」究竟是何物？當你輕易地讓這枚字詞流竄在日常對話之中，它的標準爲何？你怎樣判斷一個人有否溫柔？從口氣、舉止抑或抉擇來看？從善解人意的習性還是犧牲小我以成就大我的情操？或者拋開一切照應他人、完全罔顧自身的傻直？很抱歉，這些都與我無關。

真正需要被原諒的是我。
真正需要學習溫柔的人是我。
真正一無所有的人也是我。

想到此處，「學習溫柔」這四個字突然滋生了某股力量於我心上：「啊，我明白了，由於不足，所以隨時都有探知的餘地和機會。」縱使機會總是一閃而逝，導致我不斷錯過，但我仍充滿了一心向上的能量（就算僅是瞬間的、暫時的又何妨）。過去我太常把吞嚥及忍耐當成是溫柔的表現，可是我錯得離譜。溫柔不是沉默，溫柔不是讓自己痛苦。溫柔的起手式，並非「寧願……」。

那到底要怎樣才可以變作溫柔的人？

首要是寬，次要是恕，再來是人事時地物的輔佐。

假若，還可以遇見一個讓你無師自通即學會溫柔的人，就再好不過了。

或者，就算我沒有慧根，亦沒有福分——只能作為別人運用的教材之一，內化進別人體內，讓他汲取教訓後徹悟，去善待以後的人且與我無關，那也足夠有意義了。

這樣思考（還是催眠呢），我彷彿就不那麼痛了。

▲二〇一九年 · 四月二十五日

我知道回不去了，所以我停在原地。

因為這是唯一一處，最接近過去的地方。

▲二〇一九年 · 四月二十五日

又想割了

妳會記得我嗎

妳會疼嗎

妳知道我割下去的時候

一點也不疼嗎

妳知道什麼東西比割腕還疼嗎

妳知道的

▲二〇一九年 · 四月三十日

那可能是最後一首詩了。

寫詩才寫了三年半，沒幾個字真的值得你們流淚。

要記得你們哭，都是為了你衍生出來的故事而哭。

記得詩裡的哭，僅僅是我給予自己單獨的考驗。

若恰好能呼應到各位人生經驗的一環，我會感覺，那是我贖罪的機會。

我一輩子都在贖罪。一輩子也都在跟人道歉。
可是儘管如此，我也希望有機會的話我可以得到幸福，晚一點也沒有關係。

此時耳邊傳來歌詞：「我感覺到幸福，是看見妳幸福。」很抱歉，現在的我真的沒有辦法做到。

我覺得在抱有感情的時候離開，是最愚蠢的事情。我從青少時期開始就知道這份道理了，卻還是重蹈覆轍。可能現在我的恐懼已經贏過了我內心很想很想再重新在一起的心情？但仍是好痛的苦。而我的心情並沒有完全地認輸。

▲二○一九年・四月三十日

哪天如果我告訴你，我很想死，請你務必阻止我。
我有多用力說著「我想死」，就代表那一刻，我有多用力在活著。

跟你們約好了，要記得喔。

▲二○一九年・四月三十日

我隨時都準備好
跟世界說再見

看見大家幸福
真是太好了

人生有幾回合呢
為什麼這一關
栽在妳手上

▲二○一九年・四月三十日

04:00

不知道會不會成功　會不會後悔
我現在很平靜

跟上週不太一樣
我很平靜　只是有點怕　就這樣而已

沒有激動　沒有割傷
很平靜地準備
查了網路是說　這個藥是不至於掛掉啦
但會不會無心插柳呢
畢竟上週那麼費力卻失敗
這次說不定越不在乎越能達到

我會下地獄吧
一定會很痛苦
一定會後悔
可是我
此時此刻
就想睡一覺

其他的
有機會再說吧

▲二〇一九年‧五月五日

沒有人知道，你寫出的文字都是淚；你流不出的淚，都化作文字。

一生可以誤會很多人，那不打緊。
但一生似乎僅能被誤會一次。

誤會，是對你生命、價值、思想的曲解，是不把你當作你來看待。
一個人被誤會慣了，也許他就不再是他了。
至少在普世的眼光中，真實的他已死亡。

而最可悲的，是你以淚寫字時，那些淚也逃不過被誤會的命運。
表達的問題？解讀的問題？
都沒有問題。

問題只是反映出距離。

不愛了，看什麼都是偏的。

▲二〇一九年・五月九日

妳走了之後，我盡做些於事無補的事。

例如：
傳訊息給妳，叫妳別回應。
半夜打給妳，但永遠不會被接起。
買小禮物給妳，或給妳的貓。
跟妳說我愛妳，然後沒有任何回音。
想妳，而且一定要讓妳知道。

我眞的不是遊手好閒。
我只是害怕，什麼都不做，就好像妳眞的走了一樣。

▲二〇一九年・五月十一日

跌倒了，可以馬上站起身來、持續往前的人，難道就是贏家嗎？我不認爲。很多人勸我也要「向前走」，可是我做不到。

我只想切掉一部分的自己，釘在原處守著不一定會回來的人。若眞有需要，我絕對可以給予很多時間，因爲我不稀罕那些，那些被稱之爲人生的東西。我眞的不稀罕。我死過兩次了。

「已經沒有什麼好失去的。」對，就是這麼一句陳腔濫調、荒唐至極的話，來解釋我的狀態。我現在正是荒唐地過，沒有後路地活。未爆彈裝在體內，什麼時候會炸開，而我是否又可以「走運」般逃過一劫，沒有人有把握。我的時間不屬於我自己，憑什麼我能替之有所打算？

說我愚笨也好，說我不懂抉擇也好，因此放生我就好。這世上沒有一個人能爲另一個人負責。你們可以嘲笑我錯了，但無法更改我的決定；你們可以站在路的遠端舉著旗子要我過去，但不能阻止我半途消逝。講座結束的那一晚，跟老師聊天，他說：「若妳在某個半夜眞的要這樣做，即使妳就睡在隔壁房間的距離，我也沒有辦法。」

人鐵定是孤獨的。一直以來都是。

所有不覺得孤獨的時刻，都是美好的錯覺。有人包圍你，有人愛你，有人擁抱著你，但終究要鬆開，終究要離席。再如何轟轟烈烈、熱熱鬧鬧，我們都會回到自己的房間。

我進不去你們的房間，你們也進不來我的。
永遠是這樣。這是上天設定的自由，有自由就有孤獨。自由是孤獨的基礎。

我每天都在戰鬥。可是我並非為了「讓誰開心、怕誰難過」而戰。很無情的現實是，我管不了這一切外來的推力或阻力。我戰鬥，純粹只是因為——唯有繼續著這一口氣，我才有再次愛人與被愛的機會。更準確地說，「人」是指定的：我希望可以再一次擁有，名正言順地愛她，與被她愛的機會。

▲二〇一九年・五月十四日

我過不去
太難受了
我真的過不去
對不起
請不要責怪我
我真的太痛苦了
太痛了
所以不要再繼續
不要了

▲二〇一九年・五月十五日

昨晚我又失敗了。今早醒過來的同時，好沮喪。
但沒辦法，有過兩次之後，我手邊只剩那樣的數量了。五十多顆，非常不夠我也知道。頭昏沉到下不了床，躺了一整天。

我不知道是要感激嗎？還是恨？
要恨的事情有太多了。傍晚下床之後，腦海突然浮現「慶幸」這兩個字。我其實分不清楚哪個我才是真正的我，哪個想法才是正確的？

當你對一個人沒有留戀、或是他以無語「命令」你不能留戀——那麼對這個世界來說，我該留戀什麼？

持續一個多月，和去年的多天一樣，我沒來由地就會開始掉淚。明明前一秒才笑著的。這加起來五個多月的時間，我們還沒分開，卻已經生出了失望、埋怨、詛咒，當然也有愛。我知道我再也無法純淨地愛妳了，因爲此時此刻，「我恨妳」遠遠超乎「我愛妳」。

然而恨也是愛的一種。妳理解的吧。

昨晚，我默默走完這場儀式。「劫後餘生」是這時候用的嗎？不，我沒有劫，也沒有想在劫之後，度過「剩下」的日子。我所擁有的，只是檻。像幾根木材點上一把火，跨腳即過去的，簡單的檻。可是我卻沒有移動的能力。

原地踏步嗎？
不論過去如何，現在的妳、未來的妳，似乎都不是我記憶中的樣子了，這是朋友們一致勸告的基礎。我唯一有的寶藏，只是我和妳往日相愛相殺的所有時光——那是妳身邊的她，永遠奪不走的東西，無法改寫。因此我總是抱著這些回憶去死。天眞又愚蠢地，我想要過去的妳永遠跟我在一起。

▲二〇一九年‧五月十六日

寫作是很自私的，跟愛一樣自私。你純粹想寫，越純粹就越野蠻。有時寫作必須波及他人、傷及無辜，有時寫作就是沒辦法客觀，所以才充滿自私的色彩。

而這對一位誠實的寫作者來說，正是最悲哀的地方。

▲二〇一九年‧五月二十二日

孩子你要笨一點，想愛就愛、想恨就恨。

與其計算太多而被聰明弄至後悔，我寧願你因爲痴心一片，永遠在「假想一切都會成眞」的誤會之間，找到快樂。

▲二〇一九年‧五月二十四日

那天之後，我想念妳時，已經不會再掉出眼淚。
他們以爲我好了。
我也以爲我是。
只有我的心臟知道，淚都流去哪了。

▲二〇一九年・五月二十九日

近期深有體會的一件事：原來聽一首歌，真正痛苦的不是聽見自己，而是在歌中聽見那個已經離開的人的心情。他每唱一句，你就恨自己一遍：「為什麼當時我不懂？」

無論是為時已晚的懊悔、永遠對不著時間的錯過，或是理解了卻來不及被原諒的人事物……這些因為歌詞唱出而翻湧上心間的餘盪，是身為一個既願意又害怕被苛責的聽眾，永遠戒不掉歌的主因。

如果你在歌中聽見自己，那是幸福。
如果你在歌中聽見別人，而且是遭你傷害的別人，那是還債。

◎註：本篇所指的歌曲為華晨宇的〈消失的昨天〉。

▲二〇一九年・五月三十日

有些初衷是遺失也無所謂的。你為了某個人而拼命努力的一切，可能到了最後，他不在乎、也沒看見，但變化與收穫仍舊發生，你也真的往前去到了新的遠方，那就不枉此行了。

所以別害怕未來和你想得截然不同，別害怕有人會嘲笑你，說著藏在你身後的動力根本就是一廂情願———一廂情願又如何？世上有多少苟活的命，正是仰賴「一廂情願」而重新開展的？有時不求答案，單純追著一身背影慢跑，也會跑出意料之外的軌道。屆時，他有沒有回頭，可能已是其次了。

你已成新的你，你會感謝舊的他。

▲二〇一九年・六月四日

聽起來很蠢，但誰沒有蠢過。這兩天跟朋友聊天，她說，我只是在作踐自己。
我並不反對。因為這向來是我的專長。

你做過一樣的事嗎？例如，對所有陌生人發起一份問卷，內容如下：「請告訴我一個你喜歡我的理由。」開放式答題。你甚至還會說，慢慢答沒有關係———「我願意等。」

而我會問這個也沒有特別原因，只是茫茫然不知怎樣繼續把日子過下去。美好的人事物太

多，難免覺得自己骯髒起來。發出問卷，只是純粹尋覓浮木；河之湍急讓我隨波滅頂，知道自己不好，卻仍伸出雙手想抓住些什麼。懷著這貪念，祈禱有生之年能回收問卷，攫抓這些來自他人的言判，相信自己是（不）值得被喜歡的。

▲二〇一九年‧六月四日

不要讓自己有空隙。

▲二〇一九年‧六月二十二日

修復自己到了一個階段，撐過慘澹時期，今天朋友忽然問起：「那妳現在有心動的對象嗎？」我搖搖頭，說：「嗯，沒有。」回答的同時，一邊覺得挺好的，一邊也不禁懷疑，好在哪裡。心裡的那方座椅上沒有人坐，其實挺荒涼的。只是我也早料到，這是「好起來」必須付出的代價——讓過去淡出。

之前的我就是不願意淡出、不想要淡出，才連第一步都踩不出去。因為我知道，要維繫對於一個失聯者的情感，幾乎是不可能的。無消無息，再濃烈都會稀釋，即使自己壓根不願意。所以，在今天特別回想了當初妳說的話：「妳好起來，還是可以繼續喜歡我啊。」感到十分茫然。所謂的「好起來」跟「喜歡妳」其實是相違背的兩件事，我何嘗不懂；妳亦是為了我好，才兀自替我指引出了取捨吧。

我聽了。

也已經漸漸付出了代價。或是，走在背負代價的路上，無法回頭。當我沒有那麼在意那些痛苦的時候，我其實也沒那麼在意那些幸福了，不是嗎？為何那時的我緊咬著痛苦不放，正是因為我再清楚不過——若沒有了痛苦、治癒了痛苦，妳就跟著不見了。弄得我現在，偶爾看見一些能觸發我記憶深處的人事物，便想趕緊記下。這都是心電圖上微微盪起的彎折，證明我沒有忘掉妳。奇怪，我明明忘不掉妳，又怎需像現在這般，用力把妳記起？

妳好嗎？我終於過得不錯。在健康安好、逐漸活回人形的日子裡，妳的消散及逸失措不及防，絕非我意。我踮腳行走，避過各種地雷，卻又不時在腦海中速寫它們的樣子。這是何等卑微和毫無退路的折衷？從分秒想妳的狀態，淪為珍惜想妳的偶然。這是自我鞭笞，拿針輕輕刺破指尖而滲出血，提醒自己：我不能行屍走肉地愛妳，然也無法，風平浪靜到完全與妳告別。

▲二〇一九年‧六月二十三日

在年紀相較輕的朋友身上，總看見以前的自己。不過也才三、四年前的事罷了，有時回想，卻恍若隔世。那簡直爲完全不一樣的身心狀態、思考模式，那甚至是另外一個靈魂，與「我」無關。

而人啊，最有趣又毛骨悚然的地方，也許是得以時常在變化萬千、各自相異的生命歷程中，尋出一套安排以構成共鳴和靈犀。從青春期到甫出社會，從新鮮人到職場轉捩點——「什麼階段自會有該階段展現的樣子，你教育不了。」這段話不斷地被印證。因此我越來越相信，無論好壞，無論是否太過天眞或杞人憂天，都是老天注定要我們體驗的「狀態」。唯有進入那狀態，去犯錯、迷路，抑或去重新認識自己，才有辦法蛻去身上的殼，進入到下個階段。不可能省略。

前陣子的某一晚，因爲太欽佩一位歌手的人生觀，而陷入自我檢討的漩渦裡。他雖然跟我差不多歲數，卻已走到將塵世看透、放下的境界，我頓時眞想年輕個三歲。三歲就好，想用現在的思維，去把當年那個迷失自己到丟失健康的女孩，一巴掌打醒；如此也許就能，重新用一個較不浪擲的方式，把這三年活回軌道。可是想想也就算了。我既逆轉不了持續行進的時間，也深知三年前的我就是得狠狠地摔爛一次，才有覺悟。這不是恨自己「太晚把事情看得開闊」就可以解釋的，這其實也不需要解釋。我在那樣的時空，就會收到那時空所欲施加給我的瘋。而昔日看來是病痛，現在看來，原來有十分美麗的苦衷。

往後，當你感到可惜或卑微時，不要問太多——順應上天吧。

▲二〇一九年‧六月二十六日

風暴一場接一場來，整個六月用刑徹底，彷彿只有死裡復活的我置身事外。朋友一個個扛下病痛、死別、輿論、誤解，還有命運之網的捕撈；他們成爲未來之獵物，對未知未到的一切審判及帶領沒轍，也無能爲力奪下主宰權。

有些朋友只是迷惘。有些朋友早走入漆黑房間並將門上鎖。有些朋友離宇宙那扇門，僅差一步之遙。這不禁令我回想起四月中到五月下旬的自己，那時我的角色、他們的角色，如今徹底互換。而我亦藉此更深層地體會到，什麼叫作「愛也無能爲力」。當我被朋友們設下的死胡同弄至焦頭爛額，我仍然只能繼續說著不著邊際的話——話語再如何善意、清晰且不失柔情，也永遠推不動卡死的窗。我怎會不懂？一個人在拚命體現死亡之前，他的感官基本上早死過一輪。「活屍」的狀態，也許連溝通的方式也得切換到異次元。無力之餘，我越想越是愧對，那些前陣子想要拉住我的人們，我由衷地感激、抱歉、無奈也無助。那時，我的理解與思考能力歸零，根本無法進行邏輯性的對話。我早是個不需要道理的人，自然

活得沒有道理。

所以，有過經驗後，再看看現在身邊遭遇困境的朋友，眼光特別不同。肩上的責任固然沉重，卻也更明白，有太多的事情已經跟「愛」沒有關係。不是我們不夠愛，而是我們不夠偉大，握有足夠的魔法控制所有情節走向。你我都太渺小了，許多糟糕的念頭在一瞬之間即可完成，我們除了言語、實際陪伴以外，大多時間仍然得放彼此走回各自的洞穴，孤獨地。而在那洞穴裡「有沒有明天」，並非我們膽敢懇求、發問的事──只能*祈禱*。

對，祈禱。走過那一次之後，我開始學會祈禱。身為凡人的我們，無力操控、扭轉的煩憂實在太多。從自身到他人，從他人到萬物，即使手上給出去的力量已經龐然如山海，山海依舊有它的止盡之處。我祈禱。在我手足無措、自覺無用時，我祈禱。

親愛的朋友，你可能無法想像，我有多麼希望你安好。希望你值得所有否極泰來的驚喜，也盼望柳暗花明帶給你的正是夢裡去過的那一村。當你嫌棄人生，受夠了上天降臨於你身心上的考驗，我祈禱你能在危難中發現幸福的微光，淺淺緩緩地照著過往來時之路，確定你不是一無所有。我願，願你的雙眼再次雪亮，願你知道每個人墜至谷底的意義，都是為了發現死水一般的心，仍有其所求。在暗夜裡，你做了惡夢，自然巴不得清醒；你放棄醒來，往往是因為惡夢漫長得太像一輩子，騙得你以為再沒有空間活回靜好現實。

你錯了。
向天遠望，我祈禱……你要知道，你錯了。

▲二〇一九年 · 六月二十七日

今天是左手的生日，我在二十七號的凌晨時分，就傳出了「生日快樂」的短訊給他。說也奇怪，對於這個曾刻骨銘心的對象，我從來沒有執著非得要年年送上祝福──為什麼今年卻在前幾天起，「提早」感知到這特別的日子即將來臨，而默默記在心裡，覺得應該說點什麼？

這讓我在在確認到，敏感濫情的人類，是一得空就愛討寂寞咀嚼的物種。殊不知這般「沒有原因的舉動」，完全不是為了取得驚喜回應，或進而盪起新的漣漪──沒有，真的一點兒也沒有──像我這樣的人，就是逃不開世界捎來的各種暗示，舉凡空氣的乾與溼、午後雷雨的任性驕縱……，我甚愛將它們收進口袋，放久了滋生溫度，並在無法解釋的時刻，開封添以咒語，盡情投身一場陳年回憶的催眠。

是的，每每想起左手，總是會有這樣的心情：「我想起你，不是因為我想念你；我也不常想起你，

可是我尤其珍惜、看重那些思緒發生的時間。」濫情如我、念舊如我、敏感如我，許多付諸行動的起念，都只是純粹的一句「我就想這麼做」，再無其他。這種無關愛、無關留情的作為，更無關動機與目的。我不過擅長在孤獨的狀況下接受催化，那些因為催化而產生的氣味，有人覺得浪漫、有人定義成自私，無論如何，之於我皆是莫可奈何的評論。

事實上也沒有人評論我。只是在這樣一個人的雨天，與左手來回三、四句便結束的對話裡，我感覺自己自由得像一陣風。這十多年來，相似的心情倒也不是第一次、亦不僅限於左手，然應該是我第一回將它好好地寫出來，搬出腦袋。我真的十分喜歡偶爾浸泡在往昔之海的這個自己，縱使也曾因之遭到誤解，我依然喜歡——我才不管他們懂不懂，今天我之所以可以這般輕鬆悠遊於故事之中，都得仰賴光陰洗鍊，教我安然地全身而退。

▲二〇一九年・六月二十七日

回中和，拔完人生最後一顆智齒，在診所驚見手機螢幕裡的自己，左臉鼓成一顆球，才想起下排比上排更容易發腫。跟護士要了口罩，戴上之後，時光瞬即倒退回四年前。那時正要進行第一顆無用之齒的移除盛典，恰巧又遇到「深埋不見光、橫躺爽著長」的難關，內心尤甚恐懼；非得歷經上網爬文、詢問友人建議等漫長耗本的過程，才肯放心下注，決定診所——我追著鐵打之名聲，千里迢迢坐車到石牌（還是芝山？）捷運站，再走上好一段路，神醫所在地終於抵達。

結果是慘痛的經驗。
雖然確實在五分鐘內完成了任務，後續的發展卻讓我含恨到難忘。記得當時至少長達一個月的時間，無論怎麼冰敷，右臉的腫塊就是消不下去。情緒演變從氣憤、悲傷、無奈，乃至最後乾脆到處叫喊「我賣小籠包！要不要買？」在臉書上發文自嘲。

而一旦回憶起那顆智齒，也難逃隨之回憶那時的一切。與智齒無關，四年前的孟夏，由於諸多複雜因素承載在不強健的心靈基礎上，生命狀態如走進末期一般，覺得任何處境、問題，都糟糕到不能再糟。那時候也「多虧了」心急的緣故，草率租賃一間無窗套房；每天蹲在沒有陽光的結界裡，欣羨著界線以外的人事物，質問為什麼他們總有快樂的笑顏，我製造不出那樣向上的人生……最後敗者姿態勝出，我丟掉工作、病情加劇、作息顛倒、自行斷食，爛成一灘死水乞求遠在異國的愛人回來——後來她也真的返來四週陪我，我卻沒有因此吞進定心丸。我好不起來。

現在細想，更深覺當時的我，就像那顆智齒。對於社會，我是可有可無的。對於遠距的愛人也許亦然。我雖然無用，卻懷有傷害的力量，專門出產疼痛、炎症，副作用綿延不絕至深夜，還讓自己的臉蛋隆起一塊瘤，變得醜陋，變得渙散。「我」強大到連我都不禁害怕起

來——即便醫生將我打碎、切割成三塊，屍首分離的我依然想使盡氣力留下詛咒，在生活的每一角，在空氣的每一道剖面。半年租期，一個人的屋子，沒有人真正走進來過；其中那過分充實的兩、三個月裡，分秒進行的是浩大而死寂的自殘年華。我只拿過一次剪刀，但心裡的傷口錯綜斑斕，深可見骨。

一直持續挺到某天，我才承認自己贏不了心中對抗的魔鬼。被迫放下無謂自尊後，答應父親，回高雄放身體一個長假。巧合的是，記憶中那個準備搬家、撤離的我，臉上的腫脹處也終於消退了。

而今四年過去，在臺北拔完最後一顆智齒，早已不求當年網路瘋傳的神醫，而是穿過平凡街巷，鄰近（前一個）居住點的小診所。醫師快、狠、準地除去病灶，接下來的一小時，我乖巧地咬合紗布，自在穿梭於滂沱大雨的道路上，找到站牌，以悠哉步調等待載我回家的公車出現。膝蓋以下的褲管都溼了，頭有點疼，口罩底下遮著腫為一顆球的左臉，手摸上去，麻醉未退，因此沒有知覺……。

「喔！腫得跟四年前有得比啊。」略驚之餘，心裡笑了笑。而後不時自我提點，何時要吃消炎止痛藥，以及進食等其他注意事項——過程中我竟感受不到一絲煩躁與擔憂。照理說，我應該要害怕「再來一次」？對於四年前的「姐妹齒」以及四年前的災難，怎麼會清澈得像是別人的故事，與我各自獨立？一時之間我也難以解釋，這究竟是何方拾來的自信（又或者只是天生的懶惰病），使我放了心篤定：「很快，它就會好的。」

晚上十一點，準備吃藥、關燈之前，我走進浴室再照一次鏡子。這顆下午生根在左臉上的皮球，「果然」靜靜地洩氣抽身了。剎那間，我居然還心生留戀……好比沒有為它命名，好比它消得太快，使我忘了在第一時間留影。

再見了智齒。再見了四年。
再見了智齒一樣的我自己。
再見了。
你們都弄痛過我，可是也再弄不痛我了。
如果可拋可留，那這次，我選擇拋吧。

▲二〇一九年・七月一日

時常覺得人生很難
為什麼今天過了
還有明天

時常覺得人生很難
爲什麼昨天過了
昨天還在

我終究是沒有自信面對自己的人生的。
我是說偶爾，偶爾，在這樣禁不住掉落的夜裡，你會感受到什麼叫做「又近又遠」。晚安。

▲二〇一九年·七月三日

曾經我也想過就不要寫了。不是完全封筆的那種涵義，而是在「心理」上離開這個費心多
年建造的舞臺。讓燈熄了，讓布幕拉下，躲在暗處寫。也許寫多寫少，不再會有欣喜或自
責感，偶爾荒廢了，也很「合理」地繼續過我的日子。

可是我天性無聊，沒有什麼日子好過。現在回想起來，大一到大二那段時間幾乎忘了寫字。
當時臉書興起、無名小站沒落，即便一開始不太習慣臉書的貼文形式，終究也默默融入同
儕，一起習慣了。故而在這樣的發文機制下，時間流得不帶石礫，絲毫沒有刮下痕跡……
近兩年的生活，心情敘事僅僅散記在臉書動態，且鮮少有長文記載，多半是呢喃。我找不
太到它們，它們也構不成一個具象形體──儘管記憶裡儲存了還算豐富的情節，但沒有將
其寫下的日子，真的沒有什麼「日子」好過。

從那之後，我便開始耐不住恐慌，覺得不寫，就太容易忘掉了。我總是無法接受自己把重
要的人事物淡忘，何況對我來說重要的東西太多。我近乎難以分類一天當中哪些是垃圾、
哪些是精華，我不知道。更甭談我常常過得像垃圾，甚至對於「垃圾棄置在房間裡流出汁
水」這類的畫面我也認爲非常重要，我怎能不寫？我太想寫了。無奈文字和思緒並非時時
刻刻處得融洽，斷線是常態、稍縱即逝是常態，大多時候我只能漏寫、補寫，或是再也無
法寫。因爲它已經過去了。

這種力不從心的淒涼，會讓我懷疑腦袋已不能如從前乾淨。大學、高中，或更小的年紀，
我縱使詞不達意也想寫出來。我十分清楚沒有人讀得懂，我也寫得爽快。有時我根本就享
受這種沒人懂的神祕感（後來回想大概是中二病吧），我在自己的日記裡活得很痛、很吵、
很浪漫、很瘋癲，各種樣子，連長大後的我都進入不了那個世界──如此完全獨立、自由
的書寫，我現在做不到了。

不過，我其實也很開心自己「做不到」了。因爲要建立可讀性、要與讀者對話，要跟越來
越多陌生的他人接觸，這是必然要做的換位思考，進而不斷調整、修飾。很誠實地說，「寫

作」這件事也因此不如往日純粹快樂；然我深知過分純粹的東西是極致孤獨的，沒有誰天生擁有慧根，在毫無組織的情況下走進你的房間。

所以這近十年來，我一直，一直在練習把門打開。開門要開得漂亮、開得恰好，也就開得人心疲憊。更殘酷的，是你開好了，卻沒有一個人願意來訪。他們站在門外，四處張望、打量，窸窸窣窣交頭接耳，還無從上前打聽停留的原因，就轉身離開了。待在房間裡的我，這樣的場景看多了，難免沮喪地想：再也不會有人來了吧。

沒有新作品的這兩年，過得飛快虛無。為了生存，時間全種在荒田上，忙碌到茫了。因而真的，真的好幾次想過就算了、不寫了……偏偏老天又在這期間溫柔待我，讓我仍舊幸運地受到業界不同單位的鼓勵與照顧，無論是新的或舊的。每次他們原諒我因為各種原因遲交稿件、耽擱排程之際，我都會在心裡想：「這樣頹靡的我，還有資格去面對讀者嗎？又真的有人在等我嗎？如果沒有人在等，我是不是該離開？」

「我會心甘情願離開嗎？」
不，我不會。
曾經想過，乾脆就不要寫了。
但是不寫，我會恨死我自己。

第三本書在路上了，斷斷續續從二十六歲寫到二十七歲，我走得很慢，請你們不要期待。不曉得何時真能完成，但是希望，希望是在我二十七歲結束以前，把它送到你們手上。

◎註：本篇所指的「第三本書」並非後來實際狀況下的「第三本書」。當時是動工開始整理隨筆與日記了，但最後於二○二○年先行問世的卻是詩集《任性無為》。因而，文中的「第三本書」其實就是現在你們翻閱的這一本。但它變成第四本書了。

▲二○一九年・七月十三日

去吧，去吧。
建立關係，尤其是親密關係，都是痛苦的。

去吧，去吧。
還留著自己就好。

去呀，去呀。
人來人往，人去樓空，看看掌心裡有什麼，沒有。

去啦。去啦。
最好統統都往外拋了啦。

▲二〇一九年・七月十五日

夜黑風高，想起體內掩埋很久、以為已經過了的，一窩痛處。那種感覺像，你眼前沒瞧見烏鴉，卻滿腦子都是那段乾癟又嘲諷的叫聲。無人到場的喪禮會是什麼樣子？我是幽魂，渡著時空之河來到棺材之前，分不清裡面躺著的那個我是鬼，或者我才是鬼。

憤怒是不會消弭仇恨的。
所以依舊憤怒的我，因為不想恨，只能逃開。

▲二〇一九年・七月十六日

是不是因為
習慣
被那樣對待了
而忽略了其實
我很難受

然後就這樣過了好幾年
好幾年
老了，成木頭了
才想到回去和
那根小芽
說聲
辛苦了

原來
我自己也不瞭解自己

▲二〇一九年・八月八日

十七歲的時候，朋友說她
真羨慕我的臉——在陌生的地方

不用講話，不用做什麼
自然就很討喜

二十七歲的時候，同事們說
「對了，我發現妳沒有表情的時候，很有殺氣！」
我立刻回答：「咦，真的嗎──」
他們連忙打斷我
用肯定堅定鑑定的口吻告訴我

不
我是想表達
這樣很好
妳要繼續保持
我是說真的

▲二〇一九年・八月二十日

如何自癒就如何自毀。

我都有過：
因為他人一句無心的話，而感到世界美好。
因為他人一次無心的笑，而感到宇宙毀滅。

沒有原因地就想通了，
也沒有原因地，死胡同了。

沒見過陰雨天，就別說晴空好看。
從頭到尾其實都是同一張臉。
不要變了，就以為是或不是了。

我們一起，隨時隨地做好食言的準備。

▲二〇一九年・八月二十二日

我願意體諒一個人，如果他身不由己。

我願意體諒一個人
如果他身不由己。

▲二〇一九年・九月十一日

我怕老
我更怕我愛的人變老
我怕當我們承受相同力道的時間刷洗之際
他的皮膚
掉得比我更快

▲二〇一九年・九月十六日

你願意抬頭凝望夜空，超過十秒鐘嗎？數到三的時候，你會想起自己已經成人；數到五的時候，你會發現自己離家太遠；數到八的時候，你近乎感到一無所有；數到十，你的眼淚早就不禁控制，出走了。

我很久沒有仰望天。
仰望是心有所抱的人在做的事，我沒有。我有的只是因爲忙碌而得到的焦慮感，又因爲這樣的焦慮而得到的安心感。我抱不了什麼東西。當我踩著放空的步伐，提醒自己該吃了該睡了，腦袋卻死命運轉以致食慾不振、輾轉難眠之際，我知道我只擅長懷抱毀滅。哪兒有軌道我不走，就要執意遺忘列車之本分，一心追求在海面上游盪；偏偏我又是極其怕水的，怎麼就這樣直直地衝了出去？

我根本不懂航行，只聽你說該前進了，我就出發了。

▲二〇一九年・九月十八日

別人的路是別人的。他起飛，他取巧，他曲折，他墜毀——順逆都與你無關。他的成敗，他人如何看待他們自身的成敗，他人又怎樣解讀、取捨、消化自己所得到的世界賦予的成敗，你無法知道，也無法猜到。

明白「活好你一個人的人生，足矣。」是件難事。
難的不是人生，是一個人。

你一定要完全地、徹底地獨立，由衷貫徹你獨立的事實。在對的時間開門，對的時間關門。一旦習得此般寧靜，窗格即便狹小，看出去的畫面，美麗壯闊、寂寥蕭索，都像精彩電影——賞味完畢，視線終將回到自己的房間。

別人的路是別人的，而你的路，別人也走不了。
你跟他人沒有不同，皆是最貧窮亦最富有的人。

▲二〇一九年・九月十九日

總還是會有人愛的
你有毒，你犯病，你狹持人質爲了苟活
總還是會有人愛的

她會爲了你吸毒，挨針
她會自願成爲你的人質，拿槍抵著天庭

她會說：不要緊的
「殺錯了我，我也不是無辜的。」
不要緊的。

▲二〇一九年・十月十五日

一片枯黃的葉，根本不知道什麼時候將下墜。

下墜是一瞬間的事，即使「知道自己活不久」，可能是一輩子的事。

給雪莉。
給那些掙扎後去另一處地方找尋自由的人。

◎註：「雪莉」，韓國女星，曾爲女子偶像團體 f(x) 成員。生前患有憂鬱症，並飽受網路霸凌之苦。於二〇一九年十月十四日上吊自殺。

▲二〇一九年・十月十八日

如果你感到茫然
或一事無成，
如果你覺得生來就是累贅。
把自己照顧好，別逞太多的強，也許
也算，
也是，對社會的一種回報。

那些遠大的夢和理想都是狗屎。

能夠安然自在地活著，待在自己的位置上，通過社會層層考驗而不為之所害亦不害人，已然是撿得一條命後給出的最好反饋。

▲二○一九年・十月二十七日

要有多大的自信，才可以接受自己的好惡。
喜歡自己喜歡的，討厭自己討厭的。

不要一邊喜歡，一邊想著：「這樣好嗎？」
不要一邊討厭，一邊想著：「這樣的我真醜陋。」
右手壓住左手走一生，請問你到底能去愛什麼？能去恨什麼？

人如果可以自由地解除裝置、自由地切換開關，哪來疲累。
何須交戰。

▲二○一九年・十一月一日

快樂的祕訣：你要時時刻刻提醒自己，不往心裡去。

▲二○一九年・十一月十一日

這不是你不知足，我明白。
很多人愛你，你絕對知道。
但這些滿出來的豐盛的愛、刻在骨肉上的愛、跨越血脈的愛，並不能改變你想走的決定。
我真的理解。

你是帶著愛離開的。充滿祝福。
你自己心中有愛，愛太龐大，所以才要離開。
我怎麼會責怪你。

你太懂愛。你知道四周有愛簇擁著心靈，透明得像空氣。到處都是愛，可到處都留下了傷心事。你太懂愛了。愛沒用，無法即刻突破、捍衛、扭轉，愛的價值往往要耗上大把光陰來印證。你太懂愛了，因而被愛卻依舊保持孤獨。

這不是你的錯。你也說，這不是他們的錯。

你要走，都是愛使然。

下輩子，願你冷血又獨善其身。你知道愛的表面、愛的膚淺、愛的限制，那就好了。不要再使上全力，這個世界不會報答你。也許你懂，所以走得特別快。你看見了愛的無用，冷酷無情終究是社會本質，你放自己在無情裡面，會活得久一些。

▲二〇一九年・十一月十八日

我要怎樣不失去我自己？

這個問題，看似自由的我，其實也每天都在問。

畢竟那樣的失去，是一瞬間的。一次退讓，一回折衷，一個小小小小的「無所謂就讓它過吧」，過去了，我也就毀壞了多年來費心鞏固的價值。

那麼我為何要讓它過呢？

如果你連守門員都做不好，憑什麼決定人生。

當你責怪這社會有太多身不由己時，先想想，是你無意間放棄了「由己」的機會，還是現實真的如此迫人、毫無退路？

有路不走，沒人可以替你負責。

▲二〇一九年・十一月十九日

最難過的是——我以為我認識，我以為我知道，我以為我明白，所以我才愛。但實則我根本不認識，我根本沒覺察，我根本誤了會，卻因此而愛。

妳那麼不快樂，何必演給我看。

▲二〇一九年・十二月十日

疲累的時候，寫點字吧。沒用的我，沒用的字，沒用的牢騷和沒用的空。身體已凌駕在精神之上，我感覺得到它的重量，使床下陷，卻感知不到我的神魄去向何方。眼睛睜開，眼珠朝前，在看又沒有在看。畫面是畫面又不像個能說的畫面。耳邊好像有歌，記不起旋律；嘴裡斷斷續續有話，拼不出意思。我在這裡做什麼？我在夢的邊緣，隨時要下墜。墜下前一秒我並不知道，墜下的後一秒我也同樣不知道，墜下的途中我依然不知道——我知道的

是什麼？是我可能下墜、我即將下墜，而我無法預知也無法迎接或感謝我的墜。之所以說墜，挺好的，反正就那樣，墜下去了才會有人問你，喂你好不好。沒墜之前都不算數喔。就像前幾天急診室的醫生說的：「嘔心是嘔心，吐了才是真的嚴重了。」我想我聽出其中意涵，儘管他沒有那個意思。

人的一生到底要漂泊到何時？曾有人問我，平凡啊簡單啊要過得樸實才是最平衡的過法；曾有人不停提點：「看啊是岸！」是岸，怎麼不靠過去呢？老天，那不是我愛的岸啊。或者更精確地說，我愛的只能是海，我愛的海還沒有岸。你們有岸就儘管去吧，那是前人鋪好的，可得珍惜了。而我總有一天要造自己的岸，自己造來給自己愛，愛了這個岸才能愛這片海更久更長，愛了這個岸我才有辦法去對外面的人說──我也是有岸的，別操心了。我的雙腳也能踏穩陸地。請等候它一寸寸延伸到你們可觸及的地方，再漫步過來，見我時說你安全抵達了，這一條路正式得到認可，能走了。

後記——下個十年，我會在哪裡

近日天氣忽冷忽熱，禦寒始終是件難事。氣象預報說，明天氣溫將再次驟降，可能低至十度，或有機會挑戰去年最低溫六點六度，且不會再回暖了。我一個人在早上七點一邊敲鍵盤，一邊想著這件事。「不會再回暖了。」這句話是多麼斬釘截鐵，跟我現在的心情一樣。

曾多遍思量這本雜文集所收錄的內容究竟該不該對外出版。它們之於現在的我來說幾乎稱不上是「作品」，故僅能以「隨筆」概談之。而與我熟識的人應該都知道，我其實活得自卑又怯懦，即便某程度上為我珍視的寶物，我依然可以「客觀地」判斷這些寶物的品質是如此低劣——畢竟對自己抱有存疑，一直是我的強項——直到年初參加某場講座，我尊敬的作家前輩拋出一句話，深深撼動了我：「誰說『散文』一定要是完整的『作品』？日常寫下的，包括在社群平臺上的零碎情緒、生活記載，其實都算是某種『散文』啊。」那瞬間我獲得了豐沛的力量，覺得長期沉在內心底處的大石崩解，能對得起自己了。只不過，我仍有個人所追求的「理想的散文」，所以還是固執地對編輯堅稱這充其量是一本雜文集、隨筆集，未來我若交出「散文集」，那必定為另一番風貌，我已整裝待發。

因此又是一場告別。承襲去年出版的第三部詩集《任性無為》之意義，《一根菸的時間》被我歸為其姊妹作，出版目的都是為了歸零，向我的二十七歲與二十七歲以前的人生告別。它們都是分水嶺，只是《一根菸的時間》橫跨的經緯為十年，記錄了十八歲至二十七歲末的日子：從學生到社會人士，從女孩到女人，從健康的未爆彈到自殺未遂的病患……。這十年之轉變無須在此多言，應該透過閱讀方能知曉。而我由衷感激這一切，感激自己活得僥倖卻有莫大的福分，得以在三十前夕，以這般形式瀏覽過去拖沓的成長軌跡，一一將其疏理，且決心不再為此感到丟臉與後悔。是的，儘管我有一尊充滿瑕疵的靈魂，我傷害過許多人也同時被傷害，但即使再來一次，我確信自己仍會那樣走過。曾經的壞，才有現在的開闊。

敬我的橫衝直撞，敬我的滯留迷惘；敬我的優柔寡斷，敬我的固執擇善。我在路上了，我在路上好好地面對我的人生及我選的劇本。天氣不會再回暖了很好，我已身著足夠保暖的外套，直到下一回春返大地，直到下一個十年，我想我會站在一處令自己驕傲的地方，就像十年前期許現在的我自己一樣。謝謝你們。

追奇

寫於二〇二一年十一月二十九日

我不抽菸，但我總感覺，
這十年來的每一段文字，都像一根菸的時間。

可短可長、無以言喻、咀嚼未竟；
它們留下的尼古丁殘附肺葉，成為我致癌的青春。

Love ⑱

一根菸的時間

作　　者—追奇
主　　編—李國祥
企　　畫—林欣梅
編輯總監—蘇清霖
董 事 長—趙政岷
出 版 者—時報文化出版企業股份有限公司
　　　　　108019臺北市和平西路三段二四〇號三樓
　　　　　發行專線—（〇二）二三〇六—六八四二
　　　　　讀者服務專線—〇八〇〇—二三一—七〇五
　　　　　　　　　　　（〇二）二三〇四—七一〇三
　　　　　讀者服務傳真—（〇二）二三〇四—六八五八
　　　　　郵撥—一九三四四七二四時報文化出版公司
　　　　　信箱—一〇八九九臺北華江橋郵局第九九信箱
時報悅讀網—http://www.readingtimes.com.tw
電子郵箱—genre@readingtimes.com.tw
法律顧問—理律法律事務所　陳長文律師、李念祖律師
印　　刷—紘億印刷有限公司
初版一刷—二〇二一年十二月十七日
定　　價—新臺幣四五〇元

時報文化出版公司成立於一九七五年，
並於一九九九年股票上櫃公開發行，於二〇〇八年脫離中時集團非屬旺中，
以「尊重智慧與創意的文化事業」為信念。

一根菸的時間 / 追奇著. -- 初版. -- 臺北市：時報文
化出版企業股份有限公司, 2021.12
　面；　公分 . -- (Love ; 38)
ISBN 978-957-13-9785-6(平裝)

863.55　　　　　　　　　　　　110020256

ISBN 978-957-13-9785-6
Printed in Taiwan

可短可長、無以言喻、咀嚼未竟；
它們留下的尼古丁殘附肺葉，成為我致癌的青春。

Love ⓪³⁸
一根菸的時間

作　　者—追奇
主　　編—李國祥
企　　畫—林欣梅
編輯總監—蘇清霖
董 事 長—趙政岷
出 版 者—時報文化出版企業股份有限公司
　　　　　108019臺北市和平西路三段二四〇號三樓
　　　　　發行專線—（〇二）二三〇六—六八四二
　　　　　讀者服務專線—〇八〇〇—二三一一七〇五
　　　　　　　　　　　（〇二）二三〇四—七一〇三
　　　　　讀者服務傳真—（〇二）二三〇四—六八五八
　　　　　郵撥——九三四四七二四時報文化出版公司
　　　　　信箱——〇八九九臺北華江橋郵局第九九信箱
時報悅讀網—http://www.readingtimes.com.tw
電子郵箱—genre@readingtimes.com.tw
法律顧問—理律法律事務所　陳長文律師、李念祖律師
印　　刷—綋億印刷有限公司
初版一刷—二〇二一年十二月十七日
定價—新臺幣四五〇元

一根菸的時間 / 追奇著. -- 初版. -- 臺北市：時報文
化出版企業股份有限公司, 2021.12
　面；　公分. -- (Love ; 38)
ISBN 978-957-13-9785-6(平裝)

863.55　　　　　　　　　　110020256

ISBN 978-957-13-9785-6
Printed in Taiwan